敢死连

张强 金哥◎著

北方联合出版传媒〔集团〕股份有限公司
万卷出版公司

ⓒ 张强 金哥 2009

图书在版编目（CIP）数据

敢死连／张强，金哥著.—沈阳：万卷出版公司，
2009.12

ISBN 978-7-5470-0426-5

I.敢… II.①张… ②金… III.长篇小说—中国—当代
IV.I 247.5

中国版本图书馆 CIP 数据核字（2009）第 203079 号

出版发行：北方联合出版传媒（集团）股份有限公司
　　　　　万卷出版公司
　　　　　（地址：沈阳市和平区十一纬路 29 号　邮编：110003）
印 刷 者：三河市文昌印刷装订厂
经 销 者：全国新华书店
幅面尺寸：168mm × 234mm
字　　数：322 千字
印　　张：21
出版时间：2010 年 4 月第 1 版
印刷时间：2010 年 4 月第 1 次印刷
责任编辑：李文天
特约编辑：郎爱民
装帧设计：华夏视觉书籍装帧工作室
书　　号：ISBN 978-7-5470-0426-5
定　　价：32.00 元

联系电话：024-23284090
邮购热线：024-23284050
传　　真：024-23284448
E-mail：vpc@mail.lnpgc.com.cn
网　　址：http://www.chinavpc.com

敢死连

目录
CONTENTS

1940年，在日本帝国主义的强大攻势面前，国民党政府军节节败退，汪精卫在南京发表"日、满、华共同宣言"，宣布成立伪国民政府，中国人民的抗日运动进入最艰难的阶段。

　　这一年的华北战场上，国民党政府军、中国共产党领导的八路军等抗日队伍与日伪军处于僵持之势。绥远、五原相继失陷，为了夺取军事重镇九台城、配合日军参谋总部打通南下通道的战略计划，日军对驻防九台县的国民党守卫队发动了突然袭击，守军仓促应战，九台城危在旦夕。

第一章　生死九台城

　　刚刚进入九月，蒙绥地区已经是叶落草枯，一派萧瑟的景象。寒风中，几只老鸹泥塑一般蹲在年久失修的九台城城门楼子上晒太阳。远处隐隐传来几声枪炮声，老鸹睁了睁眼睛，又闭上了。

　　此刻，九台城内的县长王伯昭却急得像热锅上的蚂蚁，他心里很清楚，九台城自古以来就是兵家必争之地，只要占领了九台城，就等于占领了整个蒙绥地区，打开了南下的大门。日本人这回是铁了心非要拿下九台城不可了，眼看着经营了大半辈子的九台城就要易手，王伯昭气得大骂日本人，放着好好的日本不待，偏要跑中国来，来也行啊，中国大了去了，去哪儿不好啊，可偏偏要来我九台县，还要搞什么蒙绥自治，自治个鬼！说白了就是来抢我王伯昭的一亩三分地。

　　骂完了日本人，王伯昭又接着骂国民党的中央军，整天耀武扬威，除了收税就是抓壮丁，没干过一样好事，这也忍了，实指望能挡住日本人，保一方平安，谁知日本人还没来呢，大部队就撤了，还美其名曰战略撤退，战略个鬼！不就是想保存实力嘛。如今就留了一个173团在前面顶着，能顶得住吗！还有那个173团团长吴天，借着抗日的名义在九台城胡作非为、搜刮民财，讹了我几万块大洋就不说了，如今又盯上了我的保安队，想让保安队替你们打头阵，没门！保安队是我王伯昭的命根子，想都甭想！

第一章
生死九台城

骂归骂，王伯昭毕竟不敢违抗军令，吴天的电话一个接一个，再拖下去惹急了吴天也不好办。王伯昭看了看怀表，估计时间拖得也差不多了，这才叫人通知保安队队长江崇义集合队伍。

九台城城门楼子前，保安队队员列队集合。

明晃晃的太阳下，武器装备五花八门、参差不齐，但却分外耀眼。要说王伯昭对这支保安队真是不惜血本，不但给保安队配备了一批先进的中正式和德国毛瑟步枪，还专门买了三挺捷克造马克沁机枪，还有德国M24手榴弹等等，这些武器比起日军的三八大盖和歪把子机枪来，性能一点不差，甚至还略胜一筹。当然，一百多人的保安队不可能人人都配中正式，也有不少队员使的还是汉阳造、太原造等落后武器。

保安队队长江崇义看着眼前的情景，不由得豪气冲天，他大步站上高台，慷慨激昂道："弟兄们，本队长接到王县长手令，日本鬼子正在对国军173团阵地发动进攻，王县长命令我们立即增援173团侧翼！弟兄们，养兵千日，用兵一时，保安队报效国家的时候到了！"

江崇义，三十来岁，中等个儿、国字脸，长得仪表堂堂，讲义气、善交际，不但胸有城府，而且有一套笼络人心的手段，方圆百里，黑白两道少有不给面子的。大家都拿他和梁山好汉及时雨宋江比，不过江崇义自己却并不认同，在他看来，曹操曹孟德才是自己崇拜和效仿的榜样，熟读《三国演义》的他更喜欢自比曹操，"英雄当如曹孟德"时常挂在嘴上。

江崇义早年间曾当过北洋政府军官，本来仕途看好，却因为一个女人栽了大跟头，丢掉了大好前程。日军占领华北后，世道混乱、匪患横行，蛰伏多年的江崇义认为东山再起的时候到了，正好九台县县长王伯昭准备成立九台城保安队，王伯昭看中了江崇义带过兵打过仗的经历，二人一拍即合，王伯昭出钱、江崇义出力，很快，一支来自三教九流，背景不同、目的不同、价值观也不同的保安队成立了。江崇义当仁不让地当了保安队队长，成了众人的大哥。

这些人中既有虚荣好色贪慕权势的九台县富家子弟老二王直，也有从东北军退役流落九台城、嫉恶如仇的老三林奉天，还有河南逃难来的天不怕地不怕张嘴就是"奶奶个熊"的孟刚孟黑子；有屠夫出身，胆大包天、心狠手辣，动不动就是"老子骗了你"的青面兽朱大生；有老兵油子、好赌成性，绰号"万金油"的马金宝；有不善言辞当过袍哥，走哪儿睡哪儿的四川人大个子李松；有胆小懦弱的学生——眼镜儿宋晓丹；有枪法神乎其神，不知来路的"丧门星"刘金锁；有退伍老兵，无家可归到保安队当厨子的霍爷，等等等等。

说这些人是乌合之众也好，说他们是亡命之徒也罢，只要在关二爷面前立了誓，大家就是兄弟，为了兄弟情义就得两肋插刀。有福同享，有难同当，这也许是他们除了痛恨日本鬼子之外，唯一共同的价值观。

江崇义一声令下，保安队准备出发。

就在这时，日军一颗打偏了的炮弹夹着尖啸声落在九台城城楼子上，"轰"地一声巨响，天崩地裂一般，城门楼子轰然倒塌，几只烧焦了的老鸹落在了地上。

保安队顿时乱作一团。也难怪这些队员，他们中除了个别人当过兵打过仗外，其他人都是第一次见识这种场面。江崇义尽管带过兵打过仗，也被吓出一身冷汗；老二王直就更别提了，他哪见过这阵势，"妈呀"一声躲在了江崇义身后。

就在大家乱作一团之时，老三林奉天吼了一嗓子："慌什么！弟兄们，鬼子已经打到咱家门口了，你们说，咱怎么办？"

一排长兼机枪手孟刚举着一把寒光闪烁的鬼头刀，带头吼："奶奶个熊，打狗日的！"

朱大生等战士们也跟着喊起来："打狗日的！"

战士们群情激愤，誓死保卫九台城的喊声声震云霄。

江崇义稳住了心神："弟兄们，出发！"

百十来条热血男儿在江崇义的率领下，向阵地进发，此时的他们只知道要去打鬼子，却不知道他们即将面对的是侵华日军的精锐之师——山田联队。他们参加的第一次战斗将会改变保安队所有人的命运，等待他们的将是生与死、血与火、屈辱与荣耀、民族大义与兄弟情义的一次次考验……

僻静的山路上，一高一矮两个人影也在马不停蹄地赶往国军阵地，他们就是身为保安队副队长、被江崇义喊作"老三"的林奉天和绰号"眼镜儿"的战士宋晓丹。

林奉天是典型的东北汉子，身材魁梧、相貌威严、内质刚毅，举手投足透着一股子豪爽劲儿。此时林奉天头上冒着汗，一把扯开胸前的衣服，露出健壮的前胸："眼镜儿，把水壶给我。"

鼻梁上架着眼镜，一副斯文模样的宋晓丹解下身上的一只军用水壶递给林奉天，林奉天伸手接过，旋即又丢回给宋晓丹："鬼扯淡！酒壶！"宋晓丹赶忙解下另一只水壶递给林奉天，林奉天狠狠喝了一口，接着从口袋中摸出一个红辣椒，丢进了嘴里："辣子就酒，越喝越有，痛快！"

宋晓丹看着他，像被辣椒呛着了似的直咧嘴："三……三哥，都说您有四样宝贝不离身，酒壶、辣椒、钞票、还……还有枪……"林奉天笑："咋的，又想听故事了？"宋晓丹嘿嘿笑着："那……那是，给俺讲讲，回去俺也能跟弟兄们吹吹牛。"林奉天正要开口，前方隐隐传来炮弹的爆炸声，宋晓丹立刻紧张起来，林奉天也收起笑容："我估摸着大哥他们已经上了阵地了，咱得赶紧走。"

林奉天刚说完，就听身后传来一阵急促的马蹄声。二人回身望去，山路上，一队日军骑兵浩浩荡荡地飞马赶来。

宋晓丹吓得扔下水壶，"妈呀"一声撒腿就跑。林奉天一把揪住宋晓丹："人跑不过马，跟我来！"说完，林奉天捡起水壶，拉着宋晓丹一头钻进了路旁的草丛。

国军173团阵地上硝烟弥漫，保安队战士们被密集的炮火逼得一个个跳进战壕。猛烈的炮弹在身边不断炸响，毫无作战经验的战士们无头苍蝇般四处乱躲。

江崇义一把揪住一名乱跑的战士，大声喊："慌什么！隐蔽！"

队员们清醒过来，纷纷找地方隐蔽起来，江崇义自己也趴进战壕里，王直紧跟在他身后也翻了进来。

江崇义向伏在自己不远处的孟刚喊："黑子，快去看看，有没有弟兄受伤？"孟刚左右转转脑袋，扯着嗓子喊："哪个没气儿了，报上名来。"江崇义瞪起眼睛："混蛋！怎么说话呢！"话音未落，一发炮弹呼啸着直奔江崇义飞来。

江崇义惊呆了，旁边的王直也吓得呆若木鸡，千钧一发之际，孟刚大吼一声，猛然将江崇义和王直二人扑倒在地。

"轰"地一声巨响，尘土飞扬，战壕里弥漫着呛人的硝烟。

孟刚从炮灰中翻起身，惊慌地朝身下的江崇义喊："大哥！大哥！你怎么啦？你醒醒！"

江崇义脸色煞白地爬了起来："没事，我没事。看看老二，老二……"

孟刚转身去找老二。王直被虚土掩埋了，惊魂未定的他狼狈不堪地从土里爬出，刚一缓过神来，便不顾一切地满地扒拉着找他的宝贝金表，好容易从炮灰堆里扒出金表，打开表壳放耳边听听，却发现金表没声了。怒不可遏的王直一跃跳上战壕，破口大骂："小鬼子，我日你祖宗！"

突然间，隆隆的炮声全部停歇下来，阵地上出现死一般的沉寂。

站在战壕上面骂娘的王直顿时惊呆了，他呆望着前沿阵地，疑疑惑惑地朝下面喊了一声："大哥，阵地上怎么没人啊？"

江崇义不敢相信自己的耳朵："你说什么？不可能！你看清没有？"王直揉揉眼睛再仔细看看，确定地说："你自己上来看嘛，别说国军了，连个鬼影子都没有。"江崇义立马跳上战壕，兄弟们也都跟着跳出来，大家向阵地四周看去，一时间全部犹如泥塑木雕般愣住了。

硝烟散去，阵地上，没有一个173团官兵、没有一具尸体、没有枪炮的声音，只有江崇义带领的保安队孤零零地站在空荡荡的阵地上。

173团早已不知去向，正与敌人狭路相逢的林奉天却还为173团捏着一把汗。林奉天躲在草丛里，手枪子弹上膛，目光炯炯地盯着纵马而来的鬼子骑兵，不由担忧地悄声说道："糟了！鬼子的动作果然够快，这回可够173团喝一壶了！"躲在他身边的宋晓丹紧张万分地盯着眼前的鬼子骑兵，端着盒子炮的手直发抖。

日军骑兵一个接一个策马而过，扬起的尘土犹如团团棉絮。

宋晓丹长舒了口气，正庆幸没被发现，这时，只见最后的一名小个子日本兵突然勒住了马头，呼喝一声前面的同伴，二人大声说了几句日语，接着调转马头便向林奉天二人隐藏的地方走来。

宋晓丹一下懵了，端起枪就要扣扳机。林奉天一把捏住了保险，低声喝道："别慌！鬼子没发现我们。"

宋晓丹惶恐地盯着小个子日本兵，只见那小个子日本兵跳下战马，哼着小调，走到他二人埋伏的草丛前，解开裤子就在二人脑袋顶上撒起尿来。

小鬼子的臊尿冲脸浇下，林奉天二人强忍着动也没动一下。小鬼子尿完尿，舒爽地眯着眼，提起裤子刚要转身，不料，过于紧张的宋晓丹不小心碰倒了身旁的水壶，水壶顺着山坡"叮叮当当"地滚了下去，响声惊动了鬼子，这下，林奉天二人立刻暴露在鬼子眼前。

小个子日本兵眯着的眼一下子瞪得溜圆，他呼喝一声同伴，端起刺刀就朝林奉天刺来。几乎同时，林奉天已经突然间蹿起，一把夺过鬼子的三八大盖，顺势一个转身绕到鬼子身后，一刺刀捅倒了鬼子。

此刻，前面骑马的日本兵已催马赶到，挥起军刀砍向林奉天后脑，眼看军刀就要落下，林奉天听到背后的动静，机敏地猫腰躲过致命一击，接着顺势转身，抢起三八大盖，扫向鬼子坐骑的前腿。只听战马一声嘶鸣，当即栽倒，马上的日军也一头栽了下来。林奉天撤步、出枪，所有动作一气呵成，一刺刀结果了日军性命。

眨眼之间，林奉天便杀死了两名日军，趴在草丛里的宋晓丹看得瞠目结舌。林奉天面不改色，顺手捡起地上的鬼子军刀，试了试刀刃："好刀！小鬼子的刀真是不错！眼镜儿，没事了，出来吧。"

宋晓丹惊魂未定地站了起来："三……三……三哥……"林奉天顺手将军刀丢给宋晓丹："接着！还愣着干什么？抄近路，上马走人！"说着牵过一匹鬼子的战马，动作敏捷地翻身上马。宋晓丹回过神来，慌忙牵过另一匹马，哆哆嗦嗦地爬了上去。

二人刚要拍马走人，林奉天忽然想起什么，一跃跳下战马，径直跑下山坡。宋晓丹不明所以地骑在马上望去，却见林奉天跑到山坡下，捡起水壶，狠狠喝了一口酒:"痛快!"

林奉天和宋晓丹一路沿着崎岖山路纵马奔驰,急急赶往173团阵地,却没想到在半路上遇到了从阵地上仓皇撤下的国军部队。穿着国军军装的人流慌张奔逃着,像灾民一般摩肩接踵、拥挤践踏,尖叫着向前方涌去。

林奉天勒缰站定,问道:"怎么回事?你们哪支部队的?"

国军士兵人挤人,只顾撤退,没人接话。林奉天跳下战马,一把揪住一名国军军官:"说!咋回事?"国军军官衣冠不整、狼狈不堪,哭丧着脸说:"老乡,我们173团的,奉命撤退。"

林奉天一惊:"啥?撤退?那阵地咋办?""啥咋办,不要了呗。"国军军官轻描淡写道出一句。林奉天一听急了,他挡住众人大喊:"不能撤!你们这是当逃兵!让鬼子炮弹给吓怂了,孬种!"

国军军官脸上红一阵白一阵:"兄弟,这是上面的命令,咱也没办法。撤!"说完,推开林奉天,混进人群,随人流而去。

宋晓丹突然想起什么:"三哥,他……他们撤了,那咱九台城不就完……完蛋了吗?还……还有,大哥他们咋办?"林奉天两眼怔怔地瞪着宋晓丹,脑子里紧急寻思着应对之策。宋晓丹以为自己说错了话,吓得赶忙解释:"俺……俺又说错话了……三……"林奉天"扑哧"一下笑了:"谁说你错了?你说得对!给我听好了,你马上赶回九台城向王县长报告,让他立刻安排百姓转移,告诉他,保安队最多只能坚持一个时辰,记住,只有一个时辰!快去!"

宋晓丹回过神来,答应一声,翻身上马。林奉天喊住他:"等等,把酒壶都给我。"宋晓丹解下酒壶递给林奉天,掉转马头,纵马而去。林奉天则跳上战马,风驰电掣直奔阵地。

阵地上,江崇义和战士们呆呆地看着了无人烟的阵地,脑子里像灌了铅似的半天转不了弯,一时都不知所措。

王直如在梦中,疑惑地问:"大哥,咱没走错地方吧?"话一出口,王直就后悔自己怎么说了这么一句狗屁话,狠狠扇了自己一个嘴巴。

　　孟刚双目圆睁，莽莽撞撞地说："不是国军跑了吧？"

　　孟刚的猜测也曾在江崇义脑中一闪而过，只是他不愿相信，也不敢相信。他斩钉截铁地说："不可能！这是打仗，不是过家家。再说了，他们从哪儿撤的？我们怎么没碰上？飞过去了？孟刚，赶紧带几个弟兄到前面阵地看看，快去！"

　　孟刚答应一声，带着两名战士跃出战壕往前跑去。江崇义对身后的人说："跟我去找指挥部。"

　　江崇义带着人，沿着狭长的战壕急匆匆奔到173团阵地指挥部。战士马金宝率先跑了进去，查看一番后跑出来报告："大哥，指挥部空无一人。"

　　"啊？不可能，再找找。"

　　"都找过了，别说人了，连弹壳都没有。"

　　江崇义还是不相信，也跟着跑进去："不可能啊……"

　　正说着，孟刚大着嗓门撞进门来："奶奶个熊！大哥，俺找遍了阵地，一个国军都没有。"王直一下跳了起来："国军肯定是跑了！大哥，咱也赶紧撤吧，不然来不及了！孟刚，赶紧集合弟兄，撤！"

　　江崇义火了，吼了一声："嚷嚷什么！谁看到国军撤了？老二你看到了？孟刚你亲眼看到了吗？"孟刚木然摇头，几个人也都面面相觑，安静下来。

　　江崇义骂道："自乱阵脚，还怎么带兵？孟刚你去看看老三回来没有。"孟刚答应一声，提着他的"二黑哥"跑出去。

　　江崇义看看王直："老二你记住，该沉得住气的时候就得沉得住气，怕也不能让人看出来，明白吗？"王直明白过来："是，大哥，我明白。"江崇义点点头，忽听得外面传了朱大生的喊声："三哥……三哥回来了！"

　　江崇义和王直赶忙迎出，只见林奉天沿着一条荆棘遍布的小道纵马赶到，转眼到了跟前，翻身下马："大哥，我回来了！"

　　江崇义迫不及待地问："老三，情况怎么样？"林奉天气喘吁吁："大哥，我长话短说。情况不好，日军精锐山田联队已经集结待命，随时准备发动进攻，气人的是，173团这帮兔崽子在这个节骨眼上放弃阵地跑了。"江崇义心头一惊："你是说，我们现在是孤军奋战？"林奉天点头："是！"

　　众人顿时乱了阵脚，嚷嚷起来："大哥咋办？""是啊大哥，咱咋办？"

王直也再次跳了起来："啥咋办，赶紧撤吧！弟兄们，集合！撤！"

众人慌乱地跟着王直准备撤退，林奉天吼了一嗓子："干什么！都给我站住！国军能撤，保安队不能撤！"

众人不解地看着林奉天，王直急得跺脚："老三你糊涂啦？说什么胡话呢？国军都撤了，我们不撤等死啊？"林奉天坚定地说："正因为国军撤了，保安队才不能撤！大哥，我已经派宋晓丹回去报信，为了九台城的百姓平安转移，我们必须坚持一个时辰。"

"一个时辰？你说得好听，鬼子一排炮打过来，一刻钟咱就全交代了，还一个时辰！"王直觉得林奉天简直不可理喻，转身对江崇义说道："大哥，现在不是逞能的时候，国军一个正规团都望风而逃，咱保安队百十来号人能挡得住吗？这不是白送死嘛！"

一些战士也跟着嚷嚷起来："是啊三哥，国军都撤了，咱可是孤军奋战……"

林奉天吼了一声："鬼扯淡！那是他们孬种，让鬼子的炮弹给吓怂了，没放一枪一炮就可耻地跑光啦！弟兄们，小鬼子凭啥猖狂？就是因为咱怕死、没骨气、没胆子跟人家干，所以，人家才敢骑在你头上拉屎屎尿，才敢在你家里为所欲为。大哥，弟兄们，东三省咋丢的，我林奉天最清楚，就是因为咱前怕狼后怕虎，一忍再忍、一退再退，日本鬼子看你软、看你好欺负、看你窝囊，才敢得寸进尺。大不了一命换一命，小日本还敢得寸进尺吗？说句大话，借他几个胆子，他也得掂量掂量！"

林奉天的一席话震动了大家，大家窃窃私语着。江崇义始终没说话，在心中默默作着决定。

林奉天越说越激动，他扯开领口，拿起水壶灌了几大口酒："弟兄们，我们的父母妻儿都在九台城里眼巴巴地看着我们，我们就眼睁睁地看着小鬼子打进九台城，欺我父母、淫我姐妹吗？弟兄们，往大了说，咱还是个中国人吗？往小了说，咱还是个爷们儿吗？"

阵地上鸦雀无声，大家的脸上红一阵白一阵，默不作声。

王直急了，他说不过林奉天，只能指望说服老大江崇义："大哥，咱保安队的弟兄没一个孬种，可是留在这里无异于以卵击石，到时候鬼子没挡住，

弟兄们的性命也没了，还谈什么保境安民？大哥，这时候万万不能冲动，这一百来号弟兄的生死就在您的一句话了。"

大家的目光纷纷投向江崇义。

江崇义沉默许久，开口道："老三，大哥明白你的意思，我也不想就这么撤了，那样对不起九台城的百姓、对不起王县长的知遇之恩。可我是队长、是弟兄们的大哥，要为保安队的生存考虑，要为所有弟兄们的安危着想。常言道，留得青山在，不愁没柴烧。我看还是先撤出阵地再说。"

"大哥……"林奉天情急失语，王直则长舒一口气："还等什么？赶紧撤！不然来不及了！"

大家低着头，默默跟在江崇义和王直身后，开始撤退。

一团乌云爬上来，渐渐遮蔽了阳光。刚刚林奉天的一席话让弟兄们无不震撼，现在虽然是向安全的后方撤退，可大家的心头还是像被棉花塞着一样闷得喘不过气来，这种时候逃命比拼命还让人心里不安。

看着弟兄们一个个从面前走过，沉默着的林奉天终于忍不住了："黑子，等一下！"孟刚停下脚步，林奉天上前，也不说话，直接从孟刚肩头拿过马克沁，架在战壕上，又搬起两箱子弹和一箱手榴弹摆在机枪旁，接着随手拿过马金宝的中正式步枪，试了试刺刀的刀口，靠在一旁。

孟刚一脸迷茫地看着他："三哥你干什么？"林奉天也不回答，从身上解下酒壶，放在脚前，接着撬开手榴弹箱，取出手榴弹，一枚一枚打开保险，摆在战壕上。

战士们刚开始木然地看着林奉天的一举一动，不一会儿，似乎都明白过来，纷纷停下脚步。

江崇义看出端倪："老三你干什么？别冲动！"林奉天笑了笑："大哥，我没冲动，一枪不放就回九台城，我脸没地方搁呀。"说完，低头继续着手里的工作。

大家默默地注视着林奉天，林奉天一言不发，平静地做着这一切。

突然，孟刚低吼了一声："奶奶的！俺的家伙也不是烧火棍。三哥，机枪给俺！"说完，拔出鬼头刀，一刀砍在一棵树上，转身去拿机枪。

孟刚刚转回来，大个头儿李松也走回来，一句话没说，默默地捡起手榴弹，一枚枚打开保险，摆好。马金宝和刘金锁对视一眼，二人也默默地走了回来。朱大生犹豫片刻，看看江崇义：“娘的！这样走了还算他妈爷们儿吗？我也留下！”战士们一个个相继都走了回来。

看着眼前的一切，江崇义突然跳上战壕：“打仗亲兄弟，上阵父子兵！弟兄们，咱都是一个头磕在地上的弟兄，既然是兄弟，就应当有福同享，有难同当！”孟刚带着大伙也跟着喊：“对，有福同享，有难同当！”

江崇义突然声音哽咽起来：“可是我知道，打仗是要死人的，大哥不想看到任何一个弟兄有个三长两短，可是国难当头，由不得你我。现在听我说，想走的，都可以走，大哥我绝不怪你们，留下的是好兄弟，回去的还是我江崇义的好兄弟！”

大家被江崇义一番情深意重的话打动，群情激昂：“有福同享，有难同当！大哥，我们都听您的，我们都留下！我们都留下！”大家同仇敌忾，王直也只好跟着举起了枪：“娘的！爷们儿也不是孬种！”

林奉天热泪盈眶：“弟兄们，谢谢大家了！”

黑云压城城欲摧，九台城在炮火的威胁下，已是摇摇欲坠。九台城内，大街上空无一人，家家户户闭门上锁。覆巢之下无完卵，相继失守的国土，让九台城的百姓早已是人人自危、草木皆兵。

街道上空无一人，九台县县长王伯昭和几名参议神情严肃地站在县府大院的台阶上焦急地等人。一位参议按捺不住，问道：“王县长，木村先生怎么还不来？再不来可就来不及了。”王伯昭语气严厉地呵斥：“慌什么！”

正说着，只听得石板路上沉闷的马蹄声远远传来，紧接着就看见两辆遮蔽得严严实实的马车驶了过来。

马车慢慢进入县府大院，停了下来，王伯昭等人赶紧迎上来，只见车帘一挑，一个脖子和脑袋一般粗的日本人跳下马车，他就是日军特高科驻九台大特务木村介男。

王伯昭竭力保持着矜持和木村握手：“木村先生辛苦了，请！”木村傲慢地点了点头：“请！”木村在几名特高科便衣和王伯昭等人的簇拥下迈步进了正房，房门随即在他们身后紧紧关闭。

　　木村慢慢踱着步，细细打量着屋内陈设。书架上摆满了各种线装古书，博古架上陈设着明清瓷器，王伯昭喜好古玩，为人也略显拘泥守旧，一直是长袍马褂不离身，却一直引以为傲。木村看到正墙上悬挂着一幅"紫气东来"的中堂，便颇有兴味地驻足观看，王伯昭见他感兴趣，讲解道："传说老子过函谷关前，关尹喜见有紫气从东而来，知道将有圣人过关，果然，老子骑着青牛而来。"王伯昭看着木村意味深长地一笑，道："今日木村先生光临本县，也可谓紫气东来啊。"

　　深谙中国文化的木村会心一笑："王县长寓意深远，佩服佩服！"王伯昭："过奖过奖！"

　　王伯昭和木村等人分宾主落座。王伯昭端起茶杯："木村先生请！"木村象征性地抿了一口，放下茶碗："王县长，应您的邀请，我代表大日本皇军前来谈判。中国有句古话叫开门见山，今天我们开门见山如何？"王伯昭："好说好说。"木村掏出一张纸递给王伯昭："那就请签字吧。"王伯昭没接："木村先生，我们好像还没开始谈判吧？"木村笑笑："王县长，不要忘了，是您主动邀请我来谈判的。"王伯昭犹豫片刻，无奈地接过协议仔细看起来。

　　协议中，日军竟提出九台由蒙绥自治的条件，王伯昭和几名心腹参议看完协议，相视无语。这张纸，名为协议，实则就是一份降书啊。

　　王伯昭咳嗽了两声："木村先生，贵军所提条件未免太苛刻了吧？"木村假装不解："哦？王县长请讲。"王伯昭为难道："其他条件尚可以接受，唯有加入蒙绥自治区这条，恕本县万难从命。"

　　木村冷笑："王县长，你有的选择吗？"

　　王伯昭脸色铁青，作最后一搏："木村先生，不要忘了城外战事还没结束，鹿死谁手还不知道。"

　　"那就恕不奉陪，告辞！"木村拉下脸来，站起身就走，几名特务赶紧跟上。王伯昭和乡绅们面面相觑，参议们赶忙拦住木村："木村先生，有话好说，有话好说嘛！我们再谈谈，再谈谈！"

　　木村威胁地说："没什么好谈的！王县长，你们现在只有一条出路，就是无条件加入蒙绥自治区，否则城破之日，那些杀红了眼的皇军士兵是什么事都能做出来的，到时候在座的诸位、九台城的百姓，当然也包括诸位的妻儿老小的生命财产安全就不好说了。"

王伯昭脸色煞白："木村先生，你在威胁我？"

"就算是威胁好了，你没的选择。"木村冷冷一笑，大家都惊恐地看向王伯昭。

木村接着说："当然，如果王县长在这上面签了字，那就另当别论了，九台城还是九台城、你王县长还做你的父母官、诸位还做你们的参议乡绅。是战还是降，请王县长仔细考虑，我给你们十分钟时间，你们商议吧。"说完，木村悠闲地踱到博古架旁，观赏起瓷器来。

王伯昭无奈地向参议们招手道："各位，我们里面谈。"说完，带着众参议走进里屋密谈。

木村用余光目送着王伯昭等人走进屋，他胸有成竹地认定，在王伯昭这里，他会胜利而归。

两军对垒的阵地上，山田大佐也在急切等待着木村的胜利。山田用望远镜观察173团阵地："上面是支那哪支部队？"一名军曹报告道："报告大佐先生，据木村先生的特高科情报，上面是支那173团，团长名叫吴天。"山田放下望远镜："吴天？就是那个狡猾狡猾的、只会逃跑的173团？"军曹："是。"

山田狂笑起来。军曹道："大佐先生，我们还等什么？开始进攻吧。"山田收起笑容："不，我们要等木村先生的釜底抽薪之计，这样，我们就能用最小的代价击溃支那人、攻战九台城。"军曹立正敬礼："是！"

山田又命令道："传我命令！命令炮兵中队炮击九台城，给支那人施加压力，配合木村谈判。"军曹应声而去。山田再次举起望远镜观察173团阵地，一个拱形的屋顶出现在视线中，那正是173团的观察哨。

江崇义兄弟三人坐在吴天丢弃的观察哨里，正在紧张地观察着地形工事。林奉天皱着眉头说："大哥，要说国军除了贪生怕死之外，也不是一无是处，从这些工事就能看出来，依山就势、层次分明，的确是正规军所为。"王直却不屑一顾，插嘴说："我怎么没看出来？不就是些七拐八绕的壕沟、乱七八糟的土碉堡吗？"江崇义瞪了王直一眼："听老三说完。"

林奉天继续说："大哥你看，此阵地南北地势起伏，易守难攻，国军依

托山势，围绕阵地指挥所构筑了三层防御工事，外围据点可大量消耗敌人的有生力量，一旦敌人突破，纵深阵地就可与敌周旋。纵深阵地由各式掩体、壕沟、暗道相结合，互为依托、相互勾连，即使纵深被敌人占领，第三道工事又可掩护部队安全撤离。美中不足的是，国军只注重防御，根本不考虑进攻，其实工事二字应当这么写……"林奉天用树枝在地上写了"攻事"二字，"死守是守不住的，进攻才是最好的防御。"

江崇义惊讶地看着林奉天："老三，你这些东西都是从哪儿学来的？大哥我是闻所未闻啊。"王直看江崇义如此夸老三，嫉妒地说："行啦老三，纸上谈兵我也会，说点实际的吧。弟兄们的性命可都交在你手里了，咱该怎么打？"江崇义听王直如此一说，也不无担忧地问道："是啊老三，弟兄们最关心的就是这个。"

林奉天习惯性地掏出一个红辣椒，放进嘴里："只要我们利用好这些现成的工事，鬼子想攻上来没那么容易。"

王直催促道："那还等什么？赶紧布置任务啊！"

"走，回阵地！"林奉天一扬手，三人并肩快步向阵地走去。

伙夫霍爷猫着腰挑着热气腾腾的饭菜慢慢沿着战壕走来，他头上竖着一撮花白的头发，随着他的脚步颤悠悠地一上一下抖动着，远远看去，就像一只在战壕上跳跃着向前移动的灰松鼠。"开饭啦，开饭啦！弟兄们，有酒有菜！"霍爷喊了几声却没人动，战士们神情紧张地缩在战壕里，没心思吃饭。

霍爷笑呵呵地劝解道："怎么啦这是？人是铁饭是钢，弟兄们，吃饱了喝足了咱好打鬼子啊！大刘，吃饭！"大刘扭转脸："不吃了，没心思。""不吃怎么行？"霍爷又冲马金宝喊，"万金油，吃饭！"

马金宝没搭理，抱着枪坐在地上，丢着几粒色子，一看就是老兵油子；狙击手刘金锁不紧不慢地擦拭着一支崭新的中正式步枪，这个人沉默寡言，却是枪法如神，百步穿杨、一枪夺命，人送外号"丧门星"。马金宝招呼刘金锁："丧门星，赌一把？"说着从怀里掏出几枚铜板，挑了好半天才从中挑出几个铜板拍在地上。刘金锁眼也不抬地丢给他一句："没工夫。"

霍爷瞅瞅膀大腰圆的朱大生："朱大生，平常就你能吃，今儿怎么也蔫了？"朱大生绰号"青面兽"，保安队里最数他胆大无边，他一下坐起来："死也做个饱死鬼，吃！"朱大生接过霍爷递过的馒头，正要吃，转头一看，"大个儿"李松躺在地上竟然鼾声大作，朱大生踹了一脚李松："你真是狗熊养的，开饭啦！"李松"扑愣"一下跳起来，瞪了一眼朱大生，张开大嘴打了个大大的呵欠。

孟刚抓起一瓶酒，喝了口，对着鬼头刀嘟囔："二黑兄弟，先喝口酒将就将就，待会儿咱尝尝小鬼子的血是啥滋味。"

朱大生用匕首扎着一个肘子肉，一边啃一边看着孟刚："孟黑子，整天嚷嚷你的刀这好那好的，砍过鬼子没？"孟刚瞪起眼睛："你知道个屁！这刀来头大了！知道西北军大刀队吗？"朱大生快速咽下一块肉："当然知道了，喜峰口一战成名，刀法专破鬼子的刺刀。"

孟刚得意地说："对了！那年俺娘带着俺和妹妹从河南逃难，路上遇到了一个受伤掉队的西北军大刀队队长，俺娘懂点草药，救了他，他非要送给俺的，可惜俺没机会用它。"朱大生撇撇嘴："吹牛！看看老朱的这两把匕首，你那破铜烂铁趁早扔了。"孟刚鼻子一哼："你那玩意儿也能杀鬼子？杀猪还行。"朱大生顿时翻了脸，一把揪住孟刚："娘的！"孟刚也腾地跳了起来："奶奶个熊！"两个都是天不怕地不怕的家伙，大伙也没人敢劝架，纷纷后退。

两人正比划着，林奉天、江崇义、王直走过来。孟刚见状赶忙松了手，嘿嘿傻笑着："闹着玩呢，闹着玩呢。"

林奉天命令道："孟刚，你们几个跟我来。其他人赶紧吃饭，必须吃！"

孟刚和朱大生互相瞪了一眼，跟随林奉天一起进了指挥所。

指挥所里，林奉天冷静地铺开地图，俯身察看。大家等着他，不敢吭一声。片刻，林奉天抬起头："大哥您看，这里是我们的阵地，左右两翼分别由国军部队驻守，从地形上看，我们居高临下，进可攻、退可守，只要我们利用好吴天留下来的工事，加上左右两翼国军的协防，鬼子想从这儿过去没那么容易。"

王直担心地问："可我们只有百十来号人，能坚持一个时辰吗？"林奉天肯定地说："没问题。"江崇义看着地图，冷静下来，林奉天眼睛一眨不眨

地盯着他，等着大哥最后的决定。片刻，江崇义下了决心，他站起身："干！"

林奉天高兴地直起身，对战士们道："弟兄们，刚才我看战士们都紧张得要命，饭也吃不下了。也难怪，我们的队员没有任何战斗经验，一旦鬼子展开进攻，恐怕我们会自乱阵脚。各位都是保安队的骨干，有一定战斗经验，只要你们稳住了别慌，其他战士自然会稳住阵脚，这次就全靠大家了。"众人郑重点头。

林奉天威严地下命令："现在听我命令！"

几人原地立正，齐声道："是！"

林奉天指着孟刚："黑子，你带一排的弟兄在右边，记住，听我命令，等鬼子进入射程，一起开火。"孟刚听令大声道："俺知道了！"

林奉天又给马金宝和刘金锁分配任务："金宝和金锁你俩枪法准，自己找地方阻击，记住，专打鬼子的指挥官和机枪手，明白吗？"二人点点头："明白！"

林奉天继续安排道："二排长，你带领二排在左边。"

一直等在一旁的朱大生见同伴一个个都领了任务，忍不住着急地插嘴问："三哥，我呢？"林奉天踢了一脚脚下的手榴弹箱："这个给你，发挥你力大无穷的特长，给我狠狠地炸几个小鬼子。"朱大生这才高兴地扛起箱子："行了！这玩意儿好使！"

每个人都分配了任务，大家正整装待发，日军阵地突然传来一声炮响，沉闷的响声像一只大手撕拽着人们本就紧绷的神经。

江崇义疑惑地问："鬼子这是往哪里打炮？"林奉天用望远镜循声望去，恨恨地骂道："王八蛋！大哥，鬼子炮击九台城！"

县府里屋，王伯昭和几位参议仍在紧张地进行着密谈，王伯昭眉头紧锁："日本人提的条件各位都看到了，你们说怎么办？"

大家你看看我，我看看你，沉默着。

王伯昭脸色阴沉地看着大家："各位都是九台县的参议、各方的代表，都到了这个时候了，还想着明哲保身？签还是不签，说句话。"

一位年老些的参议犹豫了一下："王县长，我看还是签了吧，不然城破之日，就是我们葬身之时，到时候……”另一位参议马上站起来反对：“可是，这样做九台城的百姓会怎么看我们？今后我们还怎么出门啊？这不是当汉……”

话音未落，街上突然传来一声剧烈的爆炸声，桌子上的茶杯被震落在地，摔得粉碎，几人顿时吓得面无血色，差点钻进桌子下面。

王伯昭脸色微变，勉强保持着矜持，低喝一声：“慌什么！”

街上人们惊恐的哭喊声断断续续传来，王伯昭打开窗户一看，一间民房被炮弹炸毁，火光冲天，街上百姓们哭喊着四散奔逃，凄厉的哭喊声激荡着王伯昭的耳膜，炮弹的火焰映在他眼睛里烧得通红，一直极力保持着镇静的王伯昭不禁也慌了。

客厅里木村已经等得不耐烦，敲着桌子催促着，王伯昭只好硬着头皮出来应对。木村看看怀表，将协议递给王伯昭：“中国还有句古话，叫做识时务者为俊杰。王县长，别犹豫了。”

王伯昭咬了咬牙：“木村先生，我有个条件，如果我签了，你要保证不伤害九台城的一个百姓。”木村：“当然，皇军说话是算数的！”

“好！”王伯昭下定决心，转身面对着众参议激昂陈词，“各位同仁，今天给我做个见证，我王伯昭不是贪生怕死之辈，为了九台城的父老乡亲，我就当一回汉奸！我签！”

王伯昭颤抖的手刚拿起笔，房门“咣当”一声被人撞开，一名高挑苗条的年轻女子闯了进来，大喊一声：“爹，不能签！”话音未落，木村的手枪已经顶上女子的太阳穴：“说，什么人？”

女子狠狠地盯着木村，眼神里看不出丝毫胆怯：“中国人！开枪啊！”

王伯昭慌了，几步上前用身体挡住了女子：“别开枪，别开枪！木村先生，她是我女儿，是我女儿。”

木村盯着面前的女子，只见此女面容俊美清秀，嘴形轮廓确与王伯昭有几分相似，但她的嘴角倔强地抿在一起，神情里透着的刚毅却与王伯昭截然不同。木村缓缓放下手枪，王伯昭趁机连推带拽地将女儿拉出房间：“青梅，这里没你的事，赶紧走，赶紧走！”

　　王伯昭好容易把女儿推到院子里，父女俩躲到墙角。王伯昭拉着女儿的手说："青梅，就算爹求你，这个时候千万不要再生事端了。"

　　王青梅挣脱父亲的手，激动地质问："爹，你为什么要这样做？难道你不知道这样做的后果吗？你这是在卖国、在做卖国贼、在当每个有良心的中国人都痛恨的汉奸走狗，你想让九台城的老百姓都这么骂你吗？"

　　王伯昭脸色铁青地喝止她："住嘴！你以为爹就想做亡国奴吗？我也不想看日本人的脸色，可你要知道，如果不投降，日军一旦打进九台城，就会屠城，就凭那些贪生怕死、一败再败的国军能挡住日本人吗？到时候遭殃的还是老百姓。爹这样做是为了九台城老百姓的安危，迫不得已。"

　　王青梅冷笑道："迫不得已？我看您是被日本人吓怕了，是主动投降。"王伯昭气得直哆嗦："胡说！"王青梅更是情绪激动："我没胡说，是那个日本人亲口说的。"王伯昭无奈地叹口气："青梅，你听我说，不是你想的那样……"王青梅激动地打断他："我不想听！现在反悔还来得及，你现在就去，跟日本人说，我们不投降。"王伯昭站着一动没动，王青梅失望地看着他，愤然道："你不去，我去！你怕日本人，我不怕！"说着就要往屋子里闯。王伯昭急忙招招手，两名家丁听令上前挡住了王青梅。

　　王伯昭抱着一线希望继续劝道："青梅，你年纪还小，有些事你还不懂……"王青梅挣扎着叫嚷："我不懂，我什么都不懂，我就知道不能当汉奸卖国贼！放开我，放开我！"

　　王伯昭脸色铁青地挥挥手："你迟早会明白爹的良苦用心。送小姐回房！"

　　王伯昭的态度让王青梅失望之极，她呆呆地看着父亲，似乎不相信眼前这个人就是自己的父亲。

　　鬼子炮击九台，江崇义等人赶紧走出指挥所相看。这时又一枚炮弹划过天空，带着如鬼魅般的呼啸声飞向九台城方向，几秒钟之后，巨大的爆炸声从九台城方向传来，城门内烈焰飞腾。

　　江崇义狠狠地骂道："混蛋！"王直闭目合掌："不知道谁家遭殃了。菩萨保佑，菩萨保佑，千万别是我家啊。"

林奉天目眦欲裂："弟兄们，都看到了吧？小鬼子就是这样欺负咱手无寸铁的百姓的！如果让鬼子进了城，咱九台城的老百姓还有活头儿吗？"

保安队战士们目睹这一切，怒火万丈、群情激愤。

二排长双目喷火，爬上指挥所房顶，对着日军阵地大骂："小鬼子，我日你祖宗！有本事朝你爷爷打！畜生！混蛋！孙子！"

就在这时，天空中再次传来炮弹的尖啸声，声音离阵地越来越近。

林奉天大吼一声："不好！二排长下来！弟兄们，卧倒！"话音未落，十几枚炮弹如黑乌鸦一般纷纷落下，一枚炮弹正中指挥所，"轰"地一声巨响，指挥所被炸塌了。

硝烟散去，二排长已经被炸得血肉模糊，气绝身亡。江崇义跌跌撞撞地扑上来，抱住二排长的尸体嚎啕大哭："醒醒，你醒醒啊！是大哥害了你呀……"

阵地上一片死寂，江崇义的哭声显得格外凄惨。

大家被眼前惨烈的一幕惊呆了，各自缩在角落里瑟瑟发抖，眼睛里充满了绝望。战士们刚刚鼓起的士气转瞬间低落了下去。

王直脸色苍白："大哥，要不……咱还是撤吧，不然……"几个战士也跟着附和："是啊，大哥，鬼子的炮太厉害了！"

林奉天看在眼里，怒吼一声："扯淡！弟兄们，自己兄弟都让小鬼子炸死了，你们说怎么办？"

孟刚瞪着眼跳了出来，怒吼一声："还能怎么办？报仇！"朱大生跟着叫："替兄弟报仇！"李松也跟着喊起来："格老子的！报仇！"

林奉天端起一挺机枪，跳上战壕："是爷们儿的就站出来，给二排长报仇！给九台城遭殃的百姓报仇！"

林奉天咆哮般的怒吼声震撼了每一个人，刘金锁、马金宝等战士纷纷站了出来，跟着喊起来："报仇！报仇！"

江崇义拔出手枪，高喊一声："弟兄们，跟小鬼子拼了！给咱阵亡的弟兄报仇！"战士们同仇敌忾，扬枪高喊。王直也跳将起来，嚷道："算爷们儿什么都没说，报仇！"战壕里响起保安队员热血沸腾的怒吼声："拼了！"

"好兄弟！"林奉天感动得眼角湿润，他转身向孟刚道："孟刚，带你的

弟兄立即进入阵地！""是！"孟刚领命，"弟兄们，跟我走！"说罢，带着一帮人走了。

林奉天又对朱大生说："朱大生，你现在就是二排长，二排就交给你了。"朱大生临危受命，表情肃穆："是！"随后招呼二排的人马也跟了上去。

林奉天回头再看一眼二排长血肉模糊的尸体，咬着牙喊："弟兄们，准备战斗！"

阵地上，马克沁机枪架了起来，打开保险盖的手榴弹摆放在手边，步枪子弹上膛，大家严阵以待。

王伯昭握笔的手在瑟瑟发抖，木村盯着王伯昭手中的笔，耐心地等待着他落笔签字。王伯昭表面装出一副痛彻心扉的样子，眼含热泪盯着协议书犹豫不决，心中却在嘀咕："得意什么，我王伯昭才是九台城的真正主人！皇军、国军、还有共军，你们要的是整个中国，而非我九台城，对于九台城来说，你们皆是匆匆过客。卖国贼也好、汉奸也罢，我王伯昭认了，无论谁来，都离不开我王伯昭！"想到这里，王伯昭草草地在协议上签上了自己的名字。

木村满意地接过王伯昭签字画押的协议，忽听得院子里传来宋晓丹的喊声："放开俺，让俺进去！王县长，王县长，俺是保安队的宋晓丹，林队长派俺来报信，让俺进去！"王伯昭皱皱眉，喊了一声："让他进来。"宋晓丹跑到王伯昭面前，喘着粗气道："王……王县长，快，快，国军173团不战而逃，三哥说保安队最多能坚持一个时辰，请您立即组织老百姓转移，鬼子马上就要来了……"

不等宋晓丹说完，木村旁边的一名军曹已拔枪顶在了宋晓丹脑袋上："八嘎！你的说什么？"宋晓丹惊讶地瞪大了眼睛："你……你是……日本人？！"

王伯昭按下日本人的枪："放开他，是我保安队的兵。"木村笑着对宋晓丹说："你的，不用怕，我们不打仗啦。"

宋晓丹似乎没明白，他呆呆地看看木村又看看王伯昭，木村和几个日本人脸上露出得意的笑容，王伯昭却神情沮丧。宋晓丹突然明白过来，他结结巴巴地问道："王……王县长，我们投降了鬼子？"

王伯昭恼羞成怒："混账！什么投降？是和平协议！"

木村收起协议，露出满意的微笑："王县长，从现在开始，我们就是朋友了，希望我们精诚团结、共存共荣。"

王伯昭嘴角动了动，没说话。木村笑笑："王县长，您要命令保安队放弃抵抗，不然皇军的坦克车会扫荡一切的。"

城外传来隐隐的炮声，这里的战争已经以国民军的失败结束了，阵地上的战争却仍然在继续。

王伯昭起身，对宋晓丹道："走，带我上阵地。"

战火肆无忌惮地屠戮了九台城，九台人民陷入了水深火热之中。大街上几间民房燃着大火，街面上混乱不堪，一些百姓自发地挑着水桶救火，几名穿白大褂的县医院大夫奔忙穿梭在大街小巷，为被炸弹炸伤的百姓包扎伤口。

王青梅乘家丁不备，从窗户爬逃了出来。她是县医院的大夫，听得炮声，知道定会有人受伤，匆匆跑到街上寻找她的队员。

王青梅只顾奔跑，迎面和县医院的外科大夫周冰谏撞在一起。周冰谏两手血迹："王大夫你来得正好，赶紧帮忙。"王青梅二话没说，接过周冰谏递过来的一包绷带，给一名伤员包扎起来。

周冰谏一边给人包扎，一边问："你怎么啦？脸色这么难看！"王青梅没好气道："生气！"周冰谏抬眼看她："谁敢惹县长大人的千金啊？"王青梅更加生气了："别提他！我没这个爹！"不解内情的周冰谏劝慰道："别生气啦，跟你爹生什么气啊！"王青梅忍不住说出来："都当了亡国奴了，能不生气嘛！"周冰谏诧异："什么亡国奴？这哪儿跟哪儿啊？"

王青梅咬着牙说："我爹他……他跟日本人签了投降协议，我们现在都是亡国奴了。"周冰谏惊讶地停下了手中的工作："王县长投降了？不会吧？"王青梅埋头包扎："是真的！"

周冰谏犹豫了一下："就算是真的，我想你爹也是迫不得已吧。"王青梅气急败坏："什么迫不得已？他就是想当汉奸！""也不能这么说，他毕竟是你爹……""怎么不能说？前方将士在浴血奋战，就连保安队都上去了，他却背后和鬼子签协议，出卖九台城！"

　　王青梅越说越生气，周冰谏叹口气："国军都不怎么样，别提保安队了，那帮家伙别看平常耀武扬威的，估计这会儿已经投降了。可话又说回来了，保安队投降日军也不算丢人，谁让人家厉害呢。我在日本留学的时候就看出来了，日本人早就惦记着我们的家园啦，你看现在不是……给我止血钳。"

　　周冰谏的话无异火上浇油，把王青梅气得跳起来："周大夫，你怎么和我爹一个腔调？我看你也是个亲日派！"王青梅将止血钳重重地放在周冰谏手里，正要离开，城外又传来隆隆的炮声，这次更加地猛烈。王青梅和周冰谏都愣了。

第二章　孤独英雄

日军的炮弹如雨点一般落在阵地上，一时间弹片纷飞、烟火四溅，炮弹落下的火焰如鬼火一般在四周围一簇簇地燃烧，随风悠悠飘忽。

林奉天躲在掩体后扯着嗓子大声喊："弟兄们别慌，隐蔽好！鬼子的炮弹打不着咱！"

说是打不着，可炮弹不长眼呀，面对日军猛烈的炮击，隐蔽在战壕里的保安队战士们还是紧张万分。灼热的炮弹碎片在四周飞溅，和着分崩离析的泥块反弹到战士们脚下，头顶不时有崩裂的泥土碎屑落在人们的头上肩上，大家紧握钢枪的手因为过于用力而青筋毕露，被炮灰和泥土抹得认不出眉眼的脸也因为惶恐和紧张而显得过于沉重。江崇义和林奉天看在眼里，忧心忡忡。

江崇义跟林奉天商量："老三，得想个办法，不然鬼子一上来，弟兄们非得怂了不可。"王直先短了一截："临时抱佛脚，有什么办法？"林奉天却说："不能怪弟兄们，这是战前的正常反应，打一仗，见点血就不怂了。"

林奉天解下酒壶，喝了一口，随手递给身旁的战士："让弟兄们都来几口，壮壮胆儿！还有这个，"林奉天从口袋里掏出一把红辣椒，"都来一个，提提神儿！"

旁边的战士接过水壶喝口酒，抹抹嘴说道："对了三哥，给大伙儿讲讲您的四样宝贝是啥意思。"大伙儿一下来了兴趣，纷纷嚷嚷着："三哥，给大

伙儿讲讲。"

林奉天笑着说："行啊，都听着啊！酒，壮胆儿；辣椒，提神儿；枪，打鬼；钱，买路。有了这四样宝贝，你就可以走遍天下、鬼神通吃，懂了没？"

大家都笑了："懂了！"

一个年龄小点的战士胆怯地问道："三哥，小鬼子咱也能对付吗？"

林奉天肯定地说："能！"

他向大伙问道："弟兄们，你们说，是索命无常鬼厉害呢还是小鬼子厉害？"大家想也不想地答道："当然是真鬼厉害了。"林奉天嚼着一根辣椒说："对呀！弟兄们，小鬼子没你们想的那么可怕，都是一个脑袋俩胳膊，见了真鬼他照样魂飞魄散。大家想想，索命无常鬼咱都不怕，小鬼子咱怕他个球！"

大家被林奉天的一席话逗笑了，紧张的情绪也舒缓了。

刚才的小战士也恢复了胆气，笑着问："三哥，听说你当年活剥过鬼子的人皮，有这事吗？"林奉天瞪大眼睛问："你都听谁说的？"小战士说："大伙儿都这么说，还说你和鬼子拼刺刀，一个人干掉五个小鬼子，娘哎，简直就是关云长下凡，砍瓜切菜。"林奉天仰头哈哈大笑，问他："那你还怕鬼子不？"小战士拍着胸脯说："跟着三哥，咱也是周仓，怕他个球！"大家也齐声应着："就是，跟着三哥，怕他个球！"

江崇义看着林奉天三言两语就把弟兄们稳住了，满意地点点头。这时，在阵地前放哨的马金宝忽然面如土色地奔来，向江崇义报告："大哥，我们被鬼子包围了！"

江崇义大惊失色，一把拽住马金宝的衣领："什么？！"马金宝带着哭腔："我们被鬼子包围了，大哥！"

江崇义爬上战壕，举着望远镜望了一阵，放下望远镜，一屁股坐在地上叫道："完啦，完啦，这回是完了！早知今日，就不应该留下来！173团这群混蛋！"

王直气急败坏地埋怨林奉天："老三啊老三，这下可遂了你的愿了，咱兄弟不用吵不用闹，也不用动刀动枪了。还口口声声保护九台城老百姓呢，咱就在这儿等着鬼子瓮中捉鳖吧！"

江崇义和王直的话像冰锥子，把连队兄弟的心扎得冰凉，战士们用绝望的眼神望着江崇义兄弟三人。

　　林奉天气得骂道："二哥，都是爷们儿，顶天立地的汉子，别让人看扁了！"王直跳了起来："谁不想当爷们儿，可现在怎么办？我们被鬼子包围了，除了死路一条，还能怎么着？"林奉天喊道："人争一口气，咱活得就是中国人的骨气，跟鬼子拼了！"王直鼻子里一哼："说得好听，拼得过人家吗？咱拿什么跟人家拼？"林奉天握着拳头，一字一顿地说："拿命拼！"

　　炮弹一枚接着一枚砸向国军阵地，战火纷飞的阵地被此起彼伏的爆炸声笼罩着，国军保安队已经乱作一团，而另一边的日军阵地上却是捷报频传。军曹向山田报告："报告长官，木村传来消息，九台县县长王伯昭投降了。"山田凝重的面容上终于露出难得一见的喜色："幺西，传我命令，停止炮击！命令步兵大队，准备进攻，全歼支那人！"军曹"哈依"一声离去。

　　又一名军曹匆匆跑来："报告大佐先生，阵地上的支那部队跑了。"山田惊道："你说什么？""173团在我们包围阵地之前，已经不战而退，抄小路跑了。"山田气急败坏："八嘎！混蛋！又让吴天跑了！"

　　山田举起望远镜观察，惊讶地发现炮火洗刷过的国军阵地上竟然还有军队恪守，他立刻叫来军曹，让他去查个清楚。

　　日军的炮击突然停了下来，阵地上再次回归安静。乱糟糟的声响一停下来，空气似乎都流动得缓慢了。

　　震耳欲聋的爆炸声还在战士们的耳中回响着，江崇义好似不敢相信似的，用手使劲拽了拽自己的耳朵，确认自己并没有耳聋，这才疑惑地问林奉天："老三，鬼子的炮弹打打停停，这是什么战法？"林奉天分析道："鬼子的常用战法，先用炮弹杀伤敌人，打击对方士气，接下来步兵就要正式展开进攻了。"说完，朝身边的战士们喊："弟兄们，鬼子要进攻了，准备战斗！"

　　话音未落，只听前方枪声猛烈响起，一个战士惊慌失措地喊起来："鬼……鬼子上来啦！"

　　林奉天冲向前一看，阵地前方，日军架设了数挺歪把子机枪进行火力掩

护，步兵纵队气势汹汹，开始进攻。

保安队的战士们有些慌了，在战壕中乱跑。王直眼疾手快，一把按住往后逃的一个战士。江崇义气得大骂："孬种，别跑！"林奉天大喊："别管他们，准备战斗！"王直着急地喊："老三，不拦着都跑光了！"林奉天骂："能往哪儿跑？后边也是鬼子！"王直仰天大叫："娘的！玩儿完啦！"

林奉天冷静地大声喊："弟兄们，不要慌！等鬼子进了射程之内，听我命令一起开火！"话音未落，有的战士已经放了枪，其他战士跟着"乒乒乓乓"打了起来，根本听不到林奉天的声音。"停止射击，停止射击！"林奉天急得大喊，但他的声音刚出口就被激烈的枪声吞噬了。

"进攻！"日军指挥官军刀高举，身后的日军不慌不乱，散开队形，形成了进攻态势。

孟刚双眼圆睁，手中握着马克沁，神情亢奋。其他战士也纷纷上刺刀，准备战斗。

日军的坦克车隆隆启动，朱大生掂着手榴弹，急得直跳："娘的！来啊，小鬼子！"

山田在望远镜里观察着一切，他向身边的军曹问道："查清楚没有，敌方阵地是哪支部队？"军曹回答："还没有，不过从刚才的枪声判断，不是支那人的正规军。"山田疑惑地说："难道是八路？不可能，八路战斗经验丰富，不会打成这样，他们也没有马克沁机枪。"

这时侦察兵跑来报告："报告大佐先生，查清楚了，阵地上是九台城保安队。"

山田惊讶："什么？九台城保安队？"

日军如潮水一般涌来，明晃晃的刺刀、飘舞的膏药旗出现在四面八方，保安队有如瓮中之鳖，生死难料。

江崇义脸色惨白，看看这盘棋已是绝难翻盘，沮丧地捂着脸："完了，完了……"

突然，日军步兵停止了进攻的步伐。

王直奇怪地瞪着眼叫："大哥快看，怎么了？"江崇义望了望，疑惑地说："鬼子也怕死，不敢上来了？"一直在观察敌情的林奉天摇摇头："小鬼子肯定在玩花招。"

保安队战士个个端着长短武器，紧张地注视着前方。林奉天扯下军帽扇动着，诧异道："这仗打怪了，鬼子一向凶悍异常，不会无缘无故不动了，肯定有事。"王直侧着耳朵说："老三你听，鬼子在喊话。"

前方传来日军翻译的喊话声："保安队的弟兄们听着，你们的县长王伯昭已经和大日本皇军签订了投降协议，山田大佐命令你们立即缴械投降！立即缴械投降！"

阵地上顿时乱了阵脚："什么？王县长投降了？王县长投降了……"林奉天提醒道："弟兄们，别听鬼子的鬼话，小心中计！"

翻译官继续叽里呱啦地喊话："请你们相信皇军，王伯昭县长即刻就到。皇军命令你们立即缴械投降，立即缴械投降！否则格杀勿论，格杀勿论！"

王直满腹疑惑，低声对江崇义说："大哥，鬼子说得有鼻子有眼的，这事不像假的。"江崇义喝道："别瞎说，王县长怎么会当汉奸？不可能！"

江崇义也没了主意，问林奉天："老三，现在怎么办？"林奉天狠狠地道："兵来将挡，跟鬼子干吧。"孟刚等人应着老三的话放声吼："干啦！"

举着望远镜的王直忽然大喊一声："等等！"望远镜里，王伯昭出现在日军阵地。

阵地前方，白旗飘摇，王伯昭颤颤巍巍地从日军队伍中走出来，身后跟着垂头丧气的宋晓丹。

王伯昭向江崇义的队伍喊话："保安队的弟兄们，不要开枪，我是王伯昭！不要开枪，我是王伯昭！"

王直指着王伯昭身后的宋晓丹说："大哥你看，眼镜儿！王伯昭真投降了！"江崇义惊讶地看着眼前的一幕，张口结舌。战士们也惊讶地看着眼前戏剧性的一幕，不知所措。

突然，林奉天怒吼一声："我毙了这个王八蛋！"说完举枪瞄准。王直突然一把握住枪口："老三你要干什么？王县长是救我们来的！"

　　林奉天一脚踢倒王直，举枪对准王直的脑袋："扯淡！你敢当汉奸，我的枪可不认人，连你一块儿毙了！"江崇义也急了，拔枪在手，指向林奉天："老三，把枪放下！"兄弟三人瞬间剑拔弩张，僵持在一起。

　　王伯昭举着白旗，走进保安队阵，边走边对着左右队列中的战士们点头哈腰："弟兄们，不要开枪，我是王伯昭，我是来救你们的！不要开枪，我要过来了……"

　　宋晓丹快步走近林奉天，低着头："三哥，信报了，可是……"林奉天点点头："归队！"

　　战士们怒视着王伯昭。孟刚一把夺过白旗，狠狠地摔在地上："奶奶个熊！报什么鸟丧！"

　　王伯昭尴尬地笑笑："弟兄们辛苦了！"

　　没人说话，王直赶忙上前逢迎："王县长，您可来了！这下好了，弟兄们可有救了。"林奉天狠狠瞪了王直一眼："孬种！"江崇义也不满地低喝一声："老二！"王直无奈，只好站到一边。

　　王伯昭抱拳道："崇义，弟兄们，我来迟了，弟兄们受惊了。"江崇义冷冷地说道："保境安民、抗日救国是咱保安队的职责，也是王县长的交代。"

　　王伯昭尴尬一笑："既然如此，我长话短说。本县长已经代表九台县全体百姓，接受了日本人的和平协议，保安队作为本县隶属武装，也要放下武器，接受日本军队的改编。"

　　林奉天怒目而视："你代表不了我们，我们不当汉奸！"孟刚等人也叫嚷起来："改编就是当汉奸，奶奶个熊！俺们不当汉奸！"

　　王伯昭巧言辩解道："汉奸？弟兄们高抬我了！谁不知道当汉奸的下场？那是在丢中国人的脸、丢祖宗的脸，是要遗臭万年的。我王伯昭也不想当汉奸亡国奴，可我是一县之长、是九台县百姓的父母官，你们可以不降，可我不能，如果不投降，日军就要血洗九台城，到时候遭殃的还是老百姓，你们就忍心吗？"

　　林奉天怒吼一声："住口！你还配称百姓的父母官？胆小鬼！林奉天以为你王伯昭是个有骨气的人，能带领大家同仇敌忾、共赴国难，没想到你也是个软骨头。中国就是因为有了你这样贪生怕死的软骨头，才落得国破家亡的地步。奉天宁可战死，决不投降！"

孟刚上前推了一把王伯昭："滚！"朱大生等人也骂道："滚！快滚吧！"

王伯昭被推得一个趔趄，脸色顿变："混蛋！别以为就你们骨头硬、就你们敢跟鬼子拼命，不就是拼命吗？我王伯昭也不是软骨头！"王伯昭一把抢过一杆枪："大不了拼了这条老命，咱跟鬼子同归于尽，这样可以吗？"

大家被王伯昭的举动震住了，王伯昭趁机说："可是弟兄们，拼命容易，看到没？"

大家只顾听王伯昭说，都没注意到阵地前方，日军一字排开，已缓缓压向阵地。

王伯昭还在继续鼓吹："战死沙场是光荣，你们都是男子汉，都可以为党国杀身成仁。可是大家想过没有？大家倒是痛快了，两眼一闭什么都不知道了，可是九台城的百姓怎么办？你们的父母妻儿怎么办？就不用管了吗？"

众人沉默了。

王伯昭趁机大声道："国军的精锐173团都跑了，我们逞什么能？就凭百十条枪能挡住日本人吗？我们一开枪，知道意味着什么吗？"

孟刚不屑道："一条命嘛，俺不怕！"

王伯昭怒目指着九台城的方向："错，屠城！日本人会屠城的，三千条人命啊！"

大家被王伯昭的话唬住了，开始悄悄地议论纷纷。

王伯昭看着江崇义："江队长，常言道，留得青山在，不愁没柴烧。是战是和，我听你一句话。"大家的眼睛也都一起看向江崇义，江崇义久久无语。

许久，江崇义终于下了决心，他走到大家中间，声音低沉："弟兄们，王县长说得对，再打下去只会害了九台城的百姓，害了弟兄们的性命……"孟刚想说话，却被江崇义狠狠地瞪了回去，最后，他恳求似的说："弟兄们，放下武器吧！"

林奉天愤怒地叫道："大哥，不能投降！"江崇义厉声喝住他："老三，你要是还认我这个大哥，就听我的！"林奉天咬着嘴唇不再说话，握枪的手却在颤抖。

阵地前，日军编队继续行进，步步逼近，刺耳的步伐声无形地震慑着保

安队员的神经，大家等待着最后的生死抉择。

江崇义盯着林奉天的眼睛，语气中带着恳求："老三，听大哥的！"

许久，林奉天手中的枪口缓缓垂了下去。

身后传来日军翻译的喊话："列队走出战壕，接受改编！列队走出战壕，接受皇军改编！"

阵地上鸦雀无声，谁也不愿第一个走出战壕。

王直本想先行一步，却被孟刚凶狠的眼神震住，没敢动窝。江崇义看了看大家，双手举枪，步履沉重地走出了战壕，王直急忙跟在江崇义身后走了出去。战士们看在眼里，无奈地举起了枪，也跟着走出战壕……

孟刚一屁股坐在地上，鬼头刀"当啷"一声掉在地上。

保安队战士们一个个走出战壕，丢下武器。

木村挥手示意，一名日军小队长高声命令："支那人，列队集合！"

几名日军士兵上前，蛮横地推搡驱赶着保安队战士："八嘎！站好，站好！"宋晓丹慢了一步，小队长上前就是一枪托，宋晓丹被打倒在地，小队长大骂："支那猪，起来！"宋晓丹吓呆了，愣愣地看着小队长，不知所措。小队长不由分说，举起枪托就打，林奉天上前一把推开日军小队长，怒目而视。

小队长愣了一下，举起枪托砸向林奉天："八嘎！找死！"就在枪托落在林奉天头上之时，林奉天突然出手，夺枪、翻腕、出枪，动作一气呵成，没等小队长反应过来，林奉天手中的三八大盖已经顶在了小队长胸口。

几名日军反应过来，"呼啦"一下将林奉天团团包围。

日军小队长显然训练有素，很快镇静下来，用日语"叽里呱啦"说了一堆话，日军翻译赶忙翻给林奉天："偷袭别人不算英雄。我们都是军人，你敢不敢接受我的挑战，一对一决斗？"

林奉天冷笑一声："告诉他，老子奉陪到底！"江崇义急了："老三，你不要命了？快把枪放下，千万别上当！"

林奉天一字一顿："大哥，我林奉天等今天已经整整等了十二年，今天就是我血耻的日子！把枪给他！"

小队长接过士兵递过来的一把三八大盖，拉动枪栓、退出子弹，接着，撤步、端枪、做好拼刺准备。

林奉天轻蔑地冷笑一声，同样拉动枪栓，退出了子弹："来吧！"

日军小队长抢先出手，不料，林奉天不躲不闪，迎着对方的刺刀同时出手。小队长顿时被林奉天自杀式的战法打乱了方寸，慌乱之际，林奉天的刺刀已经刺进小队长大腿，小队长缓缓倒在了地上。

日军惊呆了。

林奉天怒目圆睁，瞪着其他日军："一个够本！再来！"

两名日本士兵冲出来，举枪就刺，林奉天毫无惧色，三人搏杀在一起。仅仅几个回合，一名日军士兵便被林奉天刺中肩头，倒地不起；另一名日军毫无还手之力，步步后退。

林奉天大吼："老子赚了！"

另外两名日军士兵见势不妙，一起围了上来。林奉天陷入三个人的包围圈，身上多处受伤，但仍然面无惧色，继续激烈搏杀，江崇义等人也看得呆了。

林奉天英勇无比，但日本兵人多势众，林奉天渐渐落在下风，腿上被日军刺中，血流如注。林奉天一步不退，继续进攻，一枪捅倒一名日军士兵。

日军队伍中，站在一旁观战的木村被林奉天的英勇折服，不禁微微点头。

其他日军士兵"呼啦"一下围住了林奉天，林奉天抱着同归于尽的决心岿然不动。

木村喊了一声："林奉天，现在投降还来得及！"

林奉天仰天怒吼："小鬼子，老子宁死不做亡国奴，决不退却第二次！"林奉天的声音震天动地，日军也为之震撼，一旁的保安队员们纷纷低下头去，不忍再看。

孟刚急了，大吼一声"奶奶个熊"，拎起鬼头刀就要冲出去帮忙，却被江崇义、王直等人死死抱住。孟刚拼命挣扎怒吼着："奶奶个熊！放开我，放开我……"

阵地上，林奉天血流不止，终于伤势过重，扑通一下单膝跪倒。他拼命挣扎着试图站起来，日军士兵趁机上前，举枪刺向林奉天。

木村大喊一声："活捉他！"日本兵赶紧掉转枪头，用枪托狠狠砸在林奉天身上。林奉天被打倒在地，血顺着他的脸颊淌下来，他艰难地试图站起来，却再次倒了下去。

鲜血模糊了林奉天的双眼，他在心里喊着"站起来，站起来"，身体却不听使唤地一次次倒下。保安队中传来孟刚的吼声："三哥，起来！"朱大生、李松的喊声也跟着传过来："三哥，站起来！"

林奉天一咬牙，终于艰难地站了起来，他摇摇晃晃地站立着，视线是模糊的，但他竭力圆睁双目，目眦欲裂地怒视着眼前晃动着的黄色军服。

日军士兵被林奉天所震慑，举起的枪托垂了下来。

林奉天哈哈大笑道："老子值了！"说完，眼前一黑，一头栽倒在地。

一切都暗了下来，只有孟刚的怒吼声在阵地上回荡："放开我，你们还算什么兄弟！大哥……"

九台城像刚经历了一次巨大的台风，大街上空无一人。被这白色飓风扫进屋里的人们躲在窗内门后，一双双惊恐的眼睛透过门缝窥视着门外的动静。

街上，听不到一丝响动、看不见一个人影，家家户户顶门遮窗，九台城似乎变成了一座空城，死一般地沉寂。

突然，一阵粗暴的叫嚷声打破了沉寂，一队伪军沿着街道跑来，挨家挨户砸门："开门，开门！都出来，都出来！"

一名县政府官员站在大街中央，高声喊话："乡亲们，大家听我说，从今天起，九台县正式加入蒙绥自治区！王县长要大家都出来，欢迎大日本皇军进城！"

门窗依然紧闭，没有一家开门。

官员提高声音，蛊惑道："大家不要害怕！王县长说啦，日军是我们的朋友，会保证大家的生命财产安全，不会伤害大家，都出来吧！"

各家各户依旧关门闭窗，没有丝毫动静，官员无奈地挥挥手："走啦走啦，上前面去。"

阴霾笼罩在九台城上空，空气里混杂着充满血腥的味道，让人喘不过气来。

城楼上站满了全副武装的日本兵，一队日军打着太阳旗，耀武扬威地列队走进九台城。

保安队被解除了武装，跟在日军队伍后边垂头丧气地走着，队伍中间，浑身是血的林奉天被五花大绑在一辆牛车上游街示众。笨重的牛车"吱吱呀呀"地费力向前行进着，变了形的车轱辘在凹凸不平的地面上滚动着，牛车颠簸起伏，车上的林奉天随着老牛的步子起落摇晃着。林奉天的身上伤痕累累，胸前还渗着殷红的血渍，绳子绑缚的肩臂也被勒出一道道血痕，老牛每走一步，粗粝的麻绳就在林奉天的伤口上多挤出一些血来，林奉天咬着牙，强忍疼痛，昂首看着前方。可是，他渐渐支撑不住，视线渐渐模糊，高昂的头颅也渐渐低垂下来歪到一边。牛儿木讷地埋着头，在日军的驱赶下深一脚浅一脚向前走着。牛车慢慢向前而去，在地上碾压出两道灰色的车辙印。

屈辱和愤懑刻在众战士的脸上，江崇义和王直走在保安队前面，江崇义低着头，脸色阴沉。

走在最前列的木村看着冷清的街面，沉下脸来，他回身问王伯昭："王县长，你说的欢迎群众都在哪里？""是这样，木村先生，我已经派人挨家挨户通知了，大概是老百姓害怕，不敢出来吧……"王伯昭窘迫地答道。

"是吗？我看是不欢迎皇军进城吧！"木村露出一丝狡黠的冷笑。王伯昭诚惶诚恐："哪里哪里，木村先生多虑了。您放心，我现在派人再去催……""不必了！"木村打断他，冲几名特高科便衣特务挥挥手。

特务们立刻心领神会，开始挨家挨户砸门："开门开门，不然砸门了！"门板破裂，门一扇扇被砸烂，便衣特务们冲进各家，叫骂声和孩子们惊恐的哭喊声随之传出。不一会儿，百姓们在特务们枪口的威逼之下，纷纷走出屋来，街道两旁，渐渐聚集起一群老百姓。

牛车颠簸了一下，剧烈的疼痛使林奉天清醒过来，他费力地睁开了眼睛，艰难地说道："酒……酒……"

霍爷趁日军没注意，悄悄解下酒壶，上前递到林奉天嘴边。

一名日军军曹劈手打落水壶，厉声喝道："八嘎！退后！"霍爷捡起水壶，瞪着眼睛："他要喝水！"军曹哗啦一声拉响了枪栓："八嘎！"

李松赶忙上前，一边给军曹赔不是，一边把霍爷拉回了队伍中。孟刚本想发作，却被江崇义严厉的眼神制止住。

队伍沿着大街继续行进，街道两旁，人们无声地看着行走在日军队伍中的保安队，目光中充满了质疑、蔑视和悲愤。保安队战士们在同胞骨肉的目光注视下，失去了最后的尊严，九台城的石板路如同漫长的冰面，冷彻了这些汉子的心……

日军县医院的四周架起了机枪，百姓被驱赶着走进医院空场，县医院的医生护士也被赶了过来。就在这救死扶伤的红十字下，日军将这里变成了临时的屠宰场。

浑身是血的林奉天被绑在空地中央的一根木桩上，奋力地昂着头颅。

一名日军军曹大声说着什么。军曹说一句，一个汉奸翻译就点头哈腰地跟着学一句："太君说啦，大家不要害怕，今年三月，以汪主席为首的国民政府已经和大日本帝国、满洲帝国发表了《日、满、华共同宣言》，王伯昭县长也代表九台县政府和皇军签订了《蒙绥自治协议》，只要大家拥护大日本帝国'大东亚共荣圈'，和皇军合作，共存共荣，皇军会保证大家的生命及财产安全！"

周围的百姓默默地听着小鬼子和汉奸的叫嚣，尖刻的话语如同锋利的快刀，一刀刀割在这些炎黄子孙的心头。

军曹口气强硬起来，指着林奉天，"叽里咕噜"地又说了几句话。翻译点点头，提高了声音："但是，对那些破坏中日亲善、和皇军做对者，将严惩不贷！看到没有？林奉天现在就是跟大日本皇军作对的下场！"

军曹做了个杀头的动作："死啦死啦的！"翻译狐假虎威："要杀头！"

王青梅和几个医生大夫夹杂在人群中，痛心地看着眼前的一幕，有人忍不住低声议论起来。

"林奉天是条汉子！死在日本人的手里可惜了！"

"唉，有什么办法？他杀了那么多鬼子，谁敢救他啊。"

"要是王县长亲自出面，也许能救林奉天一命。"

"也是，现在只有他能和日本人说上话。"

突然，一名日军伤兵走近穿着白大褂的王青梅："你，出列，给我包扎伤口！"

　　王青梅瞪了日军一眼，没动。伤兵上前拖拽王青梅，却被王青梅一把推开："我不给侵略者包扎！"伤兵顿时恼羞成怒，刺刀一下顶在了王青梅胸前："八嘎！死啦死啦的！"

　　突如其来的变故让大家不知所措。就在这时，外科大夫周冰谏挤进来，他操着一口日语，赔着笑脸说道："太君，太君，这位是本县王伯昭县长的女儿，她听不懂您的话。我给您包扎，我给您包扎。"

　　伤兵怀疑地打量着周冰谏："你怎么会说日本话？""报告太君，我在大日本帝国留过学。""幺西，中日亲善！""中日亲善，中日亲善！"周冰谏随声附和着，亲手为伤兵包扎起来。

　　看着周冰谏一副毕恭毕敬的样子，王青梅厌恶地瞪了他一眼，愤然挤出人群，从后院悄悄离开。

　　江崇义和保安队的战士被赶到医院的一间仓库里关了起来，大家情绪低落，气氛沉闷。

　　江崇义坐在一把椅子上，一支接一支地吸烟。

　　王直愤愤不平地说："大哥，不是接受改编吗，为什么还关我们？"江崇义叹了口气："人在屋檐下，不得不低头。"王直："那老三怎么办？不会枪毙老三吧？"江崇义难过地说："日本人吃了亏，当然要杀杀咱的锐气，老三这关恐怕是过不去了。"王直马上想到自己："娘的！日本人不会把我们也枪毙了吧？"江崇义看了王直一眼，没说话。

　　王直意识到自己刚才的话露了怯，赶紧做出一副英勇无畏的样子说："脑袋掉了碗大个疤！我去看看老三怎么样了。"

　　王直走向窗户，孟刚和马金宝、朱大生等一伙战士正挤在窗前，神情悲愤地望着空地上被绑着的林奉天。李松忍受不了这种惨烈的场面，用胳膊肘碰碰马金宝，没话找话地转移话题："怎么不见你赌色子了？"马金宝有气无力地说："你不也没睡觉吗！"李松无话可答，这个时候，任何人都逃避不了心中充斥的辛酸，二人沮丧地垂下了头。

　　外面的汉奸翻译还在尖着嗓子叫嚷个不停："现在请太君给大家讲讲，

什么是大东亚新秩序。大东亚新秩序就是以大日本帝国为核心，以日、满、华为基础的……"刘金锁瞅着外面挺着肚子讲话的小鬼子，眯着一只眼，做着端枪的动作，瞄准了说："万金油，赌一把怎么样？"马金宝斜了一眼刘金锁："没劲！"刘金锁瞄着军曹，愤懑地说道："要是爷们儿的枪在，你信不信我一枪打掉小鬼子的球？"马金宝狠狠地骂道："要打就打那个王八蛋翻译，让狗日的汉奸断子绝孙！"朱大生瞪了一眼马金宝："那咱他娘的又是什么？"马金宝反应过来，狠狠扇了自己一个嘴巴。刘金锁做出扣动扳机的样子，嘴里发出枪响的声音："叭勾！"

"让让，让让，老三怎么样啦？"王直挤进脑袋，从窗户向外看看。窗外，太阳光像火箭一般射在林奉天身上，林奉天裸露的肌肤像是被烧烤的腊肉，从里到处渗着油，慢慢地，林奉天昂起的头颅终于垂了下去。

霍爷不忍再看，分开众人，站在江崇义面前："老大，你是队长，又是弟兄们的大哥，你倒是想想办法，救救老三啊。"刘金锁着急地说："大哥，再不想办法，等不到小鬼子动手三哥就完了。"李松也说："是啊大哥，想想办法，救救三哥！"宋晓丹突然哭了："大哥，救救……救救三哥……"

江崇义一声不吭，继续埋头吸烟，只是换烟点烟的频率越来越快了。大伙儿看着他，每个人的心里都如同塞入了一块重重的冷铅，一下沉了下去，房间里死一般地寂静。

孟刚忍无可忍，怒吼一声："奶奶个熊！老子受够了！"说着就向门外冲去，还没出门，守在门外的日军"哗啦"一下端起了枪："八嘎！死啦死啦的！"

王直和刘金锁赶紧抱住孟刚："孟黑子，你不要命啦！"孟刚挣扎着："不要了！放开我，爷爷和鬼子拼了！"江崇义吼了一声："放开他，让他去！"孟刚怔了一下，哭丧着脸说："大哥，鬼子太欺负人了！"江崇义放缓了声调："黑子，听大哥的，不要再惹事了，大哥心里更不好受。"江崇义的语气中带着一丝无奈，还有一丝恳求，孟刚的怒火渐渐熄灭，只剩下屈辱的泪水在眼眶里来回打转。

王青梅趁日军不注意从后门离开医院，径直跑回了县政府，想不到一进县委大院就看见大家正杀猪宰羊，热闹非常。

王青梅实在想不出在这种时候还有什么事能让九台县的县政府里如此欣然忙碌，她皱眉问管家："王伯，这是干什么？"管家回答道："还能干什么，杀猪宰羊，迎接大日本皇军。"王青梅不由恼怒道："我爹呢？"王伯答："在客厅接待全县的乡绅参议呢，小姐有事吗？"王青梅："找我爹救抗日英雄林奉天。"管家点头："像这样的英雄绝不能让日本人害了！现在九台城里能和日本人说上话的只有你父亲，只要他肯出面，事情一定会有转机。"王青梅坚决地说："我一定要救他！"说着转身向县府大堂走去。

县府大堂内，几名乡绅刚刚送来一块牌匾，众人围在牌匾前，将匾上红布轻轻一扯，"功在千秋"四个烫金大字随即映入眼帘。

王伯昭看看牌匾上的字，抱拳行礼："诸位，保一方平安本县尚可勉强接受，'功在千秋'实在不敢当、不敢当啊！"

一个乡绅恭维道："王县长这次于危难之中，救九台百姓于水火，功德无量、功在千秋，理当接受，理当接受！"另一个老乡绅也跟着说："是啊，九台县能有王县长这样处处为百姓着想、不计个人名利的父母官，实乃百姓之福、九台之幸，王县长就不必推辞了。"

"保一方平安是本县长的职责，各位言重了，言重了！"王伯昭犹作谦虚，几人已将牌匾摆在了屋内显著位置。

王伯昭叹了口气，话中有话地说："可惜的是，有些人并不理解我的良苦用心，难啊……"大家听出王伯昭的言外之意，纷纷表态："王县长，我们理解！我们支持你！"王伯昭微笑着抱拳致谢："谢谢诸位了！"

正说着，王青梅进得门来，也不跟人打招呼，径直喊道："爹，我有事找您！"

众乡绅见此情景，纷纷告辞。王伯昭客气地起身送众人出了门，回身关上房门，这才问道："青梅，找爹什么事啊？"

王青梅开门见山："爹，求你出面救救抗日英雄林奉天！"王伯昭吓了一跳："青梅，你说什么胡话呢？这种话怎么能说？现在可是……再说爹怎么能救林奉天？"王青梅急道："你能，你一定能！你不还是县长嘛！"王伯昭为难道："青梅，这件事日本人是不会听我说的。"王青梅央求："爹，现

在只有你能和日本人说得上话，你一定要救救林奉天！”

"青梅你听我说，不是我不想救林奉天，林奉天他杀了四个日本兵，日本人之所以没在战场上枪毙他，目的就是杀鸡给猴看，给保安队和九台城的老百姓看，更是杀给你爹我看的。你说，爹能救得下他吗？青梅，不要多管闲事了，赶紧回房休息。"王伯昭烦躁地挥手撵人。

王青梅不肯走，故意激他道："我不能不管！爹，你知道老百姓都在怎么议论你吗？说你是汉奸卖国贼，假借百姓利益，换取个人利益。爹，您就不怕留下一个千古罪人的骂名吗？"

"胡说！爹这样做完全是为了九台城老百姓的利益，没有个人利益，九台城的父老乡亲是理解我的。你看这是什么？这块'功在千秋'的牌匾就是证明。"王伯昭激动地指着崭新的牌匾。

"爹，您这是自欺欺人！不管怎么说，您投降日本人是事实、加入伪蒙绥自治区是事实、出任伪县长给日本人当鹰犬也是事实，无论你怎么解释，也摘不了汉奸的帽子。爹，您别执迷不悟了，女儿虽然不认识林奉天，但我知道，林奉天是一个抗日的英雄、是一个有骨气的中国人、是九台城老百姓心目中的大英雄。爹，现在是你改正错误的唯一机会，只要您救出林奉天，老百姓或许会改变对你的看法，不然您就是九台城永远的罪人！"王青梅说得铿锵有力。

王伯昭恼羞成怒，拍案而起："住口！你的书都读到哪里去了？哪有这样对父亲说话的！"王青梅呛道："女儿不敬，可您当汉奸更是对祖宗的不孝！""你、你……"王伯昭气得说不出话来。"你是懦夫！"王青梅劝不动父亲，愤怒地大吼一声，转身冲出了房间。

王青梅气呼呼地走向大门，不料被守在县政府门口的岗哨拦住，她这才发现，岗哨不知什么时候换成了日军士兵。

士兵持枪威胁："退回去！"王青梅前胸一挺："为什么？我是县长王伯昭的女儿。""对不起小姐，退回去！""你们干什么？这是我家，凭什么不让我出去？"士兵面无表情："奉木村长官命令，县政府保卫工作已由大日本皇军接管，没有宪兵队允许，任何人不得出入。退回去！"王青梅愤怒："我偏要出去，看你们能把我怎么样。"说着就要硬闯，士兵端起刺刀，指向王青梅："八嘎！退回去！"管家赶紧跑来，把王青梅拉到一边："小姐，跟我回去。"

王青梅边走边愤愤不平地说："太欺负人了，日本人太欺负人了！"管家叹了口气："这就是当亡国奴的滋味。"

日头渐渐西沉，血红的余晖薄雾似的罩住已经昏死过去的林奉天，远处玫瑰色的晚霞与林奉天胸膛前如花绽放的伤口交映着。

齐刷刷的脚步声传来，山田大佐带着一队日军大步走向林奉天，一名军曹跑上来，立正敬礼："报告长官，行刑时间已到。"

山田的目光环视了一圈周围围观的百姓，挥手道："开始！"

"准备行刑！预备……"

日军端枪瞄准，周围的百姓纷纷低头不敢再看。

趴在窗口的保安队战士们绝望地闭上了眼睛。刘金锁合掌默念："阿弥陀佛，佛祖保佑……"江崇义痛苦地埋下头："三弟，大哥没本事，对不起你了！"

此时，被困在县政府的王青梅眼盯着守在门外的日本士兵心急如焚，却无计可施。

时间在一分一秒地过去，王青梅抬头看了一眼即将沉入西山的夕阳，绝望道："完啦，来不及了！太阳一落山，日本人就要行刑了。"

血红的夕阳无从理会人们急切的心情，沉甸甸地坠了下去。日军的枪口瞄准林奉天的胸膛，军曹举着一面旗子："预备……"

四周的百姓们有的捂住双眼、有的扭转头颅，都不忍再看。

就在这时，木村飞马赶到，喊了一声："枪下留人！"

军曹挥到一半的旗子硬生生收了回来。木村跳下马来，在山田耳边耳语了几句，慢慢走向林奉天。

大家诧异地看着木村的举动，库房窗口更是贴满了保安队弟兄们惊异的脸。

江崇义正躲在一旁黯然神伤，听到外面的喊声，赶忙分开众人挤进来："怎么回事？"王直看着外面说："好像是木村下了停止行刑的命令。大哥，

日本人想干什么？"江崇义揪起一颗心："不知道。"王直猜测着："不会是木村发了善心，不杀老三了吧？"大伙儿一听全兴奋起来，宋晓丹激动地说："说不定还真是。大哥，这下……这下三哥不用死了！"

"做梦，鬼子哪有这么好心！"孟刚骂了一句。大家也觉得过于异想天开，神情再次黯淡下来。江崇义眉头紧皱："安静，看看再说。"战士们也都惶恐不安地向外望去。

外面，日本兵将一桶冷水泼在林奉天的身上。林奉天被冷水激醒，他刚睁开模糊的双眼，木村那张阴险狞笑的脸就凑了上去："林队长，这种滋味不好受吧？"

林奉天贪婪地舔着唇边的水珠，对木村的问话充耳不闻。木村看在眼里，向一名军曹招招手，军曹解下水壶，上前递到林奉天嘴边，林奉天大口地喝起水来。

木村看着林奉天道："林老弟，说实话，我木村来中国这么多年了，中国的事多少了解一些，中国人也见过不少，但林老弟是我见过的最有骨气和胆色的中国人，按你们中国人的说法，是条汉子！"

林奉天咽下最后一口水："别扯淡了，痛快点！我林奉天不喜欢拐弯抹角，像个娘们儿。"木村笑笑："好，那我就直说了。英雄惜英雄，我钦佩林老弟的胆色，真不想让老弟成为枪下之鬼，只要林老弟接受我的建议，我现在就可以放了你。"林奉天冷笑："你认为我林奉天会当汉奸吗？别做梦了！"林奉天闭上眼睛，准备慷慨赴死，木村自信地说道："你错了，这个世界上没有不可能的事。"

木村围着林奉天转了一圈，林奉天口袋里掉出的几个红辣椒引起了木村的注意，木村捡起来："看来林老弟喜欢吃辣椒，我也喜欢。"说着把一个辣椒放进嘴里嚼着，"林老弟，你知道这辣椒是从哪里传入中国的吗？"林奉天微微睁开眼睛，木村接着道："16世纪，辣椒从南美墨西哥传入了日本，后来从日本传入了东南亚，又经过东南亚辣椒才传入了你们中国。我想，只要是好东西，就一定会被大家接受，就像你们中国古代的先进文化能被日本接受一样，'皇道乐土'也一定会被中国人接受，'大东亚共荣'也一定会在中国实现。"

林奉天冷笑："你就那么自信吗？"

"当然！现在的日中局势大家都很清楚，中国军队已经丧失了战斗力，你们的抵抗是徒劳无功的。林老弟，你是个聪明人，中国有句古话，叫做识时务者为俊杰，只要你肯跟皇军合作，我木村保证林老弟一定会受到皇军的重用，你的前途将无可限量。"木村凑近林奉天，"林老弟，我给你一分钟时间，好好想想，给我一个答案。"

林奉天突然一口唾沫吐在了木村脸上："这就是我的回答！"

木村愣了一下，拔出手枪对准了林奉天。林奉天仰天大笑，笑罢，他目视东北方向，低沉而有力地唱了起来：

> 我的家在东北松花江上，
> 那里有森林煤矿，
> 还有那满山遍野的大豆高粱。
> 我的家在东北松花江上，
> 那里我有的同胞。
> 还有那衰老的爹娘……

歌声在空地上回旋，木村脸色发青，枪口在微微地发抖。空地上的所有人都为之一震，认真倾听着林奉天的歌声。

> "九一八"，"九一八"，
> 从那个悲惨的时候，
> "九一八"，"九一八"，
> 从那个悲惨的时候，
> 脱离了我的家乡……

悲怆而有力的歌声传进仓库，激荡着每一个战士的心，保安队战士们眼含热泪，林奉天的每一字每一句都重重地砸在心上。

哪年，哪月，

才能够回到我那可爱的故乡？

哪年，哪月，

才能够收回我那无尽的宝藏？

爹娘啊，爹娘啊，

什么时候，

才能欢聚一堂……

突然，孟刚跳了起来："奶奶个熊！跟小鬼子拼了！"朱大生、刘金锁、马金宝、李松等人也纷纷站了出来，情绪激动地围住了江崇义和王直："大哥，二哥，跟鬼子拼了，拼了！他娘的太窝囊了！"

江崇义一言不发，苦苦思索着，吸烟的手在微微地颤抖。

孟刚急了："大哥，当初对着关二爷磕头的时候你是怎么跟弟兄们说的？有福同享，有难同当！可是如今三哥眼看就没命了，你说过的话还算不算数？三哥还是不是咱兄弟？大哥，你不认兄弟，我孟黑子要认！弟兄们，怕死的留下，不怕死的跟鬼子拼了！"朱大生等战士纷纷跟着孟刚喊："拼了！"

王直赶忙拦住孟刚："弟兄们，莽撞不得！这个时候千万要冷静！"孟刚不理，带着人就要往外冲。

突然，江崇义狠狠地掐灭纸烟，大喝了一声："站住！"

孟刚停住脚步，眼睛溜圆地瞪着大哥。江崇义看着孟刚等人道："你们给我听着，我江崇义从来说话算数，当初对着关二爷说过，今天还是那句话，有福同享，有难同当！"说罢，江崇义单膝跪倒，"关二爷在上，江崇义对天发誓，今天救不回老三，我不做弟兄们的大哥！"说完迈步走向屋门。

孟刚愣了一下："大哥，我跟你去！"江崇义冷冷地说道："没有我的命令，任何人不准出去！"说完，大步走出仓库。

林奉天悲壮的歌声刚刚结束，他安然地闭上眼睛，等待着最后时刻的来临。

木村脸色发青："林奉天，这可是你最后的机会，我数到三就会开枪。"

说完，木村打开手枪保险，指向林奉天的眉心："1……2……"木村的手指渐渐扣紧了手枪扳机。

"等一下！"只见江崇义推开库房门口的守卫大步向木村走来，木村顿时将枪口指向江崇义："江队长？你来得正好，劝劝你的弟兄，执迷不悟只有死路一条。"

江崇义站在木村面前："木村先生，我了解他的性格，在这件事上，没人能说服他，包括我在内。"木村冷笑："我不信他不怕死。""怕不怕死，战场上木村先生都已经看到了。"

木村愣了一下，有些气馁。江崇义察言观色，迅速捕捉到木村眼神中一丝犹豫的表情："木村先生，我有个建议，不，应该是请求，把林奉天交给我来处理如何？"木村怀疑地看着江崇义："你？"江崇义说："林奉天既是我的兄弟，也是我的部下，他违抗军令，理当由我这个大哥来处罚。"

木村沉吟片刻："说下去。"江崇义接着说："木村先生，我们弟兄们当初结义的时候曾立下誓约，有福同享，有难同当，既然你们想收编保安队，就必须保证保安队是一个整体，一个都不能少，如果少了一个兄弟，我江崇义和保安队的弟兄们宁死也不会为日军效力。"

木村和江崇义二人对视几秒，木村眼里渐渐露出无奈之意，江崇义把握时机吼了一声："弟兄们听着，列队集合！"

等在仓库的保安队战士们呐喊一声，蜂拥而出，几名日军守卫举枪试图阻拦，被冲在前面的孟刚、朱大生等人撞翻在地，所有保安队的战士们一瞬间已冲出屋子，站在空地中央。

王直高喊口令："立正！"保安队战士迅速列队集合，站成笔直的一排。

王直脚跟一碰，庄严敬礼："报告队长，保安队所有战士集合完毕。"

江崇义微微一笑："弟兄们，还记得我们结义时候的誓言吗？"

大家齐声喊道："有福同享，有难同当！"

"再说一遍！"

"有福同享，有难同当！"战士们激昂的喊声响彻云霄，周围的日军都为之一震。

江崇义看着王直，王直提高声音："大哥，保安队的弟兄们全都听您的，

您说什么就是什么，就算大哥让弟兄们死，爷们儿绝不会皱一下眉头。"江崇义微微一笑，回身看着木村。

"江队长，你准备怎么处理林奉天？"面对这支特殊的队伍，木村被江崇义的威信所折服，放下了手枪。江崇义说："那就是我们保安队内部的事了，不过我江崇义保证，一定会给您一个满意的答复。"

木村犹豫了片刻："好，我答应你。"

日落西山，残阳如血，浓浓的血的颜色在空气里凝结着，挥之不去的悲壮之曲绕梁不绝。

江崇义解下皮带，一步步走近林奉天。林奉天仰起脸来，面带微笑地看着大哥。二人用目光交流，千言万语尽在不言中。

等江崇义走到身边，林奉天沙哑着嗓子说道："大哥，给……给我一个辣椒。"江崇义从林奉天口袋里掏出辣椒递到他嘴里，林奉天叼起辣椒，点一点头，江崇义一闭眼，猛然举起皮带，一下下抽打在林奉天的身上，林奉天用力地咀嚼着辣椒，笑容却始终挂在脸上。

在场的百姓无不为之动容，保安队的弟兄们更是怒目圆睁，怒视着木村和他身后的日本兵，恨不能将他们寝皮食肉。

木村面无表情地看着江崇义，江崇义怕他看出破绽，只得假戏真做，强忍心痛抽鞭猛打。浑身是血的林奉天忽然头一歪，再次昏死过去，木村这才满意地点点头，带着日本兵离开空地。

见木村离去，江崇义扔掉皮带，冲上去一把抱住了林奉天，嚎啕大哭："老三……大哥对不起你了……"战士们也纷纷围拢上去。

旁边的医生喊道："快，赶紧抬急诊室里去。"战士们七手八脚地解下林奉天，抬着他向急诊室跑去。

月悬碧空，银雾般的月光洒进急诊室。屋子里很安静，没人说话，甚至连喘气都极力地放低了声音，大家围在林奉天身边焦急地等待着他的苏醒。

终于，林奉天缓缓睁开了眼睛，江崇义、王直、刘金锁、朱大生、宋晓丹……一张张熟悉的面孔在林奉天模糊的视线中渐渐清晰。

宋晓丹见他睁开了眼睛，高兴地喊起来："三哥醒啦，三哥醒啦！"大家"哗"地一下围拢了上来，刘金锁欣喜地说："三哥，你可醒了，大伙儿都快急死了。"朱大生也无比激动："这下好了，这下好了！"

王直和江崇义分开人群走进来，王直长舒口气："老三，你总算醒过来了，这回要不是大哥，你三条命也没了。"大伙儿也纷纷说道："是啊三哥，这回可全凭咱大哥了！"

江崇义心怀惭愧："弟兄们不要说了，是大哥无能，连累了弟兄们，让大伙儿跟着受罪。"说着紧紧握住了林奉天的手，热泪滚落，"老三，大哥让你受苦了。"林奉天心中暖流横溢："大哥……"

这时，孟刚突然闯进门来，只见他光着膀子，手里拎着皮鞭，高叫道："大哥，大哥！"众人吓了一跳，江崇义诧异："孟刚你干什么？"

孟刚径直走到江崇义面前，单膝跪倒，双手举起皮带："大哥，孟黑子不该怀疑大哥，您惩罚我吧！"江崇义急忙扶起孟刚："你这是干什么？起来！"孟刚："大哥，我没脸起来。"江崇义："你要是还认我这个大哥，就起来。"孟刚感动地说："大哥，今后孟刚如果再怀疑您，叫我天打五雷轰，不得好死！"江崇义哽咽着："好啦，好啦，都是自家弟兄，不说这些了，不说这些了。"

第三章　初生隔阂

　　日军收编了保安队，为民保安的保安队战士一下变成了日本鬼子的走狗，战士们承受着百姓的冷眼和唾骂，大家心如刀绞，个个萎靡不振。

　　这时，霍爷带人抬着被日军收缴的武器走进营房："弟兄们，领武器了，领武器了。"战士一听来了精神，纷纷围了上去。

　　孟刚迫不及待地在武器里翻找那把鬼头刀，却怎么也找不到，急得大骂："奶奶个熊，俺的刀呢？谁见我二黑兄弟了？"朱大生一双匕首少了一支，正在翻找，一抬头看到马金宝正拿着他的匕首，朱大生上前一把揪住："娘的，占便宜占到爷们儿头上了？"马金宝火冒三丈："你别好心当作驴肝肺，我是正好看到，顺手拿起来正准备给你呢，谁稀罕你的杀猪刀！"朱大生知道自己误会了马金宝，忙放开手："我错了，我错了，给我。"马金宝拉下脸："不行，好事都让你占了，拿东西来换。"朱大生瞪起眼："你还来劲了你。"

　　孟刚找到了他的鬼头刀，一阵欣喜，顺手抄起刀下压着的刘金锁那把木壳枪扔给他。刘金锁捡起枪嘟囔："娘的，还说接受改编能发支三八大盖儿呢。"孟刚挥舞了两下手里的鬼头刀："三八大盖？做梦吧你！"

　　王直陪着日军翻译官走进来，刚进门就听到大家乱糟糟的吵闹，赶紧喊道："安静，安静！"

　　日军翻译官看看大家，说道："告诉大家一个好消息，保安队已经正式编入大日本皇军部队，现在的正式番号是皇协军三连，江崇义为皇协军三连连长，王直为三连副连长，希望三连精诚团结，效忠天皇，为建立大东亚新秩序努力。"

见大家默不作声，翻译官问道："怎么？大家不高兴吗？"王直赶忙接话："高兴高兴，您继续讲。"翻译官"哼"了一声："另外，本人奉木村先生命令，监督皇协军三连全体换装。来人，把军装都拿进来！"话音未落，几名士兵抬着军装走进门来，很快，皇协军军服摆在了每一个保安队战士面前。

战士们你看看我，我看看你，没一个人动手。

翻译官恼怒道："怎么？皇协军的制服不好看吗？混蛋！耳朵都聋了吗？我命令你们，立刻换装！"几名日军士兵端起枪威胁："八嘎！换装！"

保安队的战士们还是纹丝不动。

翻译官瞪着王直："命令他们立即换装，否则我要向木村先生汇报，到时候有你们好看的！"

王直一看情况不对，生怕得罪了日军翻译官，赶忙上前："翻译官先生，别生气，不就是换身衣服嘛，咱哪天不换身衣服。我让他们换，我让他们换。"

说着，王直拿起一身军装，命令旁边的宋晓丹："宋晓丹，给我换衣服！"宋晓丹赶紧往后边躲，被王直一把揪住，恶狠狠地说道："没听见我说话吗？"宋晓丹既害怕王直，又害怕大家的眼神，抱着头蹲在地上哭了。孟刚瞪着王直："你怎么不换？"王直大丢颜面，跳了起来："孟黑子，我是副队长，我命令你换装！"孟刚倔强道："老子不换，你能咋的？"王直火了，一把拽出驳壳枪，翻译官吓得脸色煞白，慌忙躲在了日军士兵身后。

这时，江崇义走进门，大家顿时安静下来。

江崇义看了看大家，一言不发，伸手捡起了一套军装，默默穿起来。霍爷惊道："老大，你这是……"孟刚也顿时傻了眼，松开了王直："大哥……"

江崇义穿好军装，整理一下，铁青着脸大步走出了营房。大家惊异地看着江崇义的背影，都不作声了。

王直也穿上了军装，一边整理衣领一边轻蔑地说："孟黑子，你有种就别换！"说完气哼哼地跟着江崇义走出了营房。

大家你看看我，我看看你，不知所措地僵立着。

翻译官这时又跳了出来："都愣着干什么？换装！"朱大生瞪了一眼翻

译官，叹了口气对身旁的马金宝道："金宝，咱也换吧。"马金宝嘴里嘟囔着："这趟买卖是做亏了，把脸给丢了。"其他战士见此情景，纷纷无奈地捡起军装，开始慢慢穿上。孟刚窝着火，狠狠一拳砸在面前的军服上。

东大街的张记酒馆以清末陈酿闻名，美酒飘香，一度酒客盈门，如今也是生意冷清，门可罗雀。

酒馆掌柜愁眉苦脸地趴在柜台上发呆，跟一个客人有一搭没一搭地闲聊着。

"掌柜的，生意咋变成这样啦？"

"有什么办法，不说您也知道。"

"没生意酒馆还开着，兵荒马乱的，我看不如关门省心。"

"没法子，家里上有老下有小的，都等着吃饭呢。"

正说着，门外传来一阵喧哗。掌柜的赶忙迎了出来："来客人了。"

只见孟刚带着朱大生、马金宝和宋晓丹走进了酒馆，他们是这里的常客，而且还是掌柜奉为衣食父母一直殷勤款待的贵客，可这一回掌柜看见他们却比看见进门来讨饭的乞丐更加失望。掌柜一下没了热情，冷淡地说："是您几位啊！"

孟刚不用招呼径直坐了下来："掌柜的，老规矩，一壶酒，来几样下酒菜，把水壶灌满了。"旁边几个客人一见孟刚等人，躲瘟神一般起身："丧气！掌柜的，结账！"说完，丢下几个铜圆走了，临出门时，一个客人还丢下一句："丢人！"

大家一下听出了弦外之音，朱大生刚想发作，被孟刚拉了一把，悻悻地坐了下来。

见掌柜的站着没动，孟刚没好气地说："你愣着干什么，上酒菜啊！"掌柜的犹豫了好半天："几位，咱……上雅间喝行吗？"马金宝明白过来，瞪了一眼掌柜的："干什么？不去！俺就这儿了！"

"不去不去吧。"掌柜的无奈，转身进了厨房。孟刚还没明白过来："金宝，你发什么火儿？"马金宝白他一眼："你没看出来啊，狗日的让咱进雅间是嫌咱丢人，怕别人看见了不进来，耽误他生意。"宋晓丹惊奇："不会吧，咱没穿那身狗皮啊！"马金宝："咱保安队这几张脸九台城的人哪个不认识？鬼子进城那天你们都忘啦？"孟刚明白过来，恨不得找个地缝钻进去："娘的，这辈子都忘不了。"宋晓丹也沮丧地低下了头。

掌柜的端着酒菜出来，放在桌上，一句话没说走了。朱大生的火儿一下子窜了出来："去他娘的，老子什么时候受过这窝囊气……"孟刚一把按住朱大生："干什么？"朱大生不依不饶："老子骗了龟儿子……"孟刚沮丧："行啦，也怨不着人家，谁让咱……消消气，喝酒喝酒。"朱大生气呼呼坐了下来，四个人低着头不说话，喝闷酒，没喝几杯，孟刚自己忍不住了："不喝了，走人！"

四人站起身，宋晓丹喊着让掌柜的记上账，掌柜的跑来："对不住几位，本店概不赊账。"宋晓丹惊讶道："你……你咋回事？我……我们是保安队……"掌柜的打断宋晓丹："保安队？对不起，是哪个保安队？就是那支给日本人当看门狗的保安队吗？"四人被说得无言以对。

掌柜的又说："对不住了各位，本店只赊给我认识的保安队，不赊给皇协军这帮白眼狼。"孟刚终于忍不住了，一把揪住掌柜的："奶奶个熊，老子揍你……"掌柜的立刻喊起来："来人啊！皇协军打人啦！保安队欺负老百姓啦！"

喊声惊动了街上的行人，人们一下涌了进来，对着孟刚等人指指点点。有人认出他们是保安队的，众人一听更加鄙夷，一时间骂声四起："丢人！掌柜的告他们去，我们给您作证！""对，告他们去！丢人！"

有人撑腰，掌柜的底气更足了，伸过脑袋："你打，你打！"孟刚脸涨得通红，举着的拳头怎么也落不下来。马金宝、宋晓丹、朱大生三人赶紧抱住孟刚，连拖带拽地出了酒馆，落荒而逃。

月光照出两道淡淡的人影，江崇义和王直并肩向营房走来，王直看看江崇义手中的皇协军军服，不禁担忧道："大哥，老三性格太倔，恐怕他死也不会穿这身衣服，我看咱还是别去了，省得下不了台。"江崇义道："我了解老三，嫉恶如仇，性格虽然倔，可他重情重义，在弟兄们中威信很高，如果老三不穿这身衣服，队伍就更不好带了，所以，我们无论如何也要劝他穿上这

身衣服。"王直只好点头："试试吧。"

这时，黑暗中出现了一个人影，江崇义认出是孟刚，喊道："黑子，怎么还不睡觉？"没等他回答，江崇义已闻到他身上那一股冲鼻的酒味，叹道："又喝酒了？"孟刚瓮声瓮气地回答："是！"

孟刚本想到酒馆稍解馋虫，却不料遭了一顿气受。穿了皇协军的黄狗皮，自己本来就不痛快，又遭人骂了一顿，孟刚郁闷之极，买了一坛子酒回来，在营房喝了个烂醉如泥，结果闷酒越喝越憋气。孟刚在屋里待不住了，这会儿刚出来透透气，不料就遇到了江崇义。如果在从前见孟刚醉成这样，江崇义早就发作了，可放到现在这个时候，他也知道兄弟们心中郁闷，强忍了忍，挥手道："回去睡觉。"孟刚梗着脖子："睡不着！"江崇义有点恨铁不成钢，无奈地说："睡不着就回趟家，看看你娘去，好些日子没回家了。""是！"孟刚答应一声，摇晃离去。

江崇义无可奈何地摇摇头，跟王直一起走进林奉天的营房。

只见昏暗的灯光下，林奉天正在收拾着行李。王直惊讶道："老三，你这是干什么？"

林奉天脸色苍白："大哥，二哥，对不起了，我……我要走了。"王直："什么！老三，这个时候你怎么能走？再说伤还没好呢。"林奉天："二哥，我没事的。""不行，不能走！"王直说着，就要上前去抢林奉天的行李，江崇义拉住王直，静静地看着林奉天的眼睛，许久，他轻声问道："你定了？"林奉天艰难地点了点头："是。"

江崇义没说话，放下为林奉天准备的皇协军制服，上前帮着林奉天收拾东西。王直困惑："大哥，您这是？"江崇义不说话，一味默默地给林奉天收拾行李。林奉天看着江崇义，不知道该说些什么："大哥，对不起……"江崇义双手不停，头也没抬："别说了老三，说对不起的应该是我，我这个做大哥的没本事，让弟兄们跟着受罪。老三，人各有志，大家兄弟一场，大哥不会勉强你。"林奉天背过脸去，默默无语。

"只是你这一走，不知弟兄们又该作何打算，也许会和你一样离开保安队，到时候，保安队就要散了，九台城百姓的日子恐怕更加难过了。"说到这里，江崇义转过头，盯着林奉天，"老三，大哥问你句话，我们能一辈子做兄弟吗？"

林奉天点头，吐字千钧："大哥，能！"

江崇义声音哽咽起来："老三，走还是留，你自己拿主意，大哥不会勉强你，不过，我还是希望你留下来，和弟兄们在一起。"江崇义真诚地看着林奉天，王直也劝道："老三，你就忍心丢下大哥，丢下兄弟们自己走吗？"

林奉天久久无言，江崇义叹口气："老二别说了，人各有志，咱不能耽误了老三的前程，我们走吧。"说完，转过身，步履沉重地向外走去。王直无奈地摇摇头，也跟着往出走。

身后忽然传来林奉天哽咽的声音："大哥……"江崇义和王直驻足，回头看着他，林奉天叹口气："大哥……我答应你。"

江崇义泪流满面："好兄弟……"

孟刚摇摇晃晃回到自己家中，熟悉的小院里烛光摇曳。孟刚知道母亲和妹妹还没睡，他站在房门外犹豫一阵，身上穿着日军的黄皮，他真没脸见屋里的亲人，可已经到家门口，孟刚终于狠狠心敲了敲门。

妹妹孟小环披着一件打着补丁的素布花衣出来开门，抬眼看到一身皇协军打扮的孟刚，孟小环假装没认出来："你谁呀？"孟刚愣了一下："环子，你怎么啦？哥都不认识了？"孟小环鼻子一哼，冷冷道："不认识！"孟刚听出环子话里带刺，生气地撇开她："待一边去。"说着就要进门。不料，孟小环猛然一把推开他，咣当一声关上了房门。孟刚急了："环子，开门，开门！娘，我是黑子，给我开门！"

"不准开门！"母亲在屋里严厉地喊了一声。孟刚急了："娘，我脱了这身衣服还不行吗？"说着，赶紧脱下衣服："娘，我脱了，我脱了，快给我开门！"孟刚母亲在屋里骂道："脱了衣服也是汉奸！环子，让他走！"孟小环跑到门后喊："娘让你赶紧走。"

孟刚呆立门外，缓缓说道："娘，您听我解释，我也不想当汉奸，可我没办法啊……"话没说完，只听屋内母亲决绝道："我没你这儿子！你走吧！"孟刚还想说什么，孟母怒吼："走！"孟刚愣了愣，无奈地转身走出了院子。

　　林奉天同意留下，总算了却了江崇义的一桩心事。从林奉天屋中出来，江崇义一阵轻松。月亮高悬在天空，明亮的光影里似有一团黑影，传说那便是嫦娥的婀娜妙影。望着圆圆的月亮，江崇义忽然想起一个人，不禁发起呆来，王直看出他的心思，诡秘地一笑，拉起他便走。

　　县医院里灯火通明，王青梅和周冰谏正忙着给病人看病，门帘一掀，江崇义满脸笑意走进门："青梅小姐忙着呢？"跟在身后的王直也赶紧点头致意。

　　王青梅刚抬起头，一看是这二位，马上别过脸去，态度冷淡地说："江队长什么事？"

　　江崇义与县长一家往来频繁，对王青梅爱慕已久，当九台城保安队队长时总是千方百计讨好王青梅，王青梅对此也心知肚明，但她不怎么喜欢这个人，对他总是冷若冰霜，拒之千里之外。

　　一进门就贴个冷屁股，江崇义尴尬道："没什么事，就是胃有点不舒服……""哦，那先排队，我这儿还有病人。"说着，王青梅转过脸去查看床上的病人，故意不理他。王直嘴快："排什么队呀，大哥是来瞧你的。"王青梅越听越不耐烦了："对不起，我还有事。"说完撇下江崇义扭头走了。

　　周冰谏见他尴尬，上前招呼道："江队长，要不我帮您看看？"江崇义红着脸："不用了周大夫，老二咱走吧。"

　　江崇义尴尬地拉上王直出得门来，王直愤愤不平："不是我说你大哥，男大当婚女大当嫁，换成我直接找王县长提亲去。不就是县长的千金嘛，大哥也不次，堂堂……"江崇义铁青着脸："你懂什么！"王直被噎回去："得，谁让咱喜欢呢。"

　　走了一阵，王直找了个理由让江崇义自己回营地，他却转了个弯，直奔王伯昭家中而去。

　　王直一进门，王伯昭就知道他是又缺钱花了。两人闲聊几句，王伯昭终于把话题引向他最关心也是王直最想说的问题上去了。

　　王伯昭问："王直兄弟，保安队最近怎么样？"王直道："表面上看情绪稳定多了，背后可就不一定了。"王伯昭一怔："说说。"王直说："当然是对投靠日军不满了，尤其是林老三，一向恨日本人入骨，好些弟兄都听他的。"

王伯昭忧心忡忡："我知道弟兄们对投靠日军不满，可这也是迫不得已啊。王直兄弟，你我兄弟的关系就不说了，这件事你要防备着点。"王直："您放心，说来说去，保安队是咱一手搞起来的，我不会让林老三一个外来户蛊惑了弟兄们。再说了，有大哥江崇义的威信压着，他翻不了天。"王伯昭连连点头："这样就好，这样就好。"

王直看看无话可说了，半抬起屁股："没事我先走了。"王伯昭："等一下。"王直的屁股赶紧落回去。

王伯昭从怀里掏出几张银票递给王直："没钱花了吧？"王直喜上眉梢，却假装推辞："您看，我怎么能老拿您的钱呢？"王伯昭假装板脸道："我们是兄弟！"王直这才欣然把钱装进口袋："我明白。"

王直揣着钱心满意足地离开，王伯昭坐在椅子上沉思起来："保安队……江崇义……"

几天后，王伯昭从一个乡绅处买到一件青铜古鼎，得意之余特意派人请江崇义来观赏。王伯昭明知江崇义一介粗人，哪里懂得什么古董，请他来自是别有用意。

看罢古鼎，二人转到院中，王伯昭摆弄着门前的花草，看似随意地问道："江连长，最近弟兄们情绪怎么样了？"江崇义赶紧立正敬礼："报告王县长……"王伯昭摆手道："不要这样，我们之间不必客气。"江崇义放松下来："是！弟兄们情绪稳定多了，只是……"王伯昭紧问："只是什么？"江崇义："王县长，我就直说了吧，表面上看是没事了，可我知道弟兄们心里在想什么，虽然我暂时还能压得住弟兄们，可是时间长了就不好说了。"

王伯昭皱着眉："这件事马虎不得，我知道你在弟兄们中间的威信，他们凡事都听你的，无论如何你得给我稳住他们。"江崇义点点头："我知道。"王伯昭接着说："保安队虽然名义上是皇协军三连，可是说到底还是咱九台县的保安队，是你我赖以安身立命的本钱。我知道你是个明白人，懂我话的意思，这件事就全靠你了。""我明白，王县长您放心，我一定尽力而为。"王县长如此信任，江崇义自当义不容辞。

第三章 初生隔阂

"好啦，不说这些了。"目的达到，王伯昭适时地转移到了轻松的话题上，"对了，江连长为何至今还是孤身一人啊？"江崇义脸色微微变了一下："谢谢王县长关心，如今兵荒马乱的，能活下来就算万幸了，哪里敢奢望其他！"

正说着，一个女孩子年轻靓丽的身影出现在江崇义视线中。只见王青梅走进县政府大院，径直往自己房间走去，江崇义目不转睛地看着王青梅远去的身影，呆呆地发愣。

王伯昭察言观色，微微一笑："江队长对小女印象如何？"江崇义回过神来，尴尬地说道："好好好。"王伯昭笑了笑："你就别瞒我了！我知道你一直喜欢青梅。""不不不，江崇义一介武夫，哪里敢高攀青梅小姐。"被王伯昭看出心思，江崇义更加尴尬了。王伯昭笑道："英雄配美人，哪里有高攀一说。""您是说……"江崇义惊讶地看着王伯昭，王伯昭好似没有听见他的问话，自言自语道："也该给她找个人家了，省得无事生非。"

王伯昭送走江崇义，径直往女儿房间走去，他知女儿脾气倔强，一路想着如何才能让女儿答应这桩亲事。

王伯昭并不常到女儿卧房，王青梅看见父亲亲来探看，起初还笑脸盈盈，可王伯昭刚说几句，王青梅的脸马上就由晴转阴："爹，你怎么能这样做？"王青梅不等王伯昭把话说完，勃然大怒。

"青梅，你娘死得早，爹年纪也大了，你一天不出嫁，爹就一天放不下心，你娘九泉之下也不安稳。如今时局混乱，万一哪天爹有个三长两短，留下你一个人可怎么办？所以……"

"那你就要把我嫁给江崇义？"

"江崇义有什么不好？有能力、有威信、性格沉稳、志向不小，现在又是皇协军的连长，手底下有一百多号弟兄，就连木村先生对他都另眼相待。如今兵荒马乱的，爹只有把你嫁给这样的人才放心。"

王青梅终于听出父亲这么做的目的何在，愤怒道："我看你这是拿女儿的一辈子做交易，收买人心，巩固你的势力。"

王伯昭尴尬道："青梅，你怎么能这样说？爹这可都是为你好！"

"不！我不同意！"王青梅一脸坚决。

王伯昭坐下来耐心劝道："青梅，你就听爹这一回好不好？非要气死爹才安心吗？你娘死的时候……"

"别拿我娘说事，我不想听。"王青梅打断王伯昭，捂着耳朵躲到一边。

王伯昭火了："父母之命，媒妁之言，这件事你不同意也得同意，我是你爹！"

王青梅怒视王伯昭："除非我死了，否则绝不可能！"说完，愤怒地摔门而去。

"你给我站住，你去哪儿？我告诉你，这件事不同意也得同意！"王伯昭的大喊无济于事，女儿头也不回地走了，王伯昭气得一屁股坐在椅子上。

王青梅一口气跑到县医院自己的宿舍，趴在床上抱着枕头失声痛哭。

清冷的月光照进林奉天的营房，他默默坐在床前，呆呆地看着那套皇协军军服发愣。黄色军服上的肩章在月光的照映下闪着点点寒光，似尖刀般深深剜挑着林奉天心上的血肉。

许久，他终于艰难地起身，将那身军服拿在手中。今晚，他要给大哥做个交代。

此时，县政府的宴会厅里灯火辉煌、高朋满座，王伯昭为恭贺江崇义就任连长一职专门为他大排宴席，还特地邀请了九台城有头有脸的乡绅们来捧场助兴。最懂得趋炎附势、巴结逢迎的众乡绅纷纷过来向江崇义敬酒：

"江队长，恭喜您就任皇协军三连连长一职。"

"江连长大智大勇，可谓人中豪杰，我代表九台城各界乡绅父老敬江连长一杯。"

江崇义兴奋地来者不拒，不停地感谢大家："谢谢各位，谢谢各位。"

王伯昭站起来："我建议，大家共同举杯敬江连长一杯，在座诸位和九台县百姓的生死安危全系于江连长一身了，请！"大家一饮而尽，众人脸上都挂着兴奋和激动的笑容。

厅里人声喧哗，大家正推杯换盏，忽然大门一开，林奉天拖着受伤的身体走进了宴会厅。

宴会厅里一下安静下来。大家惊讶地看着一身皇协军军装的林奉天，窃

第三章 初生隔阂

59

窃私语。

江崇义激动地分开众人，一把抱住林奉天，哽咽着："老三，大哥谢谢你了！"王直也走了出来："老三，你来了就好，快坐下。"王伯昭站出来大声说道："欢迎林老弟，来，大家一起敬林老弟一杯！"

众人纷纷举杯，林奉天接过酒杯一饮而尽，接着倒满酒，连喝了三大碗。宴会上再次人声喧哗起来。

觥筹交错间，江崇义兴奋地挨个敬酒，渐渐有了醉态。王直贴身跟着江崇义："大哥，不能喝了，再喝……"江崇义推开王直，继续敬酒。大家只顾跟江崇义碰杯，都没注意另一边的酒桌上，林奉天郁郁寡欢，独自借酒浇愁。

空荡荡的大街上灯火寥落，只有两名日军士兵拖着长长的影子在巡逻。突然，一声悲怆的歌声打破了寂静。

> 我的家在东北松花江上，
> 那里有森林煤矿，
> 还有那满山遍野的大豆高粱。
> 我的家在东北松花江上，
> 那里我有的同胞，
> 还有那衰老的爹娘。
> "九一八"，"九一八"，
> 从那个悲惨的时候，
> "九一八"，"九一八"，
> 从那个悲惨的时候，
> 脱离了我的家乡，
> 抛弃那无尽的宝藏，
> 流浪！流浪！
> 整日价在关内流浪！
> 哪年，哪月，
> 才能够回到我那可爱的故乡？

哪年，哪月，

才能够收回那无尽的宝藏？

爹娘啊，爹娘啊，

什么时候，

才能欢聚一堂？！

林奉天吼着悲怆的歌曲独自走来，他刚离开热闹嘈杂的宴会厅，脚下步履蹒跚。

日军士兵跑来围住了林奉天，用日语叫道："八嘎！你在唱什么？"林奉天轻蔑地看了他一眼，声音更大了。

"九一八"，"九一八"……

日军士兵恼羞成怒，一把推倒林奉天，嘴里操着半生不熟的中国话骂："你地……东北猪猡……支那人……都该死……"

积压已久的压抑终于让林奉天爆发了，他像一头被激怒的狮子，突然间跳了起来，一把抢过士兵手中的三八大盖，连开两枪，击毙了面前的两名士兵。

枪声划破夜空，警报声骤然响起，林奉天完全清醒过来，急忙逃入黑暗中。一队日本宪兵闻声赶来，叫嚷着顺着林奉天逃走的方向急速追去。

眼看日军渐渐追上，林奉天急忙加快脚步，不料，尚未痊愈的伤口再次崩裂，顿时血流如注。林奉天捂着胸口，踉跄几步，猛一抬头，县医院的牌子进入视线，他紧赶几步，翻身跳入院墙。

县医院里，正在值班室值班的王青梅忽听到走廊里传来急促的脚步声，她以为有急诊病人，赶紧走出值班室，没想到迎面撞上浑身是血的林奉天。

王青梅刚想惊声尖叫，被林奉天一把捂住了嘴巴："别出声，我不会伤害你的。"王青梅紧张地盯着林奉天的眼睛，那双满布血丝的眼睛里充满野性，炯炯有神的目光透着一个刚毅男人特有的魅力，王青梅竟然在一瞬间感到一种从未有过的迷离感觉。

这时，大街上传来日本宪兵的喊叫声，王青梅顿时明白了一切，她用眼

第三章　初生隔阂

61

神示意一下，林奉天慢慢松开手，王青梅红着脸低声说道："跟我来。"说完，转身向走廊深处跑去，林奉天犹像了一下，紧跟着她跑去。

宪兵一路追踪到县医院大门口，一名宪兵头目指着里面喊："一定在这里，进去搜！"宪兵们砸开大门，闯了进来。

王青梅急慌慌带着林奉天跑进一间病房，不料迎面和正要走出的周冰谏相遇，周冰谏没说什么，低着头走了。想起周冰谏的亲日举动，王青梅不禁担忧地皱了皱眉头。

走廊里鬼子的脚步声渐渐逼近，王青梅赶紧让林奉天把衣服脱掉，躺到床上去。林奉天来不及多想，一把撕掉衣服，跳上病床，王青梅抱过一床被子盖在林奉天身上，嘱咐道："记住别出声，鬼子要问，你就说是住院病人，其他由我来对付。"

闻听得走廊里的病房门一间间被宪兵粗暴地撞开，王青梅冷静地拿起林奉天的衣服，出门而去。

王青梅走上前来，拦住正在挨个病房搜查的宪兵："你们要干什么？"宪兵头目粗暴地推开王青梅，不理睬她。王青梅怒斥道："这是医院，你们不能随便搜查。"宪兵还是不管不顾，径直往里闯，很快来到林奉天所在的房门前，王青梅慌了，拼命阻拦："你们不能进去，这是病房！"

宪兵头目一脚踹开房门，几名宪兵端着枪闯了进去。宪兵头目一把掀开林奉天身上的被子，一股刺鼻的味道弥漫开来，宪兵头目急忙捂住了鼻子。

病床上，林奉天满脸涂满药水，浑身抽搐，样子十分恐怖。旁边的王青梅看到也心下一惊："怎么会这样？"

宪兵头目忍着刺鼻的味道看着林奉天："他得的什么病？"王青梅反应过来："痢疾！"宪兵头目："胡说！我看他是刺客！"王青梅的心顿时提到了嗓子眼，千钧一发之际，周冰谏突然走了进来，操着日语说："太君，太君，出了什么事？有什么需要效劳的，您尽管问我。"

宪兵头目："你会说日语？正好！我问你，这个人什么时候进来的？得什么病？"王青梅慌了，死盯着周冰谏："周大夫，你别乱讲啊！"周冰谏看了一眼王青梅，淡淡地说："王小姐，我只会实话实说。"说着，转过身，面对宪兵头目用日语说："太君，这个人是三天前进来的，他得的是痢疾，现在已经转为恶性传染病了。"宪兵头目惊恐地退后几步："八嘎！开路，开路！"宪兵们捂着鼻子纷纷退了出去。

走廊里渐渐没了动静，日军走了。王青梅捂着胸口，一屁股坐在了椅子上："谢天谢地，谢天谢地！"她突然想起什么，赶忙又站起身："周大夫，谢谢你了，不然……"周冰谦面无表情地说："下次别顾头不顾尾就行了。"说完，转身走了。

林奉天这才翻身下床，对王青梅说："谢谢你，我得走了。"王青梅急忙拦住林奉天："现在还不能走，万一鬼子在四周有埋伏就麻烦了。你还是留在这儿，养几天伤，过几天没事了再走。""不行，万一鬼子再来，就会连累了你，太危险了。"王青梅不容置疑地说道："听我的，我知道怎么做！现在躺下，我替你包扎伤口。"说着，拿出纱布和药水。

"对了，你脸上的药水是怎么回事？"王青梅边给他擦脸边问。林奉天说："就是刚才那位周大夫给我涂的。"王青梅哑然："是这样？看来是我误会周大夫了。"林奉天不明所以："您说什么？什么误会？"

"没什么，躺下。"王青梅指挥着林奉天，林奉天顺从地躺在病床上，王青梅小心翼翼地为他包扎伤口。林奉天看着王青梅熟练的动作，感激地说："你可真勇敢。"王青梅笑了笑："勇敢什么呀，刚才我都快吓死了，要不是周大夫，麻烦就大了。"

林奉天眼睛一眨不眨地注视着眼前这个美丽的女孩子，长长的睫毛下，那双透亮的眼睛像天上的月亮一般纯净皎洁。王青梅感觉到他在看她，不由羞涩地低下了头："有什么好看的！"林奉天不知该说些什么，红着脸："谢谢你和周大夫了……"

一大早，王青梅就跑到街对面的王家包子铺买回一笼热气腾腾的包子，皮薄肉厚的大肉包子散发着香喷喷的气味，蒸腾的雾气掩映着王青梅微笑的脸。作为县医院的大夫，她没少给她治疗过的伤病员买早点，可这一次，不知为什么，同样是端着王家肉包子，她却感觉像是端着什么贵重的礼物，心里美滋滋的。

一走进医院王青梅就感觉有些不对劲，人来人往的医院走廊里，似乎多

了一些生人，她警觉地感到，这些人形迹可疑，心里顿时紧张起来。

王青梅正警惕地观望，管家王伯急匆匆找来，让她快回家一趟，说老爷有事找。王青梅爱答不理地回了句："我顾不上。"说完，急匆匆绕道进了病房。

温暖的阳光射进雪白干净的房间，一切都显得宁静祥和，王青梅却明显感觉到危机四伏。她下意识地一把拉开帘子，病床上空空如也。

王青梅一下慌了，赶忙四下寻找，却根本不见林奉天的身影。窗外，特务的身影鬼魅般闪动，王青梅心下一惊："坏了，是特高科特务……"

王青梅顿觉不妙，转身冲出病房，跑到走廊里，发疯般地推开每一间病房的门寻找林奉天的踪影，却始终找不到。王青梅急得快哭了，而她不知道，她的举动已经引起了特务的怀疑，一个特务悄悄向王青梅走来，她却浑然不觉。

就在这时，一个年轻人走近王青梅问道："大夫，外科病房怎么走？""不在这儿，在那边。"王青梅顾不得仔细回答，指着外面敷衍地说。"哦。"年轻人答应一声，随即压低了声音，不动声色地说了句，"有特务，别慌，跟我来！"说完，径直走了。

王青梅顿时明白过来，她犹豫了一下，假装若无其事地跟在年轻人身后，二人保持着距离，一前一后出了病房。王青梅跟着年轻人穿过回廊，来到医院后院，这里是医院办公区，环境僻静，少有闲人到来，王青梅开始警觉起来："等一下，你是什么人？带我来这儿干吗？""放心，我不是坏人，你找的人在里边。"年轻人笑了一下，抬手指了指旁边的一间屋子。

王青梅犹豫片刻，鼓足勇气迈步进了屋子，一进门正看到微笑着望着她的林奉天。王青梅顿时火冒三丈："你乱跑什么！不知道你杀了日本宪兵吗？现在日本人正在全城通缉你，不知道日本人在抓你吗？你要是被鬼子抓了怎么办？你说！你说呀你！"

王青梅一向温婉可人，林奉天从来没见过她发这么大火，一下有点回不过神来："我……我想给你买早点……"王青梅这才看到林奉天手里也端着一笼热气腾腾的包子。

"谁要你买的！你给我老老实实地待着，别让人担心，比什么都强！"王青梅心里一软，可嘴上还装强硬。林奉天却被她骂得不知所措，呆呆地站在原地。

"王大夫，是我让他来这儿的，你错怪他了。"

身后传来周冰谏的声音，王青梅这才注意到屋子里原来还有周冰谏。"周大夫？出了什么事？他……你们……怎么会在这儿？"王青梅有些吃惊，随即意识到自己刚才的失态定然已被周冰谏看在眼里，顿时尴尬得满脸通红。周冰谏笑了笑："我见医院里有日本特务，正好看见他买早点回来，病房里不安全，所以就把他带到这儿来了，怕你着急，所以让我的朋友小李在病房里等你。"王青梅这才明白自己以前一直错怪了周冰谏，她愧疚地说："周大夫，对不起，我一直错怪了你。""没关系，没关系，知人知面不知心嘛。"周冰谏并不介意地笑笑，王青梅也尴尬地笑了。

林奉天遭了王青梅一通数落，心里却觉得暖乎乎的，已经很久没人这么关心过他了。他心怀歉意地说："对不起，我实在憋得慌，就想出去看看情况……顺便给你买了早点……""想不辞而别？"王青梅不等他说完，嗔目而对。"不是，不是，我只是想不能连累你们了，所以……"林奉天将包子递到王青梅眼前，"算我赔罪行吗？"

王青梅心里乐了，表面上却假装还在生气，她故意白了林奉天一眼："谁稀罕你的包子！你要真想报答，就多杀几个鬼子，给那些被鬼子杀害了的父老乡亲、兄弟姊妹们报仇。"

林奉天郑重地点头："嗯，我记住了！不把鬼子赶出中国，我林奉天誓不为人！"

"林奉天？你说你是林奉天？就是那个打鬼子的英雄林奉天？"王青梅看着眼前这个熟悉又陌生的英雄，有些不敢相信。"怎么？你不知道他是谁？"周冰谏诧异地插嘴问。王青梅一脸迷茫："不知道啊！那天在刑场上，他浑身都是血，根本看不出模样来。""看来我们缘分不浅啊！"周冰谏感叹一声，转声向外走，"你们先聊着，我出去看看情况，这儿也不是久留之地，得想其他办法。"

周冰谏一离开，剩下的两个人突然不知道该说些什么，一时陷入了尴尬。

为了缓和尴尬的气氛，王青梅拿了一个包子吃起来。"还傻站着干什么，

你也吃啊！"见林奉天不动，王青梅招呼他道。"我吃过了，你吃……"林奉天回答着，忍不住看一眼王青梅，却发现王青梅也在看他，两人四目相遇，又赶紧闪开。

王青梅岔开话题："你怎么认识周大夫的？""也是昨天晚上认识的，不过我第一眼看到周大夫，就知道这人不简单，绝不是一个普通医生。""我现在也这么认为，以前错怪他了。对了，你说他究竟是什么人啊？""还不知道，不过凭我的直觉，他应该是共产党的人。"

王青梅惊讶地看着林奉天，手里的包子馅流了出来也没察觉。

没过几天，周冰谏便给林奉天找好了另一处较为安全的处所，让他搬过去养伤。

王青梅提前便准备好一套"行头"，带给林奉天让他换上。当林奉天身着长袍、头戴礼帽、眼戴墨镜出现在她面前时，连王青梅都差点没认出他来。看惯了林奉天平时身穿军装飒爽的威武样子，想不到穿上长衫的他更显出文质彬彬、儒雅非凡的另一面气质来，王青梅呆看着他，不禁有些神走魂离。

清晨的雾霭散发着清冷宁静的气味，大街上空荡荡的，林奉天和王青梅从医院后门走出，两人并肩而行，快步离去。

拐过几条巷子，就看到国民小学的校门，周冰谏说的就是这个地方。林奉天和王青梅刚要走进去，几个调皮的孩子嬉闹追逐着冲出来，差一点撞到王青梅身上。林奉天眼疾手快，一把拽过王青梅，两个人的身体贴在了一起。林奉天胸膛的温暖带着男子汉的气息直扑进王青梅心底，她愣了几秒，下意识地使劲推开林奉天。

"哎哟！"林奉天被推到伤口，捂着胸口大叫一声。王青梅吓了一跳，赶紧伸手去扶他："你的伤！""那你还推我？逗你呢，这点伤不算什么！"林奉天顽皮地笑了。王青梅瞪了林奉天一眼："还有心思开玩笑！赶紧走吧，前面就到了。"王青梅红着脸快步向前走去，林奉天赶紧追上。

周冰谏的家就在离国小不远处的一个小院内，院内干净整洁，缀饰甚少，更显得朴素雅致。

林奉天和王青梅刚一走进，早已等候多时的周冰谏伸开双手迎上来，把他们让进屋内："奉天兄弟，我们又见面了。"林奉天紧握周冰谏的手："谢谢周大夫，不但救了我的命，还安排我在这儿养伤，周大夫的恩情我林奉天今生不忘！"周冰谏赞赏地看着他："别这么说。我救的不是你，而是打鬼子的英雄。"

"别提这件事了！当兵不能保家卫国，还算什么英雄？窝囊！"林奉天被触到痛处，有些沮丧。王青梅赶紧安慰他："林大哥别这样说。我知道，你已经尽力了。"林奉天咬着牙恨恨地说："我只恨没能多杀几个小鬼子！"

"奉天兄弟，恕我直言了，你这行为虽然勇猛，却太过鲁莽了！幸亏昨天日本兵没看清你的脸，不然你我还能在此谈话吗？"周冰谏见他依旧鲁莽直性，忍不住规劝几句。林奉天被说得沉默了，周冰谏收住话题说："不说这些了，今后作何打算？"

林奉天神情黯然："我也不知道，反正我是不回保安队当汉奸了。不瞒您说周大夫，自从投降了日本人，我便觉得这天下之大，竟无林某人的容身之所……""江崇义连长有何打算？"周冰谏问道。

林奉天沉思片刻，缓缓地说："我明白大哥的苦衷，投靠日本人也只是一时之策。"周冰谏叹口气："当今局势，你以为这有可能吗？"

见周冰谏似有不信任之意，林奉天激动起来："周大夫，你我一见如故，我就称您周大哥。周大哥您放心，保安队虽然投降了日本人，可是身在曹营心在汉，绝不会和鬼子沆瀣一气、做对不起中国人的事！"

"你把日本人想得太简单了！鬼子收编保安队的目的可不是这样。"周冰谏摇摇头，给林奉天分析道："这帮吃肉不吐骨头的家伙，是要将我华夏踩在他们的铁蹄之下，要我华夏百姓都服从、听命于他们啊！如果保安队保不出力，一次两次尚可以蒙混过关，但时间长了势必引起日军的不满，到那时，保安队恐怕也自身难保。可如果要助纣为虐，保安队众兄弟良心何安？"

林奉天听得无言以对。

周冰谏继续说："日本人如狼似虎、步步进逼，保安队何以自保？""如此说来，保安队岂不是没有一点希望了？那样倒不如解散回家，省得助纣为虐。"林奉天再次激动起来。"错！现在的形势是敌强我弱，任何一点抗日的力量，都对抗日大业有莫大的功用，我们只有倾举国之力，把所有武装都团

结起来，才能战胜强敌。"周冰谏说得激情澎湃，林奉天和王青梅都若有所思地点点头。

"那您说我该怎么办？"林奉天彻底服了周冰谏，向他请教道。周冰谏说："我认为你还是先回保安队，稳住弟兄们，待时机成熟，便可率众兄弟倒戈相向，如此才是有抱负有血性的好男儿！"

回去？虽然林奉天也知道这是最好的缓兵之计，可在他心里，即使给小日本当一天走狗也会是他此生最大的耻辱。林奉天在心里作着两难的抉择，一时陷入沉思。

王青梅见林奉天沉默不语，温柔劝解道："林大哥，我觉得周大哥说得有理。"林奉天想了想，终于下定决心："不错！韩信能受胯下之辱，我为国家受这点委屈实在不算什么。周大哥我听您的，这就回保安队！"周冰谏笑了："磨刀不误砍柴工，先在这里好好养伤，等身体好了再回去。"王青梅红着脸主动请缨："我来照顾林大哥。"

王青梅还在周冰谏家与林奉天一起商讨三连的存亡大事，却不知道此时自己家中已是宾客盈门、大排筵宴，父亲王伯昭正在操办一件关乎她终生的大事。

"诸位，鄙人有件喜事要当众宣布！"王伯昭向宾客们招招手，觥筹交盏的众人顿时安静下来。

王伯昭清了清喉咙："江连长至今还是孑然一身，小女青梅也尚未出阁，趁着大家今天都在，请诸位做个见证，我宣布正式把小女青梅许配给江连长。"

大家愣了一下，随即纷纷起身道喜："天大的喜事啊……恭喜王县长……恭喜江队长……真是喜事临门啊……"

江崇义没想到王伯昭竟然大摆家宴专门宣布此事，顿感受宠若惊。他不知所措地站了起来，声音都激动得有些颤抖："王县长，蒙您抬爱，当众把青梅许配给我江崇义，江崇义受宠若惊。我江崇义是个粗人，此刻不知道该说些什么……什么话也不说了，我江崇义对天发誓，从今往后，誓死效忠王县长！如有违背，天打五雷轰！"

江崇义激动万分地发誓赌咒，看客中有人却在私下议论："这么大的喜事，怎么不见小姐啊？"一旁的管家王伯接过话头："小姐今日身体不舒服，大婚之日再见大家也不迟啊，喝酒，喝酒！"王伯将话题搪塞而过，但内心却不无担忧——青梅小姐的倔脾气，能接受父亲擅自安排的这桩婚事吗？

　　天际刚出现第一抹紫红色的朝晖，营房的瓦檐上还裹着一层淡淡的夜雾，王直便向江崇义的营房走去。

　　王直早想跟江崇义说说那几个日本宪兵被杀之事，可等了一天，半夜才见江崇义喝得酩酊大醉被人搀扶回来。王直也不便多问，直等到第二天一早，王直才又早早过来，一进门，却见江崇义坐在太师椅上心事重重地吸着烟。

　　王直故意先扯了些闲淡，这才试探地说："大哥，你说那几个日本宪兵不会是老三杀的吧？"江崇义看了他一眼："别乱讲。"王直："我看差不离，要不然能失踪？走了也好，省得给咱惹麻烦。"江崇义不满地瞪他一眼："老二你怎么能这样说？咱可是一个头磕在地上的弟兄。"王直见江崇义护着老三，只好认错："是，大哥，我说错了。"

　　刚说完，忽见林奉天走进屋里，江崇义一下从椅子上跳了起来，一把抓住林奉天的双肩："老三，你到哪儿去了？可把大哥吓坏了！我正派人四处找你呢！""没什么，心里烦闷，出城外走了走。"林奉天应付道。江崇义道："没事就好，没事就好，三弟，下不为例啊！现在这兵荒马乱的，万一出点事儿，我可怎么跟弟兄们交代？你不知道，那天晚上，有人杀了几个日本宪兵，木村正派人四处搜查呢。"林奉天故作惊讶："哦？有这事？不过大哥，日本鬼子该杀！"

　　王直已认定是林奉天所为，见他装傻，话里有话地说："三弟！识时务者为俊杰，跟日本人对着干没好处。""给鬼子当走狗也没什么好处！"林奉天看不惯老二这副奴颜婢膝的样儿，斥责地说道。王直一下火了："老三你怎么说话呢？你以为爷们儿就想当汉奸吗？"江崇义赶紧出来打圆场："都少说几句！自家兄弟为些许小事争吵，伤了和气可不值当。对了，正好老三也回来了，有件喜事告诉你们。"说到这桩喜事，江崇义不免得意洋洋。

　　王直来了兴趣："什么喜事大哥？""昨天王县长请我到他府上喝酒，亲

口把他的宝贝女儿王青梅小姐许配给我了！"江崇义喜形于色，林奉天吃了一惊，脸色微变。王直："好事啊！大哥！你也终于有个家了！"江崇义注意到林奉天的脸色，问道："老三你怎么啦？不高兴吗？""高兴高兴！"林奉天赶紧掩饰地笑笑。江崇义继续说："两位兄弟不知，大哥闯荡江湖这么多年，见的世面也不算少了，可是像青梅小姐那样标志贤惠的女人，大哥还真是头回遇到。"一想到王青梅那秀美俊俏的脸蛋，江崇义不由心潮起伏。

"那大哥可得早点准备聘礼，把人家娶过门来。"王直迎合地说。江崇义哈哈大笑："大哥正有此意！走，大哥这就领你们去见见未来的大嫂。"说完站起身就要出门。林奉天赶忙说："我不去了。"他心里不是滋味，故意回避。"怎么回事你老三，大哥有了老婆你不高兴吗？走走走！"王直硬拉起林奉天，林奉天无奈，只好跟着出去。

一路上江崇义和王直有说有笑，林奉天跟在后边心事重重。

走到卫生院门口，王直见一个老头蹲在墙边端着个烟摊卖香烟，上前拿起一包烟就走。

老头追过来要钱，王直火了："瞎了你的狗眼！没爷们儿保家卫国，你们卖个屁的香烟？这烟算孝敬爷们了。"老头也是倔，嘟哝着回了一句："保家卫国？日本人都保到城里来了，不知保的是哪门子的家！"王直正要发作，江崇义将王直拖住："老二，不是我说你，你这个毛病该改改了！都什么时候了，还欺负自己人？"他顺手把烟钱扔给老头，拖着王直走了。

江崇义还没到，县医院王青梅的宿舍里已然炸开了锅，窗子里传出王青梅歇斯底里的怒吼声："你回去告诉我爹，这事没的商量！"王青梅刚刚从管家王伯口中得知父亲擅自做主宣布婚事的事，气得怒火中烧，不等王伯把话说完就嚷嚷起来。"可是小姐，老爷已经在家宴上当众宣布了，你不回去，让老爷今后怎么做人啊？"王伯领命请小姐回去，可劝又劝不通，正是左右为难。王青梅决绝地说："那是他的事，要嫁让他自己嫁！我跟你说王伯，以后不要在我面前提这事，不然我也不认识你！你走吧！"

王青梅把王伯赶走了，自己坐在椅子上生闷气，忽听院子里有人喊她说有人找，王青梅还没来得及站起身，江崇义和王直挑开帘子自己进来了。

一看见江崇义，王青梅更是气不打一处来——气的就是你，还敢来，真是自动找上门来要难堪。王青梅拉下脸冷冷道："你来干什么？"

江崇义脸上有些挂不住，急忙拿出一只玉手镯，递给王青梅："这个送给你！""对不起，我不能接受你的东西。"王青梅看也不看，甩下一句话。

江崇义尴尬不已，想起了林奉天还没进来，回头喊："老三，进来见见青梅小姐。"

林奉天这才磨磨蹭蹭走进门，王青梅一看是他，换了个人似的喜笑颜开迎上去："林大哥，你怎么来了？"

江崇义诧异道："怎么，你们认识？那正好，老三，这位就是你们未来的大嫂。"王青梅的脸顿时又沉了下来："我没答应嫁给你。"

江崇义讨了个没趣，呆了半晌，悻悻地说："我先走了……"江崇义本想等着王青梅挽留自己一下，没想到却听王青梅对林奉天说："林大哥，你等会儿，你的衣服还在我这儿呢，我帮你洗了。你等会儿，我去给你拿。"说着翻开了柜子，拿出洗好的衣服："林大哥，给你。"

江崇义和王直面面相觑，他们不知道林、王二人到底是何关系，但凭本能已经觉得不太对劲儿。江崇义心里酸酸地看着林奉天，林奉天语气冷淡地说："谢谢王大夫，你忙，我先走了。"

林奉天匆匆走出来，江崇义已是脸色铁青，王直忍不住问道："老三，你和青梅小姐是怎么回事？""没事，我和青……大嫂也是刚认识的。"林奉天遮掩道。

王直阴阳怪气地："你也知道他是大嫂啊？我还以为你不知道呢！"林奉天："什么意思？"王直："什么意思你心里清楚！是爷们儿就说清楚，你的衣服怎么会在大嫂那儿？哼，有人要是不爷们儿，做对不起大哥的事，就是大哥能饶他，我王直的枪子儿可不长眼！"林奉天急了："你说什么？谁对不起大哥了？我和王大夫萍水相逢、清清白白，你不要血口喷人！"

眼看二人在这大街上就要动起手来，江崇义吼了一声："老二你住口！别人可以不信，老三是铁骨铮铮的汉子、敢和小鬼子拼刺刀的英雄，是我江崇义的结义兄弟，这样的汉子，会做对不起大哥的事吗？回家！"

江崇义说完大步流星地走了。

第四章　血染谷仓

　　深蓝色的天幕遮盖住大地，几点残星刚爬上来就惊慌地逃出了人们的视线。入夜的九台城灯火寥寥、行人稀少，只有几个日本宪兵在大街上巡逻。

　　一些穿着和服、喝得烂醉如泥的日本人在街上发疯撒泼，一看到年轻女子经过，就猥亵地叫着："花姑娘，花姑娘，陪太君喝酒！"不多的几个中国人见了他们都躲得远远的。

　　九台城晚上唯一热闹的场所就是这座名叫春香院的妓院，打扮得花枝招展的妓女们站在门口迎来送往，不断地招呼着街上的路人，但进出妓院的大多是些日本士兵。

　　王直喝得醉醺醺的，手里还提着一瓶酒，摇摇晃晃地走进春香院，老鸨立刻热情地迎了上去："王大爷啊，好久没见您了！我们这里的姑娘可天天念叨你呢！"显然王直是这里的常客。老鸨边说边把这位财神扶进了店里，将他让进一间上好的客房。

　　王直坐在椅子上，喝着老鸨端上的酒，问道："听说你们这里来了个最风骚的娘们儿，叫黑牡丹？"老鸨笑嘻嘻地回答："哎呀，什么事情能瞒过你王大爷啊！不瞒您说，黑牡丹现在可是我们这儿的头牌，长的那叫一个水灵！"

　　王直从兜里掏出红纸裹好的一包银元，两手啪地折断，几十个银元哗啦啦掉在桌上："那你他妈还愣着干什么？还不快叫来伺候大爷！"老鸨顿时喜笑颜开，将桌上的银元收进布袋："王大爷这排场，这九台城谁也比不了。您稍等片刻，我这就去给你叫黑牡丹。"老鸨喊着黑牡丹的名字扭着屁股走上楼去，不一会儿，从楼上走下个浓妆艳抹的窈窕女子。

黑牡丹径直走到王直身边，靠在他身旁给他倒酒、夹菜。美人就美酒，不一会儿王直便喝得醉醺醺的，他语无伦次地说："你看我是不是爷们儿？"黑牡丹赔笑说："大爷您要不是爷们儿，这世上就没爷们儿了。""那他妈为什么姓江的，还要骂老子？"王直气愤地骂道。黑牡丹不知如何回答，愣住了。王直自顾自地继续说道："操他妈的，虾有虾路、蟹有蟹道，老子离了你姓江的就活不了了吗？走到哪儿，王某人都是一爷们儿！把老子逼急了，老子另立山头，做大哥！""大爷喝醉了，黑牡丹伺候大爷就寝吧。"黑牡丹伸手拉他。王直站起来："好！去你妈的姓江的、姓林的，老子现在要玩九台城最风骚最漂亮的娘们儿！"

同一个夜晚，牢骚满腹的王直用左拥右抱、寻欢作乐来发泄苦闷，而同样有着凄苦心思的林奉天却宁愿孤独地呆在自己房间里，捧着王青梅洗过的衣服呆呆地出神。从前在保安队的时候他也知道大哥总喜欢往县政府王伯昭家里跑，可他从没往别处想过，这时候他才明白，原来大哥早就在心里喜欢青梅了。不该啊不该，作为手足兄弟的他一直都不知道大哥的这桩心事，而更不该的是他知道这件事却是在自己与青梅邂逅、两人都在心里萌生出一星让人暖融融的小火苗的时候。每每见到王青梅，那颗小火苗就会在胸膛里突突往上撞，这是他以前从未有过的感觉。现在他迷惑了、犹豫了，他不知道是不是该把这火苗掐灭，他甚至怀疑自己有没有足够的毅力把这份一直渴望的温暖从内心中驱赶出去。

听得门外有脚步声走过来，林奉天回过神，赶紧放下衣服。大门被推开，江崇义提着两瓶高粱酒、一纸袋卤牛肉走了进来，林奉天赶忙站起来："大哥……"江崇义按下他："坐，坐！奉天，还没睡？""睡不着……""我也是！所以带了点酒肉过来，咱们兄弟好好喝个痛快。""那好啊，咱们兄弟好久没有这样清清静静地喝酒聊天了。二哥呢，要不把他也叫上啊？"林奉天不见王直，问道。江崇义轻蔑地笑笑："他？没在队里！谁知道又在哪个窑

姐的怀里吃奶呢。"

江崇义用牙咬开酒瓶盖，林奉天赶紧举瓶，二人对瓶而吹，边喝边聊。

几口酒下肚，江崇义有些醉了："老三，你是了解大哥的，世道艰难啊！为了保存三连的一点血脉，我忍辱偷生、投靠日本人，大哥也是不得已啊！"林奉天点点头："我知道！大哥，咱不会忘了咱是中国人，可是，投靠着日本人，恐怕也不是长久之计。"江崇义叹气道："这一点我如何不知？只是眼下的局势，只能走一步看一步了。"林奉天趁机问："走一步看一步？大哥，那日本人要是让我们去打自己人，这步怎么看？怎么走？"

江崇义摇摇酒瓶里不多的残酒，仰起脖子一饮而尽，看也不看林奉天："那你说怎么办？"林奉天也想不出更好的办法，一时语塞。

江崇义夹了一块卤牛肉放到林奉天碗里，换了个话题："兄弟，你知道，大哥不像你，你是念过几天书的人，虽不说识文断字，却也比大哥这一介武夫强多了。大哥是粗人，也没什么抱负，所以如今大哥能成个家，在大哥看来，不怕兄弟你笑话，比什么都强。"林奉天："大哥……"江崇义："唉！谁他妈愿意一辈子过刀尖打滚的日子？曹孟德这样的枭雄，最后不也得生儿子不是？老婆孩子热炕头，不只是对自个儿，也是对祖宗的交代。老三，大哥不瞒你说，青梅姑娘，我一眼就看出来是个好女人，大哥真是喜欢得不得了。大哥没什么本事，这么多年就过这刀口舔血的营生，也该歇歇了，也真想歇歇了……"

林奉天听出江崇义话里有话，解释说："大哥，我真的跟大嫂没什么，只是……""兄弟，大哥不信谁还能不信你？其实大哥今天看出来了，青梅看不上我，她喜欢的是你。"江崇义故意试探他，林奉天一下站起来，急赤白脸地说："大哥，怎么会呢？我敢对天发誓……"江崇义打断他："你听我说完！落花有意，流水无情啊！老三，你跟大哥说句实话，你心里喜欢青梅不？"

这句话问到林奉天的心上，他不得不承认自己内心深处怀着对青梅的一丝眷恋，这些天的交往，青梅已经深深刻印在他的心上，她的一颦一笑都让他为之心动、她的一个无心的眼神都能让他兴奋不已，他知道自己爱上了她，但当他得知青梅也是大哥江崇义的心上人时，他的心像被谁使劲揪了一下，他不能跟大哥抢心上人，但也不想昧着自己的良心说谎，面对大哥的问话，林奉天一时无言以对。

"老三，你我是换命的兄弟，大哥跟你说句掏心窝子的话，只要你说声喜欢，大哥一定成全你们！"江崇义一副义薄云天的样子，死死盯着他。

林奉天犹豫了片刻，终于说了声："不。"话音刚出口，他听见自己胸膛里那颗小火苗"扑"地一声熄灭了，心里顿时一片凄凉，凉得人直想掉眼泪。

天蒙蒙亮，王直依依不舍地离开香气氤氲的春香园返回军营，他脸上笑眯眯的，还在回味着黑牡丹的丰乳肥臀。这时忽听见一阵犀利的哨声划破清晨的宁静刺疼了耳膜，他知道这是紧急集合的命令，连忙跑回营房换军装。

营房里，三连士兵也被哨声惊醒，纷纷从床上起来，手忙脚乱地穿衣服。不一会儿，操场上便排好了集中的方队。

江崇义站在队伍前面，旁边站着一个日本小队长和翻译官。小队长和翻译官嘀咕了一会儿，翻译官又走过来向江崇义耳语几句，江崇义点点头，大声对士兵宣布："弟兄们，接山田大佐的命令，要我们配合皇军行动，现在都去军火库领弹药！"

三连战士们被带到军火库，大家看着军火库里堆积如山的军火，目瞪口呆。

刘金锁捡起一把崭新的三八大盖试了试："说实话三哥，三八大盖也不怎么样。"林奉天接过试了试："哦？说说。"刘金锁自认为三连人对枪支的了解无出其右，得意地说道："一穿一个眼，杀伤力不怎么样。"林奉天接过枪比划着说："那好办，杀伤力小主要是因为膛线的缠度设计问题，只要在弹头上刻上槽，或者削短弹头，这样就能让弹头在敌人体内产生翻滚、爆裂等二次杀伤，这样就行了。"刘金锁惊讶地看看林奉天："服了三哥，甘拜下风！"林奉天笑笑，拿出自己心爱的配枪，一支黑色造勃朗宁，细心地擦拭起来。刘金锁羡慕不已："要是大哥能送我一把就好了。""有机会。"林奉天笑笑，回头对宋晓丹说，"记住领两把军用水壶装酒。"宋晓丹："是！"

这时，江崇义走了过来，林奉天站起身问道："大哥，我们执行啥任务？""翻译官不肯说，只让咱们跟着走，说是到了就知道了。"江崇义也不解内情。孟刚、马金宝、李松等人也围过来，孟刚问："大哥，到时候打起来怎么办？"

江崇义向外看看，压低声音说："记住了，见机行事！"几人点点头。

晓日初升，日军的膏药旗在干裂荒凉的黄土地上耀武扬威地舒展着，三连战士们跟在浩浩荡荡的日军队伍后面徒步前进，一个个心事重重。

最前面的几个士兵扛着十一年式轻机枪，也就是俗称的歪把子机枪，几个日本军官骑着高头大马，还有一些骡车运送着92式重机枪和小型迫击炮等重武器。江崇义在队伍边上走着，催促队员们："都跟上了！"说着给王直递了个眼色。

王直小跑几步，走到日本的翻译官旁边，赔着笑递上一支烟。翻译官接过烟点燃，王直小声问："徐翻译官，皇军这是要执行什么任务啊？"翻译官翻翻白眼："问那么多干啥？"王直凑上去套近乎："徐翻译官，咱俩谁跟谁啊！这乡里乡亲的，还有什么好藏着掖着的？我也就是好奇。对了，等打完仗，咱上春香楼乐乐，我请客。"翻译官一听嘿嘿笑了："行啊！一言为定啊！""那是当然！"翻译官四下看看，小声说："袭击国军173团的后勤队。"王直："哦！"

王直又跟翻译官天上地下胡扯几句，哄得翻译哈哈大笑，这才回到保安队的队列中间，将刚才得到的情报悄悄告诉江崇义。这是保安队成为皇协军三连以来的第一场战役，没想到第一次就要帮着小鬼子跟自己的同胞对仗，江崇义不动声色地把林奉天、李松、孟刚、马金宝等人召集过来，低声说："都听着，鬼子要袭击173团辎重队，中国人打中国人的事，咱不能干。悄悄跟弟兄们说，打起来的时候，枪口一律向上。"众人点头，装作无事一样走进各自的队伍，可不到一分钟，江崇义的命令便像风一样传进了每个弟兄的耳朵。

转了几个弯，几处房舍出现在队伍前方，可既无炊烟也无人声，村子里的人显然都已经出门躲避战乱了。村子里空荡荡的，地里也荒了，没有一颗庄稼，生满了杂草，农舍也都结满了蜘蛛网、布满了灰尘。

日军与国军173团的战斗就在这个不知名的小村庄打响了。双方军官一声令下，一时间炮火纷飞、弹雨枪林。

173团本就只剩下一个卫生队，除去伤兵就是几个卫生员，武力自然不敌，几回合下来就撑不住了。173团参谋长曹阳一张白嫩的小脸被炮灰抹得像戏里的花脸，他抱着电话不断求援："喂！喂！团座，我是曹阳！卫生队遭到鬼子的袭击，敌人火力很猛，弟兄们伤亡惨重，快要挺不住了，立即派兵增援！"突然一颗炮弹落在指挥部边，瓦砾和着尘土从房屋簌簌落下，整个地皮、房屋都被震得不停颤抖，电话也顿时断了。"喂！喂！妈的！"曹阳气愤地把电话扔了。

一个满身炮灰的国民党士兵跑进来："曹参谋长，日本人炮火太猛了，弟兄们快撑不住了，咱赶紧撤吧！"曹阳大喝："放屁！丢弃伤员逃跑，要杀头的！顶住！"

曹阳一方已被打得溃不成军，对方的日本军官却还在挥舞马刀，指挥炮兵猛烈进攻。马刀每挥舞一下，就有一颗威力巨大的重型炸弹在国军阵地上炸开花，炮兵两侧数十挺轻重机枪喷着火舌，也在密集地向国军扫射。

一个日本军官挥刀命令三连士兵首先冲锋，江崇义知道日本人这是要自己的队伍先做炮灰，给他们开路，不禁庆幸自己事先做了安排。江崇义、林奉天、王直带着队伍冒着炮火冲上去，立即找了个掩体，躲了起来。江崇义拿出一支烟点上："弟兄们，先在这儿歇歇，抽支烟，别忘了时不时朝天上开几枪啊！"众官兵都笑起来。

宋晓丹举起军用水壶，递给林奉天："三哥，来一口？"林奉天接过，喝了一大口："好酒！可惜了！"宋晓丹从林奉天手中接过水壶说："三哥，这小鬼子的军壶就是好，你看铝制的，轻便耐用，比咱那酒壶好用多了。"林奉天气愤地说："可不！用咱中国的东西做，反过来打咱中国！"宋晓丹也愤愤地骂："妈的！"

正说着，只听几个重炮又呼啸着向国军阵地砸了过去，这回曹阳方顶不住了，士兵们被打得节节败退，几个浑身血污的士兵跑进来劝说曹阳："参谋长，赶紧撤吧！再不撤，用不着上头枪毙咱，咱就得死在这儿！"

曹阳正抽着烟，日军的一个炮弹又扔过来，整个指挥部都被震得颤了几颤。曹阳放在嘴边的烟竟然半天插不到嘴里去，他狠狠地扔掉烟头，终于做了决定："操他奶奶的！分路突围！"

躲在壕沟里待命的三连士兵也都从枪炮出击的频率中听出了强弱，林奉天说："大哥，国军那边够呛！"江崇义狠狠骂道："妈的活该！老子要不是中国人，也得上去揍那帮王八蛋！"王直也骂道："就是，173团真他娘不是东西，不是他们临阵脱逃，咱能当伪军吗！"

国军方的枪炮声渐弱，林奉天侧耳听听，说："对面火力越来越小了，估计又溜了。"江崇义也仔细地听着对面的动静，骂道："娘的，这才几分钟啊，逃跑上瘾啊？弟兄们，走，该咱上了！"三连士兵跟着江崇义，纷纷爬出沟，向前进发。

村子里浓烟弥漫，不时传来一阵阵震耳欲聋的枪炮声，小村庄里到处是颓垣残壁，国军和日军两边都有伤亡，横尸遍野。江崇义带着三连的战士冲进村子，没想到一进村就看到这惨烈的景象，大家不禁惊呆了。

突然一个小女孩的哭声传出来，所有人都警惕地把枪口对准了声音传来的方向。大家端着枪，循着声音小心翼翼地走过去，在一处坍塌的墙角，发现一个几岁的小女孩正缩在角落里，吓得哇哇大哭。

女孩凄厉的哭声震撼了在场的所有士兵，大家落寞地放下枪，有几个士兵还忍不住悄悄掉下了几颗眼泪。孟黑子人高马大、铁面黑颜，却有着一副豆腐心肠，他收起"二黑哥"，走过去抱起小女孩哄她："孩子，别哭，叔叔带你回家。"

"带她回家？你知道她家在哪儿？"王直不愿添累赘。孟刚看看孩子，不忍丢下不管，说："孩子太可怜了，先带回保安队再说，至少能有口饭吃，不至于饿死。""你说得轻松！现在咱在打仗，你带个孩子，不跟带个累赘一样吗？"王直嫌他多管闲事。孟刚反驳道："那也不能看着孩子活活饿死！这是咱中国人的种！"王直也不依不饶："中国人的种多了，这兵荒马乱的，你都救得过来？""我不管！反正这孩子我带定了！出什么事儿，由我扛着！""你扛着？我怕她拖累了咱三连的弟兄！"

两人看来要无休止地争吵下去，江崇义喊道："好了！都别说了！孩子先带上，回九台城给个人家。"王孟二人这才停了嘴，带上孩子，跟着三连继续前进。

曹阳已带着部队仓皇撤退，一边撤退，一边与火力强大的日军周旋抵抗。后面的日军杀声震天，国军边战边退，藏头露尾、狼狈不堪，正发愁找不着藏身处，有士兵在前面不远处发现了一个谷仓，曹阳赶紧带领众士兵躲了进去。

谷仓里空荡荡的，粮食早已被小日本抢光了，倒是正为爱钻营逃跑的曹阳军队提供了一个藏身之所。筋疲力尽的国军士兵一头钻进谷仓，纷纷倒在地上大口喘气，只有随军小护士唐玉儿还在马不停蹄地忙碌着给伤员包扎。

追击而来的日军和三连士兵赶到谷仓外，木村一声令下，全体日军立即举枪包围了谷仓。

指挥官叫过翻译官，对他哇啦哇啦地说了一通，翻译官照着指挥官的吩咐对谷仓里喊话："里面的中国人听着，我们是大日本皇军山田联队，你们已经被我们包围了！马上投降，还有一条生路，如果继续顽抗，通通的死拉死拉地！"

喊话声从谷仓缝里传进来，众国军士兵都紧张起来，一个士兵惊恐万状地问身边的曹阳："参谋长，怎么办？""闭嘴！老子正在想呢。"曹阳紧张地思索着，大家大气也不敢出，唯恐打扰了参谋长突破重围的思路。

翻译官站在谷仓外又喊了两遍话，里面仍然没有任何动静。日军指挥官没有等下去的耐心了，他举起了手里的指挥刀，用日语喊："准备射击！"日军纷纷拉枪栓，子弹上膛。

林奉天等人在后面站着，心急如焚。林奉天悄悄催促江崇义道："大哥，咱得想办法救救他们，不然……""救他们？妈的！"江崇义仍然旧恨难消，不愿出手相救。林奉天劝道："大哥，都是中国人！"江崇义稍作犹豫："怎么救？"林奉天在江崇义耳边低语几句，江崇义有点不甘心地点点头："妈的，看在都是中国人的面子上，试试吧。"

眼看指挥官的指挥刀就要落下，江崇义忽然大声喊道："少佐先生，等一下！"指挥官骂了一句什么，翻译官翻译道："太君问你什么事？"江崇义满脸堆笑地说："徐翻译官，麻烦你给少佐说一声，能不能让我带几个弟兄进去试试？如果里面肯投降，咱也省子弹了，也算是三连加入皇军的见面礼。"翻译官将江崇义的话翻译给少佐，少佐阴险地点了点头："幺西，幺西！"挥

手示意江崇义可以进去。江崇义得令，带人进了仓库。

一进谷仓，江崇义、林奉天、王直等人都被眼前的凄惨状况惊呆了——谷仓里满是伤病员。毕竟同是中国人，无论从前有多深的仇隙，目睹同胞被小日本伤成如此惨状，大家都义愤填膺。林奉天忍不住破口大骂起来："狗日的！竟然打卫生院！这帮丧尽天良的畜生！"

"奉天，冷静点！"江崇义喝道。林奉天意识到自己太过冲动，缄口不言。江崇义问："谁是这里的头？"曹阳站起来："我是国军173团参谋长曹阳！"江崇义安抚道："曹参谋长，你们受苦了！"想不到曹阳破口大骂："你们也配做中国人？给鬼子当狗！"江崇义极力克制着自己："曹参谋长，现在不是骂人的时候。我是原九台城保安队队长江崇义，我是救你们来的。我就说一句，大丈夫能屈能伸，想当年曹孟德也曾投在董卓、袁绍帐下，你们已经被日本人包围了，再打下去，这里的兄弟没一个能活下去。曹参谋长，留得青山在，不怕没柴烧，咱来日方长！"

曹阳沉默了。

江崇义继续说："你看看这里的弟兄，还有力气再打吗？"曹阳看着满脸绝望的伤员们，犹豫了半天，艰难地点点头："我跟你出去谈判……"

江崇义、林奉天带头走出仓库，唐玉儿扶着曹阳一瘸一拐跟着出来，几人还没站定，不料身后仓库忽然一声剧烈的爆炸声，整个仓库顿时陷入火光之中。刚走出来的几个人看着这情形，顿时惊呆了。

没等众人反应过来，日军已经冲进谷仓，端着机枪一阵扫射。一时间，仓库里凄惨的喊叫声和无情的枪炮声混杂在一起，伴着冲天火光掀开了谷仓的顶棚。不到一分钟，里面的惨叫声便停止了，国军士兵全部牺牲，日军还不放心，端着机枪"突突突"地持续扫射了几分钟，把谷仓打出蜂窝似的洞，里面伤员们的鲜血渗过千疮百孔的谷仓流出来，洇湿了在场的三连战士们的心。

"我操你日本人的十八辈祖宗！"看着手无寸铁的弟兄们就这样被残忍屠杀，愣了半晌的曹阳终于发出撕心裂肺的吼声。他指着江崇义大骂一声："你们这群背信弃义的王八蛋！"说着，拔出枪就要冲回去。林奉天一把抱住曹阳："去不得！你这一去，可就是死啊！"王直等人也赶紧过来劝阻曹阳不要回去枉送性命，曹阳仰天长啸一声，蹲在地上嚎啕大哭起来，唐玉儿也哭得没了力气。

林奉天不知什么时候让手下找来两套老百姓的衣服，让曹阳和唐玉儿换上，带着他们跑到小树林里，孟刚还不忘背上捡来的小女孩。

跑到一处僻静之地，江崇义停下脚步，回头说道："兄弟，我们就送你到这里了，你们一路多保重！"曹阳拱拳道："兄弟，大恩不言谢，我相信你们不是汉奸。刚才多有得罪，还请见谅，你们也多保重！"唐玉儿看看几位恩人，担忧地说道："几位大哥，投靠日本人终究不是长久之计，你们可得早作打算。"林奉天叹口气："多谢二位好意，我们知道。"

"送君千里，终须一别，你们快走吧！"江崇义挥挥手，打发二人快走。孟刚赶紧抱过小女孩说："二位，这是我刚才在战场上见到的女孩，小小年纪就没了爹娘，怪可怜的，你们把她也一块儿带走吧！"唐玉儿抱过小女孩，怜悯地说："宁做太平犬，不为乱世人啊！孩子，你叫什么名字？"小女孩呆呆地看着她，说不出来。唐玉儿转头道："孟大哥，既然是你捡到了她，你就给她取个名字吧。"孟刚摸着脑袋想不出来，索性说："草坑儿里捡的，就叫她草儿吧！""草儿，这名字真好听！草儿，草儿……"想不到唐玉儿非常赞成，小草儿好像也很喜欢这个名字似的，咦咦呀呀地叫起来。

"好了，你们该走了。"江崇义警惕地看看身后，担心被小鬼子发现，再次催促着。曹阳双拳一抱："几位弟兄的救命之恩没齿难忘！青山不改，绿水长流，弟兄们的大恩大德，只有容他日再报答了！"江崇义道："都是中国人，说什么报答不报答的！赶快走吧！"众人目送二人离去，唐玉儿抱着草儿跟随曹阳匆匆隐没在树林中。

太阳就要落山了，它竭尽全力把最后的光亮喷洒出来，把远处的云和近处的青山染成了血一样的颜色。营地里空荡荡的，风呼呼地刮起来，卷起地上的残叶和尘土，使营地显得分外萧条。

营房里，三连战士没精打采、七歪八倒地躺在床上休息，每个人都默不作声，一副心事重重的样子。白天所发生的惨剧折磨着大家，士兵们的良心

被煎熬，情绪十分低落。

江崇义走进来，大声说："都他妈聋了吗？吃饭号吹了这么久了，没一个人来吃！""连长，弟兄们都不想吃。"有人哽咽着说道。江崇义怒气冲冲命令道："人是铁饭是钢，都去吃饭！"

"大哥，国军兄弟死得惨，弟兄们良心难安哪！哪里还有心情吃饭？"林奉天也无心吃饭，低声说道。江崇义把林奉天拉到一边："你想想办法劝劝大伙儿，士气这么低落，可不是好事。"林奉天："白天的事情，搞得弟兄们心里都不好受，就算现在大家去吃饭，也不能解决队伍的士气问题。""那你说该怎么办？""都是中国人，国军弟兄跟鬼子拼命，咱却在帮着日本人打自己的同胞，这样下去，弟兄们良心永远不会平静。"江崇义叹了口气："奉天，你到底要说什么？"林奉天说："大哥，不能再给小鬼子当帮凶了！自打投靠小鬼子，咱们把十八辈儿祖宗的脸都丢光了，不能再丢先人的脸了！要我说咱干脆跑吧，哪怕要饭，也比帮小鬼子杀自己同胞强啊！"

孟刚等人侧耳偷听着两人的对话，这时纷纷站起来说："大哥，三哥说得对！咱们跑吧！"江崇义顿时警觉地看看外面："干什么？你们都他妈干什么？都给我坐下！"

林奉天还要说什么，被江崇义喝止了。他低声说："跑？说得轻巧！鬼子处处防备着咱，怎么跑？再说了，我他妈愿意给小鬼子干哪？我这不是为咱弟兄们着想嘛！想当年，曹孟德受过多少辱、吃过多少苦？一点委屈都不能受，还怎么干大事儿！"

几句话说得全体士兵都沉默了，江崇义趁热打铁："什么都别说了，该干什么干什么去！孟刚，带两个弟兄出勤站岗，其余的人，都去吃饭！"孟刚无奈，带着几个弟兄垂头丧气地走了出去。

夜色蒙蒙，几片云遮住了星辰，城门楼子更显得灰蒙蒙的，像一个跋涉已久、疲惫不堪的旅人。

孟刚带着几个三连的士兵站在城门口站岗，大家情绪低落，全都一言不发。

孟小环贴着墙根走过来，偷眼望望站岗的几个士兵，一眼看见孟刚。

"大哥！大哥！"孟小环挥着手蹦着脚地唤他。孟刚看到是妹妹，把她叫到跟前，诧异地问："环子，你怎么来了？"孟小环急道："大哥，你快回去看看吧，咱娘要回老家去了。"孟刚惊讶："城里住的不是好好的吗？怎么突然要回老家去呢？""你自己回去看看再说吧。"孟刚："好，我马上回去！哥儿几个先盯着，我去去就回来。"

孟刚安排好站岗的手下，带着小环急匆匆地往家赶去。孟刚一边走一边问："环子，你跟哥说实话，到底是怎么回事儿啊？"孟小环嘟着嘴说："还不是因为你当伪军的事！娘说她不认你这儿子了！"孟刚不吭声了，一路再无话。

二人到了家门口，孟刚见门板虚掩，一把推开，三步两步冲进去就喊："娘！娘！"

屋内，孟刚母亲正在收拾行李，见儿子进来，也不搭理他。孟刚见状，扑通一声跪下来："娘，孩儿有什么做得不对的地方，你只管打、只管骂，你可千万不能走啊！"

孟母冷冷地说："孟长官，你快起来，我老婆子可受不起你这大礼！"孟刚更加惶恐了："娘，孩儿到底做错什么了？孩儿一定改！""你现在成了九台城的大人物了，我这糟老太婆，哪里还敢做你的娘？"孟母背过脸去，"从今天起，我没你这儿子了！"孟刚急得直在地上磕头："娘，你原谅孩儿吧！孩儿错了！"孟小环也跪在地上为哥哥求情："娘，你就原谅大哥吧！"

孟母拿出孟父的灵牌："孟刚，你可认得这是谁吗？"孟刚瞪着眼："这是俺爹啊……"孟母冷笑一声："亏你还认得你爹！我问你，你爹和我是哪儿人氏？"孟刚莫名其妙，又不敢多问，答道："父亲和母亲都是中原洛阳府槐树庄人氏……"孟母骂道："哼！原来你还记得！我倒以为你会说你父母都是东洋小鬼子呢！"孟刚这才听出母亲的话中之意，一时哑口无言。

孟母继续说："大丈夫活在世上，当无愧于天地祖宗！我和你父亲虽然都是庄稼人，斗大的字不识一筐，可是清清白白做了一辈子人，没干过那丧尽天良的勾当。没想到，临到死了，却养了一个汉奸儿子，帮着日本人杀咱们中国人！孟家世代清名毁在我老婆子的手上了，我还有什么脸去见你那死去的爹和孟家的列祖列宗？"

孟刚和孟小环听了这话，泪流满面，孟母越说越激动，也是老泪纵横："我告诉你，从你当了鬼子走狗那天，我就只当就没你这儿子了。我明天就回乡下老家去！"孟刚抱住母亲的腿，央求道："娘，孩儿自作孽，辱没了祖宗，你不认孩儿，孩儿也无话可说，只求你老人家千万不要回乡下去！如今这兵荒马乱的年月，老家到底什么情况也一无所知，你老人家在这九台城里，好歹还有口饭吃，回去老家，儿子怕你会受苦啊！"

孟母一言不发，孟刚跪在地上磕头如捣蒜："娘，你可以不认孩儿，孩儿今后也不回这个家了，不来碍你的眼，只求你就留在九台城，不要回老家。"孟母别过脸去，默默地朝他摆了摆手。

孟刚沮丧地走回城门，远远望见两个手下在城门楼下徘徊巡逻，周围平静如旧，一切正常。孟刚松了口气，走到城门口站好，因为满怀心事，他低着头一言不发。

一个胖墩墩的小兵见状，走过来关切地问："孟大哥，家里出什么事儿了？"孟刚："没什么事儿，好好当值！"小胖子不敢多问，默默地和孟刚并肩站齐，大家陷入沉默。

忽然从城内传来一阵放荡的笑声和一阵狼嚎似的日本歌声，大家抬头一看，几个穿便衣的日本人从城外走来，看样子都喝了酒，一副不可一世的样子。他们走到城门下，路过执勤的三连士兵，却连瞧都不瞧一眼，把他们当不存在，自顾自地往城里走。

孟刚气不打一处来，可不得不强忍着，他走上前拦道："几位，得罪了，我们兄弟例行公事，检查一下几位的证件。"一个日本人斜着眼瞟着孟刚，骂道："八嘎！滚蛋！老子是大日本皇军，还检查什么？"孟刚强压着心头的怒火："对不起，我们也是例行公事，检查一下证件，就让各位进城。"一个日本人耀武扬威地骂道："支那猪！"

"妈的！小鬼子！"孟刚手下的小胖子士兵也终于忍不住，回了一句。小士兵话音未落，日本人的一记重拳已经把他抢倒在地，在场的日本人哈哈大笑："东亚病夫！支那猪！又蠢又不长眼睛！"

孟刚强压怒火，想扶起被打的小胖子战士，不料却被一个日本人推倒在地。

"支那猪！中国猪！哈哈哈哈！"鬼子们狂笑起来。

孟刚忍无可忍，大骂一声："我操你小鬼子的奶奶！老子今天就不信拾掇不了你们了！"孟刚跳起来，随着一声清脆的枪响，一个日本特务倒在地上，另外几个日军愣了愣，随即"呼啦"一下围过来，将孟刚和执勤的土兵团团包围。

孟刚杀死日本人的消息很快传到了日军指挥部，山田一听就暴跳如雷："八嘎！立即枪毙！统统死拉死拉地！"木村阻止道："慢着，现在还不能枪毙。""为什么？"山田不解。木村狡黠地说："这件事没那么简单！表面上看，这只是一次偶然事件，但深入分析就没那么简单了。"山田："哦？"

木村奸猾地转转眼珠："大佐先生，保安队虽然表面上归顺了皇军，但始终对皇军存有二心，其中有很大一部分人仇视皇军，处处阳奉阴违，一旦有机会一定会倒戈相向。还有王伯昭那条老狐狸，像放风筝一样牵着保安队不肯撒手，这次正好给我们一个清除异己、打击王伯昭、彻底整顿保安队的机会，我们一定要好好利用。"

山田恍然大悟："你的意思是扩大事态？"

消息像风一样传向四面八方，三连也很快得到消息，营房里顿时炸开了锅。

江崇义在屋子里急得打转："这可怎么办，这可怎么办？老二，你办法多，你快说说怎么办？"王直把玩着金表，听到江崇义问自己，赶忙揣起金表，一副愁眉苦脸的表情："大哥，这事不好办啊……""我知道不好办！"江崇义有些生气了。王直赶紧说："大哥，您急也没用，咱还是坐下来好好合计合计。"

"我坐不住！"江崇义说着又在屋子里打转，"这个孟黑子，这个孟黑子，我说了他多少次，就是改不了他那急脾气，这回好了，连小命儿也搭进去了！""就是嘛，成天就知道惹祸，这下好了，把日本人给打死了，看他以后还怎么闯祸。"王直火上浇油。

　　江崇义瞪了一眼王直："都什么时候了，你还说风凉话？你平常不是手眼通天吗？现在怎么没辙了？"王直连忙解释："我这不是着急，想不出办法嘛！再说了，我再有路子也通不到山田大佐那儿啊！"

　　江崇义突然眼圈发红，哽咽起来："黑子要是死在日本人手上，我这个当大哥的今后还有什么颜面面对众弟兄啊！""大哥，我知道你是重情重义之人，可这事……"王直想不出有什么办法，却想到把难题甩给林奉天，"老三，别闷着不说话，你有什么办法？""对，老三你说！"江崇义也唯有指望林奉天了。

　　林奉天看着二人，斩钉截铁地说道："大哥，我们应当和日本人当面进行交涉，让他们把孟刚和几个战士放回来。"

　　"老三你可真会说话，当面交涉？怎么交涉？孟黑子把日本人给打死了，人家能放过他吗？"王直一听要跟日本人交涉，着急地插个嘴，倒把江崇义惹急了，呵斥道："行了！让老三把话说完！"

　　林奉天继续说："孟刚打死日本人不假，但事情的起因是因为日本便衣硬闯哨卡、拒绝检查，孟刚开枪是哨兵的职责所在，要说有错，也应该是日本人有错在先。"江崇义想了想："理儿是这么个理儿，可日本人肯听吗？"

　　林奉天站了起来："如果不听，我们就集合三连全体战士，跟日本人当面锣对面鼓地要人，让鬼子看看，三连不是孬种。"

　　"这不是明着和日本人对着干嘛，万一把日本人逼急了怎么办？"江崇义不由担忧。王直也连声附和："大哥说得对，如今九台城是日本人的天下，跟日本人作对，没好果子吃。"

　　林奉天说："天塌下来大家一块儿顶！大哥忘了您是怎么救我的？只要拧成一股绳，日本人不敢把三连怎么样！"江崇义还是很犹豫："可是，万一日本人翻了脸怎么办？"

　　林奉天掷地有声地说："那就一不做二不休，救出孟刚，反出九台城！"

　　江崇义大惊："不行，不行，太冒险了，绝对不行。"林奉天苦劝："大哥，现在可是我们洗刷耻辱的最好机会，不能犹豫了。"江崇义坚决反对："不行，我是大哥，我必须为三连的全体弟兄负责，我不能拿弟兄们的性命去冒险。""大哥……""好啦，别说了！"江崇义挥挥手，话题就此结束。

阳光懒洋洋地照下来，三连战士们有气无力地蹲在营房外的墙根下晒太阳，明晃晃的阳光照着战士们一张张沧桑满布的脸。李松打着盹儿，朱大生、刘金锁、马金宝一伙人围在门外闲聊。

"金锁，你遇事冷静，你说孟黑子他们几个能回来吗？"朱大生担心地问刘金锁。刘金锁想了半天，不紧不慢地说道："这事啊……悬！"朱大生一听就来气："你他娘真是个'丧门星'！去去去，念你娘的阿弥陀佛去！"

"阿弥陀佛！头上三尺有神明，对佛祖不敬小心遭报应。"刘金锁顺着他的话故意逗他。朱大生更生气了："去你娘的阿弥陀佛，老子猪也宰了、人也杀过，报应在哪儿呢？"刘金锁不紧不慢："话可不能这么说……""老子就这么说了，大不了下辈子转世投胎到猪圈里，被人宰也认了。""你这人怎么不听劝……"看着刘金锁也上火了，宋晓丹拉了他一把，低声说："金锁哥，他就是一混人，别和他……"没想到一句话刚说半句就让朱大生听见了，朱大生一把揪住宋晓丹："小兔崽子，你他娘的说什么？"宋晓丹一下慌了，话也结巴起来："我……我……"

两人正撕扯着，霍爷慌里慌张地大喊着"坏了坏了"跑过来。

"老爷子，你嘟囔什么呢？什么坏了坏了？"马金宝嘴快，先问道。朱大生也放开宋晓丹："老爷子，鬼子不是抓差让你做小鸡炖蘑菇吗？怎么跑回来了？"

霍爷不搭理他们，反问道："连长他们呢？"看看连长不在，霍爷转身要走，朱大生拦腰抱住霍爷道："快说，不说别想走！"霍爷急了："哎呀，鬼子后天一大早要枪毙孟黑子他们，快放开我！"

"啊？！"众人呼啦一下围了上来，正在打盹的李松也跳了起来。有人不相信地说："老爷子，你别谎报军情！"

"没工夫跟你们扯淡，我找连长去！"霍爷说着，扒拉开众人跑进了营房。众人你看看我、我看看你，呼啦一下也都跟着跑进了营房。

霍爷刚向江崇义汇报完。江崇义不相信地一把拉住霍爷："霍爷，你听清楚了？"

"千真万确！我亲耳听鬼子翻译官说的，说孟刚打死皇军、破坏中日亲善，后天一大早就要执行枪决，杀一儆百，还说一个都不准请假，都得陪法场！"霍爷说得确定无疑，三连战士全体哗然，纷纷鼓噪起来："大哥，怎么办，怎么办？"

大哥也毫无主意，急得在屋子中间打转："我说对了吧，我说对了吧？这可怎么办？"

朱大生脾气最是狂野，抢先喊叫起来："爷们儿不受这窝囊气了！弟兄们，跟鬼子拼了！"马金宝等人也跟着喊起来："对！跟鬼子拼了！"

大家乱作一团，老二王直着急地出来压场面："干什么？你们眼里还有没有大哥？"

林奉天突然分开众人，站在江崇义面前："时间不等人，大哥对不住了，今天我就带头造一回反。弟兄们，是爷们儿的跟我走，找鬼子要人去！"

朱大生、李松、马金宝、刘金锁、霍爷等战士纷纷抄起家伙，群情激愤地跟着林奉天往出走："走，找鬼子要人去！"

江崇义着急地喊："站住，不能去！老三，不准去，都给我站住！"王直伸着两只手拦也拦不住，也跟着大喊："站住，都站住！你们眼里还有没有大哥？"

大家头也不回，纷纷跟着林奉天出门。江崇义急了，拔出手枪，对着房梁放了一枪："都给我站住！"

枪声一响，大家都愣了。大哥江崇义一向义气凛然、不怒自威，很少在众人面前这样发火，大家在惊愕中一下安静下来。

江崇义铁青着脸盯着林奉天等人："你们要是还认我这个大哥，就听我的！我江崇义向你们保证，一定会想办法救回弟兄们。"王直也趁机劝解道："好啦，好啦，大哥都说了，一定会想办法救回孟刚等弟兄，大哥的话你们总该相信吧？大家都散散，散散！"

大哥作出允诺，大家也不好再说什么，只好各自散去。

总算把众人暂时安抚回去，江崇义一路阴沉着脸走回自己房间，王直跟进来，又开始愤愤不平："老三也太不像话了，当着那么多弟兄的面让大哥下不了台，这不是成心跟大哥过不去嘛！"

江崇义闷坐在椅子上吸烟："说这些干吗！"

"您让我把话说完，不然我心里憋得难受！大哥您说，咱保安队到底谁是大哥？三连谁是连长？他林奉天那条命还是大哥救回来的……"王直还想直言到底，江崇义本就心里烦恼，怎耐得住他火上浇油，断然喝止："好啦！老三也是为了救人，以后不要说这种话，免得伤了兄弟们的感情。"

"大哥，您知道我最佩服您什么吗？爷们儿最佩服的就是大哥您这肚量，那是宰相肚里能撑船，光明磊落。换成我，早和老三翻脸了！"王直喋喋不休，正说着，林奉天走进门来，王直赶忙闭嘴。

江崇义起身打招呼："老三来啦？我和老二正等你呢。""大哥，刚才我冲动了，我来给您赔礼道歉。"林奉天爽直地说。江崇义掩饰着心中的不快："哪儿的话？都是为了救人，谈不上谁对谁错。"

"老三，二哥今天可要说你了，你别不爱听！当着那么多弟兄的面让大哥下不了台，你不成心让大哥作难吗？幸亏大哥度量大、光明磊落，要换成我，早和你翻脸了。"王直担心林奉天在门外已经听到了他的话，索性将刚才的话重说一遍，好显得自己正大光明、直言不讳。林奉天："二哥说得对。"

"好啦老二，咱说开了就没事了，这件事今后谁都不准提了，听到没？都坐下，咱合计合计该怎么救人。"江崇义招呼三人坐下来，继续说，"说出去的话，泼出去的水，我在弟兄们面前做了保证，可这人怎么救我心里也没谱，你们说说该怎么救？"

说到正题，三人心里都没个准主意，屋子里一下沉默下来。

王直想了一会儿说："我倒是有个办法！有钱能使鬼推磨，鬼子也喜欢钱不是？找个能说上话的人，给山田送点钱，说不定就能办成。"江崇义点头："是个办法。可谁能说上话呢？"得到江崇义的首肯，王直一下来了动力，他马上想到一个人："哎呀，大哥您未来的岳父，王县长啊！""他？"林奉天好似对这个人心存怀疑，"能行吗？"王直道："怎么不行？王县长不还是咱九台县县长嘛，只要他肯出面，日本人怎么也得给个面子吧。""老二，你怎么不早说啊？我现在就找王县长去。"江崇义一拍大腿站起来，说着就要出去。王直掏出金表看了看："不急，这个时辰正是人家开饭的时候，吃过饭

去也不迟。"

王直叫来霍爷，吩咐他弄几样下酒菜。好不容易商量出个对策，三兄弟准备先喝一杯。

说到王县长，王直又想起一个人："对了大哥，好些日子没看见大嫂了，您也不去瞧瞧去？小心跑了啊！"

听得此言，林奉天下意识地心里一揪。

江崇义瞥眼看看林奉天，故意嗔怪王直道："老二，莫开这种玩笑，青梅可是个好女人。""瞧我这张臭嘴！"王直扇了自己一个嘴巴，却还不肯停口，"大哥，要我说啊，您还是赶紧把大嫂娶回来得了。这世道，免得夜长梦多，要不这回顺便和王县长提提，两件事一块儿办了得了。"江崇义这回真的沉下脸来："老二，越说越没谱了，现在最要紧的是救人。"王直适时住口："那是，那是。"

林奉天忽然站起来："大哥，二哥，你们喝吧，我不喝了。"江崇义敏感地意识到什么："老三你怎么啦？"林奉天苦笑："没事，营房里转转。"江崇义理解地说："好好好，心里烦闷就出去走走，散散心也好。"

林奉天在江崇义和王直的目送下走出营房，转了个弯便直奔县医院而去，剩下江崇义和王直两人坐在屋里都不说话。江崇义心事重重地想着什么，王直有话想说，又不敢说，考虑半晌，终于说出口："大哥，有句话不知当讲不当讲……"江崇义："说吧。"王直："不是兄弟我说三道四，您还是留个心眼儿防着点老三。"

江崇义面露怒色："你又来了！知根知底的兄弟防什么？"王直提醒他："那您说，老三的身世您知道多少？"江崇义一时语塞："我只知道他参加过东北军，东北沦陷后流落到咱这儿。你知道些什么？"王直压低了声音："我听说他在东北当兵的时候，和团长的姨太太通奸，后来被人发现了，东北待不下去了才跑回关内的。"江崇义疑惑地看着王直。

"我也是道听途说，反正老三这人不简单，人心隔肚皮啊大哥！"王直貌似漫不经心的几句话，却让江崇义陷入沉思。

这时，管家王伯急匆匆进门："江队长，王县长有请，说有紧要事相商。"

江崇义匆匆赶到王伯昭家中，没想到未及开口，先就劈头盖脸挨了一顿训。

"你说，你的兵到底怎么带的？敢杀日本人，胆子也太大了吧！这件事你一定要给我彻底查清楚！"王伯昭对江崇义大发雷霆。

江崇义嗫嚅着说："可是，三连毕竟是您出钱出力，一手扶植起来的，孟刚等人说来说去也是您的部下，您总不能见死不救吧？如果这样……恐怕以后需要弟兄们卖命的时候就不好说了……"

王伯昭训斥道："你糊涂！现在是什么时候了？还想着救人？你要知道，日本人一直对我们不放心，木村时刻想把咱保安队拆散了，这倒好，前几天有人杀了日本宪兵，这次孟刚又杀了特高科便衣，木村正好有了借口！还想救人？你趁早死了这条心吧！""可我已经在弟兄们面前夸下了海口，如果这回救不回孟刚他们，弟兄们该怎么看我？今后我还怎么带兵？"江崇义做了最后的努力。"铁打的营盘流水的兵，缺了他们几个，天塌不下来。"王伯昭语意了然，江崇义绝望地看着他。

王伯昭看看江崇义，语气缓和下来："当然了，眼看着结拜弟兄落了难，任谁也难受。崇义，还是那句话，现在是日本人的天下，日本人对我们处处防备，一旦委以口实，正好给了他们下手的机会，真要到了这一步，麻烦就大了。所以，我们绝不能给他们留下任何的把柄，只要保住保安队，有朝一日，日本人滚蛋了，这九台城还是你我的天下。你可不要一时糊涂，捡了芝麻，丢了西瓜。"

江崇义陷入矛盾，沉思着。王伯昭察言观色，适时丢出杀手锏："崇义，不要让我失望，也不要让青梅失望。"

江崇义心下为之一动："那孟刚他们怎么办？""救不救孟刚不重要，当务之急是稳住三连的弟兄们，不要再生事端把事态扩大了，你明白吗？"王伯昭嘱咐道。江崇义思忖良久，终于无奈地吐出三个字："我明白。"

王伯昭松了口气，换了口气安抚道："这就对了！还有件事要告诉你，我已经请好了风水先生，等选好了日子，就让你和青梅完婚。"江崇义不禁眼中一亮。

第四章 血染谷仓

91

　　林奉天匆匆赶到县医院去找周冰谏，却正赶上周冰谏在病房查房。林奉天焦急地在门口徘徊着，等了好大一会儿，才看到周冰谏抱着病历本从病房走出来。

　　周冰谏看到林奉天，紧走几步："奉天兄弟，什么风把你给吹来了？"林奉天着急地说："周大哥，你怎么才回来？我等你老半天了。"

　　周冰谏赶紧把林奉天让进屋里，忙活着给他倒茶："好些日子没见你了，怎么样，伤好些了没？"林奉天迫不及待："好多了。周大哥别忙了，我今天是无事不登三宝殿，有件紧要事想请周大哥出出主意。"

　　周冰谏知道定是重要的事，也坐下来："你说。"林奉天："周大哥，我长话短说。孟刚打死日本人的事想必周大哥已经听说了，刚才得到消息，日本人后天就要枪毙孟刚等弟兄，时间紧迫，所以我来找您。"周冰谏："这件事我也听说了，你打算怎么做？"林奉天："周大哥，你我一见如故，我直话直说。我的想法是一不做二不休，带领弟兄们救出孟刚、反出九台城，但是大哥江崇义不愿意弟兄们冒险，要请王伯昭出面救人。"

　　周冰谏思忖片刻："恕我直言，王伯昭不会为这件事出面！"林奉天点头："我也这么想，所以只好来硬的了！"周冰谏迟疑道："但是……奉天兄弟，救孟刚等人不难、反出九台城也不难，难的是反出九台城后，三连弟兄们的出路在什么地方？"

　　林奉天点头："您说得对。按三连现在的情况，进一步，可能成为一支抗日的队伍；退一步，也可能一哄而散，甚至会沦落为日寇的帮凶、国家的罪人。"周冰谏听出端倪："看来你已经有主意了？"林奉天果然胸有成竹："是！我想投奔八路军！""哦？为什么？""因为我知道，打着抗日旗号的队伍不少，但是，只有八路才是真正抗日的队伍。"

　　周冰谏点头："既然如此，我能帮你们做什么？"林奉天看看周冰谏："想让周大哥帮我引荐八路军。""我？""因为我还知道，周大哥也是八路的人。"周冰谏惊讶："你怎么知道？""上次您救我的时候，我就知道了。"周冰谏笑道："奉天兄弟，既然说开了，我也没什么好隐瞒的了。好，我答应你！但是，这件事不是小事，我需要和组织上汇报才能给你答复。"林奉天："行！"

江崇义心情复杂地走出县政府大院，等在门外的王直急忙迎上来："大哥，王县长怎么说？"江崇义看了看王直，没说话。王直着急道："有戏没戏大哥您倒是说呀，急死我了！"江崇义叹口气："老二，大哥没本事，黑子这回是没救了。""为什么？王县长他不肯帮忙？"江崇义犹豫了一下："不是……王县长他也无能为力。""不可能，一定是他不肯帮忙！"江崇义一下沉下脸来："行啦！让我安静安静！"

王直一时不知所措，尴尬地僵立在原地。江崇义意识到自己的失态，语气缓和下来："你先回，这件事先别和弟兄们说。""那大哥您去哪儿？""我……去看看孟刚母亲。"

江崇义说完步履沉重地走了。王直满脸悲痛地看着江崇义走远了，这才敢发牢骚："说个屁！你自己跟弟兄们说吧，跟爷们儿发什么火儿啊？"

王直一边唠叨一边往回走，恰巧和匆匆走过的徐翻译官撞在一起。

徐翻译官："王副队长，出来公干啊？"王直奴颜婢膝："哎哟，是徐翻译官啊！我找了您好几天，想不到在这儿碰上了，走走走，咱哥俩喝一杯去。""不了不了，太君有事，咱改天！"徐翻译官想要推辞，王直拉住他道："我说徐翻译官，不是这点儿面子也不给兄弟吧？""哪里哪里，今天……""行啦，太君也得吃饭不是？走走走！"王直拉着徐翻译官进了烟花巷。

孟母是个倔强的老人，决定了什么定然不会回头，她去意已定，早已收拾好行李，几个打好的包袱搁在光秃秃的炕上，本就没有什么家什的屋子里更显得空荡荡的，没有一点生气。

孟刚母亲呆呆地望着院子里破败的大门，似乎在期盼着什么。孟小环磨磨蹭蹭地摆弄着包袱，不情愿走。

街上突然传来的几声狗吠声惊醒了孟母，她起身，最后看了一眼家徒四壁的屋子，拿起包袱，唤道："环子，咱走吧。"孟小环小声央求："娘，再等等，或许哥……"孟母沉下脸来："别提他！""娘……""住嘴！"孟小环还想争辩，忽听院子里的大门"吱扭"响了一声，有脚步声走进来，孟小环欣喜地转身向门外跑："娘，哥回来了，一定是哥回来了！"

话音未落，一身皇协军军服的江崇义走进门来："大娘！"孟母愣了一

下，随即沉下脸来："你走错门了。"江崇义："大娘，我是崇义啊，您不认识我了？我是孟刚的……"孟母打断他："我没有这个儿子！环子，送客！"

江崇义尴尬地站在原地，不知所措。孟小环过来推搡江崇义："你走吧！""等一下，大娘，您听我说，让我把话说完。黑子被日本人抓了……"江崇义急急说出口的一句话，把母女二人惊呆了。

江崇义这才得空详细说："大娘，前天夜里孟刚打死了日本兵，后天日本人就要枪毙孟刚了！"江崇义话音刚落，孟母眼前一黑，向前倒去。孟小环连忙扶住母亲，哭喊起来："娘，你怎么啦？你怎么啦？"

良久，孟母睁开眼睛，马上倔强地站了起来。她晃了几晃推开女儿，声音颤抖地说："好！这才是孟家的好儿子！"孟小环大哭："娘……""哭什么！你哥是打鬼子的英雄，死了也值！不准哭！"孟母盯着江崇义，一字一顿："告诉我，刑场在什么地方？"江崇义："大娘……您？""告诉我！""国民小学操场。"孟母回身，语气坚定地对孟小环说："环子，打开包袱，咱不走了，留在九台城，给你哥收尸！"

第五章　生死投名状

营房里，林奉天站在大家中央，情绪激动："弟兄们，摆在三连面前的路只有两条：一，救出孟刚、反出九台城，就算掉了脑袋也是为了兄弟义气、为了抗日救国，值了！二，留下来给鬼子卖命，继续当鬼子的走狗、做国家民族的罪人，就跟这瓶子里的苍蝇一样，永无出头之日！弟兄们，何去何从大家现在就考虑清楚。"

战士们群情激愤，朱大生带头喊道："三哥，不用考虑了，三连的弟兄们没有一个孬种！三哥，三连不做汉奸走狗！"

林奉天大声道："好！弟兄们，愿意跟我林奉天救出孟刚、反出九台城的站出来！"

"老三，是不是等大哥回来再做决定？"一个战士提醒道，但他的声音刚出喉咙就被大家不做汉奸走狗的喊声淹没了。眼看着朱大生、李松、马金宝、刘金锁等战士纷纷站了出来，连宋晓丹也在大家的感染下站了出来。刚才还犹豫不决的战士骂了句："娘的，爷们儿也不是孬种！"说罢，也站了出来。

这时，大门突然"嘭"地一声被推开，江崇义闯了进来，厉声喝道："干什么！想造反吗？"

热火朝天的营房里一下安静下来。

林奉天想给他解释："大哥……"

　　"住口！"江崇义厉声打断他，面向大家，"都给我听着，这件事没的商量！你们当自己是谁？是长坂坡七进曹营的长山赵子龙吗？是百万军中取上将首级如探囊取物的张翼德吗？那是演义！这里是什么？是日本人的军营！我们周围都是训练有素的鬼子兵，就凭我们这百十来号人，能救出孟刚吗？能反出九台城吗？恐怕没等咱动手，就被鬼子收拾了！"

　　大家面面相觑、鸦雀无声。

　　江崇义压了压火气，放缓声音说："弟兄们，做事要量力而行、三思而行啊！千万不能冲动，冲动的结果只有一个，死路一条！弟兄们，我们都是一个头磕在地上的兄弟，大哥我不能不为全体弟兄的性命考虑，你们要是还认我这个大哥，就听我的！"

　　两个红灯笼闪着幽幽的光挂在春香院大门前，从门里飘散出腻人的脂粉香气。王直和徐翻译官坐在雅间里搂着两个窑姐猜拳行令，喝得东倒西歪。

　　徐翻译官结巴着："王……王兄弟，你……你够意思！兄弟我也不含糊，我跟你漏个底儿啊，你们保安队里可是有人对皇军不满，你最好跟他们离远点，省得引火上身。"王直警觉起来，嘴上却故意满不在乎地说："徐大哥，别听人瞎扯，没的事！""不信？到时候你就知道了。反正话我是说到了，听不听就是你的事了。"徐翻译官撇撇嘴。王直连忙凑上去："徐大哥，咱是什么关系，把话说清楚，到底咋回事？"徐翻译官为难地说："不能说了，再说我这颗脑袋就该搬家了。"

　　王直意识到事情非同小可，眼珠子一转，顺手打发两个窑姐出去，从怀里摸出几张银票："徐大哥，小意思，不成敬意！"徐翻译官推辞着不肯收，王直把钱硬塞进他手里："徐大哥，都是道上混的，规矩我懂，不会给你找麻烦。"徐翻译官看看左右，压低声音："木村要找你们的茬……"

　　王直大惊，草草应付了几句，把徐翻译官丢给窑姐，自己离开春香院匆匆往营地跑去。

　　营房里，三连战士正在酣睡，突然一声尖利的紧急集合的哨声吹响。战士们睡眼惺忪地爬起来，赶紧穿好衣服，大家刚要列队集合，突然，一队日军宪兵跑来，迅速包围了三连。

三连战士们莫名其妙地看着荷枪实弹的日本兵，日军小队长对着翻译官叽咕几句，翻译官跟着道："听到名字的出列！刘三宝、刘德隆、马金龙、郭德纲、韩启德！"

　　听到点名，刘三宝等战士迷迷糊糊地站出列。

　　"抓起来！"日军小队长一挥手，日军宪兵冲上前就要动手抓人。江崇义站出来大喊："慢着！凭什么抓人？"翻译官替日军解释："怀疑这些人有通共嫌疑！"林奉天："有何证据？"翻译官："问了才知道。"说完就要带人。林奉天横臂挡住日军："我看谁敢！"日军宪兵呼啦一下包围了林奉天。

　　紧要关头，只见王直急匆匆跑回营房，径直挡在了日军面前："老三你干什么？妨碍太君行动要枪毙的！大哥，赶紧让老三走！"王直给林奉天和江崇义使个眼色，转过身来点头哈腰地招呼日军小队长："太君，您请，您请！"

　　日军蛮横地押着刘三宝等人走了。

　　江崇义悄声问王直："老二，到底怎么回事？"王直使个眼色："回屋说。"

　　回到屋里，王直把从翻译官那里听到的话向江崇义和林奉天说了一遍。

　　江崇义大惊失色："这事是真的？"王直哭丧着脸："好我的大哥，这么大的事，我敢瞎说吗？木村这王八蛋真他妈阴险，营房外面埋伏了一个中队的日军，就等着咱闹事呢。要不是我来得及时，老三肯定就和鬼子干上了，那样正好给了木村借口，今晚上咱三连就让鬼子给收拾了！"

　　江崇义冒出一身冷汗："完啦完啦，王县长担心的事果然出现了，这可怎么办？"江崇义想了想，转身往外走，"我去找王伯昭想办法去。"王直把他拉回来："行了大哥，别想好事了，王县长能有什么办法？"

　　见二人急得在屋子里直打圈圈，林奉天这才开口："大哥，不怕贼偷，就怕贼惦记，让木村给惦记上了，咱没的选择，只有破釜沉舟、反出九台城一条路可走。"江崇义："就没别的路？""没有！"

　　一层云团遮蔽了月光，几颗微弱的星一明一暗地打着暗哨。

　　营房里，江崇义把三连战士们聚集到一起，神色凝重："弟兄们，我决定了，现在我们已经无路可走，只有救出弟兄们、反出九台城一条路！"

大家顿时群情激愤："大哥，弟兄们就等你这句话了！干！"

王直仍有顾虑："大哥，造反这事太大，搞不好就麻烦了。大哥，咱还是再合计合计。""老二，都这个时候了，你还犹豫什么？"江崇义怪他啰唆。王直委屈道："我不是犹豫，这事说起来容易做起来难。刚才我突然想起件事情，大哥，救孟刚好办，咱弟兄们喊哩咔嚓就办了，可咱反出九台城以后上哪儿去？"

江崇义愣了一下，刚才只顾想出路，真没想到这个问题。他一下没了主意，转身问林奉天："是啊老三，咱上哪儿去？总得有个落脚的地方吧，总不能落草为寇吧？"

大家也都议论纷纷。

林奉天看看江崇义，又看看和他一起卖过命的弟兄，郑重地说："大哥，弟兄们，这事我想过了，我们投奔八路军！"

"八路？老三，咱可是堂堂九台城保安队，投奔土包子八路军？亏你想得出来！"王直第一个站出来反对。林奉天不满他的口气："二哥，八路军可是真正抗日的队伍，不是什么土包子。""土八路、土八路，不是土包子是什么？再说了，八路穷得叮当响，要吃没吃、要喝没喝的，就那几杆鸟枪怎么抗日？要我说打鬼子还得靠正规军，咱不如投奔国军，怎么说国军也是正规军。"反正王直是死活不同意投奔没油没水的八路。"二哥，国军倒是正规军，可我也没见他怎么抗日，就见他逃跑了，不然鬼子能这样猖狂吗？"林奉天对王直提议的国军嗤之以鼻。王直急了："你这不是抬杠吗？"林奉天道："二哥，你是好了伤疤忘了疼。不是国军临阵脱逃，九台城也不会落到日本人手里，咱保安队也不会落到给鬼子当走狗的地步。""你、你……"王直争得面红耳赤，向江崇义求援，"大哥，你说！"

"好啦，别吵了，听我说！"江崇义喝止住二人的争论，想了想，看着众人说，"还是老二说得有理，怎么说国军也是正规军，八路军不能跟政府军比。常言道，人往高处走，水往低处流。投奔政府军才是弟兄们的真正出路。"林奉天"哼"了一声："投国军当然好，可依我看咱是一厢情愿，政府军未见得肯接受我们。"

江崇义说："老三，大哥这么说也是有根据的，不管投奔谁都得有份见面礼，不然保安队的弟兄会被人家轻视。我刚才想起一件事，我们不是救过国军173团参谋长曹阳吗？正好是个见面礼。"王直一拍大腿："对呀，我怎么把这事给忘了？不是咱他曹阳早没命了。"林奉天还是心有不甘："可是……"江崇义打断他："好啦老三，这件事听大哥的没错，咱就投奔国民党政府军。弟兄们，你们说呢？"

大家你看看我、我看看你，议论纷纷，王直带头站出来喊："我同意！"大家也跟着纷纷站出来表示同意。

江崇义看着唯独没有表态的林奉天："那就这么定了。"接着吩咐王直道："事不宜迟！老二，你现在带上两个弟兄，立即出城和173团秘密联络，记住了，这件事只许成功，不许失败！"王直："是！"江崇义对大家命令道："其他人原地待命！"

林奉天一夜辗转难眠，好容易熬到天亮，一大早就跑来找周冰谏。

周冰谏见他脸色难看，诧异道："怎么回事？"林奉天："周大哥，我长话短说吧。本来事情正在朝我预想的方向发展，不料在节骨眼上还是出了问题，大哥和王直要投奔国军，认为国军是政府军，弟兄们……弟兄们也同意了。周大哥，我该怎么办？"

周冰谏思索片刻："强扭的瓜不甜！既然大家选择了投奔国军，我们应该尊重弟兄们的选择。"林奉天情绪低落，周冰谏拍了拍他的肩膀："投八路还是投国军并不重要，重要的是如何打败日本侵略者，拯救我们的同胞。奉天，只要是为了抗日，我们还是一条战线。"林奉天郑重地点头："周大哥，我明白。"

这时，王青梅走进了屋子，看到林奉天欣喜万分："林大哥，你也在这儿啊？伤好了吗？让我看看！"

林奉天想到王青梅与大哥的关系，本能地退了一步，语气冷淡地说："谢谢，好多了。"王青梅感觉到了异样："林大哥你怎么啦？见到我不高兴吗？""不是。周大哥，我还有点事，先告辞了。"林奉天说完，不等周冰谏说话便匆匆忙忙走出屋子。

王青梅愣了一下，起身追出去，挡在林奉天面前，气呼呼地质问："林

奉天，你为什么总躲着我？""我……没有……""什么没有！我又不是傻子！"王青梅娇嗔地撅着嘴，直直地盯着林奉天，林奉天语塞，不知该怎样解释。

王青梅赌气道："说呀！不说算啦，你走吧！""青梅……"话就堵在嗓子眼儿，可林奉天就是说不出口。王青梅温柔地盯着林奉天："什么事？"林奉天犹豫了好半天，憋出一句话："青梅，有时间去看看大哥……"

等半天等出这么一句，王青梅气道："看不看是我的事情，我问你为什么躲着我？"林奉天犹豫着说："对不起青梅，我不知道该怎样解释，我只能告诉你，这次保安队面临着一场恶战，每个人都有性命之忧，很可能……"王青梅大吃一惊："出了什么事？""别问了，就算是我恳求你，去看看大哥吧。"林奉天说完，默然离去。

看着林奉天沉重的背影，王青梅似乎明白了什么。

晓日初升的时候，王直带着两名弟兄终于赶到了国军173团驻地。脚不停歇地赶了一夜路，一进国军地界，王直铆足的劲儿立刻松下来，累得一步也走不动了，他一屁股坐在一块石头上，叫道："娘的，累死了！歇会儿，歇会儿！"

跟随而来的战士不安地看看四周肃杀的景色，劝道："二哥，我看这地界不安全，咱还是赶紧走吧。"

"听你的还是听我的？"王直瞪了对方一眼，两个士兵只好也坐下来。

三人刚坐稳，突然从身后蹿出来几个人影，还没等他们来得及反应，三人已被按倒在地。

国军173团团部，一个身着军官制服、身材高瘦、脸庞白皙的人正对着电话发牢骚："师座，上面再不发军饷，弟兄们可真要造反啦……什么……还得等……是……是！"等对方挂线，他才狠狠扣掉电话，骂道："等等等，再等黄花菜都凉了！"此人正是173团的团长吴天。

门外传来报告声："报告！"吴天恶声恶气："进来！""报告团座，抓到三个日军奸细，请团座发落。"一名国军士兵进门汇报。吴天正没处发火："哪儿那么多废话，拉出去毙了！"

"是！"士兵得令正要转身出去，门外传来王直的叫嚷声："吴团长，吴团长，我们不是奸细，我是九台城保安队的王直，我有要事相告！吴团长……""保安队？"吴天皱了皱眉，"带上来！"

不一会儿，王直被押进团部，一路叫嚷着："放开我，放开我，我要见你们吴团长。"吴天喝道："放肆！我就是，什么事？"

王直停止了挣扎，看着他："吴团长，我是皇协军……不，九台城保安队王直，我们连长江崇义派我来面见吴团长，有要事相商。"吴天："我没工夫跟你废话，说。"王直："是！吴团长，三连决定反出九台城、投奔贵军，大哥江崇义派我来和您协商投诚一事，这是信。"

吴天接过王直递过来的信，看起来。王直松了口气，高兴道："这回好啦，见到吴团长，这事就算大功告成了。"

吴天看过信，斜着眼睛撇着王直，问道："你们就是皇协军三连？"听吴天口气异样，王直心里有些发毛："是。"

吴天突然拍案而起："来得正好！来人，给我拉下去毙了！"

几名国军士兵上前反押住王直双手，王直慌了，大喊："吴团长，为什么枪毙我？我们是来投诚的，为什么枪毙我？"吴天："为什么？我怀疑你们投诚是假、给国军下套是真！这点伎俩也想瞒得过我？你以为我是三岁小孩吗？"王直急得快哭了："天地良心啊，吴团长，我们可是诚心实意要来投奔贵团的！"吴天怒喝道："住嘴！你他妈还记得你们帮着鬼子打173团的事吗？老子今天要拿你的脑袋替死去的弟兄报仇，拉下去！"

原来吴天是旧恨难消，对三连有误会，王直一下明白过来，大喊："吴团长，吴团长，三连没有攻击173团，我们可是朝天放枪的，你要相信我！"一名士兵狠狠砸了王直一枪托："谁他妈信你，走！"王直拼命挣扎："是真的，我有证人，你们的团参谋长曹阳就是三连救的。吴团长，吴团长，不信你问问他……"吴天不想再听下去，面无表情地挥挥手："拉下去！"

这时，被三连救过的参谋长曹阳恰巧有事，走进了团部。王直一眼看到曹阳，像见到大救星似的大喊起来："曹参谋长，我是王直，皇协军三连的王直，你忘了旧谷仓吗？旧谷仓，是我们放了你！"

曹阳认出了王直："王直？你是皇协军三连的王直？""是我，是我，快救我！"终于见到亲人，王直哭得鼻涕一把眼泪一把，士兵们看出他与曹参谋长交好，急忙放开他。曹阳上前握住了王直的手："果然是你啊，你怎么会在这儿？"回头又问吴天："团座，这是怎么回事？"

吴天仍存疑虑："曹参谋，他说的都是真的？"曹阳："是真的！上次不是三连偷放了我，恐怕我早见阎王了。"吴天面无表情地说："你跟我来一下。"曹阳不知何事，跟着吴天进了里屋。

吴天让曹阳把当日旧谷仓三连相救之事详述了一遍，然后思忖良久，说道："这么说他们投诚是真的了？""应该不会有假。"见吴天低头思索，曹阳试探地问："团座您担心什么？"吴天压低声音在曹阳耳边低语："你忘了军饷……"

在外等候的王直心中忐忑、坐立不安，他不时地偷偷探头看看里屋，却见吴天和曹阳在商议着什么，嘴唇翕张开合却不闻其声。王直正焦急地侧耳细听，二人走了出来。

吴天笑颜相对："误会误会，王直兄弟，对不住了。"王直赶紧笑脸回应道："澄清就好！吴团长，那起义的事……"吴天："王直兄弟，咱打开天窗说亮话吧！你说三连要起义投奔国军，可我怎么相信你们三连？"王直愣住了："你们这葫芦里卖的是什么药啊？"

曹阳解释道："王直兄弟，是这样，不是我不相信你，实在是日军太狡猾了，不得不防啊。"王直生气地说："那你们说，怎么才能相信我们？"吴天笑了笑："我就直说吧，投奔我们可以，不过要递份'投名状'，只要你们能办到，我自然相信三连投诚是真的了。王直兄弟，这个条件不算过分吧？"

王直想了想，问："吴团长，您说要什么样的投名状？"吴天："很简单，只要炸掉九台城内的日军军火库，这事就成了。"

王直一下跳了起来："什么？炸鬼子军火库？吴团长，你这不是让三连找死吗？就凭保安队，这事根本不可能完成，不成，不成！"吴天按住他："等我把话说完。我和曹参谋长商量过了，只要保安队炸掉军火库，一见火光，173团立刻派大部队到会合地点接应。"

"那也不可能，九台城军火库戒备森严，没等你们接应，阎王爷就先来接了……"王直亲眼见过军火库的防备情况，知道这是根本不可能完成的任务。

吴天脸色沉下来："那咱没的谈了。来人，送客！"王直急了："等一等，让我想想，让我想想……"

王直紧张地思考起来——炸掉军火库，这无异于上天揽月的难度，不用说一个小小的保安队，就算他173团一个团，能干得了这么大桩买卖吗？吴天这明显是背信弃义、不肯出手相帮呀。他现在也有些后悔，当初不该那么极力地主张投奔国军，以至于摊上这么个里外不是人的差事。林奉天本就不同意投奔国军，空手而归肯定要落下话柄，他可不愿让林奉天揪一辈子的小辫子呀。

王直还在犹豫，吴天等了一阵，有点不耐烦了，问道："怎么样了，王直兄弟？"王直咬了咬牙："吴团长，曹参谋长，我也把话说白了，要是按我的意思，这事绝对不成，但是来的时候我大哥说了，这事只许成功、不许失败，所以，我今天就替大哥答应你们。"吴天："好！那我们就一言为定！"王直怯怯地："一言为定！"

王直私自在吴天那里许下承诺，一路愁眉苦脸地担忧着，不知该如何向大哥江崇义和三连弟兄们交代。

王直带着两名弟兄走进三连营房大门，迎面正碰上正在站岗宋晓丹。"二哥，您……您回来了？"宋晓丹又惊又喜。王直没好气地说："废话！不回来我还死在外面？我问你，大哥呢？""在……在……俺不知道。"宋晓丹结结巴巴，王直瞪了他一眼，阴沉着脸走了，留下宋晓丹不满地嘟囔："俺招谁惹谁了！"

王直找到江崇义，把吴天和曹阳的话鹦鹉学舌地学了一遍，江崇义一听急了："老二，他们真是这么说的？"王直："大哥，我的话你也不信吗？"江崇义一下没了主意："这可怎么办，这可怎么办？老二，就没有商量的余地吗？"王直："大哥，现在说这些没用了，赶紧召集弟兄们商量商量吧。"

江崇义把三连弟兄召集到一起，王直简单地把带回的消息给大伙讲了一遍。大家都沉默了，营房内气氛一时压抑无比，每个人都似有千斤重担压在

肩上，让人喘不过气来。

江崇义六神无主地看着大家："这事太冒险了，太冒险了！大家都说说，怎么办啊？老二你说。"王直："大哥，这节骨眼上，有些话我不能不说了。不是我王直打退堂鼓，救人不难，炸军火库啊，没戏！这不明摆着让咱三连弟兄们送死嘛！要我说咱还是算了吧，别偷鸡不成蚀把米，弟兄们，你们说，是不是这个理儿？"马上有战士响应："二哥说得有道理！说得难听点，这叫肉包子打狗，有去无回。"

"倒是笔大买卖，就怕咱做不了，搞不好赔个血本无归，不合算。丧门星，你说是不是？"马金宝边丢色子边搭话，他也同意王直的意见。刘金锁接过话茬，不紧不慢："这事啊……悬！"霍爷也摇头："我看这事也悬。"朱大生也叫起来："娘的，咱这不是老母猪逛花园，找着挨揍嘛。""朱大哥，你……你也怕了？"宋晓丹没想到连胆子最大的"青面兽"朱大生也说出这样的话，不禁问道。朱大生瞪了一眼宋晓丹："放屁，老子什么时候怕过！"

大家七嘴八舌议论纷纷，江崇义看着大家，退缩地说："要不咱还是算了吧！"

连大哥也打了退堂鼓，大家的眼神纷纷望向林奉天，现在唯有他还有指望给大家领出一条路来。营房里一下子鸦雀无声，大家都静静等待着林奉天的回答。

林奉天开口了："大哥，俗话说，箭在弦上不得不发，我们已经没有退路，战是死、退也是死，与其委曲求全给鬼子当看门狗，不如轰轰烈烈和鬼子干一场。我林奉天还是那句话，打仗就是来硬的，不是你死就是我亡，就算错了，也要错到底，大不了跟鬼子同归于尽。"

林奉天看看大家，继续说："有人说，我们这是白送死、是肉包子打狗、赔本的买卖、是无谓的牺牲，错！如果是无谓的牺牲，我林奉天一根汗毛也不给鬼子。但是，如果用三连弟兄们牺牲的代价去换鬼子的军火库，打乱华北日军的战略部署，我觉得值，死的有价值！弟兄们，你们说，值还是不值？"

大家沉默了，没人答话。突然，角落里有人大喊一声："值！"是李松。接着朱大生也喊了一声："值！"马金宝、刘金锁、霍爷等战士也都跟着喊起来："值了！"

瞬间，战士们的士气再次被鼓舞起来："大哥，别犹豫了，干吧！"

江崇义受到鼓舞，不禁拍案而起："干！"

林奉天面色凝重："大哥，九台军火库是蒙绥日军最大的弹药补给基地，储存着轻重机枪、掷弹筒、手雷、步枪、步兵炮等各式轻重武器，弹药不计其数，山田大佐和木村很清楚他的重要性，一旦军火库出了问题，他们俩肯定是吃不了兜着走，为此，山田派了一个中队的兵力把守，如果硬碰硬，三连没什么机会，我们只能智取。"

既然决定干了，就意味着没有退路，江崇义带上王直、林奉天直奔回自己屋内，展开地图商议着作战计划，三人都是眉头紧锁。

江崇义看着林奉天说："现在弟兄们的士气是有了，可打仗毕竟不是儿戏，是要死人的。老三，咱兄弟三个只有你是正儿八经带过兵打过仗的，知道仗怎么打，三连的安危、弟兄们的性命可全靠你了。"林奉天神情严峻，郑重地点头："大哥，我明白，大家毕竟没有受过正规训练，缺乏战斗经验，靠一腔热血可以胜得一时，不能胜得一世。"

"老三，说归说，做归做，我明白在弟兄们面前必须那样讲，现在剩我们兄弟三人了，你给咱说句实话，炸军火库有多大把握？"王直心里还是没底儿。林奉天沉默许久："说实话，我也不知道。"

一时间，三人陷入迷茫。

林奉天心中忽然闪过一星亮光，他想起一个人："大哥，我跟您推荐一个人，这个人曾经留学日本，足智多谋，如果他能帮我们出谋划策，拿下军火库就有希望。"江崇义忙问："谁？"林奉天："周冰谏！"

三人商讨一夜，从江崇义房中出来时天已大亮，林奉天径直来敲周冰谏的门。

林奉天把大致情况对周冰谏说了一遍，然后说道："周大哥，情况就是这样，本来我不想把您卷入这件事，但是这件事关系到三连战士的生死安危，所以……"

见周冰谏眉头紧锁、低头思考，林奉天叹口气："如果周大哥作难，那就……"周冰谏打断林奉天："奉天，现在需要考虑的是如何炸掉鬼子的军火库，并且保证弟兄们能全身而退，至于我个人的生死，无需考虑。"林奉天欣

喜万分："这么说周大哥答应了？"

周冰谏点头："奉天，你先回去准备，我还有点小事需要处理，办完事我随后就到。"林奉天起身："好，我们一言为定，我在三连营房等您。"说完告辞而去。

得知周冰谏同意相助，江崇义欣喜万分，带着王直等弟兄早早就等上了。眼看太阳西沉，夜幕升起，江崇义心急道："老三，怎么还不来？"王直掏出金表，哈口气擦了擦："不会不来了吧？""不会，周大夫是守信之人，肯定会来的。"林奉天坚定地望向门口。

王直打开表壳看了看时间："这都几个时辰了？天都黑了，不是要咱八抬大轿请他去吧？"林奉天不满地看了一眼王直："二哥，你别把人总往坏里想。"王直板着脸："我这不是着急嘛。"二人还要争辩，周冰谏已经急匆匆走进了营房："江连长，各位兄弟，让大家久等了。"

江崇义急忙起身迎接周冰谏："周先生，弟兄们是盼星星盼月亮地盼着您来啊！您这一来，这事就算成了一半了。"周冰谏："江连长抬举了，我哪儿有这么大本事啊！不过既然弟兄们看得起我，我一定尽力而为。"

江崇义请周冰谏上座，问道："周先生，我思来想去，炸军火库这件事实在是太难了，弟兄们商量来商量去还是没个结果，不知周先生有何良策？"

周冰谏想了想，说："据我所知，军火库围墙高大，遍布电网、探照灯、射击口，每个角儿都有一挺'歪把子'机枪守卫，一旦发现异常，机枪形成交叉火力，各个射击口配合射击，我们根本没机会接近军火储藏室……"王直不等听完，忍不住插嘴说："娘的，咱这不是找死嘛，我看咱还是算了吧。""行了老二，让周先生把话说完。"江崇义请周冰谏继续说下去。

周冰谏笑笑："但是，再坚固的堡垒也有其致命软肋，只要我们找到其软肋，炸军火库就好办了。今年5月份，德军不费吹灰之力就占领了法兰西，其战术就是绕过'固若金汤'的马其诺防线，进而占领法国。"

林奉天皱着眉头："可是鬼子军火库的软肋在哪儿？"

周冰谏从怀里掏出一张图纸，在桌子上铺开："这就是军火库的软肋。"

王直探过头瞧瞧，看不懂："这什么东西？画得横七竖八的。"林奉天看出是张地图，猜测道："鬼子军火库的地图？"周冰谏："对，正是军火库的设计图纸！"

林奉天兴奋地说："太好了周大哥，您真神了，您是怎么搞到它的？"周冰谏笑了笑："我哪里是什么神，我是通过一个朋友，找到了当时修军火库的一个工人，经过他的回忆画出来的。"

"大哥，有了这张图纸，炸掉军火库就有把握了。"林奉天马上恢复了信心。江崇义也兴奋地围着地图看："这下好了，这下好了！"

王直在一旁疑惑地打量着周冰谏，忍不住问："周先生，您到底是什么人啊？这东西都能搞到？"林奉天一脸不快地接话："二哥，你怎么回事？周先生是我请来的客人。"周冰谏道："没关系，我就是一个大夫，是个普通的中国人罢了。"江崇义也瞪王直一眼："行了老二，你瞎怀疑什么呢！好啦，我们赶紧商量商量怎么办吧。"王直暗暗打量着周冰谏，嘴上答应着："我也没说什么啊。"

天空上晓月残星，营区里一片寂静。

宋晓丹和一名战士站在营房门口站岗放哨，二人警惕地注视着四周的动静，寂静的暗夜里传来几声锣声和平安无事的报警声。

江崇义的房间里灯光昏暗，只有一盏小煤油灯摇曳着微弱的光。

周冰谏和林奉天弟兄三人、爆破手李松，以及马金宝、朱大生、刘金锁等几个敢死队员围在一起，仔细分析军火库地图。

林奉天指着地图："日军军火库有两个薄弱环节，一个是这条废弃的排水沟，另一个就是军火库的照明电路控制室。据我得到的情报，照明电路控制室在交接班时只有几个日军把守，这个时间是军火库防守最为薄弱的环节。我们先从排水沟潜入军火库，之后兵分两路，一路人马偷袭照明线路控制室，拉闸断电制造混乱；另一路人马袭击日军，吸引鬼子的注意力，掩护爆破手进入弹药储藏室安放炸药，之后迅速按原路返回。另外，再派一路人马提前埋伏在关押孟刚等战士的牢房四周，听到军火库的枪声就趁乱立即展开营救。得手之后，大家一起杀出九台城，在最短时间内赶到集结地点，和接应的173团会合。"

众人不住地点头。

周冰谏谨慎地说："大家再仔细想想，有什么遗漏的地方？"江崇义想起来："对了，守卫军火库的日军指挥官疑心重，每隔半个小时就要巡视军火库，万一让这家伙嗅出端倪……"林奉天道："大哥担心的对，这也就是这次行动最重要的环节。大哥，这事恐怕得交给您了。"江崇义点点头："行，我和日军指挥官小岛熟，交给我了。"

"好，大家听我命令……"

大家围上来，听林奉天指派任务。

林奉天："二哥，你带上朱大生等几个弟兄负责偷袭照明线路控制室，以拉闸断电为信号，我和刘金锁和马金宝等弟兄袭击日军，吸引鬼子的注意力，掩护爆破手李松等人安放炸药。"

王直拍着胸脯："没问题老三，你就瞧好吧！"

周冰谏有些担忧："等一下！我学过电路知识，熟悉电路，这个任务交给我怎么样？"王直横眉道："不成！不就是拉闸断电吗？爷们儿也不是外行。周先生，这事您别跟我抢功，不然我跟你急。"林奉天也说："周先生，二哥不是外行。我看这样，您会讲日语，就负责营救孟刚等弟兄。"周冰谏爽快答应："行！"

林奉天最后吩咐道："没任务的弟兄在城门楼附近等候，一旦得手，我们就打出九台城，大家都听清了吗？"

"听清了！"大家的回答低沉而有力，但林奉天还是从中听出了几分紧张。他嚼了一个辣椒，故作轻松地对李松说道："大个儿，你是咱三连的爆破高手，这回全看你的本事了，到时候可千万别睡着了，跟鬼子一起坐了土飞机可就麻烦了。"

大家一下忍不住笑了，紧张的情绪瞬间化解。李松憨笑道："格老子的，不把天王老子炸个窟窿，这辈子我不睡觉了。"

林奉天问江崇义："大哥，您还有什么要说的？"江崇义起身："就这么定了！弟兄们，要干咱就痛痛快快干他一场，把九台城搅他个天翻地覆。"林奉天："好，大家现在回去，各自准备，明天天黑之前开始行动。"

众人答应一声，起身离去，各自回营房。

林奉天叫住周冰谏："周大哥，这么晚了，您干脆和我凑合一宿得了。"周冰谏客气地拒绝："不了奉天，我还有点事要办。""那我送送您。"

二人向营房外走去。身后，王直疑惑地看着周冰谏的背影，小声嘀咕："医生？鬼才信呢！"

周冰谏默默走在林奉天前面，突然回头问了一句："奉天，你说国军会伸出援手吗？"林奉天想了想："周大哥，我想堂堂国军173团，不会不讲信誉吧。"周冰谏笑了笑："那就好，你不用送了，我自己走好了，咱们明天见。"

周冰谏离开三连营地，直接奔向县医院，来找在此值班的王青梅。

周冰谏把情况一说，王青梅面色严峻："怪不得那天林奉天吞吞吐吐的，我明白了。周大夫，需要我做些什么，您就说吧。"周冰谏："青梅，我不相信国民党173团会伸出援手，万一他们真的背信弃义，保安队将会陷入绝境，所以我想请你帮我送封信。""送给谁？""交给八路军独立团团长刘大炮，告诉他们，以军火库爆炸为信号，必要时予以接应。"王青梅郑重地接过信："您放心，我一定完成任务。"周冰谏："好，明天一大早就走，路上一定要小心。"王青梅点点头："我知道。"

一轮红日喷薄而出，阳光照射在九台城残破的城门楼上。

林奉天带领三连战士们像平常一样操练着，洪亮的口号声在操场上回荡，营区里一如往常地平静，看似什么也没发生，可一切都正在悄悄发生着。

王直带着李松、马金宝和刘金锁等几名弟兄走进军火库，将准备好的手续递给一名军曹，军曹看过手续，挥挥手："你们，跟我来。"

推开厚重的铁门，几人跟着军曹进入军火储藏室。

马金宝看着满屋堆放整齐的军火："这么多好东西，搞它几件卖给土匪，老子也不用干这玩命的营生了。可惜了，可惜了！"

军曹停下，指着地上的几箱炸药："站住！就在这里！"

李松无意中看到一只打开的军械箱，顺手从里面拿出一件东西："格老子的，这是什么东西？"刘金锁眼尖，一眼看出是一个狙击步枪上的瞄准镜，顿时两眼发亮："大个儿，是瞄准镜，给我看看，给我看看。""急什么你，总有个先来后到吧？我先看。"李松拿着瞄准镜四处瞄："格老子的，鬼子的眼

睫毛都看得一清二楚……"

瞄准镜里,出现一张军曹愤怒的脸:"八嘎!东西放下!死啦死啦地!"李松屁股上挨了军曹一枪托。

"太君别生气,别生气。"王直赶忙上前抢过瞄准镜放进了箱子里,回头骂几人,"找死啊,还不赶紧搬!"李松愤愤不平地骂道:"格老子的,再让你猖狂一阵儿,今晚让你狗日的坐土飞机。"这话让军曹听到了,但没听明白:"你的,说什么?土飞机的什么的干活?"王直忍不住扑哧一声笑了:"太君,土飞机的,就是……就是天上飞的……"王直比划着飞机的样子,"他说今天晚上请您吃老母鸡。"军曹笑了:"幺西,幺西!开路开路。"

几人憋不住地想笑,赶紧搬起炸药跟着军曹往外走。刘金锁忍不住回头又看了一眼军械箱。

夕阳西下,落日的余晖洒落在九台城军火库高高的围墙上,围墙上电网密布,岗楼上歪把子机枪的枪口探出墙体,指向下边。四周,日军士兵戒备森严。

江崇义缓步朝军火库大门走来。

岗楼内马上传出日军士兵的喊声:"你的,什么人的干活?站住!不然开枪啦!"江崇义停下脚步,抬头看了看岗楼内的日军哨兵,喊道:"太君,我是皇协军三连连长江崇义,是小岛太君请我来下棋的。"

一名日军士兵走出来对江崇义搜身检查一遍,没发现什么,这才放他通过。江崇义稳定了一下剧烈的心跳,迈步走进军火库。

与此同时,三连营房外,战士们个个神情严肃,正在整装待发。

凛冽的寒风中,李松和几名爆破手身背炸药站在队伍前列,朱大生、马金宝、刘金锁等敢死队员紧随其后。

霍爷和几名弟兄端着酒坛子给每一位战士倒酒,林奉天坚定的目光扫过全连战士,激动、紧张、悲壮的神情刻在每一个面临生死恶战的战士们的脸上。

林奉天端起酒碗:"自古燕赵多死士!弟兄们,今天我就借咱这句古话、也借咱九台县的烧酒，为弟兄们壮行。第一碗，敬国家，忠孝仁义，忠字当头，喝！"

林奉天带头喝下，李松等战士们紧跟着大口喝下。

"第二碗，敬父母，生不能尽孝，下辈子再报养育之恩，喝！"

"第三碗，不求同日生，但求同日死，我林奉天敬弟兄们一杯，下辈子咱还做兄弟！"

说完，林奉天仰头喝下，随即使劲把碗摔碎在地上。

战士们跟着大喊："下辈子还做兄弟！喝！"喝完，大家一起将酒碗摔在地上，一时间瓷片纷飞。

一旁的周冰谏被大家的情绪感染，也端起了酒碗："醉卧沙场君莫笑，古来征战几人回！喝！"周冰谏大口喝酒，喝完也将酒碗摔碎在地上，他抹抹嘴，下意识地向夕阳下坠的方向望去，那是八路军所在的驻地方向，此时王青梅应该已经踏上那条路了。

林奉天一声大喊："弟兄们，出发！"

风萧萧，三连弟兄坚定如铁，义无反顾地踏上了征程。

第六章 火线抉择

这是一个清冷寂寥的夜，月亮孤独地游走在九台城上空，九台城大街上灯熄户闭、漆黑一片，风里不时传来日军的口令声。三连战士们借着夜幕的掩护，悄悄开始行动。

江崇义按照计划已经坐进了小岛中佐的指挥室里，屋子里萦绕着悠扬的日本古筝，江崇义和小岛中佐对坐在榻榻米上，悠闲对弈。

小岛执黑落下一枚棋子，江崇义暗中观察了一下小岛的表情，落子："小岛先生请。"小岛思索许久，嘴里嘟囔一声"幺西"，慢慢放下一子。小岛刚一落子，江崇义不假思索，紧跟着落下一子："小岛先生，对不起了。"说着，微笑着提走小岛几枚棋子。小岛惊讶地看看江崇义："江先生，三日不见，您的棋力渐长啊。"江崇义笑笑："哪里哪里，您过奖了，过奖了，我也是偶尔为之。""江先生，别忘了螳螂捕蝉，黄雀在后。"小岛不甘示弱，落下一子，得意地看着江崇义。

棋盘上，江崇义的白棋稍显被动。江崇义悄悄看了一眼墙上的挂钟，分针即将指向半点。江崇义瞟瞟得意洋洋的小鬼子，在心里骂道："得意什么得意，爷们儿以前是让着你，今儿个就让知道知道，什么是螳螂捕蝉，黄雀在后！"

就在江崇义即将落子之际，一名军曹进门，叽里呱啦地说了句什么，小岛回了句日语，说完就准备起身。江崇义知道是巡查时间到了，急忙落子："请！"

棋盘上，小岛的黑棋一下陷入了更大的被动。小岛起身起了一半，惊讶地看着棋局，抬头看了看江崇义："怎么回事？"江崇义微微一笑："不好意思。"小岛看了看门外，犹豫了一下，坐了下来，盯着棋盘陷入思考。

江崇义悄悄地长出一口气，在心里说："说什么也不能让你出这个门。"

那边江崇义棋里春秋紧张地牵涉着小岛，这边林奉天、王直带着李松、马金宝等敢死队员，借着夜色的掩护，已经悄悄来到军火库的一段围墙下。

林奉天打开地图，借着月光查看一番，用脚跺了跺脚下的一块石板，确定道："就在这儿。"朱大生听令上前，拔出匕首，插进石板的接缝，轻轻用力撬起，马金宝和刘金锁伸手搬开石板，一道废弃的排水沟出现在大家面前。

林奉天低声命令："金锁，你先下，其他人跟着。"刘金锁得令，率先跳下排水沟，众战士紧跟着一个接一个地跳下排水沟。

四周的夜色静悄悄的，等兄弟们全部跳下去了，林奉天这才最后一个往下跳。正当他准备下去时，黑暗中突然窜出一个人影，直奔林奉天而来，林奉天却浑然不觉。

黑影迅速来到林奉天身后，林奉天突然反应过来，猛然回身，拔枪、上膛，对准来人。

"三……三哥……"黑影吓得说不出话来。是宋晓丹的声音，林奉天松开扳机，已惊出了一身冷汗，不由得火冒三丈，上去就是一脚："找死啊你！谁让你来的？滚回去！"宋晓丹挨了一脚，委屈地说："三哥，凭什么让俺回去？俺……俺不回去，俺是来给你送酒的。"林奉天没了脾气："愣着干什么，下去！"话音未落，宋晓丹已经吱溜一下钻进了排水沟。林奉天也跟着跳下排水沟，在下边慢慢移动石板盖好出口。

排水沟里潮湿阴暗，又矮又窄，战士们弯腰弓背费力地前进着。

刘金锁嘴里衔着一盏煤油灯走在最前面，李松等突击队员紧随其后，慢慢向前方摸去。

一股股恶臭扑面而来，冲得人胃液直往上翻。王直捂着鼻子，忍不住抱怨起来："臭死了，爷们儿什么时候受过这罪啊！"朱大生跟在后边嘟囔：

"春香院的娘门儿倒是香。"王直本想发火，但因为一向忌惮朱大生的混劲儿，反而讨好道："大生，咱俩是一个组的，待会儿可要互相招呼着点儿。"朱大生没听出王直的拉拢之意，随口说："你是头儿，听你的。""这话说的，咱可是一个锅里吃饭的弟兄！"王直继续忽悠道，"大生，以后跟二哥亲近点，保你吃香的喝辣的，下次逛窑子二哥也带上你，让兄弟也尝尝鲜。"这话听着受用，朱大生一下来了兴趣："真的？""爷们儿什么时候说话不算数了！"朱大生还想再问，前面传来刘金锁的声音："安静，到了！"众人都停下脚步。

林奉天奋力挪开头顶的井盖，带头跳出去，后面的战士们一个接一个跟着跳出了排水沟。宋晓丹刚跳出来，探照灯突然从他头顶扫过，林奉天一把按住宋晓丹，二人趴在地上一动不动。

探照灯的灯光平静地扫过，周围重新归于黑暗，林奉天拉着宋晓丹迅速隐蔽到墙根下。

微弱的月光下，战士们聚集过来，每个人的神情都是紧张而兴奋的。

林奉天低声吩咐："金锁，金宝，你俩自己找地方隐蔽，负责狙击。"二人点点头。

"二哥，看见对面控制室没有？"林奉天指着对面的控制室，对王直说，"待会儿探照灯过去后，你和朱大生跟在探照灯后边跑，进去以后手脚麻利点，千万别出声。"王直回头命令："进去以后手脚麻利点。"朱大生："知道。"

各人都分配了任务，林奉天说："好，等我命令，随时准备行动。"

探照灯顺着军火库的院子缓缓扫过，突击队员们屏息静气，静静地等待着林奉天的命令。

"准备……"林奉天紧紧盯着探照灯的光束，等灯光刚一扫过战士们隐蔽的地方，林奉天低喊一声，"走！"

王直和朱大生迅速跳出隐蔽，跟在探照灯的光束后边，飞快地朝控制室跑去。

小岛对外面三连战士的行动一无察觉，全神贯注地与江崇义在棋盘上周旋。

江崇义落下最后一子："不好意思，不好意思，这回我又赢了，二比零。"

小岛看着棋局，脸涨得通红，他抬头盯着江崇义不甘示弱："你说，今天为什么这么厉害？""哪里哪里，今天是我运气好，运气好。小岛太君，时间不早啦，我该告辞了，咱们改日再切磋。"江崇义起身告辞，小岛伸手拦住他："不行，我们再来一盘。"江崇义装作为难的样子："太君，这个……"小岛瞪起眼睛："我命令你！坐下！"江崇义好似迫不得已："好吧，好吧。不过太君，咱事先可说好，下完这盘，说什么也得放我走，不然我那帮弟兄们不知道又闯下什么祸了。"小岛："没问题！下完这盘一定让你走，请！"江崇义重新归座，恭敬抬掌："您先来。"

"那我就不客气了。"小岛已经顾不上礼节执白先行，江崇义跟着落子，二人落子如风，很快，江崇义的黑棋便占了上风。小岛脸涨得通红，艰难地落下一子，江崇义杀得兴起，有些忘乎所以："这招叫螃蟹进油锅，孙子，你横行到头了。"小岛一怔："什么意思？"江崇义反应过来，慌忙掩饰："没什么，没什么，我是说改天我请您吃油炸螃蟹。""幺西！一言为定。"小岛下了招好棋，高兴地大叫，"哈哈，这回看你怎么走。"

牢房里光线昏暗，孟刚躺在地上神情黯然。杀小日本的时候他就自知逃不过一死，他现在不后悔，唯一不忍的是连累了刘三宝这些忠心耿耿的好兄弟。他还不知道，外面的弟兄们正在孤注一掷、冒死相救。

孟刚向身边的弟兄抱愧道："哥儿几个对不住了，黑子连累你们了。"

刘三宝："说什么呢！脑袋掉了碗大个疤，十八年后爷们儿还是条好汉。""就是，黑子哥，别往心里去，不就是死吗！爷们儿后边还有兄弟，老娘不用我送终。娘的，后悔没在战场上多杀几个鬼子，亏死了！"跟着孟刚站岗的小胖子战士也是一副视死如归的样子。三宝附和："就是。"

牢房外的一名日军看守听到说话声，端起枪指着几人，恶狠狠地骂道："八嘎！不准说话！"

孟刚看了看看守，突然想到什么，压低声音："弟兄们，死也死个痛快，不如跟鬼子干上一场，临死咱也拉个垫背的。"刘三宝和小胖战士互相对视一眼："黑子哥，你的意思是……"孟刚眼神瞟了一下日军看守，点点头。

日军监狱紧邻伪县政府，高墙直竖、铁网密布、壁垒森严。周冰谏率领战士们大摇大摆地出现在监狱大门口。

一名日军士兵端着枪喊："站住！什么的干活？"周冰谏不慌不忙地上前，操着日语："太君，我们是皇协军一连的，奉田中大佐命令，前来协助你们加强保卫。"

日军士兵狐疑地看着周冰谏，只听周冰谏用日语说道："太君，听您口音是关西人？"日军士兵诧异非常："是啊？你怎么知道？"周冰谏套近乎："我在你们日本关西地区留过学的，那地方真好。""是吗？怪不得你的日语说的这么好。""过奖，过奖。"周冰谏的话起了作用，日军士兵收起枪："好啦，执行任务。"说完叫上同伙转身进了大门。

三连战士迅速在四周拉起警戒，周冰谏一语双关："弟兄们，打起精神，给我看紧点。"

日军的探照灯像个幽灵在头上盘旋不停，战士们紧靠在墙根隐蔽着。

林奉天紧紧盯着王直他们跑去的方向，回头嘱咐李松："大个儿，你和爆破组的弟兄们准备好，二哥他们一拉闸，就看你们的了。"李松点头。林奉天又说："把眼镜儿也带上，让他帮你扛炸药，还有，爆破时间给我掌握好了，别把弟兄们都搁这儿。"李松又点头。林奉天看看他："别光点头，说句话。"李松闷声闷气地："是！"

一个战士心慌意乱地张望着："三哥，好半天了，二哥他们怎么还没动静？"林奉天盯着电路控制室："别说话。"

此时，王直带着弟兄已经跑到电路控制室外，王直和朱大生贴在墙根下边偷听里面的动静，控制室里传来几名日军士兵的嬉笑声。

朱大生悄悄地说："二哥，动手吧。"王直紧盯着门口的灯光："等会儿，等鬼子换完班……嘘，出来啦！"正说着，几名日军士兵哼着歌走出控制室，王直和朱大生赶紧趴在地上，众人都屏息静气。

日本兵没发现他们，渐渐走远了，王直一挥手："上！"朱大生已经蹿了进去。

牢房里，孟刚大吼着和刘三宝扭打在一处："娘的，老子和你拼了！"一旁的小胖子战士假装张皇地喊："杀人啦！快来人啊，杀人啦！"一名日军看守闻声跑来："八嘎！住手！不然开枪啦！"二人仍然不肯罢手，反而打得更加激烈。

日军看守见势不妙，打开牢房门，冲了进来，试图制服孟刚。不料孟刚突然出手，一把抢过鬼子的步枪，对着鬼子就是一枪，与此同时，刘三宝和小胖子战士也夺过另一名鬼子的枪，扣响了扳机。

枪声划破了夜空。

一队日军小队紧急跑出营房，径直冲进牢房，牢房里立即传出激烈的交火声。

跟周冰谏戍守在监狱门外的霍爷听到双方的枪声跳了起来："听，是孟黑子！孟黑子自己动手了！"

只听孟刚的大呼小叫从牢房里传来："小鬼子，上来啊，爷们儿今天够本了！哈哈！"霍爷着急地问："周先生，怎么办？那边还没动静呢！"周冰谏当机立断："也好，咱先动手吸引鬼子的注意力，弟兄们，跟我上！"说罢，带着战士们杀进了牢房。

周冰谏那边已经先发制人开战了，王直这边才刚悄悄摸进电路控制室。

几名日军正围在一起打牌，根本没注意王直他们进来，等鬼子发现之时，王直的枪口已经顶在了脑袋上。"弟兄们，麻利点，都给我捆起来。"王直一下令，战士们一拥而上，迅速将几个鬼子绑了起来，堵上了嘴巴。

"青面兽，跟我去拉闸！"王直叫上朱大生，二人直奔电路控制开关，不料刚跑几步，就迎面撞见一名鬼子。

王直被突如其来的变故吓住了。鬼子刚撒完尿回来，还不明白怎么回事，也吓得目瞪口呆，刚张嘴想喊，朱大生眼疾手快，上前一把捂住鬼子兵的嘴巴，一刀结果了鬼子的小命，扔下鬼子直奔控制开关。

王直回过神来，上前对着鬼子的尸体就是一脚："娘的，吓死老子了！"倒在地上的鬼子被踢得动了一下，王直吓得起身就跑。

控制室墙上布满了红的蓝的电线和开关，朱大生面对乱七八糟的开关没

第六章 火线抉择

了主张，着急地喊："二哥，这他娘怎么弄？"王直跑来看看，也是找不着头绪："我怎么知道？挨着个儿地拉！"

二人七手八脚地拉闸，火星子直冒。王直碰巧一把拉下一个电闸，电灯黑了一下，可立马又亮了，原来是朱大生手忙脚乱地又把电闸拉了起来。王直气得大骂："我的活祖宗，别添乱啦，那边！"

小岛指挥所里悠扬的古筝琴声不知什么时候停了，可谁都没在意。江崇义和小岛的黑白棋子正杀得难解难分，突然屋子里的灯泡灭了一下，紧接着又亮了起来。

小岛看了看灯泡，忽听远处突然传来激烈的枪声，一下站了起来："哪里响枪？"

江崇义已经听出枪声的来源，脸色煞白："没……没听见啊。"

就在这时，灯光再次熄灭，屋子里一下陷入黑暗之中。

小岛和江崇义同时跳了起来，棋盘被撞翻，棋子洒落一地。小岛抓起手电筒："八嘎！卫兵，出了什么事？集合！集合！"江崇义也跟着跑出了屋子。

激烈的枪声穿透浓浓的夜色，传到林奉天隐藏的地方。

林奉天愣了一下："怎么回事？哪里响枪？"有人答："三哥，是牢房方向。"林奉天一惊："什么？"

话音未落，鬼子的探照灯突然熄灭，军火库顿时一片漆黑。

林奉天当机立断："大个儿，走！"话音未落，李松带着宋晓丹等战士已经冲了出去，直奔军火储藏室而去。

"其他人分散隐蔽，不要开枪，等我的命令。"林奉天一声令下，战士们迅速分散开来。

黑暗中，日军乱作一团："怎么回事……哪里响枪……怎么没电了……"日军小队长大喊："不要慌！不要动！听我命令，原地待命！"日军显然训练有素，很快镇静下来。

"你，去控制室看看！我向小岛中佐报告！"小队长下达命令，一名日军迅速朝控制室跑去。

林奉天在黑暗中紧张观察着各方形势："准备战斗！"

"来人！怎么回事？"小岛刚跑出屋子，小队长打着手电筒急急跑来："报告！电路照明出了问题，我已经派人去了。"小岛问："哪里响枪？"小队长答："是监狱方向。""监狱？"小岛下意识地回身找江崇义："江连长……人呢？"身后，江崇义已经不知去向。小队长忽然指着林奉天等人隐蔽的墙角说道："在那儿！"只见黑暗中，江崇义的身影正飞快地向林奉天所在的方向跑去。

就在这时，电路控制室突然传来枪声，小岛似乎明白过来什么，指着江崇义说："八嘎！我们上当了！抓住他！"

林奉天一眼看到人影正是大哥江崇义，正要上前，突然，一名日军的手电筒照在了江崇义身上，身后传来小岛的喊声："开枪！打死他！"

林奉天急忙大喊："掩护大哥！"话音未落，墙角里，刘金锁射出一发子弹，打倒了打手电筒的日军。紧接着，林奉天和分散在隐蔽处的战士们一起向鬼子开枪射击。

黑暗中传来鬼子中枪后的嚎叫声，小岛气急败坏地大喊："射击！射击！"日军疯狂开火了，子弹毫无目的地四处乱打。

江崇义几步跑了回来，扑倒在林奉天身旁。林奉天紧张地问道："大哥你没事吧？""没事，给我把枪。"江崇义大口喘气，从林奉天手中接过手枪，狠狠地向鬼子开枪射击，"小岛，老子现在就请你吃油炸螃蟹！"

此时狡猾的小岛已经明确知悉对方意图，冷静地朝手下命令："桥本，带你的小队，保护军火库！佐藤，带人占领电路控制室！"两队日军听令分别向军火储藏室和电路控制室跑去。

林奉天见状急忙大喊："弟兄们，拖住鬼子！"

分散在隐蔽处的战士们集中火力，向支援军火储藏室和电路控制室的鬼子士兵开枪射击，鬼子纷纷中弹倒下。

黑暗中，刘金锁一枪击毙鬼子小队长，嘴里不紧不慢地嘟囔一句："天堂有路你不走……"接着，举枪瞄准小岛中佐，嘴里嘟囔着："地狱无门自来投。"枪响处，小岛栽倒在了地上。刘金锁以为击中了他，正准备瞄准其他日军，不料，小岛突然又站了起来。再想开枪已经来不及了，小岛已经隐蔽起

来，刘金锁懊恼地骂了自己一句："娘的！什么臭准头！"

前面传来小岛气急败坏的大喊："隐蔽，注意隐蔽！射击！"

黑暗中，鬼子一时搞不清情况，乱作一团。小岛躲在隐蔽处大声指挥，队伍这才稳住阵脚，一队人马在小岛的指挥下迅速冲向电路控制室。

王直和朱大生顺利完成任务，刚冲出控制室，不料和前来接应的日军小队迎面撞在一起。鬼子训练有素，立即卧倒射击，子弹如密集的雪片一般扑面而来，在鬼子的猛烈进攻下，王直和朱大生都渐渐抵挡不住。

"朱大生，掩护我。"王直边打边退，话音刚落，一颗子弹击中他的屁股，王直一头扑倒在地。朱大生急了："小鬼子，爷们儿跟你拼了！"

牢房里，孟刚也和鬼子激战正酣。他们连着干掉两三个鬼子，正打得兴起，忽然，小胖子战士响了空枪，着急地大喊："黑子哥，没子弹了！"同时，孟刚发现自己的枪也哑了："奶奶个熊，我也没子弹了。"一群鬼子见状包围上来："八格！抓活的！"

孟刚二目圆睁："杀一个够本，杀两个赚了！"刘三宝也跟着大喊："跟鬼子拼了！"二人端枪杀向鬼子，和鬼子肉搏在一起，小胖子扔了枪，操起地上的椅子，也加入战团。

无奈，鬼子人多势众，很快，刘三宝被打倒在地，小胖子也负伤被擒，只有孟刚一个人浑身是血，瞪着血红的眼珠子和数名日军搏斗，但也到了强弩之末，眼看就要抵挡不住。

就在这时，牢房门口突然射来子弹，鬼子纷纷倒下，周冰谏带领战士们冲进了牢房，大喊："弟兄们，救人！"一行人和鬼子混战在一处。

"黑子，接刀！"霍爷顺手从墙角捡起了孟刚的鬼头刀扔给孟刚，孟刚腾空接刀，兴奋地大喊："哈哈，小鬼子，尝尝孟爷爷的鬼头刀！"话音未落，一刀砍翻一名鬼子。

战士们大吼着杀向鬼子，吓得日军夺路而逃，三连战士趁机冲出了牢房。

外面的三队人马都已经和小日本交上了火，大家奋力厮杀，只等着李松给小鬼子来个土飞机了。

军火库里，李松带着宋晓丹等爆破队员紧张地在各个点布置炸药，只有宋晓丹一个人闲着没事可干。

宋晓丹跟在李松屁股后边："大……大个儿，我干点什么？"李松闷头干活："待着！"

宋晓丹闷闷地站到墙根，转头看看堆积如山的物品，试探地说："这么多好东西，炸了可惜。""想要就拿。"李松没抬头。"行！"宋晓丹答应一声，便在军火库里翻腾起来，步枪、子弹、手雷、王八盒子、望远镜、刺刀、钢盔、军用水壶等等，见什么拿什么、见什么装什么，转眼间便挂满了全身，嘴里还嘟囔着："这个给大哥……这个给三哥……这个是黑子的……这个就给青面兽……这个好，留给老爷子……"

宋晓丹扛起一挺歪把子，嫌重，恋恋不舍地放在一边，又打开一个军械箱子，顺手翻出一把军号，搁在嘴边就吹了一嗓子，没把大家吓死，宋晓丹也被自己吓得魂不附体倒在地上。

"格老子的，报丧呢！"李松气得大骂，可话还没说完，便被宋晓丹的样子逗笑了。

"大个儿，眼镜说得也对，这么多好东西炸了怪可惜的，要不咱也武装武装，过了这个村可就没……"有个战士看着满地的宝贝提醒李松。李松反应过来："操，那还等什么？赶紧拿，能拿多少给我拿多少。"战士们一听，全直奔军械箱而去。

子弹哨着风声不断在耳边飞过，林奉天指挥着弟兄们，不断变换位置向鬼子射击，日军不断有人中枪倒下哀嚎。

就在这时，探照灯突然间亮了起来，顷刻间林奉天等突击队员全部暴露在日军的火力之下。

"射击！消灭支那人！"小岛狂喊一声，日军密集的子弹向突击队员射过来，几名队员瞬间倒在血泊中痛苦呻吟。其他人赶紧隐蔽起来，却被敌人猛烈的火力压得抬不起头来。

小岛疯狂叫嚣："射击！"

"大哥，带受伤的弟兄先走！"林奉天一边射击一边大喊，"金锁，给我

打掉探照灯！"没人回答，林奉天紧张地回头四顾："金锁……丧门星……你没事吧？你他娘的说句话！"

马金宝在角落里喊："三哥，丧门星没事，跑军火库了。"林奉天火了："谁让他去的？""不知道！"林奉天命令："金宝，打掉探照灯。"马金宝还没动弹，一阵密集的子弹把刚想露头的马金宝打了回去。马金宝急得直叫："三哥，我出不了手！"

林奉天身旁的一名战士急了，掏出一枚手榴弹准备投掷，被林奉天一把按住："你傻啦？引爆了弹药库大家一块儿坐土飞机！"战士气得大骂："李大个儿，我日你祖宗，你倒是快着点儿啊！"

大家正急不可耐，对面传来小岛的叫嚣声："支那人听着，我们启用了备用发电系统，你们跑不了啦，立即投……"小岛的话戛然而止，一颗子弹从军火储藏室方向飞来，正中小岛眉心，小岛一头栽倒在地。紧接着，刘金锁从军火储藏室跑了出来，抬手对着探照灯又来了一枪。

院子里再次陷入一片黑暗。

"打！"林奉天一声令下，战士们纷纷跳了出来，开枪射击。失去指挥官的日军一下陷入混乱之中。

刘金锁跑来，兴奋地喊："三哥，你看这是什么？"林奉天一看，刘金锁的德制毛瑟枪上多了一个瞄准镜，气得林奉天照着刘金锁的屁股就是一脚："扯什么淡你！回去再和你算账！"刘金锁摸着他的宝贝瞄准镜："算账就算账，值了！"他举枪瞄准一名日军，一勾扳机，子弹再次命中日军眉心。刘金锁高兴地大叫："准！真他娘的准！万金油，给你一个！"说着从怀里掏出一个瞄准镜抛给不远处的马金宝。马金宝接住瞄准镜看看："还有啥好东西？"刘金锁一边开枪一边说："娘的，去晚了，好东西都叫大个儿那帮狼崽子瓜分了，记着，欠爷们儿一顿酒！"马金宝后悔不迭："娘的，早知道俺也去。"

军火储藏室里，大个儿李松手下的战士们一个个浑身上下挂满了各种枪械子弹，还不肯罢手。

李松一手拿着火石，一手拿着导火索，急得大骂："格老子的，差不多点儿吧，我要点火啦。"说着点着了导火索。

导火索嗤嗤冒着烟，像一条吐着红舌头的毒蛇飞快地向前蹿去，战士们慌忙往外跑。

李松顺手扛起一个掷弹筒，转身就跑，跑了几步想起少了点什么，又翻了回去，在地上撩起一箱掷弹筒炮弹扛上，一边跑一边喊："眼镜儿，赶紧撤！"宋晓丹浑身背满了东西费力地跑出来，身上的东西叮叮当当地相互碰撞着，由于负担太多，他被自己绊了一跤，一头摔倒在地，眼镜也不知去向。宋晓丹赶紧趴在地上四处摸索，眼看导火索吐着火舌就要蹿过来了，他着急地朝前大喊："大个儿，帮我找找眼镜。"没人回答，李松早已跑出了军火库。

李松带着队员与林奉天和王直、朱大生三路会合了，李松激动地喊："三哥，成了！"

"赶紧撤！我掩护！"林奉天持枪殿后，众人纷纷跳进了排水沟。李松正要往下跳，突然想起没见着宋晓丹，大惊失色道："眼镜儿！眼镜儿没出来！格老子的！"说完，转身向军火储藏室跑去。林奉天没听清李松说的话，只见他一个人又冲了回去，着急地大喊："掩护！"马金宝和刘金锁赶紧开枪掩护。

军火库里的宋晓丹这时刚从地上摸到眼镜，他戴起眼镜，起身就跑，跑了几步忽然又停了下来，他看到烧到一半的导火索熄灭了。

外面传来李松的喊声："眼镜儿，死哪儿去了？出来！"宋晓丹顾不上回答，扔下手里的军号，回身捡起火石，"咔咔"两下擦出火苗，点燃了导火索。导火线如同火蛇般哧哧燃烧起来。

李松跑了进来，一把拖起宋晓丹就跑："格老子的，不要命了！""号……我的军号……"宋晓丹被拖着膀子，着急地指着掉落在地上的军号大喊，李松一把捡起军号，拖着宋晓丹跑出了军火库。

国军 173 团的指挥部里，团长吴天站在军用地图前眉头紧锁。

曹阳指着地图："团座，九台县保卫战失利之后，我军已经沿九台县以南一线组织起有效防御，现在敌我双方处于僵持态势，我判断短时期内日军山田部不会对我军发起进攻。"吴天："但愿你的判断没错。不过我还是担

心，自从山田攻陷九台城之后，始终按兵不动，我担心山田现在正在集结兵力，一旦集结完毕，一定会再次对我发动猛烈进攻。"曹阳点头："团座担心的没错，根据军统的情报，山田已经向九台城军火库调集了大批武器弹药。"吴天："你是说九台城军火库？"曹阳："是。"吴天听罢眉头紧锁。

突然，一声山崩地裂般的爆炸声从外边传来，吴天和曹阳几乎同时蹦了起来。吴天慌乱道："怎么回事？哪里爆炸？"曹阳看看外面："不知道，好像是九台城方向。"吴天跳了起来，直奔窗户，只见日军军火库方向火光冲天，爆炸声此起彼伏，整个九台城像一个巨大的烟花在黑暗的夜空里炸出一团团花火。

曹阳兴奋："团座你看，这么大动静，真是军火库出事了。"吴天不能相信："怎么可能？不可能，绝对不可能！"

这时，一名通信兵跑进来报告："报告！我军九台城前线传来消息，九台城军火库被炸了！"吴天大吃一惊："你再说一遍。"通信兵大喊："报告团长，九台城军火库被炸了！"吴天直直看着曹阳，大张着嘴。

身后传来一连串山崩地裂般的爆炸声，三连战士们撒开丫子一口气跑向集结地点。林奉天回头看去，军火库已经陷入一片火海之中，冲天的火焰照亮了九台城上空，映照着三连兄弟们的脸。林奉天、王直、江崇义、李松、眼镜、马金宝、刘金锁、朱大生……人人脸上挂满了激动兴奋的笑容。

一枚炮弹燃着尾焰从九台城里直蹿上天空，炸出一片缤纷的亮光。王青梅从窗户里仰脸看着天上的炮弹炸出的烟花，兴奋地跳了起来："刘团长，你看，你看！"

团长刘大炮惊讶地看着九台城上空沸腾的火焰："俺的个娘哎，真炸啦！"

王青梅还在八路军独立团里兴奋地看烟花，此时，王伯昭家里已经乱作一团，四处喊声不断："八路进城啦！八路军打进来啦！"

王伯昭故作镇静地厉声喝道："慌什么！八路又不是老虎！"

话音刚落，大门突然被人撞开，几个战士闯了进来。

王伯昭的脸上露出一丝慌乱："你……你们是什么人？你们要干什

么？"战士答道："王县长，江大哥派我们来接你，快走！"王伯昭不信，挣扎起来："我不去！你们是八路军，我不去！"两名战士不由分说，拖起王伯昭就走。

九台城的军火库一响炮，顿时触动了日军紧绷的神经。九台城日军指挥部里，山田大佐气急败坏地对着电话里的木村大喊："什么，保安队？八嘎！全城戒严，全城戒严！"木村放下电话，咬牙切齿："王伯昭！王伯昭！"随即命令手下大小特务："全城搜捕，一个都不能放跑了！"

警报声骤然响起，九台城里的百姓纷纷逃出家门，原本安安静静的九台城大街顿时乱成一片。

一队日军冲出了营房，跑向大街，日军指挥官对天放枪："不准乱跑！皇军有令，全城戒严，任何人不得私自出门，违者格杀勿论！"

周冰谏带着孟刚等人从一侧跑来，恰巧遇到戒严的日军，被挡住了去路。孟刚操起枪就准备动手，被周冰谏一把按住："别慌！"

周冰谏镇静地上前："报告太君！我们是皇协军部队，奉命救援军火库。"日军指挥官看看他，不耐烦地挥手："开路！"

大家迅速向集结地跑去。这时，两名战士押着王伯昭迎面跑来，王伯昭一眼看到了身穿皇协军军装的三连战士，如遇救星般大喊起来："弟兄们，我是王伯昭，快来救我。"说着，挣脱二人跑了过来。

王伯昭跑到跟前，一眼认出了孟刚，惊讶地问："孟刚！怎么是你？你怎么出来的？你们……"王伯昭看看众人，突然反应过来，转身就跑，却被孟刚一把揪住，鬼头刀架在了王伯昭的脖子上。"别喊，不然我认得你，我这二黑兄弟可不认得你。"王伯昭吓得面色惨白，一句话说不出来。

"弟兄们，赶紧走！"周冰谏招呼一声，大家赶紧跟着他向集结点撤退。

日军的摩托车发出"轰轰"的声响，不断从对面路上驶过，鬼子杂乱的脚步声也不断从四周传来。王直不停地打开金表看看，时间差不多了，只剩周冰谏一路人马还没到。

江崇义焦急地看着县政府方向，不禁担忧："怎么还不来啊？不会出什

么事情吧?"林奉天宽慰道:"大哥放心吧!周大哥足智多谋,一定会顺利脱险。""我不是说周先生,我是说接王县长的弟兄还没回来……"江崇义说漏了嘴,见林奉天满脸惊讶,尴尬地说:"这件事怪大哥,没跟你说……"江崇义正不知如何解释,王直指着巷口喊:"大哥,来啦,来啦!"只见周冰谏带着孟刚一行人等从小巷子里跑出,径直向这边跑来。

江崇义分开众人,上前一把抱住了孟刚,哽咽着说:"黑子,大哥让你受苦了!"孟刚激动地说:"大哥,我没事,多亏了这位周先生,不然黑子今天就见不到大哥了。"江崇义赶忙和周冰谏握手:"周先生,我替弟兄们谢谢您了。"周冰谏:"江连长客气了,抗日救国人人有份。"

这时,站在后面的王伯昭大喊起来:"放开我,放开我!江崇义,我是王伯昭!"江崇义这才注意到他,惊讶道:"放开,赶紧放开!这是怎么回事?你们怎么会在一起?"王伯昭大怒,手指着孟刚质问:"我还要问你这是怎么回事呢!你说,你们都干了些什么?"江崇义没敢说话,林奉天上前道:"你已经看到了,孟刚是我们救出来的。"王伯昭一愣:"什么!你们究竟要干什么?""没什么?弟兄们不想再当汉奸了,所以炸了鬼子的军火库,救出了孟刚。"林奉天大义凛然。

王伯昭惊恐地看着江崇义:"什……什么?"江崇义没说话,默认了。王伯昭急了,气急败坏地大骂江崇义:"江崇义你混蛋!你忘恩负义!你知道你们在干什么吗?你会连累九台城的老百姓,会害死我,你明白吗?你说,为什么这样做?我王伯昭哪点儿对不住你了?我把女儿都许配给你了,你就是这样对待我的吗?你这是把我往火坑里推呀!木村肯定不会饶过我的!"江崇义打断他:"我不想解释什么,也不想连累任何人,我会带你和青梅一起走。"王伯昭跳了起来:"我不去,我哪儿也不去,死也要死在九台城!"江崇义挥手示意,两名战士上前,不由分说地堵住王伯昭的嘴巴,绑了起来。

林奉天看看众人,默数一下人数:"大哥,弟兄们都到齐了。"江崇义点头:"我们怎么走?"王直提醒道:"大哥,走西门!173团答应在西门外接应我们。"江崇义:"好,弟兄们,我们走!"

三连战士迅速消失在黑暗中。

国军173团指挥部里，曹阳和吴天面面相觑，他们根本没想到三连能够全身而退，这样一个突然的局面，让他们陷入了尴尬的境地。

曹阳："团座，我们现在怎么办？接不接应三连？""接应个屁！你想招惹鬼子吗？咱躲还躲不及呢！就算保安队炸了军火库，他想从九台城突围出来也困难，让他自生自灭好了。"吴天要来个卸磨杀驴。"可是……"曹阳有些担心。吴天不屑："一群乌合之众，你怕什么！"曹阳："团座，这帮人虽然是乌合之众，可都是些亡命之徒，逼急了什么事都能做出来，再说这事万一传出去，咱173团面子上也不好看啊！"吴天："那你说怎么办？"

曹阳想了想："要我说不如派出一支部队，做个姿态，万一三连突围出来，我们可以象征性地接应一下，证明我们没失约，当然这种可能性微乎其微。如果三连被鬼子消灭了，我们还能给大家一个交代。"吴天点点头："这倒是个办法，进可攻、退可守。好，曹参谋长，这件事就请你代劳了，你现在就带一个连，立即出发。"曹阳敬礼："是！""记住，现在保存实力才是最重要的。"吴天最后嘱咐道。曹阳诡秘一笑："团座放心，我会见机行事。"

周冰谏早料到吴天不会派人接应，已安排八路军作最后支持。此时，八路军独立团团部里，团长刘大炮和政委等人正在商议接应三连的事。

刘大炮将帽子摔在桌子上："搞什么鬼嘛，一会儿投降鬼子，一会儿又要投奔八路，现在又要投奔国民党，他们到底想干什么？"

一营长道："团长，你给我们说山东快书《三英战吕布》是怎么说的？就是张翼德骂吕布那句，三什么来着？"刘团长接话："三姓家奴！"大家一下笑了。政委也笑道："团长，你又开始放炮了！"

二营长说："你还别说，就冲炸了鬼子的军火库，还真有点吕温侯的胆气。"一营长轻蔑地说："拉倒吧，以为自己是谁呀？汉奸连还挑三拣四的！再说了，投国军就让国军接应，干吗让我们接应？谁愿去谁去，我是不去，丢不起那人。"

政委劝道："话也不能这么说，三连毕竟还是想抗日的，我认为应该帮他们一把，咱不能见死不救。"

刘大炮出来反对："我不同意！我怀疑三连的动机。"

　　王青梅站在门口焦急万分地等待消息，听到屋子里大家对三连怀疑的声音，王青梅忍不住推门闯进了屋子，大声说道："刘团长，三连不是汉奸队伍，我可以证明。"刘大炮站了起来："你凭什么证明？"王青梅激动地说："三连炸了日军的军火库，现在正在和鬼子拼命，这就是证明！我虽然不是八路军的人，可是我知道，共产党的政策是团结一切可以团结的力量，共同抗日！八路是抗日的队伍、三连也是抗日的队伍，既然都是抗日的队伍，就应该摒弃前嫌，共同抗日。如今国难当头，打败日本侵略者、拯救我们的同胞才是最重要的。刘团长，我对您有意见，您对三连有偏见！"

　　刘大炮一下哑了火。大家张口结舌地看着一脸愤怒的王青梅，不知道眼前这个女孩子哪儿来的胆量，居然敢和刘大炮叫阵。

　　一直坐在旁边的政委站了起来："说得好！听听，听听，人家青梅同志说得多好，'打败日本侵略者、拯救我们的同胞才是最重要的'，说得多好！看看人家的觉悟，再看看你们的觉悟，丢人！老刘，你是团长，你说呢？"

　　刘大炮挠着头皮："小丫头片子，嘴还真会说！行了，一营长，把你的一营借我使使，今天就给小丫头个面子，我亲自跑一趟。"一营长："是！"

　　政委笑了："青梅同志，刘团长亲自出马，你的面子可不小啊！"王青梅不好意思地笑了："那可太好了，刘团长亲自带队，鬼子还不吓跑了？"刘大炮半真半假地开玩笑："小丫头，别给我刘大炮点炮，小心炸了你。走啦！"王青梅笑着做了一个鬼脸。

　　刘大炮走出来，带着一营战士迅速向接应地点出发。

　　夜空漆黑一片，唯有九台城的上空映着紫红色的火光。

　　九台城西门城墙上，日伪军荷枪实弹，如临大敌，几挺歪把子机枪严密监控城门四周。城门洞里，日伪军严密盘查过往行人，不时有百姓被日军抓走。此时的九台城，已经被倾巢出动的日军罩下一张无形的大网之下。

　　三连战士隐蔽在附近一条小巷子里，焦急地等待国军的接应。

　　江崇义看着戒备森严的城门没了主意："鬼子封锁了城门，我们怎么办？"林奉天皱着眉头说："只有一条路，杀出去！"但转念又担忧道，"大哥，吴团长怎么还不派人来接应？不会失信不来吧？"江崇义也隐隐担忧，但嘴上却说："怎么会？吴团长不会说话不算数，再等等。"王直焦急地看时间："好我的吴团长哎，再不来黄花菜都凉了。"

"你们真要投奔国军？"角落里，王伯昭正紧张地思考脱身之计，听到这话趁机反问道。王直走过来，看着他答道："是！"王伯昭叹口气，扭动着僵直的胳膊说："事已至此，我也没什么好说的了，把绳子给我解开。"

王直看看周围，江崇义和林奉天正在紧张地商讨对策，其他人紧盯着外面的日本兵，没人注意到他。王直悄声说："王县长，不是我不给您解，万一您跑了……""解开！"王伯昭盯着王直命令。"好吧好吧。"王直显然畏惧王伯昭，赶紧给他解绳子，边解边说："王县长，本来事情不会这样，可是鬼子实在是欺人太甚，不这么干，咱保安队都得让鬼子收拾了，弟兄们也是迫不得已啊。"

王伯昭被松了绑，心疼地揉着自己被勒出血痕的手腕，忽然，他的手臂碰到怀里一个硬硬的东西，立刻计上心来。王伯昭走到王直面前，语重心长地说："王直兄弟，你说实话，我王伯昭平常对你如何？"王直低下头："我知道您对我恩重如山，我王直也不是忘恩负义之人。""那好，我现在求你件事。""您说。""放我走！"王直一时没听明白，大张着嘴看着他。王伯昭从怀里掏出一块金表递给王直，王直腾地一下跳了起来："不行，不行，你把我王直当什么人了！"王伯昭把表硬塞到王直手里，说："拿着！到了那边万一遇上事，多少救个急。"王直眼睛看着金表，为难道："可是……我怎么跟大哥交代？"王伯昭示意王直近前说话，王直凑上来，王伯昭在他耳边嘀咕几句，王直点点头："明白。"

王直把旁边的战士支走，又绕着圈转了转，看看四周没人注意，朝王伯昭挥了挥手。王伯昭起身拔腿就跑，转眼间消失在黑暗中。

王直看看王伯昭跑得没影了，这才假装着急地喊起来："大哥，快来，王伯昭跑啦！"江崇义急匆匆跑来："怎么回事？"王直哭丧着脸，提着裤子，装作刚撒完尿的样子："撒泡尿的功夫，他就跑了。大哥，我去追！"说着拔出枪装作要追的样子。江崇义拦住他："别追啦，强扭的瓜不甜，让他去吧。"

清冷的月光照着远山黑茫茫的躯体，此刻，曹阳正按计划率领接应的队

伍向九台城慢慢进发。前方,九台城的火光看得越来越清楚,他们已位于距离九台城七华里的一处高岗上。

曹阳挥手命令:"停止前进!"逶迤而行的队伍马上停了下来。

曹阳命令一个侦察兵去查看周围地形,侦察兵跑回报告说这里是一处高岗,进可攻、退可守,地形不错。曹阳满意地点点头,下令部队就地隐蔽。

连长听说就地隐蔽,疑惑地跑来问:"参谋长,我们不是接应三连吗?"曹阳讪笑:"是啊,这里接应不好吗?"连长不解:"那三连怎么办?"曹阳沉下脸来:"什么怎么办?执行命令!"连长不敢多问,答应一声:"是!"

曹阳又命令道:"告诉弟兄们隐蔽好,没有我的命令任何人不得轻举妄动,万一有什么风吹草动,立即撤退,不要冒险。"连长马上跑进队伍下达命令,国军战士很快隐蔽在草丛之中,曹阳悠闲地点起一支烟。

时间在曹阳嘴上烟头的一明一灭中悠然自得地分分秒秒走过,等待接应的三连战士却在这生死攸关的一分一秒中备受煎熬。

王直不住地看表:"大哥,接应时间已经过了,咱怎么办?"江崇义气急:"我怎么知道!吴团长怎么能说话不算数!"林奉天急道:"大哥,靠别人不如靠自己,再不下决心弟兄们都得搁在这儿了。"江崇义担忧道:"可我们能杀得出去吗?"林奉天:"大哥,狭路相逢勇者胜,这时候只能破釜沉舟!"孟刚也说:"大哥,还犹豫什么?大不了和鬼子同归于尽,干吧!"江崇义瞪了一眼孟刚,转脸看着周冰谏:"周先生,您说怎么办?"

周冰谏看看时间:"再等等!"

九台城已被日军包围,大批日军和特高科便衣在木村的指挥下,挨家挨户进行搜查,一张密不透风的无形大网铺展开来。

王伯昭气喘吁吁从王直处逃跑回来,迎面遇到特高科便衣队,一名特务认出王伯昭,大喊:"抓住他!"几人上前将王伯昭按倒在地,王伯昭大喊:"放开我,放开我!我是王伯昭!"特务:"抓的就是你!"王伯昭着急地大喊:"木村先生在哪儿?快带我去,我有重要情报!"

木村刚从一户人家跑出来,一见王伯昭,怒火中烧,拔出手枪对准了他的脑袋。王伯昭惊惶失色地大喊:"别开枪,我有重要情报!我有重要情报！"木村紧握着手枪："说！"王伯昭脸色煞白："木村先生，可算找到你了！江崇义这个忘恩负义的王八蛋，炸了军火库不说，还想带着弟兄们投奔173团。"木村狠狠盯着王伯昭："你的戏演的不错！"王伯昭："演戏？什么演戏？木村先生，你不会怀疑是我让江崇义他们炸军火库的吧？"木村冷笑："你说呢？"王伯昭咬了咬牙："既然如此，我也没什么好解释的了，你开枪打死我算了。"木村扳下了手枪保险，王伯昭闭上了眼睛等死。

突然，西门方向传来一阵激烈的枪声和手榴弹的爆炸声。

"西门方向！快追！"木村大喊着，再也顾不上王伯昭，带着人跑了。王伯昭吓得冷汗直流，一屁股坐在了地上。

西城门处枪声密集，爆炸连天，守卫西门的日军乱作一团。

硝烟弥漫中，江崇义激动地大喊："弟兄们，国军接我们来了，上啊！"话音未落，城门楼上的一名日军机枪手眉心中弹，栽下了城门。马金宝举着装上瞄准器的枪，冲着刘金锁兴奋地喊了一声："准！真他娘的准！"

林奉天大吼一声："弟兄们，冲啊！"三连战士们冲出巷子，争先恐后杀向城门。

眼看战士们马上就要接近城门了，不料日军很快又稳住了阵脚，数十挺机枪齐发，刚冲出来的三连一时被压制得动弹不得。

林奉天命令道："狙击手，打掉鬼子机枪手！"但日军机枪手已经有了准备，早早躲到垛口后边。马金宝急得大喊："丧门星，你他娘的倒是开枪啊！"刘金锁正来气："废话！你他娘的子弹能拐弯吗？"

李松架起掷弹筒："格老子的，小鬼子，尝尝我的掷弹筒。"还没出手，一颗子弹飞来，击中李松大腿，李松扑倒在地。

林奉天急了："机枪，机枪！"一旁的孟刚和朱大生猛烈开火。城楼上飞来几枚手雷，爆炸声中，朱大生和孟刚被灼热的气浪击倒。

一枚手雷落在了江崇义身旁，林奉天大喊一声"卧倒"，奋不顾身地扑倒了江崇义。手雷瞬间炸响，一阵地动山摇之后，江崇义爬了起来，抱着林奉天大喊："老三，你醒醒，你醒醒！你不能死啊！来人哪……来人哪……"

林奉天突然睁开眼睛，摇了摇昏沉沉的脑袋："大哥，我没死。"江崇义抱着林奉天突然嚎啕大哭："老三，你吓死大哥啦！"

战士们奋力甩出手榴弹，无奈距离太远，手榴弹纷纷落在城门下爆炸了。

朱大生跳了起来，大吼一声："看爷们儿的！"说着拉响一枚手榴弹，奋力向城楼上扔去。手榴弹在空中划出一道弧线，飞向城楼，"轰"地一声在日军头顶上炸响，日军机枪顿时哑火了。

"弟兄们，冲啊！"林奉天一声呐喊，三连战士跳了起来，向城门猛扑过去。

突然，枪声从三连战士身后传来，山田大喊着"射击！消灭支那人！"，率领大批日军从后面向三连包围上来。三连腹背受敌，一时犹如瓮中之鳖，处境极其危急。

千钧一发之际，十几枚手榴弹在城楼上炸响，守门的日军纷纷夺路而逃。硝烟弥漫中，刘大炮率领八路军战士杀进西门，刘大炮扯开大嗓门大喊："三连的弟兄们，八路军独立团在此，赶紧撤！"

林奉天激动地大吼一声："弟兄们，杀出去！"周冰谏大喊："八路军增援我们来啦，弟兄们冲啊！"三连战士兴奋地呐喊着"冲啊"，一鼓作气杀出了西门。

三连和日军杀得昏天黑地，国军部队还在高岗上悠闲地听着前方传来的枪声。

曹阳密切注意着九台城方向的动静，忽听得前方的枪声渐渐平息下来。一个连长道："完喽，这下三连是彻底报销了！"曹阳脸上露出一丝遗憾，他看了看表："任务完成了，命令部队撤退！"

国军集合队伍正准备撤退，一个侦察兵兴冲冲地跑来报告，说前方发现了三连人马。

"什么，你看清了？"曹阳不由惊讶。侦察兵报告说："参座，千真万确，是三连的人！"曹阳惊道："他们还剩几个人？"侦察兵："报告参座，三连全身而退。"曹阳根本不能相信，大呼："你他娘见了鬼了？不可能！绝对不可能！"

这时，另一名侦察兵急匆匆报告，说三连身后发现八路军独立团，独立团团长刘大炮亲自率领独立营掩护三连撤退。曹阳一下明白过来，恶狠狠说道："又是这个刘大炮！"一个连长问道："参座，人家都来了，我们现在怎么办？"曹阳咬咬牙："什么怎么办？接应！"说完，拔出手枪，对天鸣枪。连长会意，也朝着夜空放了几枪。

高岗上曹阳空放的几声稀稀拉拉的枪声引起了三连的注意，他们误以为是日军的枪炮声，一时慌了，急忙卧倒隐蔽。

江崇义趴在地上问林奉天："老三，怎么还有日军？"林奉天仔细听了听："大哥你听，不是鬼子。"

高岗上传来曹阳的喊声："三连的弟兄们，我们是国军173团，我是173团参谋长曹阳，吴团长派我们来接应你们！"

江崇义兴奋地一下子跳了起来，指着前方大喊："弟兄们，你们看，是国军173团，吴团长派人接应我们来啦！我没说错吧，国军接应我们来啦！"说完，带头跑上了高岗。王直大声招呼战士们，紧跟着跑了过去。

林奉天和周冰谏对视一眼，林奉天脸色铁青，无奈地跟着上了高岗。

曹阳装出一副热情的样子快步迎上去，江崇义激动地握着曹阳的手："曹参谋长，三连的弟兄们是盼星星盼月亮地盼着国军来接应啊！这下好啦，国军来了，弟兄们就安全了，我这颗悬着的心也能放进肚子里了。"曹阳也紧握江崇义的手："江连长，辛苦了！弟兄们，大家辛苦了！"江崇义："哪里哪里，曹参谋长能亲自来接应，江某人真是感激不尽啊。"曹阳："客气了江连长，我们弟兄乃生死之交，说这话就见外了。"

"请问曹参谋长，您所谓的生死之交就是见死不救吗？"林奉天大步走来，大声问道。曹阳愣了一下，沉下脸来："江连长，这位兄弟是……"江崇义急忙打圆场："曹参谋长，我来给您介绍，这是我的结拜兄弟，老三林奉天。老三，你怎么能这么说话？"林奉天推开江崇义："大哥，让我把话说完。曹参谋长，有件事林奉天想请教您。"曹阳阴沉着脸："你让他说。"

林奉天说："我们有言在先，只要三连炸毁日军军火库，贵军就应该在接应地点接应三连，可是三连已经如约炸了鬼子的军火库，但贵军却迟迟不肯露面，请问曹参谋长作何解释？"曹阳尴尬道："奉天兄弟误会了，国军怎么会见死不救呢？原因是这样，我军在路上遇到一些麻烦，所以耽误了些时间。"林奉天冷笑："原因不会这样简单吧？"曹阳："奉天兄弟真会开玩笑！

不是这个原因，难道还会有其他原因吗？"

林奉天早看出吴天的阴谋，据实说道："你们根本就没打算接应我们，而是躲在这里静观其变，保存实力。万一三连突围出来，就象征性地放几枪，做个姿态；如果三连被鬼子消灭了，你们也能给大家一个交代，证明你们没失约。"曹阳被戳到了痛处，不禁恼羞成怒："住嘴！你这是污蔑国军！"林奉天激动："头上三尺有神明，你敢对天发誓吗？""我……"曹阳说不出话来。

就在这时，随着一声爽朗的笑声，刘大炮率领独立营走上高岗。三连战士们激动地纷纷奔向八路军。

林奉天疾步上前，握住刘大炮的手："刘团长，这回可真得谢谢八路军了，不是八路军拼死相救，三连恐怕已经全军覆没了。"刘大炮声音洪亮，一语双关地说道："林老弟不必客气，三连和鬼子拼命，八路军岂有袖手旁观的道理。"

刘大炮瞄了一眼曹阳，故作惊讶："哟，这不是曹参谋长吗？那阵香风把您给吹来了？"说完拍了一下自己的脑袋，"瞧我这脑袋，国军当然是来接应三连的了！我就说嘛，都是中国人，中国人不帮中国人，那还算人吗，是吧曹参谋长？"曹阳哑巴吃黄连，尴尬地应付道："刘团长说得对，刘团长说得对。"

刘大炮知道三连何去何从需要作个决断了，故意叫过曹阳说："对了，曹参谋长，我正有点事想跟贵军协调一下，正好你在，我们到这边说话。"曹阳答应着，随着刘大炮走到一边。

林奉天看着二人走远，这才对江崇义说道："大哥，今天的事您都看到了，如果没有八路军的拼死相救，三连的弟兄们活不到现在。我还是认为，三连应该投奔八路军，只有八路军才是真正抗日的队伍，是真正想帮助三连的队伍。"孟刚也情绪激动："三哥说得对！大哥，咱要投就投奔真正打鬼子的队伍。"江崇义狠狠瞪了一眼孟刚，孟刚赶紧说："当然，我听大哥的，大哥说投奔谁，我孟刚绝没二话。"

王直怕江崇义被老三说动，赶紧说："老三，我们已经和173团达成了协议，他可以不仁，我们却不能不义。再说了，173团还是来接应我们了，并且是由曹参谋长亲自带队，这说明国军还是真心欢迎三连的。"江崇义点点头："老二说得对，如果我们改投八路军，不是背信弃义吗？我们还是跟曹参谋长走。""大哥……"林奉天还想据理力争，江崇义打断他："好啦老三，我是大哥，这件事我决定了。"

估摸着商量出结果了，刘大炮和曹阳走过来。刘大炮开门见山："商量得怎么样啦？是投国军还是投八路啊？"

林奉天低头不语，江崇义抱拳道："刘团长，谢谢贵军的鼎力相助，我江崇义和弟兄们没齿难忘，只是……只是……"刘大炮爽朗地笑了："好啦江连长，我尊重三连的选择，不管投八路还是投国军，只要是为了抗日，我们就还是一条战线。"

"刘团长说得对，我们后会有期！"说完，江崇义带着孟刚等人站在了国军部队一侧。其他战士无奈，也纷纷跟了过去，只剩下林奉天、周冰谏、朱大生、李松等少数几个人。

林奉天说："刘团长，我知道八路军是真正抗日的队伍，日后但凡八路军用得着的地方，我林奉天赴汤蹈火、万死不辞！其他话我也不说了，替我谢谢独立营的弟兄们。"刘大炮握着林奉天的手："林老弟，大家都是痛快人，我刘大炮知道你是个打鬼子的英雄，是条汉子，我们后会有期，保重！"

刘大炮大手一挥："同志们，撤！"说完，带着独立营渐渐远去，

林奉天回身看着周冰谏："周大哥，您有何打算？"周冰谏说："现在还没想好。"江崇义上前道："周先生，九台城你是回不去了，医生也当不成了，如今三连正缺像您这样足智多谋的人，如果周先生不嫌屈才的话，给我当个副官如何？"林奉天也真诚地挽留："周大哥，留下吧！"

虽然三连暂时投入了国军，但周冰谏感觉这并不是三连这些爱国的汉子们的最终出路，他们迟早会走上一条更为光明的大道，那时候，他们会需要一个人为他们指明方向。周冰谏想了想，对江崇义说："国难当头，已经由不得自己选择，好吧！""太好了，周大哥。"林奉天激动地握住周冰谏的手。孟刚等战士纷纷围上来："周先生，欢迎您加入三连。"

江崇义叫道："好啦，我们该动身了！弟兄们，走啦！"

三连战士在江崇义的带领下，向国军173团驻地撤去。林奉天走在队伍

中，面带担忧的神色，前路漫漫，三连的抉择是对是错他现在还不敢妄下结论，可173团吴天却是让他深感忧虑，他不相信这样一个背信弃义的人能给三连带来希望，唯一欣慰的是还有周冰谏陪在身边。林奉天看看走在他身边大步向前的周冰谏，阴霾笼罩的心头被一星闪亮照过，胸膛里顿时豁然开朗起来。

第七章　明珠暗投

曙光微露，国军 173 团军营里一片寂静。

三连营房里忽然传出江崇义的声音："集合，集合啦！快点，快点！"三连战士们听令慌慌张张跑出营房，列队集合。

看着战士们懒懒散散的样子，江崇义脸色沉了下来。

王直掏出金表看了一眼，忍不住打了个哈欠："困死我了！大哥，头一天来就出操？"江崇义瞪了一眼王直："正因为是头一天，才要出操！弟兄们，今天是我们加入国军的第一天，咱要给吴团长和国军弟兄们留个好印象，不能懈怠！"王直赶紧应声："是！不能懈怠！"三连战士在空荡荡的操练场中率先开始了训练。

三连已在操场上跑了三圈，日头才刚刚跃到军营顶上，其他连队的战士这时也零散地出现在操场上。

"向右转！跑步走！一，二，一……"林奉天洪亮的口号声引起了国军其他连队战士的注意，大家纷纷指指点点。

林奉天看在眼里，叫宋晓丹道："眼镜儿，给弟兄们起个头儿。""唱啥？"宋晓丹不明白为何非选这时候唱歌。孟刚率领道："我来！大刀，向鬼子们的头上砍去……唱！"

战士们兴奋起来，齐声唱起：

大刀向鬼子们的头上砍去！

全国武装的弟兄们！

抗战的一天来到了，

抗战的一天来到了！

前面有东北的义勇军，

后面有全国的老百姓，

咱们中国军队勇敢前进，

看准那敌人，

把他消灭，把他消灭！

冲啊！

大刀向鬼子们的头上砍去。

杀！

激昂的《大刀进行曲》打破了军营的沉寂，在营房上空回荡着。

三连战士整齐地列好队，林奉天站在队伍前列："弟兄们，平时多流汗，战时少流血。从今天起，都给我铆足了劲，好好训练，练好了身体咱就痛痛快快的杀鬼子！听到没有？"战士们响应："听到了！"

林奉天："好！今天的训练内容是，白刃格斗中拼刺刀的技术。大家听好了，拼刺刀首先要快、稳、狠！看好了！"说罢，干净利落地做了一个标准的刺杀动作。

"大家跟我来一遍！撤步！目视敌人！杀！"林奉天在前示范，战士们学着林奉天的样子："杀！"

队伍中，孟刚瞧着身上的皇协军军服浑身不自在，动作有些走样变形。朱大生在一旁起哄："孟黑子，瞧你那熊样，长跳蚤了？"大伙儿忍不住轰地一声笑起来。

江崇义沉下脸来："干什么？我们现在是国军了，正规军就要有正规军的样子，嬉皮笑脸的毛病以后都给我改改，不能让别人给看轻了！"孟刚叫道："大哥，穿着这身狗皮浑身不自在，咱什么时候换军装？"林奉天接话道："弟兄们，打仗靠的是真本事，人家八路军要枪没枪、要子弹没子弹，穿的是破衣烂衫，可人家有真本事，打起鬼子来照样不含糊。说句笑话，画儿上的娘们儿倒是漂亮，能当老婆用吗？"大伙儿轰地一声笑了。

江崇义皱了一下眉头，脸色阴沉："弟兄们放心，咱已经是国军了，换军装急什么？现在好好训练，给吴团长和国军弟兄们留个好印象！"王直跟着叫嚷："听到没有？好好训练！"大伙应了一声"是"，认真操练起来。

操场对面，国军的几个士兵正趴在墙边往这边偷看着。三连的喊杀声传过来，一个长着两撇八字胡的老兵嘲笑说："嘿嘿嘿，大伙儿瞧那儿哎，皇协军出来现眼了哎！"另一个士兵踮着脚往这边看看，狠狠地啐了一口："呸！汉奸神气什么！"众人也都纷纷议论起来："瞧一个个人模狗样的，好像有多大本事！"

八字胡老兵奸猾地笑笑，招呼众人："哥儿几个，臊腥臊腥他们去。""走走走！"众人吹着口哨，嘻嘻哈哈地朝三连走去。

喊杀声响彻云霄，朝阳照映着大家头上的涔涔汗珠。

"稍息！大家休息一下。"林奉天话音刚落，战士们就七倒八歪地就地坐下了。江崇义一看，阴了脸："都坐好！像什么样子！"

孟刚挪挪屁股，大着嗓门说："三哥，都说小鬼子拼刺刀厉害，让俺说也不咋地，跟三哥比差老鼻子了。"林奉天："话不能这么说！不是长别人志气，灭自己威风，鬼子拼刺刀确实有一手，说句实话，咱中国军队还真不是人家的对手。不过话又说回来了，鬼子也是人，也没见他比咱多长一个脑袋，咱只要练好了技术，小鬼子也没啥可怕的。"朱大生插话："三哥，我就一直不明白，为啥鬼子在拼刺刀之前，要退出枪膛里的子弹？这不是脱了裤子放屁嘛！"大家一下笑了起来。

林奉天也笑了："问得好！不过鬼子可不傻，这里边的学问大着呢。"大家一下来了兴趣："三哥，讲讲，讲讲。""行啊。"林奉天一边比划一边讲解道："大家都知道，鬼子用的三八式步枪，其特点是枪身长、子弹初速高、瞄准基线长，因而其射程远，威力也大。可是在白刃战中，敌我双方混战在一起，鬼子一开枪，子弹往往会贯通对手身体，像穿糖葫芦一样伤到自己人。鬼子本来人就少，再伤到自己人，得不偿失！""小鬼子也不傻啊。"朱大生

恍然大悟。

宋晓丹满眼钦佩地看着林奉天："三……三哥，你咋知道的这么多呢？"朱大生白了宋晓丹一眼："这算什么？三哥在东北军的时候，单枪匹马，夜闯日本关东军司令部搞情报，临走还捎了一颗鬼子的人头！"王直听不过，骂道："娘的，你亲眼看见啦？"朱大生挠头皮："那还用看嘛，这事搁别人身上我不信，搁三哥身上，我信！是不是三哥？"

这时，身后传来几声怪笑声，几名国军士兵已经站在三连身后。

"嘿嘿嘿，小心牛皮吹破了哎！单枪匹马夜闯关东军司令部，想什么呢！"

"你还别说，这汉奸没白当，跟鬼子学了不少东西啊！"

那个老兵怪声怪气地叫起来："弟兄们，都过来听听啊！听听汉奸连是怎么给小日本当狗的。"

听到喊声，更多的国军士兵围拢过来，对着三连战士指指点点、七嘴八舌："真他娘给咱中国人长脸！""什么玩意！呸，汉奸！"

三连战士们咬着嘴唇强忍着，一个个脸涨得通红。江崇义铁青着脸一言不发。

孟刚实在忍不住，跳了出来："奶奶个熊，狗急了敢炸鬼子军火库，不像你们这群乌龟王八蛋，见了鬼子比兔子跑得还快！"老兵愣了一下，回骂道："你他娘的说什么？"另外几个国军士兵一下围住了孟刚："孙子，你再说一遍！"孟刚拉开了架势："怎么的，想打架？"

朱大生突然间蹿了出来，提着匕首直奔老兵，嘴里骂着："娘的，老子骗了你！"说着挥刀刺向老兵，老兵顿时吓得面如土色。林奉天眼疾手快，一把夺下朱大生的匕首："你干什么！"这边刚压下去，回头一看孟刚那边又和国军士兵推搡上了。

一名国军军官闻声跑来，大声训斥手下的士兵："干什么！人家既然投诚了，就不是汉奸部队了，回去！"

"听狗吹牛还不如去窑子听窑姐唱戏呢！走啦走啦！"挑事的老兵还在嘴上贪便宜，看着朱大生的匕首愤愤地往回走去。其他国军士兵嬉笑着骂道："滚回去吧，这儿不欢迎汉奸部队。""呸，汉奸！什么玩意！快滚吧！"

大家吹着口哨一哄而散。

"大哥，你听他们都说什么呢，今天非教训教训这帮混蛋不可！"孟刚气急，说着挣脱王直就要冲出队伍，众人怎么也拦不住。江崇义厉声喝道："孟黑子，你今天敢去，就别认我这个大哥！"周冰谏上前拉住他："孟刚兄弟，人正不怕影子歪，不要理会别人说什么。"林奉天也过来道："周大哥说得对！黑子，咱们不能自己乱了阵势，让别人看笑话。""爷们儿不练啦！"孟刚气得摔了枪，头也不回地朝营房走去。

大家你看看我，我看看你，纷纷看向江崇义。江崇义脸色铁青："回营房！"

战士们垂头丧气地朝营房走去。

江崇义面色铁青地坐在椅子上抽闷烟。战士们低着头站在地上，一个个像霜打了的茄子。孟刚蹲在墙角生闷气，刘金锁不紧不慢地卸开狙击步枪擦了起来，宋晓丹不小心弄响了军号，被孟刚瞪了一眼："报丧呢！"

朱大生跟在林奉天屁股后头进门来："三哥，把匕首还给我吧。"林奉天头也不回："不行！"

王直发着牢骚："娘的，没想到训练出一大堆不是来，窝火！"

屋子里有战士愤愤不平："咱是热脸贴上人家冷屁股，早知道这样，还不如不来呢。""就是，人家国军根本不欢迎咱来。"江崇义冷冷地看着说话的战士，二人赶忙躲在了墙角，营房里陷入沉寂。

周冰谏打破了沉默："弟兄们，咱是来抗日的，不是来跟人斗气的。俗话说人争一口气，佛争一炷香，想让别人看得起，还得靠咱自己，大伙说对不对？"林奉天也站出来："周大哥说得对，不蒸馒头争口气，只要咱一个心眼为家为国，在战场上多杀鬼子，就没人敢轻视咱。"

"好啦弟兄们，别想这事了。"江崇义想尽快忘掉今天令人沮丧的一幕，没话找话说，"霍爷，什么时候开饭？"霍爷无精打采："不知道。"江崇义火了："你是三连的大师傅，怎么会不知道什么时候开饭？"霍爷委屈："人家不让我进厨房。""为什么？""我哪儿知道。"

这时，外面传来国军伙夫的喊声："开饭了，开饭了！"门帘子被掀开，

一名伙夫挑着饭菜走进来，他把饭菜重重放在地上："吃吧！"

朱大生一步跨上来，抓起几个大窝头啃起来："娘的，饿死我了！"马金宝揭开菜桶盖子，一股酸味冒了出来，熏得他直皱眉："什么味儿这是？"孟刚天上前看了一眼，顿时火冒三丈："这是人吃的饭吗？"伙夫白了他一眼："一样的东西，别人能吃，你们为什么不能吃？"朱大生突然想起什么，扔掉窝头，瞪着伙夫："不对，别的连队吃的是白面馒头，为什么我们啃窝头？"孟刚傻乎乎地问："你咋知道的？"朱大生瞪着眼睛说："我出去方便的时候看到的。"

林奉天用严厉的目光盯着伙夫："怎么回事？"伙夫收起担子，轻蔑地说道："就这饭，爱吃不吃！嫌伙食差回九台当汉奸啊，有酒有菜，还有骨头啃。"

林奉天本想发作，不料孟刚已经火冒三丈，一脚踢翻伙夫，抢起拳头就打。三连的战士再也忍不住，刚刚被压住的火气又蹦了出来："揍他，揍他！这混蛋太可恨了！"屋里顿时像掀翻了锅，放窝头的筐倒了，汤桶也碰翻了。孟刚按倒伙夫，骑在伙夫身上，左右开弓，打得伙夫大喊："救命，救命，不关我的事，是上面的命令，不关我的事。"

江崇义大喊着："别打啦，别打啦！拉开他！"大家故意把江崇义挡在外面，起着哄："揍他，揍他！"江崇义急了，分开众人一把抓住孟刚："黑子，住手！"

孟刚不肯松手，气愤地说："大哥，你听他刚才说的话，能噎死人！"江崇义命令："黑子，别惹事了好不好？放开他！"孟刚激动地说："大哥！你能忍，我孟刚不能忍！"大家也都嚷着："是啊大哥，士可杀不可辱！"江崇义急了："弟兄们，就算大哥向你们求情好不好？"孟刚愤恨地盯着伙夫，手下却渐渐松了，伙夫趁机一咕噜爬起来，捂着脑袋狼狈不堪地跑了。

王直沮丧地说："这叫什么事！早知道这样还不如不来呢！"马金宝一语双关地接茬说道："反正我是不想回去当汉奸！"王直急了："谁说要回去当汉奸了？"马金宝反问："那咱们还能去哪儿？"王直一时语塞，想了想补充说："大哥去哪儿我去哪儿，天下这么大，岂能没你我容身之地？实在不行爷们儿上山当土匪去！"

一旁的刘金锁突然冒了一句："娘的，还不如投八路呢！八路再穷也不至于让咱吃馊饭吧？""说的也是，此处不留爷，自有留爷处。"朱大生也愤然。林奉天正准备说话，周冰谏拉了拉林奉天的衣角，示意林奉天不要说。大家开始议论纷纷，突然大家都不说话了，纷纷望向江崇义。

　　江崇义脸色阴沉，他用力拧灭了烟头，一句话没说出了营房。

　　173团团部，曹阳正在向吴天汇报刚得到的情报："团座，八路军独立团团长刘大炮得到情报，说日军最近可能要发动大规模进攻，提醒我们小心防范。"吴天一下紧张起来："情报可靠吗？"曹阳点头："刘大炮不会骗人。"

　　吴天忧心忡忡地看着地图。曹阳劝慰道："团座也不必担心，天塌下来有大个子顶着。"吴天道："我倒不担心日军的大规模进攻，而是担心山田联队的报复。"曹阳："您是说……"吴天点点头："江崇义炸了他的军火库，又投奔了我们，你说山田能善罢甘休吗？"曹阳惭愧地说："团座，这件事怪我欠考虑。"吴天看看他："你多心了，我也没料到江崇义那帮人能炸掉日军的军火库，真是小瞧了他们了。对了，他们现在怎么样了？"曹阳说："今天先给了一个下马威；这会儿估计正乱着呢。"吴天严肃地："一定要严加管教才行！要不然还不该反了？"

　　屋外突然传来了吵嚷声："干什么，干什么？瞎闯什么？"江崇义的声音也传进来："我是三连连长江崇义，我要见吴团长！"

　　吴天和曹阳互相看了一眼。吴天无奈道："说曹操曹操就到，让他进来吧。"曹阳点点头，走出门。

　　门外，江崇义正和警卫吵嚷，曹阳笑着迎上去："哎呀，是江连长啊，请进请进。"随即责怪警卫："混蛋，连江连长也不认识，怎么回事？"警卫低着头不敢说话。曹阳看看江崇义："脸色怎么这么难看啊？走，有什么话进去说。"说着，拍着他的肩膀把他请进团部。

　　曹阳和江崇义进来的时候，吴天正在佯装看地图。江崇义一个敬礼："报告吴团长，三连连长江崇义有事求见。"吴天这才抬起头，装模作样地说："是江连长啊！什么事你说。""团座，我们这帮弟兄什么时候能正式安置？"江崇义直截了当地问道。

　　吴天顿了一下，不紧不慢地说："才来一天急什么嘛，让弟兄们好好休整几天，过几天再说。"江崇义急道："我能不急吗？三连的弟兄是抱着一腔热血来投奔国军的，本想着一心一意地来国军部队好好干，可如今处处遭人白眼不说，就连做饭的伙夫都敢欺负我们。"曹阳赶紧相劝："江连长，国军有国军的规矩，这不是着急的事。"吴天假装不知情："怎么回事？怎么会发生这样的事？曹参谋长，把这件事给我查清楚，如果真有这事，严惩不贷！"曹阳当着江崇义的面答应："是！"

　　吴天的语气缓和下来："江连长，让弟兄们受委屈了，这件事我会严肃处理的。可是我作为一团之长，需要照顾到方方面面、需要顾全大局，我想江连长能理解我的难处。我看这样，你先回去劝慰一下三连的弟兄们，我和曹参谋长商议商议，尽快给你答复。"江崇义怕这事又不了了之，紧逼道："团长，您的难处我理解，我已经在弟兄们面前许了愿，您就给我个准信，不然我回去没法和弟兄们交代！"

　　吴天脸色阴沉下来："江连长，有句话我必须说清楚，173团是隶属于国民政府的正规部队，不是保安队，更不是皇协军，什么事情都要有个规矩，不是我吴天一个人说了就算的。"江崇义急了："可是……"曹阳插嘴说："江连长，这件事没你想像的那么简单，正规部队有严格的人员、番号编制，需要层层上报，什么事情总得有个过程嘛。"江崇义为难："可是兄弟们现在都在火头上，我压不住！"

　　曹阳拍拍他的肩膀："江连长，我知道你在三连弟兄们中的威信，三连的弟兄都听你的，只要你想，就一定会有办法。如果压不住，只能说明一个问题，就是你和三连的弟兄不是真心实意地投奔国军，如果是这样的话，事情就两说了……"江崇义激动起来："天地良心！曹参谋长，如果我们不是真心实意地投奔国军，又何必冒死去炸军火库？两位长官知道吗，为了这份'投名状'，三连弟兄们差点栽进去，难道三连全军覆没，才能证明我们的诚意吗？"

　　吴天和曹阳被江崇义的话所震动，一时尴尬得无言以对。吴天赶紧换了个口气："好啦好啦，江连长，我吴天相信江连长和弟兄们的诚意，曹参谋长言重了。但是曹参谋长说的也是实情，国军有严格的人员、番号编制，安置三连总得有个过程。我看这样好不好，我向你保证，一定会尽快想办法安置你们，希望江连长也能顾全大局、服从命令。"

江崇义情绪稳定下来："团长您说的是真的吗？"曹阳："团长把话都说到这份上了，还有什么顾虑？难道团长的话也不信吗？"江崇义："我信！""江连长还有其他事吗？"吴天下了逐客令。"报告团座，没有了！"江崇义敬个礼，转身出了团部。

把江崇义打发走，吴天在屋子里踱起步来，曹阳的目光跟随着他："团座，拖也不是个办法，这帮人已经来了，迟早是要安排的。"吴天停下脚步："我知道。"曹阳看他犹豫，问道："团座有何顾虑？"吴天担忧地说："江崇义这帮人都是些亡命之徒，桀骜难驯不说，凝聚力还很强，如果让他们留下来，迟早会给我们找麻烦。""团座的意思是？"曹阳小心探问。"我想一不做二不休，直接收缴了武器，打发他们解散回家，以绝后患。"吴天咬牙切齿地说。

"这样做恐怕不妥！这支队伍确实很特殊，但能炸掉鬼子的军火库，确实不简单，如果能为我所用，也不见得是件坏事。"曹阳另有盘算。吴天摇头："这事我也想过，不过谈何容易啊！""团座，三连的凝聚力主要来自他们的大哥江崇义，江崇义这个人官迷心窍，一门心思地想'招安'，只要我们笼络住江崇义，三连翻不了天。"擒贼擒王，曹阳出了一个阴招。

吴天仍有顾虑："江崇义倒是好办，但是三连还有个林奉天，此人和江崇义同为三连的灵魂人物，听说在投奔国军这件事上就和江崇义有不同意见。"曹阳狡猾地说："团座说得对，林奉天的确是个难对付的角色，此人有威信、有能力，不过我们还有应对之策。"吴天专注地盯着他："你说。"曹阳慢慢说道："拆散三连，将他们补充到国军各个连队，这样既瓦解了三连的凝聚力，又能为我所用。"吴天边听边不住地点着头："一举两得！不过……如果他们不干呢？""那就对不起了，收缴武器，解散回家！"曹阳狠狠地说道。吴天笑："好，就这么定了！来人，叫各营连长立即到团部开会！"

营房里死气沉沉的。

林奉天坐在角落里脸色阴郁，周冰谏却没心没肺地从筐子里拿出俩窝

第七章 明珠暗投

145

头，津津有味地吃起来。

林奉天愧疚地看着他："周大哥，让您跟着受罪了。"周冰谏乐观地笑着："既来之则安之，想那么多也没用。你来一个？"林奉天摇头："您说大哥找吴团长会有结果吗？""难说。"周冰谏脸上掠过一丝难以察觉的担忧，他起身招呼大家："人是铁，饭是钢，一顿不吃饿得慌！先吃饱了肚子再说。"

大家都没胃口，三三两两地各自靠在墙根边，没一个人伸手拿窝头。这时，只见江崇义兴冲冲走进营房。

王直着急地问道："大哥怎么样？吴团长怎么说？"江崇义高兴地说："弟兄们放心吧，吴团长已经亲口向我保证，会尽快安置我们。吴团长还说，要严查馊菜事件，一定会给弟兄们一个交代。"

林奉天听出话中有隙，疑惑道："大哥，俗话说防君子不防小人，吴团长只是答应尽快安置，却不说具体什么时间，不会是光许愿不烧香吧？"大家被提了醒，也怀疑道："三哥说得对，不会是敷衍我们吧？"

江崇义提高声音："弟兄们，173团是国军正规部队，正规部队有严格的人员、番号编制，安置我们需要层层审批，当然需要些时间。咱也得替团长考虑考虑，顾全大局，不能让吴团长太为难了。""老三别疑神疑鬼了，有吴团长的亲口保证，大伙儿还担心什么呀！"王直怪林奉天多疑，招呼大家道，"弟兄们，把心都搁在肚子里，吃饭吃饭。"

"这还差不多，有句话儿啃窝头咱也舒心。吃饭，吃饭！"大家皱着的眉头舒展开来，纷纷端起碗来。林奉天却忧心忡忡，他和同样心存疑虑的周冰谏默默地对视了一眼。

各营连长被唤到团部，吴天把将三连拆散补充到各连部的决定说了一遍。

"情况就是这样，大家有什么意见？"吴天话音未落，会场里顿时炸开了锅。一营长蹭地站了起来："我先说！一营不接受这帮汉奸败类，丢不起那人！"二营长也站起来："我们营也拒绝接受，不能让一颗老鼠屎坏了我们二营一锅汤。"其他营长也跟着纷纷表态，不愿接受三连。

吴天喝道："安静！这是团部的命令，必须执行！"

一营长情绪激动地说："团座你忘了？他们帮着鬼子屠杀过我们的战士，如果接受他们，对不起那些死去弟兄们的在天之灵！"其他营连长大声附和："我们也拒绝执行命令！""对，我们集体拒绝执行命令！""团座，就算军法处分我也认了！"……

吴天正要发火，曹阳走过来，二人低声商议了一阵，吴天站起身，语气威严地下命令："安静！既然大家意见不一，我和参谋长商议了一下，采取一个折中方案，各营连长有权利自行挑选士兵。"一营长问："团座，如果挑不上怎么办？""挑不上也得挑！"吴天不耐烦地挥挥手，"来人，叫江崇义带着他的三连马上到操场集合！"

传令兵迅速将吴天的命令下达，江崇义诧异道："什么事？""去了就知道了。"传令兵说完转身跑了。

王直过来问道："大哥，啥事这么急？""不知道，别管那么多了。"江崇义吩咐林奉天："老三，集合队伍！"林奉天诧异片刻，大声喊道："全体都有，集合！"大家赶紧整装扛枪，列队集合。

宋晓丹悄悄问站在前边的林奉天："三哥，是不是给我们换军装？"林奉天："希望是吧。"周冰谏沉思道："我看事情没那么简单。"这话恰巧被王直听到，他不满地说："周副官，别没事总给兄弟们泼冷水。"林奉天说："二哥，周先生见多识广，多听听他的没错。"王直语塞："得了得了，一会儿不就知道了嘛！"

江崇义大声吩咐："弟兄们都听着，我还是那句话，我们现在是国军了，拿出咱三连的精、气、神，别让人家看扁了，听到没有？"大家齐声答道："听到了！"

江崇义满意地点点头，带领队伍朝操场方向跑去。

江崇义带领三连战士们在操场列队集合，吴天还没到，大家小声议论着，猜测着吴团长要对三连做什么。

不一会儿，吴天、曹阳带着团里的大小官员悉数到齐，江崇义上前敬礼："报告吴团长，三连全体战士集合完毕，请团长训话！"

吴天点点头，扫视了一下三连战士："首先，我要告诉大家一个好消息，

从今天起，你们就将正式成为173团的一员了，我代表国军173团的全体将士，欢迎三连弟兄们的到来！"

江崇义激动地鼓掌："弟兄们，鼓掌！"战士们都跟着兴奋地鼓起掌来。

吴天微笑着做了一个安静的动作，清了清嗓子："弟兄们，我想问大家一句，军人的天职是什么？"

"服从命令听指挥！"江崇义带头回答。

"对，军人的天职是服从命令！今后大家要一心一意为党国效忠，一切行动听指挥。现在我宣布，经过团部的慎重商议，三连就地解散，战士们补充到各个连队，江崇义等人另行分配。"

听到吴天的指令，三连战士们一下懵了，大伙不知所措地僵立在原地，接着一片哗然："为什么要解散三连？我们不能分开！不能解散三连！不能解散三连！"有人转头问江崇义："大哥，这是怎么回事啊？"

江崇义好半天才回过神来，他冲到吴天面前："团长，这是怎么回事？为什么要解散三连？"吴天沉下脸："江连长，这是团部的决定，你们必须执行！"

"团座，您不能解散三连，我不同意！"江崇义一喊，三连战士也都跟着大声抗议："不能解散三连，我们拒绝执行！"

吴天大喝一声："你们想违抗军令吗？""违抗军令不敢，解散三连不行！"江崇义声音坚决。

吴天用冷酷的眼神看着江崇义，国军士兵一下子端起枪对准了三连战士，孟刚、朱大生等三连战士愤怒地盯着吴天，也悄悄握紧了手中的武器，冲突眼看一触即发。

林奉天看着眼前突然发生的这一切，恍然明白，所有的反对都是无效的。他大步走出队列，盯着吴天大声说道："公道不公道，自有天知道！"随即转身面向三连战士大声问道："弟兄们，我们投奔国军是为了什么？"

大家沉默着。

林奉天怒吼："为什么？"大家答道："打鬼子！"林奉天："大声点！"

大家齐声高喊："打鬼子！"

林奉天："对！只要能打败日本鬼子，上哪儿都一样！无论走到哪儿，即使是上刀山下火海，三连的战士都是生死弟兄，你们说，是不是？"大家眼睛里噙着泪水，激动地大喊："是！"悲壮的喊声震撼了在场的国军官兵。

林奉天转头愤怒地盯着吴天："吴团长，现在可以开始了吗？"

吴天声音里带着慌乱："可以，可以！开始吧，开始吧！"

173团的营连长们穿梭在三连队列中，挑剔的眼神让每个战士如芒刺在背，大家都感觉自己像被摆上货架的货物，屈辱和委屈充斥心灵。

一营长绕到李松跟前，上下打量："个子倒是高，可惜没精神，战场上还容易暴露目标，不要！"李松不服气："报告，我是爆破手！""爆破手？"一营长仰脸看看李松，故意挤兑道，"能炸下鬼子的飞机吗？"李松紧握拳头："不能！"

一个连长在孟刚面前停住："这个不赖，那天带头打架的就是他。"另一个连长摇摇头："不行，以后不好调教。"孟刚刚要发作，林奉天用眼神制止了他。

二营长指着朱大生问道："你，以前干什么的？"朱大生铁青着脸不说话。三营长笑道："这身板像个杀猪的。我那里正缺个养猪的，你去不去？"朱大生竭力压抑着心中的怒火："不去！"三营长哼了一声："给鬼子什么都能干，给国军养猪怎么了？让你养猪是抬举你了！"

一连长盯着马金宝："我怎么看着你眼熟？在哪儿见过？"马金宝赔笑："怎么会呢长官，俺是河南人。"一连长边走边回头看马金宝："怪了……"

时间一分一秒地过去，各营连长陆续走出队列，三连战士一个也没有被挑上，却像一群待宰的羔羊一样，在嘲笑和讥讽声中，忍受着莫大的羞辱。

天色渐渐暗了下去，天上乌云密布，风渐渐越刮越大。

吴天站在角落里悄悄看着操场上发生的一切，嘴角露出了得意的笑容；曹阳看到操场上只剩下三连的士兵，脸上有点失望。

吴天看看天，站起身，活动了一下肩膀："我先回去了。"曹阳问："团座，这儿怎么办？""解散回营。"说完，吴天漫不经心地离开了操场。

夕阳渐沉，偌大的操场上只剩下三连的弟兄们孤零零地站立着。

第
七
章

明
珠
暗
投

曹阳走过来："江连长，先回营房吧，有什么事明天再说。"江崇义看看站在寒风中的兄弟们，茫然地问道："参谋长，不挑了？"曹阳无奈："挑人是团部经过研究决定的，只是……没想到会是这个结果。"江崇义茫然，一时不知该如何是好："一点回旋的余地也没有吗？"曹阳叹气："江连长，弟兄们，回吧！"说完转身欲走。

突然，林奉天大声喊道："既然是这样，三连的弟兄也没必要分开了，请曹参谋长转告吴团长，收回解散三连的命令！"周冰谏也大声说："对，我们不能再任人摆布了！这次一定要坚持，如果这次妥协了，三连真的让人看扁了！"

三连的弟兄们情绪激动地纷纷响应。江崇义激动地看着大家："有弟兄们的支持，大哥还有什么说的！曹参谋长，请转告吴团长，收回成命，否则，三连的弟兄们会一直站下去！"

周冰谏带领大家喊："收回成命！收回成命！"一时间，操场上的喊声震耳欲聋。

"好，我这就回去禀报团长。"曹阳被三连的精神震撼，转身离去。

林奉天像一面旗帜傲然挺立："弟兄们，人活一口气，树活一张皮！把腰杆都挺起来！"

在凛冽的寒风中，江崇义、林奉天和王直带着弟兄们笔直地站立着，像一株株风雪压不倒的寒松。

曹阳慌张地跑到团部，将三连的意愿报告给吴天。吴天听罢一瞪眼："请愿？反了他们了！"曹阳着急道："团座，他们是铁了心要站下去了！"吴天冷笑："那就让他们站着好啦。"曹阳："可是这样站下去终归不是办法……"吴天："那就没什么好说的了，收缴武器，解散回家。"曹阳："可是万一传出去……对咱173团也没好处。"吴天一怔，他沉吟着："那怎么办？"曹阳："团座，我倒是有个办法。"

天渐渐黑了下来，三连战士依然挺立在寒风中，每个人脸上的神情都坚毅如钢。他们就这样站着，他们决心已下，哪怕站到地老天荒、哪怕站成一排排风干的化石，三连弟兄也要笔直地站在一起，一个也不分开！

早晨来挑事的那几个国军战士从旁边走过，看着三连悄悄议论着。那个八字胡老兵有些震惊："还别说，有股子硬气，咱还真小看他们了。"旁边的战士赞许地点点头："嗯，你说他们当初怎么就当了伪军了呢？""难说，也许有苦衷吧。说句实话，敢炸鬼子的军火库就不是孬种。"八字胡老兵吐出一句放在心里一直不肯说的话。

一个小个子国军战士走来，大声讥笑道："喂，还站着呢？站到明天不还是汉奸连吗？"八字胡老兵狠狠瞪了对方一眼："闭嘴！有你什么事！"小个子战士诧异地看着老兵。"看什么看？滚蛋！"八字胡老兵狠狠骂了一句，吓得小个子战士赶紧跑了。

这时，曹阳匆匆赶到："弟兄们受苦了！"

江崇义看到曹阳，急切地追问："团长怎么说？"曹阳没回答他的话："江连长，你跟我来一下。"说着，向操场一角走去。江崇义犹豫了一下，赶紧跟上去。

王直看着大哥远去，诧异地问道："老三，怎么回事？"林奉天摇头："兵来将挡，水来土掩，不管他们要什么花招，只要不收回成命，我们就一直站着。"大家也叫嚷起来："对，不走！不收回成命，我们坚决不走！"

江崇义跟着曹阳走到操场边上，远远地看了一眼站立在风中的战士，急切地问："曹参谋长，团长他怎么说？"曹阳无奈地摇头："江连长行伍多年，当然知道军中无戏言这句话，团部的命令是不能随意改变的。"江崇义叹气："看来国军是真的不欢迎三连的弟兄。既然如此，我只好另做打算了。"

"实话跟你说吧，本来吴团长的意思是只留下你、林奉天、王直等几个人，其他的都解散回家的。不过，念在三连对我有救命之恩，人不能不知恩图报，为此，我和吴团长再三解释，吴团长总算是有了些许让步。"听曹阳这么一说，江崇义脸上露出欣喜之色："参谋长言重了。"

曹阳假惺惺地说："吴团长答应了我，决定提升江连长为副营长，林奉天、王直等军官也给予相应提升，三连的战士可以留下一部分补充进各个连队，但其他人必须解散回家。""这怎么行？我不能丢下三连一个弟兄！"江崇义马上表示他坚决不同意。曹阳劝道："我知道江连长是个重情重义之人，曹阳钦佩之至，不过话又说回来了，人往高处走，水往低处流。以江连长的

第七章　明珠暗投

151

才干如果待在 173 团，前途不可限量，如果拘泥于小节而耽误了前程，未免太可惜了，江连长你可要想清楚了。"

江崇义不发一言，陷入深深的矛盾之中。曹阳的嘴角露出一丝得意的微笑："我先走，江连长你仔细考虑清楚。"

林奉天远远看着曹阳和江崇义嘀嘀咕咕说着什么，心中暗暗着急："周大哥，曹阳又在耍什么花招？"周冰谏心明眼亮，微微一笑低声说："估计正给连长灌迷魂汤呢。"

"这什么事啊，爷们儿快饿死了！"王直正嚷嚷着，只见江崇义步履沉重地朝队伍走来，他高兴地叫道："回来了，大哥回来了！"

江崇义走到大家面前，表情严肃地看着大家，突然道："听我命令，现在……解散回营。"

大家刚开始没听明白，待反应过来，全体战士顿时一片哗然。林奉天急道："大哥，为什么？我们不能就这样算了！"大家也纷纷嚷嚷起来："是啊大哥，我们不能就这样算了！这次一定要坚持，如果这次妥协了，三连真的让人看扁了！"

江崇义无奈道："弟兄们，大哥也不想就这么算了，可是……团部已经下了死命令，我们就算站到明天也没结果。我和曹参谋长商量了一下，打算从长计议。""大哥！"林奉天高声提醒道，"曹阳这人心怀叵测，当心上他的当！"江崇义脸色阴沉下来："好啦老三，我是大哥，我会找吴团长交涉，给弟兄们一个交代。现在解散回营！"说完，转身大步走了。

大家一下没了主张。王直看了看大家，沮丧地说道："别傻站着啦，回吧！"孟刚骂了一句："奶奶个熊！"大家垂头丧气地陆续散去。

如银的月光洒进三连营房，营房内一片死寂，可仔细一看，大家都大睁着眼，个个辗转难眠。

马金宝推了推旁边的霍爷，悄声问："老爷子，想什么呢？"霍爷披衣服坐起来，掏出旱烟袋，点上一锅烟："当兵年头也不短了，没受过这份窝囊气！"马金宝掏出色子："赌一把，大点留人，小点走人。"霍爷："万金油，你小子又想脚底抹油？"马金宝："娘的，俺可不愿受这份窝囊气。"霍爷："你小子又想回去当兵贩子？"马金宝赶忙制止道："嘘！老爷子，可不敢瞎说！"

另一侧炕头，宋晓丹偷偷看着一张照片，被孟刚一把抢过来。孟刚："眼镜儿，媳妇长得可真俊，水灵灵的。""给我！"宋晓丹抢回照片，抱在胸前。孟刚叹道："爷们儿要是有这俊的媳妇，鬼才跑来受这份窝囊气。"宋晓丹也叹气："黑子哥，俺真想回家了。"屋里响起了鼾声，孟刚左右看看，发现是李松："娘的，什么时候都能睡得着！"

屋里的战士们各自郁闷着，不时听到叹气的声音。

很晚了，一束昏暗的灯光从一扇窗子里透出来，那里同样有两个人夜不成寐。

江崇义看着摇曳的烛光，闷头吸烟。王直小心地拍掉江崇义掉到裤子上的烟灰，问道："大哥，曹阳真是这么说的？"江崇义无奈地点头。王直愤愤不平："娘的，吴天不把咱三连的弟兄拆散了是不罢休啊。"江崇义叹口气："人在屋檐下不得不低头。"

王直凑过来："不过话又说回来了，曹阳还算懂得知恩图报，如果他的话是真的，提升大哥为副营长，这事倒也值。"江崇义摇摇头："老二你糊涂！没了这些弟兄们，国军更不把咱弟兄放在眼里了。"王直一怔："那怎么办？"江崇义想了想："不行，我还得跟吴天交涉。"

周冰谏和林奉天也睡不着，两人跑到天井下坐着，促膝谈心。

林奉天掏出酒壶，喝了一大口，递给周冰谏："来一口，驱驱晦气。"周冰谏接过，也喝了一口，辣得咧咧嘴，笑道："这酒够烈的，跟你一样，是个急性子啊！"林奉天呵呵一笑："越烈越有味儿，还包治百病。"

周冰谏收起笑容："奉天，今天这事你是怎么想的？"林奉天："强扭的瓜不甜，如果吴天真不想留下三连，我带弟兄们投八路军！"

周冰谏微笑着，林奉天问："周大哥，您说八路军不会也这样对待我们吧？"周冰谏看着他："你担心什么？"林奉天叹口气："毕竟三连当过皇协军……"周冰谏："八路军可没那么小心眼，只要真心抗日，八路军一定会欢迎的。"林奉天马上充满信心："就凭八路军冒死相救，我信！可惜大哥一门

心思想招安，不愿意投八路。"周冰谏点点头："要说带这些弟兄投八路军也行，只是三连毕竟是个整体，这样一来三连可就散了，这样做的结果谁也不愿看到。"林奉天仰头看着寂寥的天际："是啊，我还是再劝劝大哥，争取说服大哥一起投八路军。"周冰谏："试试吧。"

"天快亮了。"林奉天看着天边的启明星，那颗星在漆黑的夜空中显得格外明亮。

东方的天空刚翻出鱼肚白，起床号吹响了。

三连的战士们无精打采地从床上爬起来，一声不响地穿好衣服，整理床铺。

面色憔悴的江崇义出现在门口："解散回家的弟兄在家听信，吴团长跟我做了保证，很快就让三连的弟兄们全体归队，到时候……"

"弟兄们，大哥只能争取到这个程度了。弟兄们要怪，就怪我这个当大哥的无能，让弟兄们寒心了。"江崇义声音哽咽起来。王直替众人劝道："大哥已经尽力了，弟兄们不会怪您的！"大家都低着头沉默无语。

江崇义看着林奉天："老三，你有什么意见？"林奉天站了起来："大哥，这两天的事您都看到了，不是大哥无能，是吴天他们根本就没把三连当人看，他们变着法子想拆散我们弟兄！既然这里容不下我们，我们何不离开这里，投奔八路军呢？"王直抢话："投八路、投八路！老三，你凭什么保证八路就会接受三连？依我看八路更不保险，到时候……"林奉天打断他："二哥，拍拍胸脯想想，咱总得讲点良心吧？如果不是八路军拼死相救，三连的弟兄能活到今天吗？你这叫以小人之心度君子之腹！"王直火了："你说什么？我是为了三连的弟兄们……"林奉天冷笑："是吗？我看你是为了一己之利，拿弟兄们当挡箭牌！"王直面红耳赤，一下跳了起来："你……你胡说！"

"好啦别争啦，听我说！"江崇义起身，林奉天和王直安静下来。江崇义说："常言道滴水之恩当涌泉相报，八路军救过咱，三连的弟兄没齿难忘，只要有机会，我们一定会报答。但是，八路军毕竟不是正规军，我不能拿弟兄们的前途和身家性命去冒险。173团是中央政府军，现在虽说发生了一些不愉快，但我相信只是暂时的，吴团长不是向大家保证了吗，一切都会好起来的！"

见江崇义仍然执迷不悟，林奉天激动地大声说道："大哥，日本鬼子已经占领了大半个中国，可我们的中央政府在干什么？他们在苟且偷安！我们的正规军又在干什么？节节败退、清除异己！现在国家都要亡了，弟兄们还谈什么前途？还谈什么身家性命？是，八路军不是正规军，可他们是真正抗日的队伍，投奔这样的队伍，就算冒险也值了！"

孟刚、朱大生等战士也嚷嚷起来："就是，与其在这里受窝囊气，不如投八路，痛痛快快打鬼子，死了也值了！"林奉天急切地喊道："大哥，别再抱幻想了！"

江崇义不高兴地背过脸去："好啦，我意已决！既然来了，就不能朝三暮四，总想着走！"

林奉天重重地叹口气："既然大哥决定了，我只能选择离开了。弟兄们，愿意跟我林奉天投八路的出来！"

朱大生第一个跳了出来，紧接着，马金宝、李松、刘金锁也站了出来。

江崇义愣了一下，脸色渐渐变得坦然："老三，强扭的瓜不甜，如果你真要走，大哥也不勉强你了。"王直骂道："老三，你这是分裂队伍！你眼里还有没有大哥？还有没有兄弟情谊？"江崇义制止王直，面向大家，声音哽咽："弟兄们，人各有志，大哥不勉强你们，想留下来的就站在我后边，想跟老三走的，就站在老三一边。"

营房里变得死一般沉寂，江崇义缓声说："开始吧。"

许久，战士们终于做出艰难的抉择，各自默默地走向两边不同的阵营。孟刚迈出一只脚，看看江崇义，又看看林奉天，不知所措。

江崇义盯着孟刚："孟刚，你呢？"孟刚狠狠地"唉"了一声，站在了江崇义身边。

江崇义看着站在他对面的众弟兄，哽咽道："兄弟一场，我们再吃一顿散伙饭！老二，想办法搞点酒。"王直："行！"林奉天眼里闪着泪花失望地点了点头。

晌午的时候，伙夫送来了午饭，依然是一筐窝头和一桶飘着点油星的

汤水。

伙夫已经尝到过厉害，赔着笑脸说："各位爷，我只管送饭，别的一概不知，吃不吃由你们。"说完，一溜烟跑了。

大家心情沉重，你看看我，我看看你，都没动弹。

江崇义抓起一个窝头，哽咽道："今天这顿散伙饭，只要是兄弟都得吃！"说完，将窝头放在嘴里，大口吃了起来。王直、孟刚、李松等人互相看看，一个接一个也跟着抓起窝头吃了起来。

"弟兄们，酒来啦！"王直和霍爷挑着一担酒进门，大家看看飘香的酒坛，依然沉默着。

林奉天率先端起酒坛："一醉解千愁！弟兄们，别闷着啦，这又不是生离死别。来，满上，满上！"

大家纷纷上前倒酒。林奉天斟了满满一碗酒，来到江崇义面前："大哥，我们兄弟多年，情同手足，多余的话就不说了。大哥，三弟敬您一碗！"

江崇义颤抖着接过酒碗，眼泪禁不住滚落下来："老三，人各有志，以后的路就靠自己走了。"说完，江崇义一饮而尽，将碗摔碎在地。林奉天不禁热泪盈眶："大哥，无论弟兄们走到哪儿，都是兄弟！"三连的兄弟们听罢都暗暗落泪。

林奉天抹了把眼泪："弟兄们，喝酒！"

大家纷纷大口喝起酒来。

天空阴云笼罩，"轰隆隆"的坦克成群结队驶在九台城郊外，山炮一字排开，大批日军踏着军靴集结在此。

九台城日军指挥部里，一名日军中将指着墙上的作战地图正在讲话："奉大日本皇军华北司令部命令，我军两个主力师团已经在九台城秘密集结完毕，即将对驻防九台县以南一线的支那部队进行毁灭性打击，现在听我命令！"

十几名日军将领起立领命。

中将看着山田大佐，板着脸道："山田中佐，支那173团和你部比邻，命令你部严密监控173团动向，发起攻击之后，一定要彻底将其歼灭！山田君，记住你现在可是戴罪立功！"山田发狠："哈依！请长官放心，如果失败，我会剖腹自杀，以谢天皇！"

中将又看看木村："木村，你的情报工作已经得到司令部长官的嘉奖，司令部命令你和你的特高科继续努力，配合皇军作战。"木村一顿头："是！"

与此同时，国军方面也得到了战事情报。国军战区司令部里，国军华北战区高级官员正在聚集在一起召开紧急会议。

刘参谋长指着地图："据可靠情报，日军两个主力师团已经在九台城集结完毕，即将对我军防守阵地发起进攻！"

司令官宣布："诸位，今天是民国30年11月18日，就在几天前，中、苏、美、英等26个国家在华盛顿发表共同宣言，决定对德、意、日轴心国共同宣战。"

大家鼓起掌来。在一片掌声中，司令官继续说："国际形势一片光明，所以我们此战必须打好。如果日军突破九台防线，蒙绥地区将完全落入日军手中，我军也将无险可守，那样将会危及大后方安全，对整个亚洲战局产生不利影响。相反，如果我们打赢这场战役，将会极大地鼓舞华北军民的抗日热情，对稳定蒙绥、稳定大后方安全起着举足轻重的作用。所以，我们必须不惜一切代价打赢这场战役！"

刘参谋长："司令，驻守九台一线的国军部队是我军173团，是日军的进攻重点。173团虽然是我军主力，但其面对的是日军精锐部队山田联队，我担心……"司令官点头："你的担心是对的。大敌当前，战前动员极其重要，必须派专员赴173团，检阅部队、鼓舞士气！"刘参谋长："好，立即给173团发电！"

吴天看着电报，面色渐渐凝重起来。

曹阳注意着吴天的脸色："团座，上面来了什么指令？"吴天将电文交给曹阳："日军在九台城前线集结了大批精锐部队，要对我军防线发起大规模进攻。"曹阳："果然不出所料。"吴天皱眉："这倒是没什么，大不了撤退嘛！麻烦的是上面要派专员下来检阅部队、鼓舞士气。"曹阳心中一紧："团座，那件事怎么办？万一被上面的人查出来就麻烦了！"

吴天在地上来回踱步："我担心的就是这件事。"曹阳："怎么办？"吴天

故作镇定："事都做了,慌什么!召集知道内情的军官开会。""好,我这就去!"曹阳急匆匆走了。

不一会儿,几辆军车疾驰而来,停在团部门外。几位国民党高级军官跳下车来,急步走进团部指挥部。

吴天、曹阳和几名军官围坐在一起,大家一个个耷拉着脑袋不说话。

"怎么不说话了?吃'空饷'的时候怎么一个个争着抢着?"吴天生气地看看众人,随后指着一营长,"你说,有什么办法?""有什么办法?三连早被日军歼灭了,咱总不能变出一个三连吧?"一营长也想不出什么办法。二营长抱怨:"我当初就说,保留三连番号吃空饷这件事不保险。"吴天发怒:"混账!吃的时候也没见你少吃多少!"众人都低着头不敢说话。

曹阳突然灵机一动:"团座,有办法了。"吴天迫不及待:"赶紧说!"曹阳:"团座,我们现在不是有个现成的三连吗?"吴天:"你是说……"

三连营房内,一同出生入死的弟兄们正在进行生离死别的仪式。

林奉天一饮而尽,将酒碗摔碎在地:"大哥,二哥,酒也喝了,弟兄们也该告辞了。"

江崇义:"三弟,真要走吗?"林奉天神色黯然:"大哥保重!弟兄们,收拾东西,准备走了!"

大家开始收拾起东西。

营房门突然开了,伙夫带着几个人挑着酒肉,满脸堆笑地走了进来:"开饭喽,开饭喽!"

香味立刻弥漫了一屋子,大伙吃惊地围拢过去。

宋晓丹扶扶眼镜,盯着眼前的美味不敢相信:"没送错地方吧?"朱大生抓起一个肘子肉:"管他娘的,吃完了再说。"

伙夫笑着:"都别愣着啦,动手啊!江连长,这可是团长特意犒劳三连的!"

林奉天疑惑地看着周冰谏:"周大哥,吴天他们葫芦里卖的是什么药?"周冰谏也疑惑不解。

"吴团长、曹参谋长到!"随着门口士兵的号令,吴天和曹阳笑眯眯地走了进来。

　　江崇义赶忙起身敬礼："团长、参谋长，你们怎么来了？"吴天微笑着拍拍江崇义的肩膀说："江连长，弟兄们，大家辛苦了！我代表全团战士来慰问大家！"江崇义简直不敢相信自己的耳朵，受宠若惊地赶紧吩咐王直说："快，快去给团长和参谋长搬椅子！"吴天一摆手："不必了，我看看大家就走。"

　　吴天走到一名战士身边，假惺惺地说："这位兄弟多吃点，多吃点。弟兄们，这几天让大家受苦了。"曹阳对大家说："大家有什么要求，当面提出来，团部一定会想办法给大家解决。"三连战士惊讶地看着眼前的一幕，怀疑是在做梦。

　　江崇义悄悄问曹阳："参谋长，这是怎么回事啊？"曹阳笑了笑："一会儿就知道了。弟兄们，现在请团长讲话。"

　　吴天扫视了一下战士们："今天我来，有一个好消息要告诉大家。"

　　战士们屏住呼吸听着。

　　吴天大声道："现在我宣布！经过这段时间的考验，三连已经出色地通过了团部的考验。三连是一支意志坚定的好队伍，所以团部决定，将173团第二营第三连的番号正式授予你们！"

　　曹阳："我宣布任命决定。任命，江崇义为副营长兼三连连长，林奉天、王直任副连长，周冰谏担任副官，其他军官继续留任！"

　　江崇义激动得不知所措，吴天提醒他："江连长，怎么不接委任状啊？"江崇义缓过神来，一把握住吴天的手："谢谢团长，兄弟们可盼来这一天了！"林奉天大声问道："吴团长，三连不会被解散了吗？"吴天微笑："当然不会了！"

　　瞬间，三连战士们欢呼雀跃着，纷纷把军帽抛向屋顶："不解散喽！弟兄们不解散喽！"

　　江崇义和林奉天激动地拥抱在一起。

　　吴天背转脸，嘴角挂着一丝怪异的笑容往出走，江崇义赶紧送出门来。

　　走到门口，吴天停下脚步："江连长，以后就看你的了。"江崇义："谢谢团座，谢谢参谋长！团座放心，我江崇义绝不会辜负团座的栽培之恩！"

大家激动和喜悦的欢闹声冲出营房，吴天拍拍江崇义的肩，大步离开。

营房里，大家都激动地叫闹着，唯有周冰谏一个人皱着眉不吭声。王直兴奋地对周冰谏说："周副官，你怎么啦？怎么愁眉苦脸的？"周冰谏冷静地说："别高兴得太早，这背后一定有文章！"王直不满："不会吧周副官，人家对咱好也有错了？"大家也纷纷问道："是啊周先生，不会吧？"

周冰谏分析道："你们想过没有？短短半天时间，为什么他们的态度会截然不同？难道仅仅是考验通过？"林奉天被提醒，也收起笑容："周大哥说得对，这事恐怕背后有鬼……"

"好啦，好啦，都别瞎猜了，能有什么鬼？"江崇义带着几个国军士兵走进门来。大家一看国军士兵手中抱着一套套崭新的军服，顿时又沸腾了。

第八章　养兵千日

阳光灿烂，晴空万里，彩旗和着鼓乐迎风激荡。

173团全团官兵精神抖擞地列队而站，等待来视察的上级长官检阅。每个人都军容整齐，站得笔直，手中的武器擦得锃亮。江崇义和三连战士身着崭新的国军军服，神采飞扬地站在队列中，兴奋、自豪、坚定的神情刻在每一位战士的脸上。

长官在吴天和曹阳的陪同下，缓步走上检阅台。吴天一个敬礼："报告长官，173团全体士兵集合完毕！请长官训话！"长官满意地点点头："稍息！看到173团官兵军容军威甚好，我大为振奋！俗话说，养兵千日，用兵一时，在场的各位都是我们中华民族的热血男儿，保家卫国、驰骋疆场，乃我辈不可推卸的责任。如今大敌当前，我辈作为军人，更当全力以赴，效忠党国、效忠蒋委员长！"

将士们热血沸腾，喊起了口号："守土有责！效忠党国！"三连战士也激情澎湃，和队伍一起喊着高亢的口号。

长官走下台，在吴天和曹阳陪同下检阅部队，一边走一边和战士们挥手致意。长官走到三连队伍前，突然停了下来，问道："吴团长，三连的武器装备为何参差不齐啊？"吴天惊出一身冷汗，曹阳抢先回答道："报告长官，因给养不足，只好暂用缴获日军之战利品。"吴天跟着紧张地说："军需处也有难处，我们能体谅。"长官听罢生气地说："岂有此理！我回去一定向军长反

映此事！"曹阳赶紧引他向前："长官请！"

一行人离开三连队伍，吴天不断擦着额角渗出的汗珠，亲眼目睹到这一幕的林奉天不禁疑虑重重。

检阅完毕，团部照例宴请长官，饭厅内觥筹交错，十分热闹。

长官端起酒杯："173团果然是我军王牌，军容整齐、军纪严明！有此等队伍、此等将士，何愁倭贼不除，山河不复？来来来，我代表军部，敬吴团长、曹参谋长一杯，祝贵团马到功成，再为抗战立新功！"

吴天、曹阳连忙端起酒杯，躬身与长官碰杯。吴天大表忠心："我等既为军人，自当马革裹尸，为党国效力！""好！你们放心，173团的军饷我一定催促军需处即日发放。"长官带头先干一杯，吴天和曹阳相视而笑，共同举杯一饮而尽。

阅兵仪式顺利完成，战士们都大为振奋，直到第二天，三连营房里的战士们还有人在兴奋地议论着昨天检阅的事。

林奉天和周冰谏一起坐在角落里一言不发，各想心事。林奉天忽然问道："周大哥，您注意到没有，长官问我们连武器为何参差不齐时，吴天为何那样紧张？曹阳还有意岔开了话题，我看这背后一定有鬼！"周冰谏若有所思："只有一种可能，补缺！""吃空饷？"周冰谏点头。

"吃空饷的罪名可是不小啊！这两只狐狸！怪不得对我们三连的态度前后截然相反呢，不行，这事得跟大哥说说。"林奉天气愤地站起来，周冰谏连忙按住他："大哥一门心思要投靠国军，好容易如愿以偿，你现在去跟他说这事，岂不是扫了他的兴？"林奉天只好坐下。

这时，江崇义走进营房，高兴地宣布："弟兄们，告诉大家一个好消息，团部今天要给弟兄们发饷了！"

士兵们顿时沸腾起来，人人喜笑颜开。

江崇义兴奋地叫林奉天："老三，清点一下武器弹药，拉张清单，我们去团部领给养。"孟刚赶紧嚷嚷："三哥，俺那挺马克沁突围的时候被鬼子炸坏了，娘的，心疼死俺了！"朱大生调侃他："得了吧黑子，你那二黑兄弟让鬼子没收了也没见你心疼过。"孟刚一瞪眼："废话，能一样吗？二黑是兄弟，马克沁是俺媳妇。"林奉天逗他："哟，黑子，还是一洋媳妇。"大家哄笑起来。

朱大生说："三哥，我的那挺马克沁扳机让我搞坏了，给我换一挺新的。""就你那杀猪的臭把式，再好的东西到你手里都不好使！"孟刚门缝里看人，把朱大生气得瞪起眼睛："放屁！"

林奉天看着孟刚："黑子，这你可冤枉人了，青面兽有一样本事你们谁都比不上。别说你们比不上，鬼子的山炮也未必比得上，那叫一绝！"大家纳闷："什么呀？"连朱大生也纳闷："三哥，你别拿我逗乐子。"林奉天一本正经地说："逗什么乐子！大家说，扔手榴弹的本事你们哪个能比得上？"大家"哄"地一声嚷起来："还以为是什么本事呢！扔手榴弹算什么本事啊！"

林奉天摇摇头："错喽！朱大生扔出去的手榴弹不但距离远，而且准确度高，最绝的是，就在敌人脑瓜顶上爆炸，杀伤力一下提高了好多倍，你们说，哪个能行？"孟刚想了想，说："你还别说，真是这么回事！"大家仔细一想，也纷纷点头。

宋晓丹摸着酒壶独自念叨着："要能发几个新酒壶就更好了，俺背着也威风啊。"马金宝数着手里的几个铜子感叹："可算要发响了。"回头一看刘金锁又在擦枪，马金宝冲他嚷道："金锁，别擦你那把破枪了，让三哥给你领把新的。"刘金锁一边比划，一边擦拭着他那支捷克造："国军的木壳枪未必能赶得上我这支捷克造。瞧这枪，瞧这瞄准镜，绝配！对了万金油，你他娘还欠我一顿酒钱呢。"马金宝装作没听见，低着头往外溜，刘金锁嚷嚷着追了出去："装什么呢你……"

枪支弹药横七竖八地摆了一地，军需处的几个军官一字排开，有喊名字的、有发饷的、有分武器的，忙得不可开交。

一个军官举着花名册高声喊道："三连！三连人呢？下一个……"王直高声答应着跑了过去："等等，在呢，在呢！"

军官上下打量着王直："你是三连的？""是，三连参谋王直！"王直答道。军官拿出军饷丢给王直："一人一块大洋，签字！"王直疑惑："不对吧，怎么是一块大洋？""我怎么知道，下一个，下一个……"军官不耐烦地拨拉

他，王直火了："你不知道谁知道？"军官站了起来："你想干啥？"王直火往上撞，撸起袖子："干啥？爷们儿跟你讲讲道理……"

江崇义走来，把王直拉到一边。王直还不依不饶："娘的！讲好的两块大洋，凭啥变成一块？不行！"江崇义劝道："行啦老二，这事他做不了主。"王直诧异："咋回事？"江崇义笑笑，低声道："你还没看出来？明摆着这是上面在吃空饷，骗别人行，骗不了我江崇义。""那就这么算了？"王直有点舍不得那块大洋。江崇义想了想，说："我去找曹阳。"

另一个国军军官喊着："三连！三连人呢？这边领弹药！"孟刚把清单递给军官，军官一眼没看扔在地上，指着地上十几支半新的木壳枪和几箱弹药："拿走！"孟刚一下火了："娘的，你打发叫花子呢？""你说什么？"军官扯着眼睛瞪他。林奉天上前一把拉开孟刚，捡起清单放在军官面前，眼睛盯着军官一言不发。军官本想发作，看到林奉天的眼神，一下软了："再加一挺马克沁，走走走！"

孟刚还要不依不饶，被林奉天拉了一把："黑子，我们走！"几人这才愤愤不平地扛起弹药回营房。

江崇义走出来，拐了个弯径直去往曹阳办公室。

曹阳抱着一本厚厚的军事书籍正在查资料，见江崇义走进来，头也懒得抬一下。江崇义也不介意，坐下来轻描淡写地把刚才的事情说了一下，曹阳这才惊得一下站了起来："你乱讲什么？怎么会有这种事！"江崇义冷笑："行啦参座，蒙别人行，可蒙不了我江崇义，吃空饷这种事我见多了。"

曹阳被看穿了肠子，一脸尴尬："那你想怎么样？"江崇义盯着曹阳的眼睛："没想怎么样，别的连发多少，三连也一样，至于空饷不空饷，我江崇义就当不知道。"曹阳坐下来想了一下："好吧，这事我解决。""那就谢谢参座了，我走了。"江崇义达到目的，心满意足地离去。

曹阳看着他的背影狠狠地骂了一句："娘的！跟我斗！"

教官丁俊义走进173团团部："团座，参谋长，找我有什么任务？"吴天和曹阳满意地看着丁俊义："丁教官，现在有一项艰巨的任务要交给你，希望你能完成。""是！请问团长，是什么任务？"吴天和曹阳对视一眼："是这样，江崇义的三连现在已经加入了我军，虽然这帮人抗日热情很高，可你知道，这是一帮乌合之众。如今大战在即，正值用人之际，所以团部决定派你到三连当教官，你必须在最短的时间内，用最严酷的办法，把三连给我训练出来！"

丁俊义满脸的不乐意："团长，干吗让我去训练三连？我不想去！""为什么？"丁俊义不屑："就他们这支汉奸队伍，再训练也是浪费时间。"吴天严肃地说："正是因为这支队伍特殊，我才决定派你去的！说实话，派别人去，我怕管不住这帮人。再说，你是我们173团的资格最老、经验最丰富、带兵最严格的教官，大敌当前，你去也得去，不去也得去，这是命令！"

丁俊义犹豫着。吴天严厉地说："服从命令是军人的天职，没有条件可讲！你明天就去上任！"丁俊义只好无奈地答应："是，团长。"

丁俊义走出团部，曹阳看看吴天笑着说："团座，您的这招棋下的妙啊，有了丁俊义这个出了名的魔鬼教官看着三连，咱们可就放心多了。"吴天发狠地说道："我非要把三连里那些刺儿头治得服服帖帖的！"

桌子上又变成了窝头咸菜，菜汤里一点油星都没有。大家看着桌上的菜，默不作声，各怀心事。

王直抓起一个窝头，狠狠一口咬下去，却顿时捂住了脸，一脸痛苦，连五官都变形了，好半天，才从嘴里吐出一个东西，是一块带着血的石子。王直跳了起来："我日他祖宗！这还是人干的事吗？"

大家顿时炸了锅，纷纷抱怨起来。马金宝说："太欺负人了！别的连为什么两块大洋？我们为什么就给一个？"朱大生接过话茬："娘的！还不够出去喝顿酒呢！""后娘养的，有什么办法！"刘金锁一贯说话冷酷如霜。孟刚扯着大嗓门叫道："奶奶个熊，军饷倒也罢了，武器弹药还是最差的，让老子怎么打鬼子？"

朱大生摸着脑袋问："三哥，这到底是怎么回事啊？一会儿好、一会儿坏，一会儿天上、一会儿地下，把我都搞糊涂了！"刘金锁冷冷地说："依我看啊，这才是个开头，好戏还在后头呢。"

林奉天起身："弟兄们，大敌当前，现在最重要的是练好队伍打鬼子。武

器弹药固然重要，但拿武器的人更重要，人家八路军小米加步枪，不照样打得鬼子抱头鼠窜嘛！"

正说着，江崇义拎着补发的军饷进门："弟兄们，军饷的事是军需处弄错了，现在给咱补发了，大伙儿就别发牢骚啦。大家有不满情绪我理解，但是，我要提醒大家，三连不是保安队，更不是土匪，是正规军！常言道，吃得苦中苦，方为人上人，我们只要多杀鬼子，战场上立功，别人自然高看你一眼，团部自然不会不把咱当回事。想当年，曹丞相……"

江崇义的话还没说完，一名通信兵跑进门打断了他的话："报告江连长，团长有请！"江崇义点点头，往外走去。

走到团部门口，江崇义心中忽然涌起一种不祥的预感。果不其然，江崇义走进团部，一眼看到了那位号称魔鬼教官的丁俊义。

三连战士在操场上列队集合，等待每天的例行训练。江崇义陪着曹阳和丁俊义走来。

曹阳向大家敬个礼："三连的弟兄们，你们投奔国军有一段时间了，大家的抗日热情我曹某人钦佩之至。但是，三连没有接受过正规的军事训练，名为正规军，其实不正规。大敌当前，为了提高大家的作战能力，团部决定从今天起，给大家派一名教官。我来给大家介绍一下，这位是丁俊义丁教官，大家欢迎！"

曹阳带头鼓掌，三连士兵也跟着鼓掌。丁俊义行军礼向战士们致意。

"丁教官经验丰富、要求严格，经过他训练的部队都成了主力军。我希望从今天起，大家要严格按照丁教官的要求，刻苦训练，成为一只军事素质过硬的真正的正规军，弟兄们有没有信心？"曹阳问道。三连众战士齐声高喊："有！"曹阳点点头："下面欢迎丁教官讲话！"

丁俊义站出来，表情严肃："弟兄们，我丁某人有个绰号——魔鬼教头！不错，我丁某人就是要以魔鬼式的训练，培养弟兄们吃苦耐劳打胜仗的品质，只有魔鬼式训练出来的战士，才能打败我们的敌人——日本魔鬼。所以，这次训练会十分艰苦，对你们的要求会极其严酷，只有这样，你们这群乌合之众，才能成为一支真正的国民革命军！"

队伍里出现一阵窃窃私语。孟刚悄声说:"娘的,这也太瞧不起人了!"朱大生也说:"娘的,这是从门缝里看人!"江崇义一直阴沉着脸,没说一句话,默默观察着丁俊义。

丁俊义吼道:"安静!我知道你们中有人对我刚才说的话很不满,好,那就用你们的训练成绩向我证明,你们不是乌合之众!向右转!二十公里越野,跑步走!"

第一天的训练终于结束了。丁俊义超负荷、超强度的野蛮训练方式,把三连战士们累得筋疲力尽,大家一回到营房,就都横七竖八地瘫倒在炕上。

"开饭喽,开饭喽!"霍爷挑着饭菜进门。朱大生瘫着四肢:"哪儿还有劲儿吃饭,娘的!老子不骗了狗日的,就是小鬼子生的!"霍爷看着他:"这是谁惹着你了?"孟刚替朱大生回答:"就那个姓丁的教官!不是看在大哥的面子上,老子当时就冲上去把那小子的头拧下来当夜壶使!"

这时,林奉天跨进门来,众战士纷纷站起来:"三哥!"

林奉天笑道:"意见好大啊!"战士们纷纷嚷道:"那当然了!那小子凭什么把咱三连看扁了?不就是因为咱们不是正规军出身嘛!"

林奉天说:"弟兄们,不蒸馒头争口气,人家看不起咱,咱更得争这口气!"一个战士站出来:"三哥,你说怎么办?"

"怎么办?把那小子抓出来,结结实实揍一顿!"孟刚抢过话茬,被林奉天呵斥回去:"黑子别胡闹!打架可不是本事,咱得用训练成绩来证明,让他看看,咱不比正规军差。弟兄们,其实今天丁教官说的也有道理,单对单,咱三连的兄弟个顶个都是好样的,谁也不怂。可是打仗不是打架,咱们没经过系统的军事训练和战术训练,上了战场未必行,靠蛮力,是打不走日本鬼子的。"

林奉天满脸悲愤,语重心长:"弟兄们听着,事关咱们三连的名声,谁也别给弟兄们丢脸,再苦再累,都他妈得给咱爷们顶着!"

李松叫道:"三哥你放心,就是累死,也绝不叫一声苦!"众战士也纷纷表态:"对!不能让姓丁的给看扁了!让他瞧瞧什么才是真爷们!"

第二天，晨曦初露，三连战士不等召唤已经走上操场列队集合，这群爷们要用自己的身体和意志跟丁俊义来比试比试。

丁俊义凶神恶煞地走过队伍，战士们都大气不敢出地站着。丁俊义看到宋晓丹忽然停住："你叫什么？"宋晓丹吓得结巴起来："宋……宋晓丹……"丁俊义大发雷霆："混蛋！不知道和长官说话要报告吗？向后转，跑步走！跑十圈！"宋晓丹哆哆嗦嗦地喊了句"是"，满脸悲伤地转身跑开。

丁俊义走近朱大生，用教鞭敲着朱大生的钢盔："钢盔不亮，跑十圈！"朱大生无奈："是！长官！"

丁俊义走近孟刚，拿起孟刚的鬼头刀，摸了摸刀刃。孟刚挺胸大声道："报告长官，俺的刀天天磨！"丁俊义声音更大，趴在孟刚耳朵上大吼："混蛋！军容不整，跑步去！"孟刚憋着气，大喊一声："是！"转身跑去。

丁俊义走近马金宝，盯得马金宝直发毛，谁知丁俊义却放过了马金宝。马金宝刚松了一口气，丁俊义却突然转回身来："口袋里装的是什么？"马金宝："报告长官，没什么！"丁俊义："混蛋！军营禁止赌博！去！""是！"马金宝转身向操场跑去。

丁俊义眼神扫过李松，不等丁俊义开口，李松二话没说，转身就跑，一下把大家逗乐了。丁俊义怒火中烧："混蛋！汉奸连全体都有，向右转！跑步走！"

全体战士围着操场跑步，丁俊义拎着马鞭不停地大骂："混蛋！太慢啦！快快快！早晨没吃饭吗？再加十圈！"

队伍中，王直上气不接下气地骂："娘的！还让不让人活了！"林奉天大口喘着气，为大家打气："弟兄们，平时多流汗，战时少流血，练好了身体打鬼子！"

丁俊义骑在马上冷冷地看着这支特殊的队伍。

月亮爬了上来，丁俊义那非人的训练还没结束。

三连战士在铁丝网下匍匐前进，丁俊义不断催促着："快点！快点！"大家从铁丝网下灰头土脸地刚刚爬出，丁俊义怒气冲冲地一扬鞭："马金宝动作不规范，再做一次！"

马金宝重新钻到铁丝网下，拼命地往前爬着。丁俊义在外面追赶着："不行！再快，再快！屁股翘那么高想找死啊！"马金宝一着急被铁丝网划破了头，鲜血直流。丁俊义大喊："不准停！继续！朱大生、孟刚，还有你，王直，你们太慢了！"

"不准休息！每人一百个俯卧撑，开始！"丁俊义恶魔式的训练好似永无停歇，战士们做完俯卧撑，一个个瘫倒在地，爬不起来，丁俊义却又叫嚷起来："起来，起来！不想当汉奸就给我爬起来，继续操练！"战士们咬着牙，艰难地爬了起来，继续操练。

林奉天大声鼓劲儿："弟兄们，不想让人家骂汉奸，就给我坚持住！"

"坚持！坚持！坚持！"战士们喊着口号竭尽全力继续操练。

丁俊义冷冷地盯着眼前的队伍，一丝赞赏的眼神从他眼中一闪而逝。

日头正当午，烈日炎炎下，丁俊义又把三连战士带到了山脚下。

丁俊义从三连战士排列整齐的方队中走过，冷酷的眼神从战士们脸上逐个扫过。他惊异地发现，这些风霜满布的脸上表情各异，但每一张脸上都篆刻着同一种神情，那就是——坚毅。

队列前摆着满满几担好酒好菜，丁俊义指着山顶说："现在分成两组，林奉天、王直各带一组，抢先占领山顶者，好酒好菜随便吃随便喝，落后者对不起了，给我继续操练，听到没有？""听明白了！"三连战士齐刷刷的喊声震耳欲聋。

接着，大家按队列迅速分成两组，准备开始比赛。

丁俊义将两面不同颜色的旗帜分别递到两人手上："占领山头！挥旗为胜！"

说完，后退几步，举起手臂，"预备！开始！"

两组人马如离弦之箭，朝山顶上冲去。

几分钟后，林奉天、周冰谏、马金宝、孟刚等一组人已经领先赶到山腰。林奉天鼓舞士气："兄弟们，前面就是小鬼子的阵地，冲啊！"周冰谏也大喊："弟兄们，坚持就是胜利！"

孟刚回头揪了一把磨磨蹭蹭落在后面的马金宝："万金油，你他娘的再

落后边，小心爷们收拾你！"马金宝"蹭"地一步蹿到孟刚前面："孟黑子，你嚷嚷个鬼！不知道谁落后边呢！"大家你追我赶拼命向山上跑去。

另一边，王直、李松、朱大生、宋晓丹、刘金锁这一组紧随其后赶到山腰。王直气喘吁吁地喊："弟兄们，想喝酒想吃肉，就给爷们儿快点！"

朱大生瞪一眼身后步履蹒跚的宋晓丹："眼镜，你他娘的又怂了！给老子跟上！"宋晓丹大口喘气："俺没怂！"话音未落，一头摔倒在地上，腿上流出鲜血。

王直急得骂起来："你他娘的，早不摔晚不摔，偏偏这时候摔！还能不能走？"宋晓丹赶忙爬起来，一拐一拐地跟着跑，但速度明显慢了许多。李松上前，二话没说架起宋晓丹就跑。

刘金锁一抬头，看到林奉天他们已经快到达山顶了，急得喊起来："二哥，三哥他们快到了！"王直急得大喊："娘的！大腿都绑上铁坨子了？快追！"战士们奋起直追，可为时已晚。

林奉天扛着红旗冲上山顶，挥舞起来，大家兴奋地呼喊着。

王直一组紧接着到达，仅仅慢了半分钟。王直气得大骂宋晓丹："都怨你！笨蛋！"

丁俊义、江崇义、霍爷带着酒菜赶上山来。

孟刚得意地显摆："哈哈，二哥，这回认怂了吧？弟兄们，喝酒去喽！"王直生气地看着他："娘的！得意什么！咱再比划一回试试？"孟刚撇撇嘴："再来一次？再来十次你们还得输！"朱大生不服："孟黑子，敢和老子单挑吗？"孟刚瞪起眼睛："单挑就单挑，谁怕谁啊！"

林奉天看着横眉竖眼吵架的两人笑道："你俩就是前世的冤家。"周冰谏也笑："不对，我看他们俩是大门上的门神，见不得，还离不得。"大家都笑了。

丁俊义却黑着脸："笑什么笑！王直一组，再给你们一次机会，十分钟之内跑个来回，否则，对不起了，今天不准吃饭！现在马上开始！"

朱大生等战士像霜打了的茄子，个个垂头丧气。王直发着狠吼了一声："都给爷们儿打起精神，下山！"

这时林奉天站出来喊了一声："丁教官，我有一个请求！"丁俊义看着他："说！""我们请求和他们一起接受体罚！""不行！""三连的弟兄从来不分彼此，我们有福同享，有难同当！"

周冰谏赞赏地看了一眼林奉天，也站出来："我们大家愿意一起接受体罚！"战士们都高声喊道："同意！"江崇义也动容地求情："丁教官……"

丁俊义猛然发火了："可以！今天都不准吃饭！"战士们都一怔，忽听林奉天大喊："没问题！弟兄们，冲啊！"两组战士一鼓作气，肩并肩向山脚下冲去。

望着三连战士的背影，丁俊义不禁微微点头。

丁俊义严苛的训练就这样日复一日地进行着，一天比一天苦，一天比一天累。战士们渐渐习惯了在炎炎烈日下跑步、练队形、负重前进、翻越障碍，也习惯了在瓢泼大雨中训练格斗、在泥泞的地上匍匐前进。天热时，大家一个个累得汗流浃背、气喘吁吁，还不时有人中暑被抬下场来，但是没有一个人主动退出；大雨中，每个人都是一身泥水加雨水，根本看不出本来的面目，但是大家仍然咬紧牙关坚持着。丁俊义依然拎着他的马鞭，冷冷地看着操场上的三连士兵，但连他自己都没发现，他眼神里的那份轻蔑已逐渐变成了一种久违的温和目光。

天空阴云密布，九台城日军前沿阵地上，坦克成群，山炮林立，大战一触即发。

山田大佐和木村登上高岗，面色严峻地观察着前方。山田眼望前方，眼神里闪着兴奋的光芒，好似已经看到了未来的胜利："只要我们击溃支那173团，敌人整个九台防线就将崩溃，我军大部队就可以全面出击，歼灭整个驻蒙绥地区的支那部队。"木村此时想到的却是昨日的仇恨，他发狠地说："幺西，这次我们一定要雪耻！"

山田点点头，紧紧盯着前方一个位置突出、地形险要的山村，血丝满布的眼睛里杀气重重，那里正是九台城的军事要地、此战胜负成败的关键之地——冯村。

与此同时，173团团部，在吴天召集各营长召开的军事会议上，小小的冯村也被画上重点标记，成为地图上一个特殊的标识。

吴天指着地图："各位，我军现在驻守九台以南一线交通要道，这里自古都是兵家必争之地。我173团、日军精锐山田联队、还有共军刘大炮独立团，三股势力在此犬牙交错，大战一触即发，上面命令我团不惜一切代价，守住南线阵地。情况就是这样，诸位发表一下你们的看法。"

曹阳皱着眉头："关键是怎么能将日军拖住，不让他突破这道防线。"吴天："参谋长有何建议？"曹阳指着地图上的一个地点："从地形上看，日军一定会选择这里作为突破点。"吴天："冯村？"曹阳："是，冯村！日军只要突破冯村阵地，就可以长驱直入，进而威胁我团整个防线。我们必须立即派一支部队抢先占领，不惜一切代价，守住冯村阵地。"吴天神情严峻："参谋长说得对，冯村的确是我军的防守屏障。"

吴天扫视在座的诸位："各位，不知哪位愿意接受这一艰巨的任务啊？"

大家静默片刻，一名军官开口说道："团长，冯村地势开阔，易攻难守，阵地完全暴露在日军炮火之下，一旦日军炮火猛烈，我守军很难守得住，搞不好就会全军覆没。"大家议论纷纷："是啊，这不是去送死嘛！""跟当炮灰有什么区别！"

吴天生气道："养兵千日，用兵一时！当此危难之际，难道就没有一个能为我分忧吗？一看到有危险就都往后躲。委员长的教导都抛到脑后去了？"

大家都低着头不敢作声。这时，曹阳站了起来："团座，我倒是有个主意。"吴天看着他："说！"曹阳："我们团有一支队伍最合适不过了……"吴天眼珠一转："你是说三连？"曹阳点头。

曹阳带着一名副官来到三连营地，三连的战士正在丁俊义的带领下进行刺刀拼杀练习。丁俊义看到曹阳，吹响口哨，战士们迅速列队集合。

曹阳不怀好意地看看三连战士，问道："丁教官，训练得怎么样啊？"丁俊义大声报告："报告参谋长，三连战士刻苦努力，是我训练过的进步最快的队伍，很好！非常好！"

孟刚、朱大生等战士们第一次听到丁俊义对三连如此评价，大家不禁骄傲地挺起了胸膛，江崇义也满意地笑了。

曹阳不为人察觉地皱了皱眉，给大家介绍站在他身边的副官："江连长，丁教官，我来介绍一下，这位是蔡副官。"蔡副官没说话，只傲慢地点了点头。

曹阳继续说道："我今天来宣布一个重要命令。"三连战士一听，都全神贯注地竖起了耳朵。

"弟兄们，日本鬼子就要对我军发动大规模进攻了，现在有一项光荣而艰巨的任务要交给你们三连，这个任务只许胜不许败！大家有没有信心？"曹阳话音未落，战士们纷纷摩拳擦掌地呐喊起来："有！"

曹阳微微一笑："好样的！现在听我命令，三连全体战士今晚赶赴冯村阵地，担任坚守任务！"丁俊义一惊，打断他："冯村？"曹阳斜着眼看他："丁教官有什么疑问吗？"丁俊义低下头："没有！"

曹阳继续说："这次任务事关重大，关系到我军整条防线的安危，为此，团部任命蔡副官为这次行动的总指挥，大家欢迎！"

三连战士热烈鼓掌，蔡副官高傲地扬着头一言不发。

曹阳又说："弟兄们，养兵千日，用兵一时，我和团长等着大家胜利的好消息！"说完，转身叮嘱蔡副官："蔡副官，三连就交给你了，我还有别的事儿，先走一步。"蔡副官："是！"曹阳转身匆匆离去。

丁俊义犹豫了一下，几个箭步赶上去："参谋长！"曹阳停下脚步："什么事？"丁俊义道："冯村地处要害，是突破南线的咽喉要道，据我了解，那里的地形对我们很不利，要想守住，一个连的兵力绝对不够，这不是让他们送死吗？"曹阳敷衍："丁教官，话不能这么讲，打仗哪有不死人的？这件事团里自有考虑，你就不必操心了。"一段时间的接触，丁俊义潜移默化中已对三连有了新的认识，此时他不惜违命进言："参谋长，我现在还是三连的教官，应该为三连说句公道话，团里这是让三连当炮灰！"曹阳脸色顿变："丁教官，你把自己的事情做好就行了，其他的事情团里自有安排！对了，还有件事忘了告诉你，团里考虑到你最近训练三连辛苦了，决定给你放假，你现在就可以回团部了。"说完转身而去。丁俊义看着曹阳的背影，无奈地叹息。

队伍中，周冰谏看着丁俊义和曹阳说着什么，不禁疑窦丛生。

蔡副官一上任，马上进入作战状态，一大早他就把众人集合到一起，分配作战任务。

蔡副官在桌上摊开一张作战地图，江崇义、林奉天、王直、周冰谏等人围在桌旁听蔡副官的指示。蔡副官指着地图上的一个点说道："这就是冯村，团部命令我们要不惜一切代价守住阵地！"大家都仔细地看着地图。

观察和思考了半晌，林奉天发出了疑问："蔡副官，请问冯村所处地带是山地、丘陵还是平原？"蔡副官想了一会儿："好像是平原！"林奉天又问："这平原上可有相对高地？"蔡副官："可能……没有……"林奉天苦笑："就是说村子的东、西、南三面有可能都在日军的控制中？"蔡副官敷衍道："可能吧，这个不清楚，我们只能随机应变。"

林奉天拿手在地图上比划着："如果三面被日军包围，连一个可以据守的高地都没有，一个营的兵力也未必能够守住，我们一个连怎么守？况且我们面对的是日军的山田联队，他们兵力、装备、粮草俱都充足，团部这不是要我们去送死吗？这打仗不是过家家，是要死人的！"

蔡副官脸上有点挂不住，语气强硬："行了，这是团部的命令！难道团部会让你们白白送死吗？晚上出发！"说完，离开了三营。

王直看着蔡副官背影远去，才在背地里骂道："妈的！咋什么人都能指挥咱三连？"

这时，孟刚、朱大生提着几箱弹药进来，林奉天看看弹药，疑惑地问："就这么点儿？这么点武器弹药吓唬人都没门儿，别说打仗了！"孟刚气哼哼地说："就这么点还差点磨破嘴皮子。"朱大生也气呼呼地叫道："奶奶的，下次领弹药的差事打死俺也不去了。"众人一下炸了锅："娘的，这仗没法打了，这不明摆着让咱当炮灰嘛！"

江崇义突然发火："嚷嚷什么嚷嚷！这是吴团长对我们三连的信任。你们不是想洗刷我们曾经当伪军的耻辱吗？这次就是难得的机会！只要打胜了这一仗，看谁还敢小瞧我们三连！"

林奉天急道："大哥，要枪没枪，要弹药没弹药，咱拿什么打？"江崇义大声道："没有也得打，上级命令必须服从！"说完转身走了。

大家都懵了，孟刚半天还没回过劲儿来："大哥这是发哪门子的火啊？"王直白他一眼："你说哪门子火？"

王直跟着跑出门去，江崇义已经走远，他知道大哥一定是去找团长理论了，干脆一屁股坐在地上等着。

一会儿，只见江崇义悻悻地走来，王直急忙迎上前："大哥，团长怎么说？"江崇义叹口气："上面拖欠给养，吴团长也没办法，要我们顾全大局。"王直瞪着眼："这是往绝路上逼！不干了！"

江崇义："行啦老二，现在不是抱怨的时候，无论如何，这仗咱必须打！"王直不明白："为什么？"江崇义说道："老二你记住，要想在国军里混出个模样来，就必须忍，只有打好了这一仗，别人才能高看你一眼，明白吗？"王直点点头："明白！可是没枪没弹的，怎么做常人之不敢为？"江崇义咬牙道："他不给，咱自己弄，让他们好好看看！"

王直转转眼珠想起什么："大哥，弄弹药的路子咱有，可咱现在没钱，怎么弄？"江崇义看着他："行啦老二，别以为你放王伯昭的事我不知道。""得，啥话也甭说了，就它了。"王直从怀里掏出金表，"我这就去！"

王伯昭家中已无往日的热闹，自从他从王直那里逃回，日本人便对他冷眼相看，世态炎凉，墙倒众人推，往日那些阿谀奉承的人见他失势也不再登门了。

王伯昭躺在椅子上闭着眼睛，他不想承认自己就此便完了，他相信自己还有东山再起的一天，只是目前他还一时找不到突破重围的方向。

"自打江崇义投奔了国军，日本人对咱的态度是急转直下啊。"唯一肯登门的就只有这位同样不得势的乡绅了，乡绅咂吧着嘴，对王伯昭的处境感慨良多。

王伯昭睁开眼睛："想甩开我？哼！离了我王伯昭，他日本人在九台城玩不转。""那是！就是便宜了吴天那个混蛋了。"王伯昭笑了笑："你错了，吴天帮咱养着保安队，咱何乐而不为呢！""怎么？"

王伯昭嘴角挑起一丝难以察觉的笑容："你记住，保安队就是一只风筝，远了咱就撑一撑，近了咱就放一放，无论他怎么飞，线都在我手里牵着。"乡绅信服地点点头。

这时，管家进门道："老爷，木村先生来了。"

王伯昭赶紧起身："你看，这不是求咱来了吗？有请。"

木村带着几名宪兵走进院子，王伯昭迎了出来："是木村先生啊！您来也不通知老朽一声，好让我准备准备啊。"木村道："王县长不必客气，里面说话。"王伯昭："请！"

二人走进客厅坐下。

王伯昭问道："不知木村先生大驾光临，有何贵干？"木村笑笑："王县长，我是无事不登三宝殿啊。"

此时屋外，刚从医院回来的王青梅在门外与管家碰了个照面，管家将王青梅拉到旁边，小声说："小姐，那个木村来了。"王青梅一惊："他来干什么？""不知道，肯定没好事。"王青梅若有所思："您先忙去吧。""哎。小姐，你小心点啊。"王青梅点点头，看看四周没人，悄悄伏在窗户下，听着里面的谈话。

王伯昭端起一茶喝了一口，说："木村先生，请讲。"木村说："王县长，我们长话短说。大日本皇军即将对国军173团发起进攻，现在需要你县长大人出面，征调当地百姓为皇军挖战壕。"王伯昭假装面露难色："这件事……恐怕老朽帮不上什么忙。"木村笑笑："王县长还在为那件事耿耿于怀吗？"王伯昭摆手："木村先生，我现在的处境您知道。"

"好啦，好啦，你受的委屈我知道。只要你真心为皇军效力，皇军当然会既往不咎！"木村知道他想要什么，如此说道。王伯昭这才微微一笑："既然皇军这么看得起我王某人，我理当全力以赴为皇军效力。"

木村点头，端起茶杯喝了一口："好茶！"王伯昭赶紧说："这是正宗的云南白茶，我特意为您留的。"木村满意地笑着点点头。

窗外，王青梅仔细听着屋里的谈话，愤怒得咬牙切齿。她只顾生气，没听到王伯昭和木村已经走出屋子，王青梅赶紧装作若无其事地和二人打了个照面，径直走了。

木村盯着王青梅的背影道："这位姑娘我好像上次见过？"王伯昭道："木村先生忘了？是小女青梅啊。"木村恍然大悟："想起来了，就是上次……"王伯昭抱歉道："木村先生，小女少不更事，性格倔强，上次冒犯了木村先生，请您多多担待。"木村出神地望着王青梅消失的地方："王县长，我木村怎么会和一个女孩子过不去呢！"

这一幕被王伯昭看在眼里："那是，那是！"木村忽然问道："对了，不知青梅姑娘可许配人家？"王伯昭叹气："让你见笑了，找不下合适的人家。"木村淡淡一笑，突然说道："王县长，我想请您喝日本的清酒，不知王县长能否赏光？"王伯昭一时不知木村葫芦里卖的什么药："木村先生……"木村："请吧！"

王伯昭被木村招待在自己的私人住所，两人跪在榻榻米上，中间的小桌子，摆着几样酒菜。

王伯昭不动声色："不知木村先生今天请老朽喝酒有何用意？"木村端起酒杯："喝了这杯再说。"两人干杯，王伯昭边喝边暗暗观察木村脸色。木村微笑着看着王伯昭："是这样……"

从木村处回来，王伯昭已大醉如泥，管家跑来扶他，他一把推开，醉眼迷离地向王青梅屋中走去。此刻他酒醉心不醉，木村的话像今天喝的日本清酒，充满了诱惑也埋伏着危机，可不论好喝难喝，这杯酒他必须得喝。

醉醺醺地走进女儿卧室，王青梅赶忙上前扶住他："爹，怎么喝这么多酒？"王伯昭坐下："是木村先生请我喝酒……"

王青梅脸上露出厌恶的神情，但还是耐心地给父亲泡上一杯热茶。王伯昭和蔼地看着青梅："青梅，你坐下，爹有话要对你说。"王青梅疑惑地坐在父亲对面。

王伯昭神色悲哀："你知道，自打保安队炸了军火库，爹的日子就不好过了。日本人不相信爹，就连九台城的乡绅们也不来了，世态炎凉啊！"王青梅冷冷地说："这才好呢，总比助纣为虐好！"王伯昭叹道："青梅啊，爹今天和你说几句心里话吧！你以为爹就想当人人喊打的汉奸吗？爹也不想啊！爹经营这九台城经营了一辈子，可是，日本人来了，他们抢走了一切，他们凭什么？不就是有枪嘛！"王青梅生气道："爹，那就更不能为小日本做事情！"王伯昭苦着脸："哪有那么简单的事情？人家有枪就是大爷，爹惹不起啊！"

王伯昭用乞求的眼神紧紧盯着女儿："青梅，现在能帮我的人只有你了，你是我唯一的亲人。"王青梅诧异："我？我怎么帮你？"

第八章 养兵千日

177

王伯昭忽然问："青梅，你知道今天木村为什么请我喝酒吗？"王青梅不解地看着父亲。王伯昭道："青梅，爹跟你实话实说，木村这个混蛋……他是看上你了！"王青梅惊恐地看着父亲："什么？"王伯昭神色黯然。

王青梅急道："爹，你没有答应木村吧？"王伯昭一言不发。王青梅一下站了起来："爹，你不能把女儿往火坑里推！我死也不会同意！"说完愤然摔门而去，留下王伯昭坐在那里呆呆地发着愣。

王青梅冲出屋子，一路疾步如飞，只见她七拐八拐，拐进了一条巷子。

走到一户人家门口，王青梅四顾看看没人，抬手轻轻敲了几下。门开了一个小缝，一个平头小伙子探头出来："青梅？快进来！"小伙子打开门，王青梅迅速闪进门去。

平头小伙子是八路军潜伏在此的地下交通员，大家都管他叫小李。小李诧异地看着王青梅问："青梅，你怎么哭了？眼睛都肿了！"王青梅着急地说："现在没时间说这些，我有紧急情报。"小李立刻神情严峻："你说。"

王青梅说道："日本人集结了大量兵力，准备对中国军队大举进攻，木村命令我爹强征九台城的老百姓替鬼子挖战壕，请你尽快把这一消息转告给周先生。""情报可靠吗？""我亲耳听木村跟我爹说的。"话一出口，王青梅的神色黯淡下来。

小李看出王青梅的情绪变化，劝慰道："青梅同志，你不要有什么顾虑。你是你，王伯昭是王伯昭，组织上是信任你的，不然周先生也不会让你担任交通员。"王青梅点头："嗯，我知道该怎么做。对了，保安队现在情况怎么样？"小李说："很好！保安队现在已经改编为国军173团三连。"王青梅："那……其他人呢？"小李："都还好。江崇义还是连长，林奉天、王直也还是副连长。"王青梅眼里露出一丝不易察觉的温柔："哦，见了周先生，请他带我向林大哥和三连的弟兄们问好。"小李："行！"

第九章　一作炮灰

三连战士排着整齐的队列，站在173团团部门口。

蔡副官骑着高头大马，趾高气扬地命令江崇义："该出发了！"

江崇义不时向后张望着，好像在等待着什么人，说道："蔡副官，再等等。"蔡副官飞扬跋扈地厉声道："等什么等！听我命令，出发！"

战士们没人搭理蔡副官，纹丝不动。蔡副官火了："混蛋，你们想干什么？想造反吗？"

就在这时，王直带着几个弟兄，赶着一辆马车神气十足地回来了。

"大哥，弹药来了！您看，整整一马车，叫弟兄们赶紧搬吧。"王直得意地提高声音喊着，大家马上围了过来。

蔡副官张口结舌："弹药？什么弹药？你从哪儿弄来的？"王直得意道："虾有虾路，蟹有蟹道，离了你们，咱还不活了？弟兄们，赶紧搬！"孟刚大着嗓门，冲着吴天的警卫喊："跟吴团长说一声，要不要给团里留点啊？"

林奉天看着整车的弹药，兴奋道："二哥，太好了！"江崇义也一拱手："二弟，辛苦了！"王直骄傲地说："大哥，小菜一碟！"

江崇义一声令下："出发！"队伍从蔡副官面前昂首前行。

夜色蒙蒙，三连士兵一路急行军赶往冯村。江崇义、林奉天、王直、周冰谏等人和士兵们一起徒步行军。

霍爷擦擦汗，抬头看看天："这天儿！明天肯定有雾！"马金宝也看看天："俺就不信那个邪！老爷子，咱赌一把？"朱大生起哄："老爷子，怕啥呀，跟他赌一把！"大家笑着喊："赌一把，赌一把……"

林奉天也笑道："谁啊这是？瘾这么大？等打完了这一仗，想赌啥，尽管说，我奉陪！"马金宝叫道："三哥，等这仗打完我这脑壳还不定在不在呢！"林奉天骂道："鬼扯淡！别净说丧气话！常在河边走，哪有不湿鞋的。打仗当然是要死人的，但是，不经一事，不长一智，只有那些打过大仗、恶仗的军人才能成为一个真正的军人。弟兄们，不想让人家看扁咱三连，就憋足了劲儿，给我狠狠地打鬼子，把小鬼子赶回老家去！"大伙儿齐声："打回老家去！"

周冰谏向前望望，说道："连长，前面就是三岔路口了，这里地形复杂，我们是不是停一下，派两个人摸摸前面的情况？"江崇义点头："小心驶得万年船，弟兄们，停止前进！"

队伍停了下来，蔡副官挥舞着马鞭怒气冲冲赶来："怎么回事？谁让你们停下来的？继续前进！"

林奉天上前解释道："蔡副官，前面是三岔路口，我们应该先派人摸清情况！不能贸然行军。"蔡副官喝道："不行！军情紧急，不能耽误！传我命令！"林奉天一把抓住马缰绳："扯淡！你这是拿兄弟们的性命闹着玩！"

蔡副官勒住马头大喊："我是这次行动的总指挥，必须听我的命令！"林奉天冷笑："那就看看兄弟们听谁的。兄弟们，停止前进！"大家都齐刷刷地停了下来。

蔡副官气急败坏："林奉天，你敢违抗命令？我要报告团长，军法处置你！"林奉天："扯淡！老子死都不怕，还怕你军法处置吗？我林奉天只知道，不能因为你瞎指挥，把兄弟们的命都给断送了！"说完，林奉天冲后面喊："大个儿，跟我走！"李松答应一声，跟着林奉天消失在黑暗中。周冰谏："我也去！"说完跟着走了。

蔡副官恼羞成怒："反了！都反了！江连长，我命令你，继续前进！听到没有？"江崇义小心地说："蔡副官，我看还是小心为妙。"蔡副官怒视着他："江崇义，你敢违抗命令吗？"孟刚刚想发作，江崇义一把拉住他，吼了一声："听蔡副官命令，前进！"说完，江崇义带头向前走去。

孟刚："奶奶个熊，走！"战士们无奈，只得跟着江崇义继续前进。蔡副官催马赶到队伍前面。

部队很快来到三岔路口，蔡副官马鞭一指："抄近道走这边！"战士们跟着蔡副官拐上了岔道。

孟刚愤然骂道："奶奶的，秀才遇到兵有理说不清！"马金宝讥讽道："得了吧你，有你这样的秀才吗？"

就在这时，队伍前面传来一声马嘶，蔡副官惨叫一声从马上坠下。江崇义赶忙上前扶起蔡副官，突然，江崇义看着蔡副官的脚下惊叫一声："别动！你踩上地雷了！"

江崇义拿来一支火把，火把的光照亮了蔡副官的脚下，大家一看，他的脚正踩上一颗地雷上。

蔡副官吓得脸色煞白，僵立在原地，大家也都慌了，纷纷后退。蔡副官急得大喊："江连长救我！快来救我！"

黑暗中传来林奉天的大喊："都站着别动！小心地雷！"接着，林奉天和周冰谏、李松匆匆赶来。

林奉天观察了一下周围地形："不好，我们进了雷区！"大家吓得僵立在原地，一动不敢动。

林奉天冷静地指挥："大家不要慌，听我命令，顺原路返回，一个一个走，不要乱。"周冰谏喊道："跟着我走！"大家在周冰谏的带领下一步一步退出了雷区。

蔡副官急了："别丢下我！别丢下我！"李松上前："闭嘴！不想死就听我的！"蔡副官急忙点头称是。李松蹲下身，仔细看过蔡副官脚下的地雷，一只手轻轻按住地雷的开关，另一只手拔出匕首，在地雷上鼓捣了一阵儿。

李松："蔡副官，我喊一二三，撒丫子就跑，听到没？"蔡副官结结巴巴："听……听到了。"林奉天紧盯着地雷："大个儿，有把握吗？"李松："看他的造化了！一——二——三！"话音未落，蔡副官已经蹿出了几米之外卧倒，林奉天和李松也就地卧倒。

许久，地雷并没有炸响，大家长长出了一口气。

　　林奉天带着大家走出雷区，返回三岔路口，指着西边的一条路说："听我命令，从西面岔路前进。"队伍跟着林奉天走了，只留下蔡副官一个人呆呆地站在原地，愣了一会儿才清醒过来，赶紧跳上战马，狠狠抽了一鞭子，跟了上去。

　　走在队伍里的孟刚"呸"地吐出一口唾沫，指桑骂槐："草包！"周围的几个士兵议论纷纷："娘的！要是听他的咱全得他妈玩儿完！""就是！要不是三哥咱真歇菜了！""什么鸟指挥！""废物！"……

　　蔡副官狠狠瞪着大家，却无力反驳。

　　江崇义喝道："黑子，不准胡说！大家都听着，现在是战时，不要随便议论长官，扰乱了军心。有什么意见，等战斗结束，我自会向上级反映。"

　　第二天清晨，果然大雾弥漫。

　　三连战士马不停蹄地向前进发。林奉天大步向前，不断叮嘱着："跟上！弟兄们，快！趁着浓雾，穿过日本人的防线！"战士们在林奉天的指挥下急速前进。

　　快到中午的时候，雾气渐渐散去，满目疮痍的冯村出现在视线中。冯村已经完全被毁，到处是残垣断壁、焦痕瓦砾，人声全无。

　　江崇义和林奉天、王直等人站上高岗，远眺冯村，江崇义担忧地问道："老三，地形怎么样？"林奉天摇头："比预想的还要糟糕！冯村外窄内宽，易攻难守，怪不得鬼子没有派人把守，咱们这次恐怕遇上大麻烦了。"王直愤怒："我现在是彻底明白了，吴天这么做就是想让我们送死。""行啦！"江崇义喝止老二，对老三说，"奉天，得赶快想一个万全之策啊。"林奉天想了想："走，先进村再说。"说完，带着队伍开进冯村。

　　一进村，战士们默默地看着光秃秃的冯村阵地，也意识到了凶险。

　　孟刚忽然骂道："奶奶个熊！这么大豁子，连个隐蔽的地方都没有，怎么守？"宋晓丹手里紧紧攥着一张照片，眼里充满恐惧。

　　马金宝有气无力地对霍爷说："老爷子，我认输。"霍爷点起旱烟："认输了就好，回去请我喝酒。"马金宝："老爷子，借您吉言，这次咱要是能活着回去，我一定请你喝顿好酒！"

这时，蔡副官纵马而来，声色俱厉地大喊："不准休息！都给我站起来！立即修筑工事，准备战斗！听到没有？"

战士们没人动窝。

蔡副官跳下战马，怒吼道："江连长，我命令你，立即整顿士气、修筑工事！"江崇义求情道："蔡副官，弟兄们走了一个晚上了，我看还是先休整一下……"蔡副官打断："不行！执行命令！"江崇义继续央求："我知道战事吃紧，可我们也不能打疲劳战啊！"蔡副官喝道："这是战场，我们是来打仗杀敌的，不是来住店打尖的！执行命令！"

孟刚忍无可忍，跳了出来："奶奶个熊！你是四条腿跑，老子可是两条腿走！"大家也纷纷抱怨起来："老子们不干了！"说着，纷纷躺倒在地。

蔡副官大怒，举起马鞭就打。朱大生冷不丁掏出匕首就要对蔡副官动手，吓得蔡副官魂飞天外。一旁的林奉天手疾眼快，一把拽住了朱大生："别乱来！"

蔡副官歇斯底里大喊："反啦！反啦！"

林奉天不再理他，转身看着江崇义："大哥，你是三连连长，弟兄们都听你的。"大家也都跟着叫嚷起来："大哥，弟兄们都听你的！"

江崇义振奋起来，冷冷地看着蔡副官："蔡副官，对不住了！我是连长，你的命令我不能接受。"蔡副官恼羞成怒："江崇义，我要把你的行为禀告团座！禀告团座！"说完气急败坏地坐到一堵破围墙下生闷气。

江崇义低声骂道："娘的！老子的部队就是小老婆生的？曹孟德可以夜刺董卓，惹火了老子，你不仁，休怪我不义！"

队伍原地休息，江崇义带着林奉天、王直和周冰谏等人拿着望远镜察看地形。一干人面对这无遮无拦的地形，个个面色凝重，缄口不言。

江崇义忍不住道："看了一下午也没看出什么名堂，现在怎么办？各位有什么主意？"

大家默不作声。江崇义看着大家："怎么不说话呀？周先生，您有什么主意？"

周冰谏沉默片刻："我看这样，天快黑了，我和老三到外围阵地侦查一

下敌情，或许能找到万全之策。"林奉天点头："我同意。"江崇义："只能这样了。你们马上出发，路上小心！"

林奉天和周冰谏走出队伍，周冰谏也不说话，只带着林奉天在薄雾中匆匆行进。林奉天看看四周，疑惑地问道："周大哥，咱这是去哪儿啊？不是要侦察敌情吗？"

远处，一座被战火烧毁的土地庙出现在视线中。周冰谏向前望望，说："走，进里面休息一会儿。"林奉天诧异："休息？"周冰谏笑笑："别急，一会儿你就明白了。"

林奉天狐疑地跟着周冰谏进了破庙，两人盘腿坐地上休息。

林奉天看着破旧不堪的庙宇，不解地问："周大哥，你葫芦里卖的什么药啊？"周冰谏笑着："救命良药！知道这是什么地方吗？""土地庙啊！怎么啦？"周冰谏微笑："还没来得及告诉你，这里是我和八路军独立团约定的联络点，等一会儿他们的联络员就应该到了。"林奉天眼睛一亮："真的？太好了！八路军会帮我们吗？"周冰谏肯定地点点头。

凉风刮起来，天已经全黑了。

江崇义和王直在一间破败的农舍里研究作战地图。江崇义两眼盯着地图，却心不在焉，抬起头问王直："几个时辰了？"王直掏出金表："快两个时辰了。"江崇义担心地说："他们怎么还不回来？会不会出什么事儿了？"一旁的孟刚大大咧咧地插嘴："大哥你放心，老三这人福大命大造化大，遇事儿总能逢凶化吉，不会出事儿的！要是有事儿，至少能听到枪响。"

蔡副官带领战士们在外面修筑工事，不时传来蔡副官的训斥声："快点快点！别偷懒！"

江崇义不禁皱起眉毛，忧心忡忡地点了点头。

江崇义所挂念的两人此时还坐在破庙里。林奉天耐不住性子，焦躁地站了起来，从露着大窟窿的房顶看着天上的星星："周大哥，我们已经等了一个时辰了，您说的联络员能来吗？"周冰谏看着他："你担心什么？"林奉天："说实话，周大哥，我知道你们八路军是真心抗日的队伍，我担心的是……你们的联系方式太落后，恐怕……"周冰谏胸有成竹："王直说过，虾有虾路，蟹有蟹道，相信我！"

突然外面传来几声猫头鹰的叫声，周冰谏立即住口，并摆手示意林奉天安静。周冰谏竖起耳朵，仔细听了一会儿，外面又传来三长两短的猫头鹰的叫声。

周冰谏如法炮制地也叫了几声，联络员小李随即走进破庙。

周冰谏高兴地伸出手来与小李相握："辛苦了小李！给你介绍一下，这位就是我常跟你说起的三连副连长林奉天。"小李看着林奉天："抗日英雄林奉天！久闻大名啊林大哥！"林奉天有点不好意思："别听周大哥瞎编排我！"周冰谏："怎么是瞎编排呢？你本来就是抗日英雄嘛！闲话少说，小李，日本人那边怎么样？"小李神色严峻："刘团长让我给你们带话，现在形势很凶险！"

林奉天和周冰谏皱起了眉头。小李继续说："日军此次作了十分周密的部署，一定要撕破国军南面的防线，所以他们在九台城一带集结了重兵，都是日本的精锐部队，装备精良，要命的是其中包括一个坦克中队、一个山炮中队。几个小时前，我们得到秘密情报，日军的突破口就定在冯村，很可能今天发起进攻。你们这次面临的困难不小啊！"

周冰谏皱着眉："看来我们只能智取，不可强攻。对了，刘团长有什么建议？"小李："刘团长说，冯村易攻难守，三连一个连的兵力恐怕很难完成任务。"周冰谏和林奉天点头。小李继续："刘团长说，冯村是交通要塞，守住冯村对整个战局十分重要，所以他让我告诉你们，八路军会从侧翼攻打日军，全力配合三连守住冯村。"

林奉天激动起来："这个消息太好了！有八路军配合我们，这仗有得打！"

小李起身道："周大哥，林大哥，我该走了，祝你们旗开得胜！"周冰谏和林奉天也起身相送："路上小心！"小李在周冰谏耳边低语了几句，消失在黑暗中。

四周黑得辨不清方向，林奉天和周冰谏一路走走跑跑，匆匆赶着路。

林奉天感慨："周大哥，八路军有一套行之有效的战略战术，比国民党

正规军强多了，我是服了！"周冰谏微笑："毛泽东同志讲过……你知道毛泽东吗？"林奉天："知道，是你们共产党的大哥。"周冰谏笑了："错了，应该是广大被压迫、被剥削的劳苦大众的领袖。"林奉天庄重地点头。

周冰谏："毛泽东同志说，'敌进我退，敌驻我扰，敌疲我打，敌退我追，游击战里操胜算；大步进退，诱敌深入，集中兵力，各个击破，运动战中歼敌人'，这就是我们最终战胜敌人的法宝。"林奉天听得入神，赞叹道："周大哥，我是豁然开朗啊！"周冰谏："八路军的支持固然重要，关键还得靠我们自己。必须把敌人拖住，给大部队的进攻赢得时间。"林奉天："明白！"周冰谏："对了，我们和八路军联络员见面的事暂时不要让别人知道。"林奉天想了想："嗯，我明白！"

林奉天一回到农舍，就迫不及待地把得知的情况说了一遍。大家一听，都陷入了沉默。

王直率先打破沉默，骂道："曹阳这个忘恩负义、恩将仇报的王八羔子！这不是让我们当炮灰嘛！当初救他还不如救一只狗！爷们儿也真是瞎了眼！大哥，虾有虾路，蟹有蟹道，干脆咱们撤吧！"

林奉天反对道："二哥，大敌当前，绝不能轻言撤退，否则，鬼子会长驱直入，国军防线将面临崩溃，整个蒙绥地区将落入日本人手中，三连即使都活着，可是老百姓怎么看我们三连？到时候我们更是跳进黄河也洗不清了！"王直沮丧道："那怎么办？"林奉天看着江崇义："大哥，咱得想办法，既要保全三连弟兄的性命，还要完成驻守冯村的任务。"江崇义发愁道："既要保命，又要完成任务，谈何容易！"

林奉天说："大哥，回来的路上，我和周大哥商量了一下，我们只能避实击虚，打乱敌人的部署，把敌人拖在冯村，为援军的到来争取时间。"江崇义急问："怎么个避实击虚？"林奉天解释道："暂时放弃冯村阵地，以退为守，保存有生力量，寻求战机，打敌人个措手不及。"

江崇义恍然大悟："你是说给鬼子来个空城计？"周冰谏点头："对！做个口袋让小鬼子来钻！"江崇义咬了咬牙："好，今天咱就学一回诸葛亮的空城计！想办法把姓蔡的支走，这小子留着只能坏事！"

战士们费力地铲土垒墙修筑工事，蔡副官坐在一块大石头上，绷着脸不说话，冷冷地监视着大家。江崇义故意装出一副忧心忡忡的样子走过来，蔡副官看着他："怎么啦？"江崇义递给蔡副官一支烟："林奉天他们回来了。"蔡副官追问："什么情况？"江崇义慢慢说道："情况不妙，鬼子集中了一个坦克中队和一个山炮中队，估计今天晚上就会发动进攻，看来是要把冯村翻个个儿啦。"蔡副官慌了："什么？坦克中队、山炮中队？"江崇义点头："蔡副官，我们这次恐怕是凶多吉少，看来能不能活着回去两说了。"蔡副官："为什么？"江崇义："您想啊，鬼子大炮一响，整个冯村都得翻个儿，咱还能活着回去吗？"

　　蔡副官竭力掩饰着恐惧，接烟的手微微颤抖："那我们怎么办？总不能等死吧？"江崇义假装无奈地说："有什么办法，团里还不知道这个情报，又不让我们撤退，要是有个人回去给团长报个信，也许能救我们一条命，就是不知道来得及来不及。"蔡副官站起来："怎么来不及，我骑马回去，一定来得及。"江崇义一拍大腿："是啊！我怎么忘了蔡副官您啊，您回团里报信最合适了！我看这样，我们在这儿守阵地，您赶紧回去搬救兵。"蔡副官："好，事不宜迟，我立刻回团部送信！"说着，站起身高声喊道："警卫员！给我把马牵过来！快点！"

　　警卫员牵马过来，蔡副官翻身上马。江崇义送上前来："蔡副官，我们等着你的好消息。"蔡副官急急地说："知道了！"说完，策马扬鞭，头也不回地离开了这块生死之地。

　　看着蔡副官跑远，林奉天等人才都走出来。林奉天说："大哥，此地不宜久留，我们也赶紧行动。"王直也着急地催促："是啊，快撤吧！"江崇义下令道："好，开始行动！"

　　林奉天点点头，命令道："金锁，你带几个弟兄在村子周围路上设立观察哨，发现敌情立即汇报。"刘金锁："是！""其他弟兄跟我撤出阵地！"说完，江崇义带着三连士兵迅速撤出了冯村。

　　下午时分，大路上烟尘滚滚，山田大佐和木村率领一个炮兵中队和大批日军向冯村进发。

前面就到冯村阵地了,山田一挥手:"停止前进!"日军停了下来。

山田举起望远镜,观察冯村四周地形,片刻,唤过下属命令道:"命令炮兵中队立即在冯村侧翼布置炮兵阵地。"说完,用力抖了一下马缰绳,战马加快步伐,日军跟随山田迅速向冯村挺进。

天色渐渐暗了下来,沉沉地压着大地。

三连战士们紧张地隐蔽在一处土坡后边,静静等待着一场大战的来临。

宋晓丹紧张地推了推李松:"大个儿,你说小鬼子会来吗?"李松没说话,宋晓丹一看,李松竟然已经倒头睡着了。

宋晓丹从咚咚直跳的胸前摸出相片来端详着,看着看着不觉一阵酸楚。霍爷叼着烟袋锅子斜着眼瞟他:"小胆儿,又看媳妇的照片呢?""老爷子,不是媳妇,是……是俺未婚妻。""那不迟早的事吗?"宋晓丹嘿嘿一笑,可脸上的神色却黯淡下来。

孟刚拎着鬼头刀焦躁不安地走来走去:"奶奶个熊!小鬼子到底什么时候来啊?快急死老子了!"朱大生的眼睛随着他转来转去:"我说孟黑子,你就不能坐下消停一会儿?晃得爷们儿眼都晕了。"

孟刚一屁股坐下来,朱大生反倒立马站了起来:"娘的!怎么还不来啊?我看看去。"两人一搭一和地像唱戏,大家看着二人直发笑。霍爷笑道:"这俩家伙,整个就是一对儿好战分子。"

江崇义、林奉天、周冰谏、王直等人趴在一处高岗上,密切观察冯村阵地。王直不耐烦了:"大哥,天都快黑了,怎么还不见日军的动静?"江崇义摇摇头:"不知道。"

王直又转头问林奉天和周冰谏:"老三,周副官,你们的情报到底准确不准确啊?这一惊一乍的,没让鬼子打死,自己倒把自己吓死了。"林奉天道:"二哥,我倒是希望情报不准确,那样咱也不用当炮灰了,可惜……"林奉天没往下说。王直咬牙切齿地狠狠骂道:"曹阳这个王八蛋!"

这时,放哨的刘金锁急匆匆跑来:"大哥,三哥,有情况!"江崇义一下紧张起来:"什么情况?"

"果然不出三哥所料,日军炮兵中队已在冯村侧翼布置了榴弹炮阵地,狗日的木村和山田大佐亲自率领大批日军正向冯村阵地挺进。"江崇义惊出一身冷汗："什么？山田和木村亲自督战？"刘金锁："是。"林奉天咬牙道："不是冤家不聚头，来得好！"

江崇义赶紧吩咐刘金锁："金锁，你赶紧去看看，团部的增援部队来了没有？"刘金锁苦着脸："大哥，已经看过了，没动静。"

江崇义紧张起来，回头唤林奉天："老三，鬼子这回是要动真格的了，还得赶紧派人回团部报信。""大哥，依我看报信也没用。您还没看出来吗？吴天和曹阳明摆着就是拿我们三连当炮灰使，援兵没那么快来。"林奉天似乎早料到会有此局面。

江崇义还抱有一丝侥幸："三连现在是173团的正式编制，现在都到这个节骨眼儿上了，吴团长不会这么做吧？"

林奉天说："害人之心不可有，防人之心不可无！不管吴天派不派救兵来，我们必须做最坏打算。大哥，与其靠别人，还不如靠自己，现在只有一条路可走，就是杀敌报国，只要我们战术得当、瞅准反击时机、组织有效反击，鬼子想占领冯村没那么容易！"

江崇义不免担忧："可咱才一百来号人，能挡得住山田一个联队的进攻吗？"周冰谏接话："兵不在多，在于精。"江崇义急切地问："周副官，你有什么办法？"

周冰谏思索片刻："我同意老三的分析，这次战役事关整个蒙绥地区的得失，而冯村阵地又是整个战役的关键点，一旦冯村阵地失守，后果将不堪设想。我想国军高层很清楚冯村阵地的重要性，只要我们打几个漂亮的反击战，必然会引起国军高层的注意，到时候吴天就算不想增援也不成了。"

江崇义不住地点头："言之有理！周副官一席话让我江崇义豁然开朗。说实话周先生，让你来三连当副官实在是委屈你了。"周冰谏道："连长言重了。只要能打败日本鬼子，个人荣辱算不了什么。"

伴着一抹血红色朝霞的升起，静谧的黎明慢慢睁开眼睛。

日军驻扎在离冯村不远的一处山坡上，山田大佐在临时搭建的指挥部里架起望远镜，观察着冯村的动静。

山田大佐放下望远镜，回身问木村："冯村的支那部队有何动静？"木村答道："山田君，我的特高科已获悉情报，支那173团先头部队已于今日凌晨时分，抢先占领了冯村阵地。"

山田面无表情地又问："支那人有多少兵力？"

"只有一个连的兵力。"

山田微微点头，脸上露出不屑的神情："通信兵，给我接通榴弹炮阵地电话。"通信兵马上接通电话，递给山田。山田向电话里喊道："命令你部，立即执行'撕裂行动'计划！集中炮火，猛烈炮击冯村阵地！"

刹那间，无数发炮弹飞向冯村阵地，转眼，冯村就陷入了炮火包围中，一时间硝烟弥漫、地动山摇。

三连战士隐蔽在掩体后，感受着炮弹带给大地的震撼。

林奉天兴奋地和周冰谏对视一眼："好大的动静！"周冰谏微笑着点头："好戏开场了！"

大家吓得跳了起来，向冯村阵地张望，震天动地的爆炸声此起彼伏。王直听得心惊胆战："这要是留在阵地上，咱恐怕连尸首都找不到了。"林奉天提醒大家："弟兄们，注意隐蔽，当心被小鬼子的侦察兵发现我们。"大家赶紧就地隐蔽。

炮声隆隆，十几分钟过去了，日军的炮火不但没有丝毫减弱的迹象，反而更加得猛烈。

孟刚大骂："奶奶个熊！有完没完啦？"朱大生看着漫天的烟雾，漫不经心道："炸吧，炸吧！娘的！看他能炸几个时辰！"马金宝张大嘴巴："俺的娘哎，还几个时辰？鬼子的炮弹又不是风刮来的。"林奉天笑了："小鬼子这回可赔大发喽！你们说山田和木村要是知道咱阵地上一个人都没有，鼻子还不气歪了？"大家听罢一阵哄笑。

林奉天又严肃起来："弟兄们，说归说，笑归笑，咱保存实力是为了等待反攻的最佳时机，一旦反击，谁也别给我当孬种！"孟刚大声道："三哥你就放心吧，三连的弟兄没一个孬种！"

就在这时，一匹战马从战场后方飞驰而来。

江崇义一看又惊又喜："是团部的刘参谋！一定是团部派援兵来了！"大家闻言也纷纷抬头看去，林奉天也高兴起来："大哥，有了援兵，冯村阵地一定能守住。"

刘参谋骑马赶到，大声喊道："江连长呢？你们江连长呢？"江崇义急忙应声上前。刘参谋下马，对着江崇义大声呵斥："江崇义，你们不在冯村坚守阵地，躲在这里干什么？"江崇义着急道："刘参谋，现在来不及解释，日军山田联队就要发动进攻了，增援部队什么能到？"刘参谋诧异："什么增援部队？没听说有增援部队啊！"

江崇义惊讶："啊？蔡副官没向吴团长汇报这里的情况吗？"刘参谋打断江崇义："江连长，有没有增援部队这件事我不清楚，我的任务是传达吴团长命令，三连必须坚守冯村阵地，牵制敌人主力五个小时，为我军发起反攻争取时间。所以，三连必须立即返回冯村阵地，否则，军法处置！"江崇义急了："刘参谋，日军炮火猛烈，现在上去不是白白送死吗？""住口！这是团部的命令，必须执行！我再说一遍，立即返回阵地，否则，我会向团长汇报，追究三连弃守阵地之罪！"说完，刘参谋跳上战马飞驰而去，留下三连的战士们面面相觑。

炮声隆隆，炮弹像陨石一样一颗颗坠落到冯村阵地，日军步兵在炮车后严阵以待，等待山田大佐的命令。

指挥官密切地注意着冯村阵地的情况，脸上露出得意的微笑。

通信员跑来立正敬礼："报告长官，山田大佐命令，炮击结束后，立即执行'撕裂行动'计划！限你部在20分钟之内拿下冯村阵地，否则，军法处置！"

日军指挥官一挺胸脯："是！请转告山田大佐先生，20分钟之内拿不下冯村阵地，本指挥官会切腹自杀，以谢天皇！"

日军加快速度作最后的冲击，炮火更加猛烈，冯村一时间尤如一座火山，浓烟直上、火焰四溅。

王直惊恐万状："大哥，现在怎么办？咱上还是不上？"大家也都纷纷看着江崇义，等待他的命令。

　　江崇义看了一眼冯村阵地猛烈的炮火，无奈地说："不上怎么办？违抗军令是要受军法处置的！再说了，我们现在是正规军，不是土匪皇协军了，既然是正规军，就得服从命令。"

　　王直大骂："大哥，瞧这阵势，别说坚守五个小时，就是十分钟咱就得全军覆没，连尸首都没处去找。吴天这个王八蛋太阴险了！"马金宝嚷道："这不是明摆着逼咱三连往绝路上走吗？要我说他不仁我不义，三十六计走为上策！"

　　"谁也别想跑！再说这样的话，军法处置！"江崇义怒喝道。王直凑过来劝道："大哥，万金油说得也有道理，鬼子炮火如此猛烈，现在上去不是明摆着让弟兄们去送死吗？"几个战士也连声抱怨："是啊大哥，吴天太阴险了！""现在上去就是找死，咱不能白白送死。""咱不能上当！"更有战士嚷嚷起来："娘的！老子不干了，不干了！"

　　孟刚吼了一声："奶奶个熊！嚷嚷什么嚷嚷？难道大哥不知道现在上去是白送死吗？你们他娘的怕死，我孟刚不怕！大哥，他们不去我孟黑子去！"朱大生跳了出来："孟黑子，你他娘的说什么？哪个怕死了？"孟刚叫道："不怕死就跟老子上！"朱大生瞪起眼睛："孟黑子！哪个落在后边就不是娘养的！走！"二人操起马克沁就走。

　　"都给我站住！你们俩想干什么？啊？逞英雄吗？"江崇义大吼一声，二人这才停下脚步，低着头一言不发。大家窃窃私语，议论纷纷。

　　林奉天劝道："大哥说得对。大家肚子里都憋着一股火，我林奉天肚子里也憋着一股火，我和大家想的一样，恨不得一刀宰了吴天这个王八蛋。可我们是军人，是不想当亡国奴的中国人，鬼子的炮弹并不可怕，可怕的是，还没等到跟小鬼子决一死战的时刻，就自己打败了自己。"大家安静下来，认真地听着林奉天的话。林奉天继续说："弟兄们，我们来这儿是为了打鬼子，为那些被鬼子残害的兄弟姐妹父母妻儿报仇雪恨来的，不是跟吴天这个混蛋赌气来的。与其把时间都浪费在抱怨、赌气、争吵上，还不如想想怎么多杀几个鬼子！"

　　周冰谦看着大家："弟兄们，林副连长说得对，咱不是跟吴天赌气来的，是来打鬼子的，只要打败了日本鬼子，咱受那点气算得了什么？"大家纷纷点头，默不作声。

忽然，刘金锁急匆匆跑来，喊道："大哥，三哥，鬼子的步兵大队已经在冯村前沿阵地驻扎，随时准备进攻我冯村阵地。"林奉天脑子飞快一转："宋晓丹，去把各排长都叫来。"宋晓丹答应一声，转身跑了。

炮声持续轰炸着，木村看了看表："山田君，时间差不多了。"山田点头："接通前线电话，命令步兵大队，准备进攻！"

"是！"军曹接通电话，"山田大佐命令你部，准备进攻！"

炮火作为先遣军进行着最后时刻的疯狂厮杀，大量炮弹冒着黑烟齐齐冲向冯村阵地。

江崇义、林奉天、周冰谏、王直、孟刚、朱大生等人围在一起商议对策。林奉天指着作战地图说："大家看，这里是我冯村阵地。阵地侧翼，就是鬼子的榴弹炮阵地，日军步兵大队现在已经在我冯村阵地前沿集结待命，一旦炮击结束，鬼子就会发动猛烈进攻。我的意见是等鬼子炮击结束，我们赶在鬼子前面冲上阵地，和小鬼子展开近距离激战，这样的话鬼子的炮兵会投鼠忌器，其作用就会大打折扣，大家有什么意见？"

孟刚激动地说："三哥，俺没意见，就这么着了！"朱大生也兴奋起来："娘的！要论贴身近战，爷们儿是小鬼子的师爷，干！"大家也都喊道："三哥，我们都听你的，就这么着了！"

林奉天问："周大哥，您怎么看？"周冰谏说："奉天说得对，但是战场情况瞬息万变。大家都知道，冯村阵地的得失对敌我双方都至关重要，山田一定会不惜一切代价和我军展开争夺，万一敌人久攻不下，山田采取自杀式炮击，再以优势兵力发动进攻，我们很难守住阵地。"江崇义着急道："打也不是，不打也不是，难道就没办法了？"

林奉天看着地图紧张地思索："有个办法，就是太冒险了！"江崇义赶忙问："什么办法？""组织敢死队，偷袭鬼子炮兵阵地，干掉鬼子的炮兵中队。"林奉天咬着牙说道。

王直马上叫起来："老三你疯了？这简直就是赌博！谁不知道炮兵阵地的重要性？鬼子肯定会重兵防守，别说干掉人家了，恐怕还没接近炮兵阵地，

就被人家先干掉了！"江崇义原本眼前亮了一下，可听王直一说，随即又黯然了："办法倒是好办法，可是老二担心得也对，太冒险了！"

林奉天说："大哥，战机稍纵即逝，容不得多做考虑，只要我们能做到出其不意、攻其不备，就有七成胜算的把握。"江崇义犹豫地看着周冰谏："周先生，你说呢？"周冰谏思索片刻："兵者，诡道也！我认为这个险值得冒！"江崇义咬了咬牙："想当年，曹孟德能以少胜多，今天我江崇义难道就不能以弱胜强，打败小鬼子吗？就这么定了！"

林奉天见大哥同意了，站出来喊道："弟兄们，哪个愿意加入敢死队？"孟刚第一个站出来："俺去！"紧接着，朱大生也站了出来："我也去！"随即战士们一下子站出来二十来个。

林奉天感慨地看着大家："弟兄们，这次任务不同寻常，说不定就回不来了……"孟刚打断他说："三哥别说了，不就是死吗？脑袋掉了碗大个疤，二十年后爷们还是一条好汉！"大家纷纷附和道："孟刚说得对！二十年后爷们儿还是一条好汉！"林奉天不再说什么，一扭脸："大哥，下命令吧！"

"好！弟兄们，现在听我命令！我们兵分两路，敢死队的弟兄们跟老三走，其他弟兄跟着我，等鬼子第一轮炮击结束，咱就返回冯村阵地，杀鬼子个回马枪。"江崇义分配好任务，大家答应着"是！"纷纷去做准备。

宋晓丹着急地拽住林奉天的衣角："三哥，俺……俺也去！"林奉天点点头，紧紧握了一下宋晓丹拿着军号的手："你跟着大哥。记住，咱三连可全听你的指挥了！"宋晓丹握紧了军号："是！"

"弟兄们，跟我走！"林奉天一呼百应，敢死队员们跟在他身后迅速离去。

躺在地上睡觉的李松突然跳了起来，看了看四周："宋晓丹，三哥他们呢？"宋晓丹答："炸鬼子炮兵阵地去了。"李松揪着宋晓丹的衣领直发火："格老子的！为什么不叫醒我？"宋晓丹结巴着说："俺……俺哪儿敢叫你！"李松瞪了一眼宋晓丹，撒腿追了上去。

硝烟弥漫，密集的炮点在冯村阵地四周炸响，阵地上没有丝毫回击。

木村从望远镜中观察冯村阵地，似乎有些疑惑："大佐先生，怎么听不到支那人的反击？"山田大佐脸上露出得意的笑容："没什么奇怪的，支那人已经被我们的炮火消灭光了。"说完，他唤来通信兵："传我命令，炮兵中队停止炮击，命令步兵大队立即发动进攻！"

"是！"通信兵迅速跑下。

木村一脸疑惑地再次举起望远镜，他只顾向前瞭望，并没发现日军炮兵阵地侧翼处，林奉天率领敢死队员已经悄悄移至阵地的一处土坡。

这时，敌人的炮火突然间停了下来。

林奉天一挥手："隐蔽！"大家迅速卧倒。

林奉天带着孟刚一行人趴在高处，暗自观察日军的炮兵阵地。孟刚看了一阵，惊讶道："不对吧三哥，俺看来看去，怎么没发现有重兵保护啊？"朱大生也疑惑："真是哎，奇了怪了，莫非这是鬼子的空城计？鬼子也太狡猾了！"

林奉天仔细地观察着敌人阵地四周："不是鬼子狡猾，是鬼子太狂妄了，根本没派重兵保护这些大炮，真是天助我也！"

孟刚叫道："那还等什么？三哥，动手吧！"意外的收获令敢死队欣喜若狂，大家都叫嚷起来："三哥，动手吧！"

"等等，听我命令，靠近了再动手。"林奉天带着战士们，借着草丛的掩护，慢慢向敌炮兵阵地靠近。

冯村阵地后方，江崇义和周冰谏率领另一队人马正在向冯村阵地跑步前进。

听得炮声渐息，周冰谏道："连长你听，鬼子停止炮击了。"江崇义点头兴奋道："今天就是咱三连建功立业的日子！"

王直拎着两把盒子炮大喊："弟兄们，大哥说啦，今天就是咱三连建功立业的日子，给我上！"战士们蜂拥而上，径直冲向冯村阵地。

日军步兵大队在指挥官的指挥下，迅速向冯村阵地逼近。

前方阵地上没有一点声音。指挥官拔出指挥刀："进攻！"一声令下，日军叫嚣着，枪弹齐发，如入无人之境般，转眼便冲入了无人驻守的冯村阵地。

步兵开始大举进攻，日军炮兵阵地上的士兵逐渐松懈下来，纷纷坐下休息。

　　林奉天等人隐蔽在草丛中，只见前方的鬼子炮兵们近在咫尺，声音和容貌已清晰可见。

　　林奉天悄声问旁边的孟刚："黑子，你们的手榴弹准备好没有？"孟刚指了指自己和战士们挂在胸前三枚一捆的手榴弹："三哥，都准备好啦！"朱大生已经迫不及待地打开了几个手榴弹保险盖："小鬼子，今天再让你们尝尝我老朱的天女散花！"

　　林奉天命令道："弟兄们，子弹上膛，手榴弹打开保险盖，听到我的命令，就给我猛冲猛打！"战士们七手八脚地准备好，静静地等待林奉天的命令。

　　这时，只见一名日军小队长走到他的士兵面前，大声呵斥道："八嘎！不准休息！小心支那人偷袭，站起来！"

　　日军士兵们纷纷不情愿地站了起来。

　　林奉天和马金宝对视了一眼，低声说道："金宝，干掉他！"马金宝心领神会："三哥，瞧好吧你就！"说完，举枪、瞄准、轻轻扣动扳机。不料意外发生了，关键时刻马金宝的木壳枪却卡了壳，气得马金宝差点砸了自己的枪。日军小队长闻声望来，林奉天迅速举枪射击，日军小队长应声倒地。

　　枪声未落，孟刚等敢死队员枪弹齐发，朱大生的手榴弹在敌人头顶上炸开。随着爆豆般激烈的枪声，震耳欲聋的手榴弹也在四处炸开，猝不及防的日军炮兵纷纷被击毙，其他士兵四散奔逃，整个日军炮兵阵地顿时一片大乱。

　　林奉天大吼一声："弟兄们！跟我上！"敢死队员们大吼着杀入敌人阵地，迅速占领了第一个炮位。

　　林奉天叫过朱大生："朱大生，炸了它！其他人跟我上！"说完，带着敢死队员们猛烈开火，杀向第二个炮位。朱大生拽下手榴弹导火索，扔进炮座下面，这才不慌不忙地去追赶林奉天。不料，他刚转过身，手榴弹提前炸响了，"轰"地一声巨响，第一门山炮被摧毁，气浪将朱大生掀出老远，一头摔了个狗啃泥。朱大生灰头土脸地爬了起来，脸色煞白："娘的！好大的动静！"孟刚看着朱大生滑稽的样子，不禁大笑："青面兽，你他娘也有怕的时候？"朱大生瞪眼："放屁！老子什么时候怕过！"

　　两人还在斗嘴，只见林奉天已经带领战士们占领了第二个炮位，二人赶忙追了上去。

日军步兵大队气势汹汹杀进冯村阵地，长驱直入。

一名日军少佐跑来："报告指挥官！我军已顺利突破冯村阵地，没有遇到支那部队的抵抗。"日军指挥官："幺西！命令部队，继续向纵深进攻！"

日军顿时士气大振，一路高歌猛进。

又向前进发了几公里，另一名日军少佐跑来："报告长官！我军已占领冯村阵地大部，支那守军已经不战而逃。"指挥官得意："幺西！支那部队一向不堪一击，命令部队，分散搜索！"

周冰谏和江崇义带领三连战士们扑上冯村阵地，迎面和一队正在搜索的日军撞在了一起。没等日军反应过来，周冰谏已经开火，大喊了一声："打！"江崇义、王直、刘金锁、宋晓丹等三连战士一起开火，密集的子弹射向敌人，日军纷纷毙命。

日军显然对如此容易地占领国军阵地已是习以为常，毫无戒备之下，被打了个猝不及防，顿时乱了阵脚，慌忙后撤。

一名日军小队长反应过来，疯狂叫嚣："八嘎！不准后退！机枪给我顶住！"日军机枪手马上卧倒射击。

周冰谏大喊："手榴弹！"话音未落，几枚冒着烟的手榴弹飞向敌人，猛烈的爆炸声中，鬼子机枪手和小队长被炸上了天，其他士兵见状，纷纷逃回冯村阵地。

江崇义大喊："弟兄们！给我上！"三连战士们如蛟龙出海，踏过敌人的尸体追击敌人。

就在这时，敌人尸体中，一名日军士兵突然间爬起来，端起机枪对准了江崇义和王直的后背。危急时刻，周冰谏即时发现，一枪将其击毙。王直军帽被打飞，吓得僵立在原地。

江崇义大吼："打！给老子狠狠地打！""我日你祖宗！"王直也回过神来，嘴里发狠地喊着，两只盒子炮不停地射击，向前冲去。

三连战士们一阵猛打猛冲，一鼓作气杀进冯村阵地。

　　"轰"地一声巨响，鬼子的第三门山炮也被朱大生炸毁了，他兴奋地大喊大叫："过瘾！真他娘的过瘾！"

　　孟刚一刀砍翻一名日军炮兵，大喊："青面兽，你他娘的就知道自己过瘾，老子在前面开道，你他娘的在后边放炮。到前面去，该老子过瘾啦！"朱大生也不生气，答应一声跑到前面去了。

　　日军炮兵在敢死队凶狠的进攻之下，毫无还手之力，纷纷毙命。几名日军还企图抵抗，被林奉天一个手榴弹炸上了天。林奉天大喊着："弟兄们，上！"

　　战士们迅速攻占第四个炮位，并向第五个炮位发起进攻。

　　日军炮兵们在中队长的指挥下，躲在炮位后边拼死顽抗，机枪猛烈地扫射着，敢死队员们被敌人的火力暂时压制下来。

　　林奉天命令道："孟刚，侧翼包围！"孟刚答应一声，带着几名弟兄离去。不一会儿，侧翼响起孟刚等队员猛烈的枪声，鬼子腹背受敌，纷纷毙命。

　　"弟兄们，冲！"林奉天大喊着，带着战士们一齐跃出掩体。

　　日军炮兵指挥官仍在作最后的叫嚣："为天皇效忠的时刻到了，射击！"话音未落，山本眉心中弹，仰面倒下。马金宝拍了拍冒着青烟的木壳枪："娘的！老子送你一程！"

　　敢死队员们猛扑上去，迅速占领第五个炮位，接着是第六个，第七个炮位……

　　林奉天一队大获全胜，江崇义和周冰谏一队也招招致命，打得日军步兵仓皇逃窜，撤回了冯村阵地。

　　日军步兵大队指挥官一把揪住一名退下来的日军士兵，怒喊："前面发生什么情况？为什么撤退？"士兵仍心有余悸："报告长官，我们小队正在分散搜索，突然遭到支那人的袭击，死伤惨重。""什么？是哪支部队？有多少人？"指挥官惊讶地问军曹。"不知道。""混蛋！"话音未落，一颗手榴弹在军曹身后炸响，军曹一命呜呼。

　　硝烟弥漫中，江崇义和周冰谏率领三连战士已经杀进了冯村阵地，马克沁、木壳枪、盒子炮一齐开火，手榴弹冒着青烟飞来，枪弹如梭，爆炸连连。日军指挥官急了："八嘎！不准后退！顶住！"

企图顽抗的日军在三连的猛冲猛打之下，被迫节节败退。

周冰谏大喊："弟兄们，不要给鬼子喘息的时间，一鼓作气，夺回阵地！"江崇义也喊道："弟兄们，给我狠狠地打，夺回阵地大哥给弟兄们请功！"三连战士们人人奋勇，个个争先，很快占领了阵地大部。

日军虽然猝不及防，但毕竟训练有素，战斗力凶悍，在其指挥官的指挥下节节抵抗。这时他们退入一个工事后面，稍稍获得喘息机会，立刻组织起有效抵抗。

日军指挥官拔出指挥刀，大声命令："射击！"密集的子弹射向三连战士，冲在前面的战士们纷纷中弹倒下。

周冰谏大喊："弟兄们，隐蔽！"战士们立即散开，各自隐蔽起来继续向日军射击，双方展开激烈交火。

在敢死队员凶狠的攻击之下，日军炮兵几乎全军覆没，剩下的士兵夺路而逃。

林奉天终于露出轻松的笑颜："弟兄们，打扫战场，准备撤退。"马金宝摸着缴获的七八门榴弹炮问道："三哥，这些榴弹炮怎么办？""都给我炸了，一门也别给鬼子留下！""太可惜了……"

孟刚骂道："奶奶个熊！有本事你搬回去！弟兄们，跟我走！"说完，带着爆破手，接连摧毁几门榴弹炮。爆炸声一声声传来，破碎的炮壳四溅，马金宝心疼地叹道："可惜可惜！"

这时，冯村阵地上传来了激烈的枪声。

林奉天兴奋地跳上高岗，向冯村阵地张望。朱大生兴奋地喊道："三哥你听，大哥他们得手了，小鬼子一定被咱打得屁滚尿流了！""那是！你听咱马克沁的声音，别提多带劲了，比唱戏都好听，哒哒哒哒哒……"马金宝端着枪比划着说道。

林奉天突然挥手："安静，都别说话！"他仔细听一听："不对！你们听，是鬼子歪把子机枪的声音。"大家赶忙侧耳倾听，只听得冯村阵地上传来马克沁机枪和歪把子机枪射击的混杂声，渐渐地，日军歪把子机枪的声音已盖过了马克沁，显然日军的火力开始占了上风。

第九章 一作炮灰

马金宝道："三哥，日军的火力好厉害！"林奉天脸色顿变："不好，大哥他们要吃亏，弟兄们，赶紧支援大哥他们！"

队员们迅速集合起来，准备增援冯村阵地。林奉天经过一门被炸毁的榴弹炮，突然灵机一动："等一下！""三哥怎么啦？"朱大生以为他又发现了什么新敌情，紧张地问道。

林奉天还没说话，那边"轰"地一声巨响，又一门榴弹炮被孟刚炸毁了。林奉天赶紧大喊："孟刚！孟刚！别炸啦！"说着跑向一门没被炸毁的榴弹炮。

孟刚满脸烟尘地从炮后钻出来："三哥什么事？""别炸啦，咱用鬼子的榴弹炮炸鬼子！"林奉天话音刚落，又一声"轰"的巨响，大家赶忙卧倒，再回头看时，孟刚背后那门榴弹炮也被炸毁了。

孟刚急道："奶奶个熊！三哥你怎么不早说啊？"林奉天也气急："还有没有没被炸的？"孟刚反应过来："就剩一门了。老八，老八，别炸啦！"战士老八差点拉响了手榴弹，听到孟刚的喊声，赶忙收手。

"弟兄们，调转炮口，把炮弹都给我搬过来。"林奉天带着大家一阵忙活，调转炮口，将炮弹对准了日军驻守的冯村阵地方向。

孟刚围着黝黑的炮筒绕了一圈，看不出门道，问林奉天："三哥，你会使吗？"林奉天皱着眉说："见过，没使过。"但紧急时刻，林奉天也顾不上多想，他扶着炮身，瞄准，开炮，一声炮响，炮弹呼啸着飞向敌人阵地……

冯村阵地上，江崇义一队正和日军激烈交火。稳住阵脚的日军开始猛烈反击，强大的火力很快将三连战士压制在掩体后边动弹不得，三连渐渐处在了下风。

日军指挥官叫嚣着："进攻！消灭支那人！"日军潮水般蜂拥而出，猛攻三连阵地，眼看就要突破阵地，情况转眼间变得危急起来。

王直急得大喊："大哥，鬼子火力太猛，我们要顶不住了。"江崇义怒喝一声："顶不住也得给我顶！"

就在这时，一枚炮弹呼啸着落在日军阵地后方，"轰"地一声巨响，硝烟弥漫、烟尘四起，虽然没炸到鬼子，也把鬼子吓了一跳，日军纷纷卧倒隐蔽。

江崇义惊讶四顾："怎么回事？哪里打炮？"刘金锁顺着炮弹飞来的方向望去，大惊："大哥，是敌人的榴弹炮阵地在打炮！"王直慌了："坏了大哥！老三他们肯定没拿下鬼子的炮兵阵地！"

又一发炮弹飞来，这次却落在了三连阵地的不远处爆炸。江崇义一下慌了手脚："糟了！弟兄们，赶紧撤！"

周冰谏大喊："连长，不是鬼子在打炮，是老三他们在打炮！"王直抱着头："你怎么知道？"周冰谏兴奋："鬼子炮兵训练有素，要是鬼子打炮，准头没这么差！"大家一听又兴奋起来。

江崇义也反应过来："娘的！打得好！给我狠狠地打！"周冰谏甩出一颗手榴弹："弟兄们，打！"战士们一阵猛打，日军第一次反扑被打退。

林奉天再次开炮，炮弹飞向日军阵地，远处传来爆炸声。

朱大生趴在高处大喊："三哥，不行，又歪了！"孟刚急了："三哥，我来！"

马金宝装好炮弹，孟刚抢上来，瞄准，发射。这回更加离谱，炮弹偏离轨道，落在敌人阵地远处爆炸。朱大生大骂："娘的！什么臭准头？还不如老子的手榴弹！"

就在这时，李松拐着一条腿跑上阵地："三哥，让我来！"林奉天大喊："大个儿，你他娘的来的真是时候！看你的了！"

李松瞄了一眼眼前的榴弹炮，胸有成竹地说道："金宝，装弹！"马金宝还没动手，朱大生已经装好了炮弹："大个儿，你他娘的行不行啊？"李松没说话，伸出大拇指、测距、瞄准、调焦距、开炮，动作一气呵成。炮弹呼啸着飞向冯村阵地，"轰"地一声在日军中炸响。朱大生兴奋地大喊："打中了！打中了！大个儿，打得好！打得好！"

紧接着，李松第二发炮弹再次命中目标。孟刚一张黑脸兴奋得黑里透红："你他娘的刚才干什么去了？"说着一巴掌拍在李松受伤流血的腿上，"大个儿，你的腿怎么啦？"李松龇着牙、摸着腿："没事，格老子的！让小鬼子咬了一口。"

林奉天指着阵地:"大个儿,看到没?鬼子步兵大队指挥部,干掉他!"李松伸着拇指瞄一瞄:"三哥,这儿地势低,看不到。"林奉天招呼道:"弟兄们,把炮车给我推上高岗!"

孟刚和朱大生等战士连推带拽,将炮车推上高岗。李松骑着炮筒望望,欢喜道:"这回看见了,格老子的!"李松瞄准,发射,一发炮弹准准落在日军中爆炸。

浓烟滚滚中,日军步兵大队指挥官对着电话气急败坏地大喊:"怎么回事?炮兵为什么向我开炮?为什么向我开炮?"

话音未落,又一发炮弹落下,"轰"地一声,日军指挥官当场被炸晕过去。

朱大生兴奋地大喊:"打中啦,又打中啦!三哥,鬼子步兵大队指挥部报销啦!"孟刚激动地嗷嗷乱叫:"打得好,打得好!大个儿,你他娘的什么时候学了这手功夫?真他娘的神了!"马金宝抢答道:"黑子你忘啦?大个儿是咱三连的爆破手!"

李松微微一笑,顾不上说话,继续瞄准、发射,炮弹再次命中日军。

指挥部里,山田大佐冲着电话大喊着:"你说什么?混蛋……"电话那边已经没了声响,山田愤怒地扔下电话,几步跑出掩体,举起望远镜观察榴弹炮阵地。

木村跟着跑出来,举起望远镜观察,随即气急败坏地大喊:"山田君,是三连占领了炮兵阵地!""你说什么?"木村气急败坏:"是三连的林奉天占领了炮兵阵地!"

山田疯狂地喊:"八嘎!预备队,给我夺回炮兵阵地!"

被炸晕的日军步兵大队指挥官半天才缓过劲儿来,他灰头土脸地爬了起来,气急败坏地拔出指挥刀:"进攻!"

日军毕竟久经战阵,在指挥官的指挥下,迅速稳住阵脚,再次向三连阵地发动猛烈进攻。

江崇义大喊:"弟兄们,敢死队的弟兄们在支援我们,打!给我狠狠地打!"

三连战士在敢死队炮火支援下,精神大振,面对敌人潮水般的进攻,一步不退，猛烈开火。

无奈，日军人多势众，火力占据上风，三连再次陷入被动，日军眼看就要突破阵地。周冰谏焦急地看了一眼手表："弟兄们，再坚持一会儿，坚持就是胜利！"王直提醒道："周副官，团部的命令是坚守阵地五个小时。"

周冰谏瞄着前方的敌人："胜败的关键就在最后的几分钟。弟兄们，手榴弹！"十几枚手榴弹冒着青烟飞向日军，在日军中爆炸，日军的进攻暂时被压制下来。

第十章 无名战功

八路军独立团团长刘大炮正率领独立团战士急行军赶来。

冯村阵地传来激烈的枪炮声。刘大炮大喊一声:"同志们,跑步前进!"战士们加快步伐,跑步前进。

林奉天指挥李松等战士不停地向敌人阵地开炮。

林奉天喊道:"孟刚,注意观察敌人的指挥部。""知道了!"孟刚答应一声,站上一处高地,向冯村阵地张望,一眼看到了正在指挥士兵进攻三连阵地的日军步兵大队指挥官。

孟刚大喊:"三哥你看,那个家伙是不是鬼子步兵大队指挥官?""哪个?""就那个,手里拿东洋刀那个。"林奉天点点头:"擒贼先擒王!大个儿,干掉他!"

"是!"李松测距、瞄准……

就在这时,阵地前方突然涌出大批日军。朱大生喊了一声:"三哥,鬼子上来啦!"

只见高岗下,日军预备队踏山踩林,猛攻上来。

"弟兄们,打!"林奉天冲上前指挥,孟刚、朱大生、马金宝等敢死队员们相继开火。

日军预备队疯狂进攻,几名敢死队员负伤。李松急了,扔下榴弹炮,操起枪加入战斗。

林奉天大喊："大个儿，别管这里，干掉鬼子指挥官！其他人掩护李松！"李松返回，再次重新瞄准，发射……

日军再次潮水般猛攻三连阵地。日军步兵大队指挥官挥舞着指挥刀，叫嚣着："进攻！消灭支那人！"

眼看敌人就要突破阵地，突然，一发炮弹飞来，不偏不倚，"轰"地一声在日军指挥官身旁爆炸，日军指挥官这回没那么幸运了，当场被炸死。

王直兴奋地大喊："弟兄们，鬼子指挥官被炸死啦，鬼子指挥官被炸死啦"正喊着，又一枚炮弹在旁边炸响了。

江崇义也顾不得许多了："弟兄们，打！给我狠狠地打！"

三连战士猛烈开火，失去指挥官的日军顿时乱了阵脚，纷纷后撤。

一名通信兵慌里慌张跑进指挥部报告："报告长官！榴弹炮阵地遭到三连顽强抵抗！"山田发着狠："命令预备队，给我不惜一切代价，夺回榴弹炮阵地！""是！"通信兵转身离去。

一名参谋接起电话："什么？步兵大队宫泽指挥官阵亡？"山田赶紧过来："他说什么？""报告长官，冯村阵地来电，步兵大队宫泽指挥官阵亡！"山田气急败坏地拿起电话："听我命令，不惜一切代价拿下冯村阵地！"

日军预备队疯狂进攻，渐渐逼近阵地。

一名战士被猛烈的枪弹打得抬不起头来，大喊道："三哥，顶不住了！"马金宝顺着土坷滑过来："三哥，鬼子榴弹炮都被我们炸了，咱赶紧撤吧！"

林奉天骂道："扯淡！回去也是打，现在也是打，别他娘脱了裤子放屁，打！"马金宝朝地上吐口唾沫："娘的，省的老子跑腿了！打！"

朱大生等战士怒吼着："打！"猛烈的子弹、手榴弹飞向日军。

李松一边瞄准、发炮，一边兴奋地大喊："格老子的！孟黑子，给我找找狗日的山田指挥部在哪儿？"孟刚瞄了一眼不远处的一棵大树："你等着！"说完几步跑近大树，笨拙地爬树，却暴露了目标，顿时吸引了敌人的子弹。

林奉天着急地喊："孟刚！你干什么！"孟刚反而爬得更快了，很快爬到了树梢。林奉天大喊一声："掩护孟刚！"

朱大生怒吼着甩出一枚枚手榴弹，在敌人头顶爆炸，敌人的攻势被暂时遏制。

林奉天一路暂且转危为安，而江崇义一队却情况危急。日军再次发动疯狂进攻，两路日军从左右两翼包抄上来。密集的子弹打得战士们抬不起头来，敌人的手雷在阵地上爆炸，多名战士负伤，三连一下陷入危急时刻。

"大哥，不撤不行了，顶不住了！"王直一喊，把江崇义也喊慌了，两人正不知所措，突然从日军侧翼传来密集的机枪声。

日军侧翼遭到打击，顿时乱了阵脚。

江崇义惊喜地大喊："是吴团长的援兵到啦！"周冰谏冷静道："连长，不是国军，是八路军！"江崇义疑惑："你怎么知道？""连长你听机枪声，是八路军歪把子机枪的声音。"江崇义顿时尴尬不已。

周冰谏大喊："弟兄们，八路军支援我们来啦，打！"战士们被周冰谏鼓舞，稳住阵脚，向日军猛烈开火。

这边，八路军独立团的战士们配合着周冰谏的队伍向日军猛扑过来。

刘大炮用望远镜观察榴弹炮阵地："打得好，有两下嘛！一营长，把咱的那两门山炮也抬上来，给三连的弟兄们助助威！""是！弟兄们，把山炮抬上来！"一营长指挥着战士们很快架好山炮，发射，炮弹准确地落在敌群中爆炸。

刘大炮兴奋地大喊："打得好！继续打！司号员，把你的冲锋号也吹吹，给三连的弟兄们壮壮胆儿！"

响亮的冲锋号高亢地吹响，进攻三连的日军慌了。刘大炮大手一挥："给我冲一豁子，吓唬吓唬小鬼子。记住，别跟三连的弟兄抢功，见好就收。"

"是！"战士们应声跃出掩体，怒吼着，从侧翼杀向敌人，一时间杀声震天。

日军后方传来八路军的冲锋号声和八路军战士的喊杀声。

周冰谏兴奋地大喊："弟兄们，是八路军，八路军冲锋了！"江崇义壮起了胆，跳了起来："弟兄们，该咱三连露脸了！给我冲啊！"刘金锁踹了一脚宋晓丹："眼镜儿，还愣着干什么？吹号！"

宋晓丹鼓足气吹响了冲锋号，三连战士跃出掩体，向敌人杀去。

与此同时，孟刚也发现了山田的指挥部，他站在树梢上兴奋地大喊起来："大个儿，看见了，右边！山田指挥部在右边！"李松咬着牙："狗日的山田，老子让你也尝尝挨炸的滋味！"

李松一拉弦，一颗炮弹盘旋着飞向山田指挥部。

孟刚一看："大个儿，歪啦！再往右五十米！"李松听着孟刚的指令继续发炮，炮弹呼啸着再次飞向山田指挥部，这次孟刚兴奋地嗷嗷乱叫起来："打中啦！打中啦！"

突然，一梭子子弹打向孟刚，孟刚一头栽了下来。李松大喊："黑子，你怎么样？"林奉天也着急地大喊一声："孟刚！"孟刚突然跳了起来，撒腿跑回阵地："俺死不了！大个儿，再往左边一点！"李松呼出一口气，骂道："格老子的！你说清楚点！"说着，又趴在炮筒上。

冯村阵地上突然传来清脆的冲锋号声。

朱大生兴奋道："三哥你听，是咱的冲锋号！"林奉天跳了起来："弟兄们，冲啊！"

敢死队员们如猛虎下山，迎着日军预备队冲下高岗，排山倒海而来，日军预备队吓得乱了阵脚，纷纷后退。

"轰"地一声巨响，一发炮弹落在山田指挥部附近爆炸。尘土飞扬中，山田和木村灰头土脸地爬了起来。木村拖着山田跑出指挥部，山田气急败坏地大喊："八嘎！命令步兵大队，继续进攻，不惜一切代价！"

木村沮丧地报告说："山田大佐，我军榴弹炮阵地已被敌人炸毁，现在又遭到八路和三连的夹击，一旦支那正规军发动全面反攻，我们会全军覆没，现在必须撤出冯村阵地。"

山田面如死灰。又一颗炮弹落下，爆炸声中，指挥部被炸成一片废墟。

国军战区督察官从望远镜里密切关注着冯村阵地的一举一动。

望远镜里，李松发射的炮弹不断在日军中爆炸，林奉天率领敢死队猛冲猛打，日军预备队节节败退；冯村阵地，三连发动反击，日军在三连猛攻之

下，无心恋战，仓皇退出冯村阵地。

吴天和曹阳陪在督察官左右，面色尴尬。

督察官兴奋地大声叫好："好！打得好！吴团长，驻守冯村阵地的是哪个连的弟兄？"吴天和曹阳对视一眼，曹阳报告说："报告长官！驻守冯村阵地的是173团二营二连。"

督察官放下望远镜："如此智勇兼备的连队，应当嘉奖。吴团长，把二连的战报立即整理一下，我要向上级汇报，给二连申请嘉奖。"吴天："是！"转头和曹阳耳语几句，曹阳点点头悄悄离去。

督察官："吴团长，日军已经从冯村阵地败退，趁日军还没有组织起有效的反击，命令你的部队立即对日军发起全面进攻，一鼓作气打退日军。""是！"吴天传下命令，"传我命令，173团立即向日军发起全面反攻！"

三连重新占领了冯村阵地，收复失地后的喜悦洋溢在众人脸上。江崇义叉腰大喊："停止进攻！"

这时，林奉天等敢死队员们也返回了冯村阵地，大家兴奋地拥抱在一起。

江崇义兴奋地叫来通信兵，命令道："立即向吴团长汇报，就说三连打退了敌人，重新占领了冯村阵地！"林奉天提醒道："鬼子大势已去，不能给鬼子喘息的机会，我们应当一鼓作气，对鬼子发动反攻。"

江崇义为难道："团部只是命令我们坚守冯村阵地，如果贸然出击，丢了阵地怎么办？"林奉天指着日军阵地方向："连长你看，山田的防线出现了缺口，趁鬼子还没觉察，我们应该猛攻其防守薄弱地带，一击致命，不然会错失良机。大哥，别犹豫了！"

这时，冯村阵地四周响起了国军173团战士们的喊杀声。

江崇义看去，173团的旗帜飘扬，向日军阵地发起了猛攻。王直兴奋地喊起来："大哥你看，国军开始反攻了。"江崇义顿时来了劲头："弟兄们，三连洗刷耻辱的时候到了，冲啊！"

宋晓丹嘹亮的冲锋号再次响起，三连战士们勇猛激进，向敌人阵地的薄弱地带猛扑上去。

与此同时，曹阳率领二连战士向冯村阵地快速赶来，大声命令："快点快点，跑步前进！"

二连连长跑到曹阳身边，在他耳边嘀咕："参谋长，人家三连打得好好的，咱这样上去不是抢人家功劳吗？这要传出去多丢人啊！"曹阳怒道："少他妈得了便宜卖乖，执行命令！""是！""告诉你的弟兄，上去给老子好好表现，别给团长丢了人！""是！卑职绝不会辜负团座和参座的栽培！"

二连长带着战士们向冯村阵地跑去："弟兄们，跑步前进！"

硝烟弥漫中，林奉天疾声叫道："宋晓丹，宋晓丹！"宋晓丹赶紧跑来。林奉天命令道："吹号通知其他部队，跟着三连进攻！""是！"

嘹亮的军号声在冯村阵地上空响起。

国军部队听到了军号声，纷纷向日军薄弱地带猛攻。在三连和八路军，以及国军其他部队的攻击之下，日军防线松动，开始全线溃退。

江崇义大喊："弟兄们，三连建功立业的时候到了！给我狠狠地打，让173团的弟兄们也看看，咱三连不是孬种，更不是汉奸连！"

三连战士们呐喊着向敌人的阵地猛扑上去。

山田大佐绝望地看着阵地战况，突然拔出指挥刀，准备剖腹自杀。木村一把夺下山田的战刀："山田君！你要干什么？"山田沮丧地说："我已经无颜面见司令官阁下，只有切腹自尽，向天皇谢罪！"木村道："现在还不是向天皇谢罪的时候！中国人有句古话，留得青山在，不怕没柴烧。"山田感叹："大势已去，我们如何收场？""撤回九台城，重新再战！"

山田神色黯然，许久才道："命令部队，撤退！"

江崇义等三连战士马上就要攻破阵地，就在这时，曹阳带着二连赶来。

曹阳拦住江崇义，大声喊道："江连长，三连的坚守任务已经完成，吴团长命令你连立即停止进攻，撤回后方休整！"江崇义愣了一下："曹参谋长，这里怎么办？""阵地由二营二连接管！"江崇义："可是……"曹阳打断江崇义："没什么可是的，这是团部的命令，立即执行！"说完，曹阳头也不回，率领二连战士向日军乘胜追击而去。

孟刚骂道："老子和鬼子拼命的时候，他们躲在后边当缩头乌龟，现在

倒好，鬼子跑了，他们倒是来劲儿了！"江崇义瞪了孟刚一眼："住嘴，你懂什么！"孟刚嘟囔着闭上嘴巴，可心里仍然愤愤不平。

江崇义率领三连战士们向后方撤退。江崇义兴奋道："弟兄们，这仗打胜了，看谁还敢小瞧咱三连，回去领赏吧！"

战士们个个兴高采烈地说笑着，林奉天却忧虑着："我看这事悬，保不定曹阳又出什么幺蛾子。"王直笑道："老三你又瞎想，功劳是明摆着的，跑不了！"

冯村阵地上传来了密集的枪炮声……

日军在八路军独立团和国军部队的进攻下，兵败如山倒，山田和木村率领残兵败将仓皇向九台城撤退。

曹阳指挥二连乘胜追击，不费吹灰之力收复阵地。二连长还要继续进攻，被曹阳拦住："行啦，见好就收吧，撤退！"二连长："是！弟兄们，撤退！"

二连战士跟随曹阳迅速撤回冯村阵地，冯村阵地上飘扬起二连胜利的旗帜。

枪炮声渐渐零星，国军的旗帜高高飘扬在冯村阵地。

八路军独立团指挥部里，刘大炮正举着望远镜观察着冯村阵地上的战况。

通信员跑来报告："日军山田联队在我军和友军的夹击之下，其残部已退守九台城。"刘大炮放下望远镜问道："友军现在有什么动静？"通信员说："173团已经停止进攻，撤回冯村阵地。"

刘大炮轻松一笑："穷寇莫追，咱也该收兵了。命令部队，收兵！"

通信员答应一声迅速跑下，不一会儿，阵地上吹响了集合的号角。

"当哩个当，这一仗打得真漂亮！"刘大炮一高兴就唱他的山东快书。警卫员看着他直笑，模仿刘大炮接话："闲言碎语不要讲，表一表好汉武二郎……"大家跟着起哄："当哩个当哩个当哩个当……"

刘大炮停下来："胡说！今天改啦，今天要表一表那个一炮轰掉山田指挥部的神炮手。"接着又"当哩个当"起来。

警卫员说："您还别说，团长，三连里边还真是卧虎藏龙，竟然还藏着这么一个神炮手，真小瞧他们啦！"

一营长不服气地说："别长别人志气灭自己威风，咱的炮手也不差！"

刘大炮说："你还别不服气，你给我一炮轰掉鬼子的指挥部试试？好就是好，歹就是歹，学着点！"一营长不服气地答应一声："是！"

刘大炮起身："走！咱去会会这位神炮手！"

硝烟渐消，经历了一夜的炮火连天，冯村终于重归宁静，顶替三连攻占了阵地的二连战士们横七竖八地躺倒在阵地上休息。

曹阳走过来，脸色一下沉了下来："二连长，你的兵就是这么带的吗？"

二连长丢了面子，解下皮带一顿乱打："妈的！起来！都给老子起来！像他妈什么样子！"战士们纷纷爬了起来。

曹阳看了看四周，觉得缺点什么："二连长，派几个弟兄去榴弹炮阵地，把鬼子的榴弹炮搬几门过来。"二连长诧异："参座，鬼子的榴弹炮都被三连给炸了，搬它干什么？"曹阳狠狠瞪了一眼二连长："蠢货！"二连长反应过来："一排，跟我走。"说完，带上一排战士走了。

二连长刚走，一名士兵跑来报告说八路军独立团团长刘大炮来了，曹阳惊讶道："他来干什么？"话音未落，刘大炮已经出现在阵地上。

刘大炮爽朗地笑着："曹参谋长，我们又见面了！"曹阳脸上立刻露出笑容，赶忙上前与刘大炮握手："是刘团长啊，幸会幸会！"刘大炮笑着说："看来我们国共两军还是可以合作的嘛！""那是当然，大敌当前，我们当然能合作啦！""恭喜173团打了个大胜仗，山田这回可是吃了大亏喽！"曹阳得意："哪里哪里，没有刘团长的侧翼支援，国军这仗也没那么容易打。"刘大炮哈哈一笑，四顾寻找着："三连的弟兄们都在哪儿呢？那个林奉天躲哪儿去了？打了打胜仗还不赶紧出来，让俺老刘也见识见识。"

曹阳愣了一下，随即笑道："刘团长，你的情报不准确啊，这次驻守冯村阵地的不是三连，是国军二营二连。"刘大炮诧异："二连？不对吧，我看见的怎么是三连？难道是我看错了？"曹阳正色："刘团长，您是看错了，驻守冯村阵地的一直是国军二连！"

刘大炮看了一眼阵地上，没发现一个三连战士，也没见林奉天和周冰谏

二人，不觉皱起了眉。警卫员纳闷儿地在凑到他耳边说："团长，我明明看见的是三连，怎么成了二连……"刘大炮一下明白过来，打断警卫员："你小子年纪轻轻的眼就花啦？"

警卫员还想说什么，刘大炮使了个眼色，随即哈哈大笑："不瞒您说参座，贵军二连今天这仗可让我刘大炮开了眼界了，那炮打的，当当的！一个字，准！不怕您见笑，别看我叫刘大炮，可这榴弹炮还真他娘的没使过，说的难听点，擀面杖吹火，娘的一窍不通。"

曹阳道："刘团长又在开玩笑了，哪儿有您说的那么准啊，都是瞎蒙的，瞎蒙的！"刘大炮说："不能不能，参谋长谦虚了。怎么样，让我见识见识那位一炮轰掉山田指挥部的神炮手如何？"曹阳心虚道："这个……刘团长，战士们都忙着加固工事，咱下次吧……"

刘大炮故意大声嚷嚷："曹参谋长真不够朋友，跟我老刘还藏着掖着？"曹阳尴尬地说："哪里哪里，刘团长言重了。炮手还在榴弹炮阵地上，我是不想让刘团长受累，怪远的，路又不好走。"刘大炮不肯松口："走几步路算什么？不瞒你说，我这人还就不怕走路，参座请！"曹阳被逼上梁山，无奈地说："这……好吧……刘团长请！"随即悄悄向一名心腹使了个眼色，心腹转身跑了。

二连长正带着一排战士推着一门榴弹炮往回走。

曹阳心腹急匆匆跑来："别搬啦，别搬啦！二连长，参谋长让我通知你一声，待会儿八路军独立团刘大炮要来榴弹炮阵地视察，说要见见打掉鬼子指挥部的神炮手。"二连长着急道："啊？那怎么办？""什么怎么办，参谋长要你应承下来。""我？那怎么行？万一露了馅怎么办？""没事，土八路一群土包子，哪懂得什么榴弹炮。"

正说着，曹阳等人陪着刘大炮等独立团战士已经走上阵地。刘大炮看着十几门被炸毁的榴弹炮心疼地说道："乖乖，真是好东西，可惜了，可惜了！"二连长赶忙上前："参谋长您来啦？"

刘大炮转回身，大步上前："哪位兄弟是一炮打掉鬼子指挥部的神炮手啊？"

二连长等人大眼瞪小眼没敢答应。曹阳使劲给二连长使眼色，介绍道："刘团长，这位就是我们的神炮手，二连连长。"然后直直地瞪着二连长说，"二连长，刘团长问你话呢！"二连长明白过来，敬了个礼，心虚地回答："报告刘团长，是……是我。"

刘大炮上下打量着二连长："不错，不错不错不错，像！"曹阳赶忙说："刘团长，人也见了，咱到一边说点正事。"刘大炮摆手道："不忙，不忙，我还没向神炮手请教呢！"曹阳："刘团长……""我刘大炮有个毛病，见着有本事的人，就非得请教请教不可，不然吃不下饭、睡不着觉。怎么样二连长同志，给咱现场演示演示，让我这帮土包子兄弟取取经，见识一下国军的厉害。"刘大炮说着，回身命令八路军战士："都给我好好学着点！听到没？"

战士们齐声："是！向国军学习！"

二连长慌了，着急地看着曹阳。刘大炮也看看曹阳："怎么？不是这点儿面子也不给我老刘吧？"曹阳黑着脸："哪里哪里！二连长，给刘团长演示演示。"

二连长无奈，硬着头皮上前，动作笨拙地装弹，折腾了好半天才装好了炮弹，装模作势地瞄准、发射，没想到炮弹却没打出去。

刘大炮假装惊讶："怎么回事？刚才的炮是你打的吗？"二连长脸涨得通红："是……"刘大炮一下黑下脸来："是个屁！我看你是个李鬼！"曹阳等人一下不知所措地僵立在当场。

刘大炮笑了笑："曹参谋长，你就别糊弄我老刘了。我可都看见了，刚才打炮的明明是三连的人嘛，曹参谋长不是想留一手吧？"曹阳语塞："不是……是……""那三连的弟兄们在哪儿？"曹阳哑巴吃黄连，硬着头皮回答："刘团长，您误会了，驻守冯村阵地的确实是二连，不是三连！"

刘大炮板着面孔："曹参谋长，这就是你的不对了，既然是国共合作，就要互相学习嘛，这可是蒋委员长说的，怎么到你这儿就不灵了？"曹阳涨红着脸不知道该怎么说。

刘大炮拉下脸来："既然参座不肯赐教，我也不就勉强了。不过曹参谋长，我们合作一场，有句话还是要说的——我刘大炮是个直脾气，一就是一、二就是二，最见不得弄虚作假糊弄人！后会有期！弟兄们，走啦！"说完，

第十章 无名战功

转身就走。

远处一棵树上突然传来几声老鸹叫,刘大炮骂道:"娘的!报什么鸟丧!一营长,把那几只老鸹给我轰下来!"一营长答应一声,几步走近榴弹炮,动作麻利地瞄准、开炮,"轰"地一声,炮弹飞向树梢,几只烧焦了的老鸹掉了下来。

独立团的战士们跟着刘大炮扬长而去,国军战士们惊得目瞪口呆,曹阳的脸变成了猪肝色。

二连长小心翼翼走过来问:"参座,炮还搬吗?"曹阳黑着脸一言不发地走了。二连长转头大声训斥士兵:"娘的,还愣着干什么?搬!"

三连战士们在江崇义的率领下,抬着伤员,一路蹒跚地回到173团驻地。

走到驻地大门口,大家一看,除了几名哨兵之外,竟然连一个迎接的人都没有,众人一下凉了心。

王直问道:"大哥,咋回事?咱打了这么大个胜仗,怎么连个迎接的都没有?"江崇义铁青着脸没说话。

就在这时,吴天带着几名参谋匆匆赶来,老远就喊起来:"欢迎凯旋的英雄三连!弟兄们,大家辛苦了!"

吴天大步走近三连,紧紧握住江崇义的手:"江连长,弟兄们,我来迟了,让大家受苦了!"一名参谋赶忙接上话说:"江连长,吴团长是特意从作战会议上请假来迎接大家的。"

瞬间,一股暖流从江崇义心里冒出来,江崇义的声音一下哽咽起来:"团长……"吴天的声音也哽咽起来:"什么都别说了,前线的情况我都知道了,弟兄们这次是九死一生,不容易啊!弟兄们放心,我吴天绝不会亏待三连。"江崇义感动地说:"团长,有您这句话,三连的弟兄们知足了。"吴天点头:"不说啦,不说啦!江连长,先带弟兄们回营房休息,给负伤的战士治伤。军务繁忙,今天我就不陪弟兄们了,有什么事咱下来再说。来人,送江连长和三连的弟兄们回营房!"吴天说完匆匆离去。

江崇义激动地说:"大家都看到了吧?吴团长没把咱三连当外人。弟兄们,等着团部论功行赏吧!"王直高兴地嚷嚷:"这还差不多,有句话咱弟兄们心里也舒坦，走啦走啦！"江崇义大声命令："立正！齐步走！"大家也被吴天的虚情假意所迷惑，一下精神起来，迈着大步，昂首挺胸向前走去。

队伍中，周冰谏和林奉天对视一眼："奉天，你怎么看？"林奉天冷笑："方子是真的，药是假的！"

铿锵有力的军乐奏响在冯村阵地上。

欢欣鼓舞的军乐声中，曹阳陪着督察官走上前来。

二连战士们列队迎接。二连长高喊："立正！敬礼！国军173团二营二连，欢迎督察官视察我军阵地！"

曹阳满脸堆笑地介绍："将军阁下，这就是和敌人浴血奋战、坚守冯村阵地数小时、击败日军精锐山田联队的英雄二连！"

督察官扫视面前的二连战士："好！果然是威武之师、英勇之师！弟兄们，我代表师部，前来慰问大家。这次战役173团二连打得非常好，不但打出了国军的气势，也打出了中国人的血性，可谓智勇兼备，我大为振奋！弟兄们，我们都是中华民族的热血男儿，保家卫国，驰骋疆场，乃我辈不可推卸的责任！我辈作为军人，当再接再厉，效忠党国，效忠蒋委员长！"

二连战士在二连长的带领下齐声高喊："效忠党国！效忠蒋委员长！"

督察官招手，一名参谋上前。督察官吩咐道："刘参谋，把二连的英雄事迹总结一下，立即向师部汇报，申请嘉奖！"刘参谋："是！""还有，弟兄们都辛苦了，应该奖励才对，让师部速调慰问品，犒劳二连的弟兄们！""是！"

曹阳用眼神示意二连长，二连长反应过来，迈步上前："多谢长官抬爱！二连一定会再接再厉，效忠党国，效忠蒋委员长！"

督察官满意地点点头，走上前来，赞赏地和二连的每一位战士一一握手。

月亮撩开薄云爬了上来，三连战士们都还兴奋得睡不着，大家或躺或站或坐，神采奕奕地议论着这两天的战事。

孟刚使劲推李松："大个儿，醒醒，醒醒，别睡了！给大伙儿讲讲，你那炮是怎么打的？神了！"李松迷迷糊糊地拨拉开孟刚的手："别闹，别

第十章 无名战功

215

闹！"翻了个身，又睡了。

江崇义说："黑子，让大个儿多睡会儿，今天这仗全凭大个儿了。"孟刚不服气："怎么就全凭他了？不是俺在树上给他指目标，他能一炮干掉鬼子的指挥部吗？"朱大生也说："就是，咱也没少杀鬼子啊。"马金宝白了他俩一眼："娘的！就见你炸鬼子的榴弹炮了，败家子儿！"

王直兴奋得唾沫星子乱飞："咱冯村阵地也不赖啊，爷们儿双枪齐发，打得鬼子屁滚尿流、尸横遍野，甭提多过瘾了。""是啊，连眼镜儿都干掉一个鬼子，是吧，眼镜儿？"刘金锁转头看着宋晓丹，宋晓丹红着脸："说实话，枪一响，俺都没敢看。"

江崇义高兴地说："今儿这仗打得漂亮，咱三连终于可以洗刷伪三连的耻辱了。弟兄们，高兴不高兴？"大家笑着："高兴，那当然了！"江崇义兴致勃勃地又说："高兴的事还在后头呢，等着明天团长给咱论功行赏吧！"

霍爷有点疑虑："老大，你说团长说话能算数吗？"江崇义满不在乎地说："老爷子，你还怀疑什么？没见今天吴团长是怎么说的吗？咱三连的功劳是明摆着的，谁也抢不走。"

周冰谏微笑着听着大家的议论，忽然发现屋子里少了林奉天，问一旁的战士："见你三哥没？"战士看了看，说："好像刚才一个人出去了。"

曹阳踏着月光，满身灰尘地走进团部，见吴天正在接着电话，就独自站到一边拍打身上的灰尘。

"……是……请师座放心，我一定会再接再厉，绝不辜负师座的栽培！"吴天放下电话，笑容满面地起身迎接，"参谋长辛苦了，辛苦了！事情能化险为夷圆满解决，全靠参谋长周旋了。"曹阳："哪里哪里，能为团座分忧，谈不上辛苦，应该的，应该的！"

吴天兴奋："咱173团这回可是露了脸了，师部嘉奖不说，师座还要向战区司令官汇报，为你我请功呢。"曹阳兴奋："真的？那可太好了！"

吴天递给曹阳一杯香槟酒："来，为我们的胜利，干一杯！"曹阳兴奋地接过酒杯，与吴天举杯相碰："干杯！"

"对了团座，三连江崇义他们有什么动静？"曹阳一饮而尽，咂着嘴问道。吴天不由得皱起了眉头："没什么动静，打发他们回用房休整了。妈的，唯一美中不足的就是这个三连，还以为这帮人就此消失了呢，没想到瞎猫撞上死耗子，还立功了。"曹阳："是啊，千算万算，还是把咱的计划给打乱了。"吴天："我正要和你商量此事，江崇义和他那帮弟兄还等着论功行赏呢，要是知道二连抢了他们的功劳，我担心……"曹阳："团座不必担心，老办法，只要把江崇义稳住了，其他人翻不了天。"

月明星稀，乌鹊南飞。

林奉天独自站在月光下，倒了一杯酒，对着天："弟兄们，三哥送大家一程，

弟兄们一路走好，家里还有什么不放心的事，就给三哥托个梦。"说完，将酒洒在地上。

林奉天又倒上满满一杯酒，对着地："这杯酒，麻烦弟兄们替我跟阎王爷求个情，就说林奉天杀完了鬼子，一定找他报到。"

林奉天虎目中噙满了泪水，将酒洒在地上，提起酒壶仰头一饮而尽。

这时，一辆满载大米和罐头的军用卡车驶进营房大门，在林奉天跟前停下。司机跳下车，问林奉天："兄弟，我是师部运输队的，团部怎么走？"林奉天指了指不远处的团部方向："就那儿。"

司机丢给林奉天一支香烟："谢了兄弟！"林奉天："车上拉着什么？"司机："师部犒劳打了胜仗的将士们，特意送来的慰问品，大米、猪肉，还有美国罐头呢。"

林奉天一阵欣喜，飞快地跑回了营房。

"弟兄们，好事儿来啦，师部给咱送慰问品来啦，大米、猪肉、还有美国罐头呢。"林奉天一跑进门就兴冲冲地喊道。

孟刚跳起来："在哪儿呢，三哥？"林奉天高兴地："在外面呢。"江崇义一下站了起来："走，咱看看去。"大家兴奋地跟着江崇义跑出了营房。李松被喊声惊醒，一下坐起来，半睁开眼看看，倒头又睡了过去。

大家兴冲冲跑到营房外，见一辆卡车停在空地上，一名军官指挥着一群国军战士正在往下卸卡车上的慰问品。

战士们纷纷围了上来帮忙。孟刚兴奋地搬起一箱东西："乖乖，真是美国货！"朱大生："你怎么知道是美国货？"孟刚斜了一眼朱大生，指着箱子上的几个英文字母念起来："你他娘的真是土包子！看见没？美国罐头！"

一旁的周冰谏扑哧一下笑了："弟兄们，咱三连可真是藏龙卧虎啊，居然有人识得洋字码了。"林奉天也笑了："黑子，给弟兄们说说，这娘们儿美国人怎么说啊？"孟刚嘿嘿笑着："嘿嘿，俺认得他，他可不认得俺。"大家"哄"地一声笑起来。

江崇义激动地说："这仗没白打，不仅洗刷了伪三连的耻辱，还得到师部的奖励，看以后谁还敢小瞧咱三连。"

孟刚看着地上满满一堆货物，喜不自胜："大哥，反正这些东西是犒劳咱三连的，搬来搬去怪麻烦的，干脆直接搬回咱三连营房得了。"江崇义："你又胡说了，咱现在是国军，得遵守国军的纪律，不能由着性子来。"孟刚摸着后脑勺："不就等一个晚上吗，俺忍得住。"

刘金锁不紧不慢地说道："别高兴得太早，这年头什么事都不好说，保不准白高兴一场。"孟刚瞪眼："闭上你的乌鸦嘴！除了咱三连，谁还有资格？你看着，明天这些东西就会分到咱手里头！"

静谧的薄雾轻轻笼罩着熟睡的军营。

一声口令打破寂静，三连战士们服装整齐、精神抖擞地列队集合。

江崇义心情舒畅："稍息！立正！弟兄们，今天是个特殊的日子！一个月前的今天，我们还是为人不齿、遭人唾骂的伪三连，可是今天，三连不仅洗刷了耻辱，还成了打鬼子的英雄连，还要接受团部和师部的嘉奖！弟兄们，高兴不高兴？"战士们按捺不住内心的激动，齐声回答："高兴！"

江崇义："大哥带你们走的这条路对不对？"大家高声回答："对！"

江崇义满意地点头："但是，我们还不能有所懈怠，应当加倍地努力训练，不能让人家说咱三连的闲话，听到没？"大家斗志昂扬："听到了！"

"好，现在开始继续训练。向右转！跑步走！一，二，一……"林奉天洪亮的声音在操场上回荡。

日头升得老高，眼看就到晌午了。

江崇义神态威严地站在队伍前列，看着战士们一招一式地跟着孟刚操练刀法。

孟刚摆弄着鬼头刀，教大家大刀术："都看好了，双手握刀，刀身下垂，刀背朝外，刀锋朝里……"

朱大生心不在焉地往团部方向看："娘的，这都几点了，咋还没动静？"林奉天骂道："朱大生！那边没娘们儿！用心点！"朱大生："是！"赶紧收回眼神。

这边，江崇义也忍不住悄悄向团部方向望了一眼，神情焦虑起来。

孟刚耐不住性子，放下刀，大声问道："大哥，咋回事？这都快晌午了。"大家也着急起来，开始悄悄地议论。

江崇义掩饰着焦虑："别急，一定是吴团长军务繁忙，现在没时间，再等等。"

林奉天也正心下焦灼，见大家都是一副急不可耐的样子，反倒冷静下来，叫李松道："大个儿出列！给大伙儿讲讲，你这手百发百中的功夫是打哪儿学来的？"

李松慌了："别别别！三哥，不瞒您说，眼镜儿一见血就犯晕，我是一见人多就犯晕，还是免了吧。"宋晓丹不满："大个儿，你别瞎说，我……我啥时候见血就晕了？"

周冰谏也说："大个儿，给大伙儿传授传授经验，要是三连的战士都成了神炮手，别说鬼子一个联队了，就是一个步兵旅团，照样打得他屁滚尿流！"

大家来了兴趣："大个儿，别扭扭捏捏的，给出大伙儿讲讲嘛，讲讲！"李松吓得直往后躲："弟兄们，我给大伙儿作揖成不成？"林奉天笑骂道："扯淡！给你次露脸的机会都不用，咋跟个小媳妇似的，讲！"

李松咬了咬牙："格老子的！讲就讲！41年第二次长沙会战结束后，我出川找我当兵的大哥，不想一觉睡过了头，被国军抓差当了兵。本来想啊，当兵就当兵，反正在家也没活路，倒不如当兵混口饭吃，还能打日本鬼子，没想到鬼子大炮一响，国军不战而溃……"

李松正讲得激情澎湃，背后一队士兵向团部走去。马金宝眼尖："嘿，咋是二连的人？他们不是在阵地上吗？"孟刚也奇怪："是啊，他们怎么回来了？"朱大生："这有什么奇怪的？许是换防呗！再说了，鬼子都让咱打跑了，他们留在那儿也没用。"马金宝狐疑道："不对，二连根本没打，换什么防？"刘金锁不紧不慢地说："这事啊，蹊跷！"

见大家胡乱猜疑，江崇义赶紧叫道："安静，瞎吵吵什么！听大个儿讲完！"

大家安静下来，李松继续讲道："国军不战而溃，格老子的！老子转眼间倒成了鬼子的民夫，天天给鬼子拉大炮，一来二去的，就跟着鬼子学会了……"江崇义看似认真地听着，眼睛却忍不住直往团部方向瞄。

这时，一名团部通信员跑来："江连长，团长有请！"

大家一下站了起来，兴奋地嚷嚷着："可算来啦，走走走！"

通信员拦道："你们干什么，团长叫的是江连长，没你们事！"江崇义诧异："就我一个人吗？"通信员："是。"大家面面相觑。江崇义安慰道："兴许是团长还有别的事。弟兄们，先回营房等着我。"说完，跟着通信员急匆匆地走了。

三连战士们疑虑重重地整队回营。林奉天疑惑地悄悄问周冰谏："周大哥，吴天又在搞什么鬼？"周冰谏摇摇头："不知道，估计不是什么好事。"

大家回到营房，大眼瞪小眼地等着江崇义回来，却迟迟不见大哥踪影。

朱大生急得骂道："娘的，到底搞什么名堂吗？神神叨叨的，真他娘的不痛快！"孟刚生着闷气："铁板上钉钉的事，急什么急！"

宋晓丹细声细气道："黑子哥，哪儿能不急啊，这要等到啥时候嘛！"马金宝也说："就是，咱傻等着也不是个事儿啊！黑子，要不你去打听打听，到底咋回事。""要去你去，俺不去！"孟刚背转身去。马金宝气道："我去就我去！"说完，一个人出了营房。

马金宝一头闯进军需库，迎面撞见二连的战士们正在搬慰问品。马金宝诧异："你们这是干什么？谁让你们搬的？"

二连战士没人搭理马金宝，继续搬东西。马金宝："娘的，耳朵聋啦？

问你们话呢！"一个秃头战士喝道："咋呼什么咋呼！你干吗的？"马金宝瞪起了眼睛："干吗的？我是三连的马金宝，这些东西是师部奖励给我们三连的，你们凭什么拿？"

秃头战士愣了一下，随即硬气起来："谁说这些东西是奖励给你们三连的？明明是师部奖励给我们二连的嘛！"马金宝怒道："放屁！小鬼子是我们三连打跑的，怎么会奖给你们二连？"战士冷笑一声："笑话！冯村阵地是我们二连收复的，这些慰问品是军部督察官亲自上冯村阵地慰问二连时奖励给我们的。你说鬼子是你们三连打败的，有什么证据？""证据？那些被炸毁的榴弹炮就是证据！炮现在还榴弹炮阵地上。""你胡说！榴弹炮现在在冯村阵地上。弟兄们，没工夫听他扯淡，搬！"秃头战士推开马金宝，大家挤上前继续搬东西。

马金宝火了，一把揪住秃头战士："把东西给老子放下！"

"怎么？想打架？弟兄们揍他！"秃头战士一招呼，二连战士们"哗"一下围了上来。

马金宝好汉不吃眼前亏，撒腿就跑，几步跑出了军需库，直奔三连营房而去。

马金宝刚一把事情说完，孟刚腾地一下站了起来，一把揪住马金宝的衣领子："你说的是真的？"

马金宝："说假话天打五雷轰！"

营房里顿时炸了锅，战士们纷纷跳了起来。

孟刚火冒三丈："太欺负人了！弟兄们，给我走！"王直赶忙阻拦："黑子，别莽撞，等大哥回来再说！"孟刚一把推开王直："等大哥回来黄花菜都凉了！走！"朱大生等战士跟着孟刚冲出了营房。王直自言自语道："娘的！捅破了天才好呢！"

江崇义从团部舒服的椅子上一跃而起，目瞪口呆地看着吴天和曹阳："团……团长，你们说的不是真的吧？"吴天装出一脸的歉意："江连长，这件事已经定了，这次就委屈你们三连了。"江崇义急道："团长，您昨天可不是这么说的，你忘了怎么答应我的吗？"吴天面无表情："昨天我答应你什么

了？我记得没答应你什么吧。"

"你……"江崇义忍无可忍，嚷道，"团长，仗是三连打的，凭什么把荣誉给了二连？你们不能这样对待三连，我不服！三连的弟兄们也不服！"

吴天拉下脸来："江连长，实话给你说吧，最后占领冯村阵地的是二连，督察官已经检阅了二连阵地，并且亲自向师部申报了嘉奖，你争也没用！"曹阳点点头："江连长，这件事师部已经定了，没有更改的余地。"

江崇义："那我那些牺牲了的弟兄怎么办？你让我怎么向弟兄们交代？"

吴天："至于三连的牺牲，团部决定给予一定的军饷补偿，希望江连长以大局为重，安抚好三连的战士。"

江崇义赌气不说话。曹阳说："江连长别忘了，你现在可是国军173团的副营长兼三连的连长，意气用事只会自毁前程。"吴天："曹参谋长言重了！好啦，好啦，事情都说明白了，我知道江连长是个聪明人，至于江连长的个人前程，我吴天一定会考虑的，希望江连长以大局为重。"

江崇义看着二人，心里彻底明白了。许久，江崇义默默地点了点头。

江崇义垂头丧气地走进营房。王直正把玩着手里的金表，看到江崇义阴沉着脸进门，赶忙起身："大哥，您可算回来了，出大事了！"

江崇义一惊："啊？出什么事啦？"王直："孟黑子和朱大生带着人抢慰问品去了！"江崇义急了："什么？哄抢军用物资可是要枪毙的！你怎么不拦着？"王直："大哥，您又不是不知道，我能拦得住那俩活阎王吗！"

江崇义："那老三呢，他怎么也不拦着？"王直："老三？他巴不得把事情闹大呢！"江崇义气急："没一个省心的，尽给我惹事！还愣着干什么？赶紧跟我追去！"二人急急忙忙往外走。

孟刚和朱大生等战士来到军需库，怒气冲冲就要往里闯。

两名守卫士兵见势不妙，端起枪阻拦："站住！你们想干什么？"孟刚一拳打倒一名守卫，另一名守卫急了，刚想开枪报信，朱大生的匕首已经顶住了他的咽喉："动一动老子骟了你！"守卫吓得面色惨白："你……你们要干什么？"

朱大生："干什么？抢东西！"大家跟着孟刚一拥而入，迎面撞见战士甲等二连士兵。马金宝上前就是一拳："娘的！还敢动手打老子！"战士甲等人看到孟刚等人气势汹汹，站着没敢动。孟刚："弟兄们，动手！"马金宝等战士们纷纷下手，将慰问物资一箱箱搬了出来。

就在这时，二连长带着人赶来。二连长吼了一声："干什么？想造反吗？来人，都给我抓起来！"

二连战士一拥而上，将孟刚等人团团围住。孟刚一拳打倒一名二连战士："奶奶个熊！这是逼着老子造反！"朱大生拔出匕首："娘的！老子骗了你！"二连战士们被二人的气势镇住。

二连长火了，拔出手枪，大骂手下战士："妈的！一群窝囊废！你们手里的枪是烧火棍吗？"二连战士反应过来，"哗啦"一声拉响了枪栓。

孟刚："弟兄们，操家伙！"

三连战士们一下慌了。

马金宝："黑子，咱出来的时候都没带家伙。"孟刚气急败坏："奶奶个熊！拳头带着没？"

三连战士们嚎叫一声，和二连的战士扭打在一起，场面顿时大乱。

林奉天得到消息，和宋晓丹急匆匆跑来，刚跑到军需处门口就听到里面吵吵打打的声音。

宋晓丹急道："不好啦！三哥，打……打起来啦！"

里面传来孟刚和朱大生的叫骂声："放开我，奶奶个熊……有本事一对一单挑……老子骗了你……"

林奉天吩咐道："眼镜儿，你赶紧去通知大哥和弟兄们！"

宋晓丹答应一声，撒腿跑了。

林奉天几步跨进了大门，只见院子里，孟刚、朱大生等几名战士已经被二连的人按倒在地，孟刚一张黑脸憋得像关云长，张口大骂："放开我，有本事单挑！"

二连长上前，举起皮鞭就打。林奉天闯进大门，怒吼了一声："住手！"

二连长："林奉天，你来得正好，我替你教训教训你手下这帮土匪！"林奉天上前一把夺下二连长的鞭子："他们是我三连的弟兄，教训也轮不到你教训！放人！"二连长："放人？林奉天，看看你的手下都干了什么，竟敢哄抢

第十章 无名战功

223

军用物资，这是要枪毙的！"林奉天口气缓和下来，但语气威严："二连长，你我都是东北老乡，看在我林奉天的面子上，放了他们，我们井水不犯河水，至于违犯军规自有上级处罚，你看如何？"二连长冷笑："对不住了老乡，孟刚他们犯的可不是小事，哄抢军用物资是要枪毙的，如果我放了他们，团长怪罪下来我可担待不起。再说了，你们三连这身土匪气也该整整了，军营里就敢抢东西，出了军营还不打家劫舍，欺男霸女？来人，给我带走！"

二连的战士押着孟刚等人就走。林奉天怒吼一声："你敢！"二连长拔出手枪，命令手下："带走！"

这时，李松、刘金锁等三连战士们闯了进来。

林奉天大喊一声："弟兄们，操家伙！"双方战士顿时剑拔弩张。

就在这时，江崇义和王直大步走进院子。江崇义吼了一声："住手！都住手！老三，把枪放下！三连的弟兄们，把枪都给我放下！"李松等战士们怒目而视，不肯放下枪。

江崇义："怎么，连大哥的话也不听了吗？放下！"王直："老三，弟兄们都看着你呢。"林奉天无奈，缓缓放下了手枪，战士们也跟着放下了枪。

吴天和曹阳带着一队宪兵急匆匆赶来。那名挨打的守卫跟着二人，边走边告状："团长，三连的人太野蛮了，尤其是那个孟黑子，抢物资不说，还动手打人！"吴天铁青着脸："混蛋！反了天了！"

军需库里面传来江崇义的声音："住手！把枪都放下！"

曹阳脸色一变，叫道："团长，不好，要出事！"

二人加快了脚步，快速走进军需库院子。

江崇义再喊一声："二连长，让你的战士把枪放下！"二连长哼了一声，没动，双方再次剑拔弩张。

吴天扫视了一眼怒目而视的双方，铁青着脸看着江崇义，一言不发。

突然，江崇义大步走向孟刚，抢起手中的鞭子，狠狠打在孟刚身上。孟刚一下惊呆了："大哥……"江崇义大声训斥孟刚："住口！你胆大包天！谁让你这么干的？这是违犯军规你知道吗？来人！把孟刚给我绑了！"

三连战士们惊讶地看着大哥江崇义，没人上前。

江崇义气急败坏："好好好，没人听是吧？我自己来！"说完，江崇义捡起地上的一根绳子，几下绑起孟刚，拽着孟刚来到吴天面前。

江崇义："团长，曹参谋长，三连战士孟刚违反军纪，请团长发落！"

三连战士们目瞪口呆地看着大哥，仿佛不认识眼前的江崇义，一股寒意从脚底直窜上来。

吴天面无表情："带走！"几名国军宪兵押着孟刚出门，李松等三连战士一下挡住了去路。吴天："干什么？想造反吗？来人！"宪兵队纷纷子弹上膛。

林奉天大喝一声："慢着！我有话说！"林奉天大步上前："请问吴团长，团部将如何处置孟刚？"吴天皱眉："军法处置！"林奉天："依据是什么？"吴天恼怒："哄抢军用物资还不够吗？"林奉天："再请问吴团长，孟刚等人为何哄抢军用物资？"吴天一时语塞："这……"

林奉天："如果不是二连冒名顶替，抢了本属于三连的荣誉，孟刚会冒着军法处置的危险，如此鲁莽吗？"曹阳慌了："林奉天，我警告你，注意你的言行！这件事团部自有定论，你不要谣言惑众，否则一并处罚！"林奉天冷笑一声："头上三尺有神明，曹参谋长，你敢对天发誓，这件事背后没有文章吗？"曹阳脸色尴尬："我……"

林奉天转身面对二连长："二连长，你敢对天发誓，冯村阵地是你们二连打下来的吗？"二连长张口结舌，不知道该怎样回答："我……"

林奉天面对吴天："吴团长，三连冒死投奔173团，是来抗日打鬼子的，可是173团又是怎样对待三连的？在场的各位心知肚明！三连的弟兄们计较了吗？如今三连身处绝境之中，以牺牲了十几条战士性命的代价，拼死夺回冯村阵地，击溃了日军精锐山田联队，可是吴团长又是怎样对待我三连弟兄的？功过不分，是非颠倒！如此赏罚不明，我林奉天不服，三连的弟兄们也不服！"

马金宝等战士义愤填膺："我们不服！请吴团长说清楚！我们不服！"

吴天脸色白一阵、黑一阵，无言以对。

林奉天："吴团长，曹参谋长，今天我林奉天就把话挑明了，既然国军容不下我三连的弟兄，我宁愿带着三连投奔八路军。"

话音未落，江崇义吼了一声："老三，你胡说什么！我们现在是国军战士，服从长官命令是军人的天职，你不知道吗？来人，把林奉天给我绑起来！"

战士们纷纷看着江崇义，没有一个人动。江崇义："我江崇义无能，管不了手下弟兄，请吴团长军法处置！"

看着义愤填膺的三连战士们，吴天也不知道该怎么办好了，他求助地看了曹阳一眼。曹阳心虚地在吴天耳边低语几句："团长，事情闹大了不好收场，我看还是……"吴天点头，提高了声音："不管是非曲直，孟刚等人违反军纪毕竟是事实。江连长，我命令你，把孟刚等人交给宪兵队，听候团部的决定。"说完，吴天和曹阳匆匆离去。二连长见状，也带着战士们灰溜溜地走了。

江崇义盯着战士们："弟兄们，要是还认我这个大哥，就执行团长的命令！"战士们："大哥，不能交人！太欺负人了，不能交人！"孟刚吼了一声："别吵啦！弟兄们的情意我孟黑子心领了，这事因我而起，不能让大哥为难，俺自己去！"说完，孟刚挣脱众人，大步走近宪兵队。朱大生等战士见状，纷纷挣脱，跟着孟刚走近宪兵队。战士们无奈，眼睁睁地看着宪兵队押着孟刚等人走出大门。

就在这时，外面突然传来一阵敲锣打鼓的声音。

第十一章　实至名归

　　吴天和曹阳二人正气哼哼地走在回团部的路上，忽然听到军营门口传来的一阵噼噼啪啪的鞭炮声，紧接着就是一通敲锣打鼓的声音。二人惊讶地望去，只见大门口，刘大炮率领着八路军独立团战士以及十里八村的百姓打着横幅、赶着猪羊、挑着鸡鸭、放着鞭炮，敲锣打鼓地走进了173团营房。

　　刘大炮大步走在队伍最前头。喧天的锣鼓声引来了173团的战士们，大家纷纷跑出营房围观。

　　吴天惊讶："怎么回事？"曹阳努了努嘴："团长，你自己看吧。"

　　队伍前面，一条横幅上醒目地绣着一行大字："向英雄三连致敬。"

　　刘大炮大步走来，亮着嗓门喊："三连的弟兄们在哪里？干掉山田指挥部的神炮手在哪里？八路军独立团，十里八村的乡亲们，给你们庆功来啦！"独立团的战士们也跟着起劲儿地喊："打败山田联队的三连弟兄们，乡亲们给你们庆功来啦！"吴天和曹阳等人尴尬地立在当场。

　　人群中，三连的战士们听到独立团战士们的喊声，顿时兴奋地跳了起来。

　　周冰谏喊："弟兄们，八路军独立团和乡亲们来给咱三连庆功来啦！眼镜儿，眼镜儿，赶紧通知连长他们去，八路军独立团和乡亲们来给咱三连庆功来啦！"宋晓丹撒腿就跑，差点摔个跟头。霍爷："慢着点！快跑！"周冰谏："我说老爷子，你到底是让眼镜儿快点还是慢点嘛？"霍爷笑着："管他呢！"

吴天和曹阳挤在人群里看着眼前的一幕，脸色难看异常。吴天气得直骂："刘大炮啊刘大炮，尽给老子来邪的！"曹阳："千算万算没算到刘大炮会来这手！团长，咱现在怎么办？看这情况，刘大炮不弄个鸡犬不宁是不肯罢休了。"吴天恨恨地说道："能怎么办？事情都让刘大炮这个炮筒子给搅黄了。你赶紧去，先把孟刚那几个人放了再说。"

正说着，刘大炮和乡亲们已经大步走来，刘大炮大着嗓门喊："吴团长，曹参谋长，恭喜173团打了个大胜仗，十里八村的乡亲们都来给你们庆功啦！还不赶紧前来迎接，二位好大的架子哟。"吴天和曹阳堆起一脸的笑容，迎了上去："欢迎乡亲们，欢迎刘团长！"刘大炮："吴团长，三连的弟兄们在哪里啊？还不赶紧叫出来！乡亲们都等着要看一炮干掉鬼子指挥部的神炮手哩。"吴天："这就叫，这就叫！曹参谋长你去，叫三连赶紧来。"曹阳："是，我这就去。"刘大炮："对了参座，这回可别再叫来一个'李鬼'糊弄俺老刘！"曹阳尴尬："刘团长又开玩笑了，哪儿能呢。"说完，曹阳匆匆离去。

锣鼓喧天，鞭炮齐鸣。林奉天率领李松、孟刚、朱大生等三连的战士们赶来，林奉天带头喊道："集合！立正！敬礼！感谢乡亲们，感谢八路军独立团！"三连战士们庄重地向乡亲们和独立团敬礼。

刘大炮和一名须发皆白的老者举着一面锦旗上前，锦旗上绣着"英雄三连"四个大字。

老者："林连长，老朽和刘团长代表周围十里八村的乡亲们，代表八路军独立团的全体战士们，祝贺三连打败不可一世的山田联队，打乱了日军南进的计划，你们是国家的英雄，民族的骄傲！"

刘大炮大声："林连长，接旗！"

林奉天郑重地敬礼，接过锦旗，举过头顶。噼噼啪啪的鞭炮再次炸响。

刘大炮笑着："奉天兄弟，哪位是一炮干掉山田指挥部的神炮手？让我刘大炮和大家伙儿也见识见识。"林奉天回头喊李松："大个儿！大个儿呢？赶紧出来，让刘团长认识认识。老大的个子，怎么一到这时候就怂了？"李松赶紧往人群里躲，被大家推了出来。

刘大炮上前对着李松就是一捶："中！好样的！哪天跟我的一营长比试

比试怎么样？"李松一个趔趄："刘团长，那怎么敢？"刘大炮瞪眼："怎么，怕啦？你不会也是个李鬼吧？"李松来了劲儿："格老子的，比就比，谁怕谁！"众人一阵大笑。

人群中，吴天和曹阳灰溜溜地离去。江崇义站在围观的人群中，看到吴天和曹阳离去，表情异常地复杂。

吴天回到173团团部，冲着曹阳大发雷霆："我问你，刘大炮是怎么知道这件事的？江崇义和八路军究竟是什么关系？他想要干什么？想谋反吗？还有你，你还有多少事儿瞒着我？"曹阳："团长，天地良心啊，我怎么会有事瞒着您呢？""那你说，这究竟是怎么回事？"

曹阳："团长，您听我解释。事情是这样的，我带领二连占领冯村阵地后，刘大炮也上了冯村阵地，要见打掉山田指挥部的神炮手，结果弄巧成拙，让他看出来了。至于江崇义和八路军是什么关系，别人我不敢保证，江崇义我敢保证，他绝对和八路军没关系，更不会谋反。"吴天："没关系？胡扯！既然没关系，刘大炮为什么要三番两次地帮助江崇义？难道这都是巧合吗？我不信！"曹阳急道："团长，事实就是这样，你不信我也没办法。"吴天："你去，把江崇义给我叫来，我倒要看看，他和八路到底有什么勾结。"吴天愤怒地一巴掌拍在桌子上。

锣鼓声停了下来。

刘大炮抱拳："林连长，三连的各位弟兄们，喜也道啦，人也见啦，酒咱就不喝啦，我们就此道别，后会有期吧！"

林奉天上前握住刘大炮的大手，发自内心地说道："刘团长，我代表三连全体弟兄、代表牺牲了的兄弟，谢谢刘团长，谢谢独立团的弟兄们，谢谢乡亲们！还是那句话，八路军才是真正抗日的队伍，日后只要有用得着的地方，我林奉天赴汤蹈火、万死不辞！"三连战士们纷纷说道："是啊刘团长，只要有用得着的地方，弟兄们绝不皱一下眉头！"

刘大炮："中！奉天老弟，弟兄们，后会有期！"说完，刘大炮和旁边的周冰谏紧紧握了握手，转身对着乡亲们："老乡们，把你们的锣鼓都给我

第十一章 实至名归

229

敲起来，咱走啦！"乡亲们示威般地敲着锣鼓，跟着刘大炮离去。

三连战士们久久地注视着他们，人群中，江崇义看着眼前的一幕，脸色更加阴沉。

曹阳铁青着脸赶来："江连长，你来一下，吴团长有请！"江崇义的心一下悬起来，紧张地问："参谋长，团长找我有什么事？"曹阳铁青着脸："去了就知道了。"江崇义忐忑不安地跟着曹阳进了团部。

江崇义走进团部，一眼看到吴天铁青着脸坐在椅子上，一言不发。江崇义忐忑不安地上前道："团长，孟刚等人违反军纪，都是我这个当连长的管教不严，我有责任，请团长处置我……"吴天霍地站了起来，打断江崇义："我问你，你和八路军是什么关系？"江崇义愣了一下："八路军？我和八路军能有什么关系？"吴天拍了下桌子："江崇义！没关系八路军能三番五次地替你们出头吗？难道都是巧合吗？你给我老实说，什么时候跟八路混在一起的？你想背叛国军，投奔八路吗？"

江崇义："吴团长，天地良心，我江崇义对吴团长可是忠心耿耿，我可从来没想过要背叛国军、投奔八路啊！再说如果想投八路，当初返出九台城的时候……又何必等到现在？"江崇义回头找曹阳，"曹参谋长，你了解我江崇义，你说说，我江崇义自始至终，什么时候有过背叛国军投奔八路的想法？"曹阳："吴团长问得有道理，这次冯村战役，刘大炮是怎么知道的？八路又为什么会在侧翼配合你们三连呢？江连长，你能解释清楚吗？"

江崇义："我……我解释不清楚！可是我真的不知道这是怎么一回事儿……团长，你们一定要相信我！"吴天冷冷地盯着江崇义，不说话。

江崇义急了，激动地对天发誓："吴团长，我江崇义敢对天发誓，如果我有背叛国军、投奔八路的想法，叫我遭报应，天打五雷轰，不得好死！"

吴天语气缓和下来："好啦，好啦，江连长，我相信你，是我吴天错怪你了，让你受委屈了。"江崇义："团座，事情不能这么做。"吴天："我吴天做事一向对事不对人，现在搞清楚了不就没事了嘛！好啦，这件事以后不提啦，我还有些紧急军务要处理，你先回去。参谋长，替我送送江连长。"

曹阳连哄带拽地将江崇义劝出了团部。

曹阳一路相劝："好啦江连长，别生气啦，其实吴团长对你还是很器重的。"江崇义愤愤不平："器重？这也叫器重？"曹阳："江连长，看在你救过我一命的分儿上，我今天给你透个底儿，其实你不了解吴团长，吴团长这人刀子嘴豆腐心，对你骂得越狠，说明越器重你，要是不骂你，你可真要倒霉了。"江崇义："真的？"曹阳："当然啦！你我兄弟之间，我能骗你吗？"江崇义转怒为喜："您看我这事闹的，我赶紧去给团长赔礼去。"曹阳："行啦，你还是赶紧把三连的屁股擦干净再说吧。"江崇义："怎么啦？"曹阳："我再提醒你一次，孟刚等人哄抢军用物资可不是小事，团长可以不追究，但其他连队可不服气，如果没个交代，你让团长以后还怎么带兵？"

江崇义若有所思："曹参谋长，我知道该怎么做。"说完，江崇义匆匆离去。

三连营房里，林奉天、周冰谏、王直兴奋地指挥宋晓丹将"英雄三连"的锦旗挂在墙上。

战士们看着锦旗，别提有多高兴了。林奉天激动："弟兄们，这是咱三连的第一面锦旗，咱三连蒙受的耻辱今天终于洗清了，高兴不高兴？"大家："高兴！"

林奉天："今后，这面锦旗就是咱三连的传家宝，咱要一直传下去。眼镜儿，现在交给你一个任务，今后无论三连走到哪儿，你都要带着它，不能丢了，不然我毙了你！"宋晓丹："放心吧三哥，俺不会给你机会的。"

孟刚兴奋："奶奶个熊，咱三连这回可是扬眉吐气了，你们没见吴天和曹阳走时候的样子，就像两只斗败的公鸡。"马金宝："谁说没看见？大伙儿都看见了！要说还是人家刘团长厉害，那话说的，别提有多解气了，气得吴天哑巴吃黄连，有苦说不出，厉害，厉害！"周冰谏笑着："金宝，你只说对了一半。"大家诧异："为什么？"周冰谏："弟兄们，刘团长厉害不假，但是刘团长身后的老百姓才更厉害。"

大家似懂非懂。

周冰谏："古话说水能载舟亦能覆舟，老百姓就是水，我们军人就是舟，只有真正为老百姓着想的军队才能得到人民的拥护，只有获得老百姓的拥护才能成为战无不胜的常胜之师。"

第十一章 实至名归

林奉天："我懂了！弟兄们，吴天真正怕的其实不是刘团长，而是刘团长身后的老百姓。"周冰谏微笑着点头，指着锦旗："弟兄们，三哥刚才说得对，这面锦旗的确可以做三连的传家宝，因为它不是一般的荣誉，是老百姓给的荣誉，老百姓给的荣誉才是最大的荣誉。"大家："周先生，我们懂啦！"

这时，江崇义黑着脸走进营房。

林奉天上前："大哥，你看咱的锦旗……"江崇义打断林奉天："孟刚出列！"孟刚："大哥什么事？"江崇义："来人，把孟刚给我绑了，押送团部交由吴团长处置！"

林奉天惊讶："大哥，为什么？事情已经搞清楚了，孟刚没错，为什么要交给吴天处置？"大家："是啊大哥，孟刚没错，为什么要交给吴天？不行！不能交给吴天！不能交给吴天！"

江崇义冷酷地说道："不为什么，执行命令！"林奉天怒视江崇义："不行！要绑你把我林奉天也一起绑了！"江崇义恼怒："老三，你要干什么？你眼里还有没有我这个大哥？"王直赶忙打圆场："大哥，老三，都是弟兄，有话好好说嘛，咱别伤了感情。"二人僵持在一处，谁也不肯后退一步。

这时，孟刚吼了一声："三哥，你的心意我孟黑子心领了，但是，大哥的话我孟刚也要听。大哥，好汉做事好汉当，这件事和别人无关，俺跟你去！"说罢，孟刚大步走出了营房。

朱大生："弟兄们，有福同享，有难同当，咱不能让黑子一个人顶罪。走，大家都去！"几个参与抢东西的战士们纷纷跟着朱大生走出营房，江崇义也跟着出了营房。

其他战士们呆呆地望着江崇义冷酷的背影，感到一阵阵心凉。

曹阳正和吴天汇报事情，孟刚、朱大生等战士大步走进团部，吓了曹阳一跳，一下站了起来。曹阳："你们……你们要干什么？来人！"

江崇义跟进来："团长，参谋长，三连战士孟刚等人违反军纪、触犯军法，我把他带来了，请团长处置！"

江崇义声色俱厉："孟刚跪下，向吴团长请罪！"孟刚："大哥，跪可以，但是俺没错！"说着单膝跪下。

吴天冷冷地看着江崇义二人，没说话。

江崇义：“混蛋！还不认错！”孟刚：“俺没错！”江崇义大怒，举起鞭子狠狠抽在孟刚身上，抽出一道血痕。孟刚疼得一哆嗦：“俺没错！”江崇义火了，劈头盖脸狠命抽打孟刚：“让你嘴硬，让你不认错！认错！认错！”

孟刚满身伤痕，依旧不认错。江崇义不停地抽打。渐渐地，孟刚的声音微弱下来，一头栽倒在地。朱大生：“大哥，该轮我啦！”说着脱掉上衣，单膝跪下。

江崇义仍不罢手。

曹阳看得心惊胆战：“团长，您看……”吴天始终观察着江崇义的表现，这时才缓缓站了起来：“好啦，江连长，人已经这样了，停手吧！”

江崇义：“不行，他不认错，我打死他。”曹阳上前夺下鞭子：“差不多就行啦，体罚战士也不对。”江崇义这才停手。

吴天装出一副大度的样子：“好啦江连长，我相信你的忠诚，这次我就不追究这些人了，但是下次再犯绝不轻饶！”江崇义感激地说道：“谢谢吴团长宽宏大量！”

江崇义背着孟刚急匆匆向三连营房而来，嘴里不停地念叨着：“黑子，大哥对不住你！坚持一下，马上咱就到了，大哥马上就给你治伤。”朱大生上前：“我来背！”江崇义一把推开朱大生，瞪着眼睛：“让开！”

江崇义背着孟刚跑进营房，大喊着：“快去找大夫！快去！”

战士们冷冷地看着江崇义，没人动。

“还愣着干什么……”话没说完，江崇义一下明白过来，他看到了战士们透满寒意的眼神。

林奉天和周冰谏默默地接过昏迷的孟刚，放在床上。

江崇义突然嚎啕大哭：“黑子，你醒醒，大哥对不住你！不是大哥无情，是大哥没别的办法！黑子，你要是有事，大哥也不活了！大哥的心也疼啊！”

孟刚缓缓醒来，断断续续地说道：“大……大哥，你都是为了三连弟兄们，俺不怪你，俺能理解……”江崇义哽咽，发自肺腑地说道：“黑子，你理解大哥就好……”

一旁，林奉天和周冰谏看着江崇义的举动，清楚地看出了江崇义的犬儒

心态，二人心有灵犀地互相对视了一眼。

"叭！叭！叭！"三个清脆的嘴巴重重落在山田大佐的左右脸颊上。日军司令官怒不可遏："混蛋！你的步兵联队都是些蠢猪吗？大日本皇军的颜面都让你们丢尽了！"山田一动不动，站得笔直："是！"

司令官回身，对着木村左右开弓，又是三个重重的嘴巴："耻辱！你的情报工作是怎么做的？你的特高科都是些饭桶吗？"木村强忍剧痛："是！"

司令官咆哮："知道是什么人打败你们吗？保安队！就是那支炸毁军火库的保安队！堂堂大日本皇军竟然败给一支小小的保安队，这是大日本皇军的耻辱！大大的耻辱！大日本皇军绝不能败给支那人！"

日军司令官气急败坏地咆哮着。木村和山田二人诚惶诚恐，不停地"是是是"的答应着。

木村在长官那里受了气，回到特高科，马上召集手下特务训话。

木村指着特务们的脑袋，大发雷霆："饭桶！一群饭桶！你们的情报工作是怎么做的？江崇义的保安队就在冯村阵地上，如此重要的情报，为什么没有查出来？你说、你说！还有你，说话！"

特务们屏气敛息，不敢说话。

木村指着一名小眼睛特务："你说！"特务翻着小眼睛，战战兢兢地回答："我们本来查出来了，可是……可是一想保安队就是一群乌合之众，根本不值得一提，所以……"木村气得一记耳光狠狠扇在小眼睛特务的脸颊上："所以你就没报告，是吗？"小眼睛特务捂着脸颊："是！"

木村气急败坏："保安队！林奉天！此仇不报，我木村誓不为人！"木村指着小眼睛特务大叫："你去，把保安队凡在九台城内的亲眷通通给我查清楚，通通给我抓起来！""是！"小眼睛特务答应一声，如遇大赦般匆匆离去。

另一名特务说道："木村先生，冤有头债有主，保安队的后台就是那个王伯昭，不是他当初出钱出力成立保安队，皇军也不会如此蒙羞。"木村骂道："住口！保安队反出九台城后，王伯昭已和保安队划清了界限，你不要找借口。"特务汗出涔涔："木村先生，王伯昭那条老狐狸一向狡兔三窟，据我们调查，他和江崇义是翁婿关系，王伯昭为了收买人心，已经把女儿许配给了保安队队长江崇义，所以，我们怀疑他还在暗中支持保安队。"木村嘴角跳了一下："真有此事？"特务："我敢拿脑袋担保！"

木村目露凶光："王伯昭！王伯昭！"

当夜，正在酣睡中的王伯昭迷迷糊糊被两个闯入的特务拖出暖和的被窝，直接带到了日军特高科。莫名其妙的王伯昭被特务一把推进了审讯室，他一下子清醒了。

审讯室里摆满了各种阴森恐怖的刑具，不时传来几声恐怖的哀嚎。王伯昭禁不住心中一颤，但还是故作镇静："你们一定是误会了！听我说，我和保安队早已经划清了界限，我对皇军可一向忠心耿耿，苍天可鉴啊！"小眼睛特务拿起一个烧得通红的烙铁："老狐狸，我看你是不见棺材不掉泪！"王伯昭急了，大喊起来："木村先生可以为我作证，我要见木村先生！木村先生，救救我……"小眼睛冷笑："住口！我告诉你，就是木村先生让我们抓你的。"王伯昭："不可能，不可能！木村先生，我要见木村先生！"烙铁就要挨住王伯昭，王伯昭一边挣扎一边大喊着。

木村走进审讯室。王伯昭一看木村，如见救星，大喊："木村先生，救救我！"喊罢昏了过去。小眼睛特务看了看手中的烙铁，狠狠骂道："妈的！软骨头！老子还没动手呢！"

木村面无表情地看了看王伯昭："招了没有？"小眼睛："报告木村先生，这个老狐狸哪儿都不硬，就是嘴硬。"木村瞪起眼珠："来人，把他给我浇醒了！"

一盆凉水浇在王伯昭身上，王伯昭一下醒了过来，一眼看到面前的木村，王伯昭急切地大喊："木村先生，你们一定误会了，我对皇军一向忠心耿耿，绝无二心啊！木村先生……"

木村用冷酷的眼神盯着王伯昭："我倒是想相信你，可你的保安队处处和皇军作对，破坏了皇军的全盘计划，你怎么解释？"王伯昭愤恨道："保安队这帮兔崽子早已背信弃义，我真的和他们没任何关系啊。"木村冷笑一声："是吗？那你说说，你和江崇义是什么关系？"王伯昭愣了一下："木村先生，这件事怪我，是我当初瞎了眼，让这个王八蛋当了保安队队长。我敢对天发

誓，我和江崇义没有任何关系……"

木村突然拔出手枪，抵住王伯昭的脑袋："王伯昭，到这时候了你还敢骗我！我问你，王青梅是不是你许配给江崇义的？既然已经许配给了江崇义，为什么又许给我？说不清楚我毙了你！"王伯昭惊出一身冷汗："木村先生，事情是这样的，不是我自愿把女儿许配给江崇义的，是江崇义这个王八蛋用枪逼我答应的。真的，我说的都是真的，木村先生，您听我解释……"

木村面无表情，王伯昭哭丧着脸："都怪我听信了江崇义的花言巧语，在他落魄的时候收留了他，还让他当了保安队队长，谁知道江崇义这个白眼狼看上了青梅，仗着手里有枪，竟然用枪逼我答应把女儿许配给他，不然就杀我全家，我实在是没办法才答应他的啊！唉，都怪我当初瞎了眼，引狼入室。"木村怀疑地看着王伯昭："你说的都是真的？"王伯昭赶紧赌咒发誓道："我敢对天发誓，我说的都是真的，要是有一句假话，让我不得好死！木村先生，您也知道，江崇义和他手下弟兄个个都是亡命之徒，这帮人什么事做不出来的啊！"

木村面色缓和下来。王伯昭偷偷看了一眼木村："木村先生，幸亏江崇义跑了，不然青梅早就落入江崇义手里了，那样的话，我就是想把青梅许配给木村先生也不行了……"

木村突然打开了手枪保险："王伯昭，你骗得了别人，可骗不了我木村！今天我要拿你的脑袋给阵亡了的皇军战士偿命！"王伯昭压抑着内心的恐惧，装出一副死不足惜的样子："木村先生，既然您不相信我，那我也无话可说，可是你想想，我这条老命就是死一千次一万次也赎不回皇军一条命啊！"木村狞笑："那好，为了证明你对皇军的忠诚，也为了让我相信你，三天之内，我要你给我和王青梅举行结婚仪式，否则……"木村抬手一枪，击碎了玻璃。

王青梅已经好久没回家了。国将破，家安在？父亲只想保全自己的家，却让自己的女儿有家难回。清晨的空气湿润润地扑在脸上，芽苞在土里倔强地挺拔着身躯，等待着破土而出的季节。此刻的王青梅正走在通往宋庄的村路上，远远看见宋庄村口有几个日军把守，王青梅从容不迫地背起药箱往村口走来。几名皇协军拦住王青梅："干什么的？"王青梅镇静自若："给刘村长家闺女看病。"皇协军挥手:"走吧。"王青梅不慌不忙地从看守面前走过,拐了个弯,直奔刘村长家。

王青梅一进门,等在屋里的周冰谏马上迎了上来,他握着王青梅的手说:"青梅同志,我们好久没见了,你还好吧?"王青梅激动地说:"好!周先生您还好吧?"

周冰谏点头:"很好!来,我们坐下说。"刘村长警惕道:"你们谈,我在外边看着。"说完走了出去。

王青梅放下药箱,低声说:"周先生,我有重要情报向您汇报。据可靠消息,日军战区司令部对这次失利很恼火,正在秘密集结兵力,准备再次发动攻势。"周冰谏一惊:"这个情报非常重要,我会立刻向组织上汇报。"王青梅又道:"还有,木村手下正在秘密调查三连战士在九台城内的家眷,很可能要对他们下手。"

周冰谏神情严峻起来:"看来木村这回是要狗急了要跳墙,我会想办法通知他们尽快撤离。青梅同志,你很勇敢,我代表组织谢谢你了。"王青梅摇摇头:"周先生,其实我只是尽了一个中国人应尽的责任而已,真的没什么。"

周冰谏感慨:"如果我们每个中国人都能像你一样,我相信侵略者很快就会被赶出我们中国。"王青梅欣慰地笑笑,重重地点了点头。

周冰谏看着王青梅说:"青梅同志,你的工作很危险,但组织上考虑到你的特殊身份,希望你还是留在九台城,以县医院大夫的身份继续搜集情报。"王青梅答道:"组织上对我这么信任,我一定不会让大家失望的。"周冰谏点头:"我相信你。"

王青梅顿了一下,问道:"周先生,三连战士们都还好吗?"周冰谏微笑道:"都挺好的!这次冯村战役,三连可是立了大功啊!"王青梅激动:"太好了!周先生,您能给我讲讲吗?他们没受伤吧?"周冰谏笑了:"你是在担心林大哥吧?"王青梅脸一下红了:"哪有的事,周先生您别开我的玩笑了。"周冰谏笑着:"你林大哥在这次战斗中沉着冷静,率领敢死队消灭了鬼子整整一个炮兵中队,这次战役能打得如此漂亮,他率领的敢死队头功一件。"王青梅听得两眼发亮:"林大哥太棒了!他没受伤吧?"周冰谏:"放心吧,他壮得像头牛。"王青梅欣慰地点点头:"嗯!"

　　周冰谏忽然神色黯然道："只可惜这么好的一支队伍，却被吴天一次次当炮灰。"王青梅着急地问："怎么回事？"周冰谏气愤地说："三连被吴天派往冯村阵地，无疑就是让三连去送死，幸亏三连临时改变作战方案，利用敌军的轻敌思想，偷袭敌人的榴弹炮阵地，打乱了敌人的进攻部署，不然，后果不堪设想。可是，三连立了大功，却遭到不公正待遇，吴天竟然弄虚作假，剥夺了三连的战功。"王青梅愤怒："他们为什么要这样做？"周冰谏眉头紧皱："在他们眼里，三连和他们不是一条心，骨子里就容不下三连，三连处境堪忧啊！"王青梅着急："那江崇义呢？他是连长，就不能带领三连离开173团，投奔八路军吗？"周冰谏叹气："江崇义被吴天等人灌了迷魂汤，一心想留在173团，为这事你林大哥和江崇义几次发生冲突，奉天忍辱负重，被迫留了下来。"王青梅闻言，不禁忧心忡忡起来。

　　从审讯室出来，太阳已升得老高，王伯昭失魂落魄地走回县府大院。王管家忙不迭地跑出来："老爷，您可回来了！日本人没难为您吧？吓死我们了！"王伯昭有气无力地摆摆手："想整死我，没那么容易！"

　　管家赶紧扶王伯昭进到屋里，给他端来茶水。王伯昭一口气喝完，恐惧的心情慢慢平复。王伯昭突然想起什么，一下站了起来，眼前一阵眩晕，差点栽倒，管家赶忙扶住他。

　　王伯昭急切地问道："青梅呢？青梅最近回来没有？"管家摇头："老爷，小姐已经很久没回来了。"王伯昭着急地说："你去，把她给我叫回来，就说我找她有急事。"管家为难地说："老爷，我已经去过无数回了，小姐她就是不肯回来。"王伯昭气急："家门不幸，家门不幸啊！连她亲爹的死活都不管啦！"管家小心地说："老爷，不是我多嘴，这事该怪您。不是您……"王伯昭瞪眼："住嘴！你懂什么！"管家赶紧闭上嘴巴。王伯昭缓了口气，说道："你先下去吧，让我一个人静静。"管家无奈，答应一声，轻轻将门带上。

　　王伯昭重重倒在椅子上，闭目冥思苦想，耳边响起王青梅的怒斥声："爹，你这是把女儿往火坑里推呀！我不干！"王伯昭心头刚一软，可木村冷酷的眼神又马上出现在脑海里。王伯昭猛然睁开眼睛，狠狠地说道："想让我王伯昭倒下，没那么容易！"突然，眼前一黑，栽倒在地上，桌子上的掸瓶摔得粉碎。

管家闻声跑了进来："老爷！老爷您怎么啦？"王伯昭断断续续："我……我快不行了……叫青梅回来，让我见她一面……"

日薄西山，王青梅背着药箱匆匆走回来，一进县医院，迎面碰上管家王伯。王伯疾步上前："小姐，你可回来了，赶紧回家看看吧。"王青梅没动："王伯，我不回去。"王伯急了："小姐，家里出大事了，老爷快不行了，赶快回家看看吧！"王青梅一下慌了："我爹他怎么啦？"王伯："一句两句也说不清楚，赶紧走吧！"王青梅扔下药箱，转身就跑。

王青梅气喘吁吁地跑回家，直奔王伯昭房间。

"爹！爹！"王青梅焦急地呼喊着推门而入，一进门却惊呆了，屋子里空无一人，王青梅诧异地左右四顾："爹……"

就在这时，门后边突然蹿出几个黑影，王青梅还没反应过来，就被几人蒙住眼睛，捆了起来。王青梅一边挣扎，一边大喊："你们是什么人？放开我！放开我！爹，救命……"其中一人伸手捂住了王青梅的嘴，其他人上来抬起王青梅就走。

王青梅被抬回自己卧室，那几个人把她扔在床上，匆匆离去。王青梅跳起来想往外跑，大门"哐当"一声被反锁了。王青梅明白了一切，愤怒地高声喊着："放我出去！放我出去！爹……"

王伯昭面无表情地站在门外，听任女儿在屋里狂喊乱叫。管家心头不忍，说道："老爷，您不能这样对待小姐……""闭嘴！"王伯昭嘴角动了动，冷酷无情地命令几个手下，"给我看好了，把人放跑了，我拿你们是问！"说完转身而去。

太阳的影子慢慢移过窗棂，屋子里渐渐黑了下来，疲惫不堪的王青梅不知不觉睡着了。

不知什么时候，门"吱呀"一声开了，青梅睁开双眼，只见王伯昭端着饭菜，推门走了进来。

王青梅一下子跳了起来，愤怒地喊道："爹，是你骗我回来的？你为什

么这样做？我知道了，一定是为了嫁给木村那件事，是吧爹？我告诉你，就算是死，我也不会嫁给日本鬼子！你告诉木村，叫他别做梦了！"

王伯昭不说话，慢慢地摆着饭菜。王青梅急了，抽出他手中的筷子扔到地上："爹，你说句话行吗？你不是说过，这个世界上我是你唯一的亲人吗？您就这样把你唯一的亲人往火坑里推、把女儿嫁给日本鬼子吗？爹，求你了爹，说句话行不行？爹……"

王伯昭坐定，面无表情地看着王青梅："这件事没有商量的余地，你嫁也得嫁，不嫁也得嫁！"王青梅盯着他的眼睛："你这是逼着女儿去死你知道吗？"王伯昭冷漠地："爹不会让你去死。"王青梅悲伤地大喊："那还不如死！生不如死！"

忽然，王青梅"扑通"一下跪在王伯昭面前，悲泣道："爹，别让我嫁给木村，行吗？爹，女儿求您了……不要……"王伯昭冷酷地盯着王青梅："不行！"王青梅绝望地站起来："那我现在就去死！"说着，王青梅一头撞向桌子，王伯昭眼疾手快一把将她拽住，说道："你听着，就算是一具尸体，也得给我上花轿！"

王青梅看着冷酷无情的父亲，一屁股坐在床上，眼神中充满了绝望："好，好，我答应你，我答应你！你满意了吧，你满意了吧！"王伯昭叹口气："想通了就好，吃饭！"

王青梅冷冷地看了父亲一眼，大口大口地吃起饭来，眼泪却止不住地往下掉，颗颗掉进碗里……

王伯昭走近门口，突然站住，头也不回地说："青梅，无论你怎么怪我，爹都没话可说，但你记住一句话，爹绝不会把你往火坑里推。"说完，转身出门。王青梅一言不发，狠命地把饭塞进嘴里。

门外，看到这一幕的王管家长长地叹了口气。

集市上人来人往，只见一个贼紧跟在一名行人身后，手悄悄伸进了行人的口袋。这时，一只大手从贼身后伸过来拍了他一下，贼一下反应过来，转身想跑，却被一把拽住："跑什么？看清楚我是谁再跑！"

贼回头一看，长出一口气："王管家？吓死我了你！干什么你？鬼鬼祟祟跟做贼似的。"王管家笑："娘的，到底谁是贼啊？"贼自己也笑了："找我什么事？"王管家看看周围，拉着贼到了一个僻静角落。

王管家掏出一封书信递给贼："帮忙办点事，把这封信给我送了。"贼爽快答应："行，送给谁？"王管家道："王直。"贼把脸一板，将信还给王管家："不去，我怕让鬼子当抗日分子给办了。"王管家捉住他的手："你就不怕我现在就把你办了？"说着，王管家掏出两块大洋，在手里掂着："说！去不去？"贼眼睛一亮，一把抢过大洋："去去去！"王管家叮嘱道："把信给我收好了。"贼笑道："放心吧你就，也不看看爷们儿是干什么的。再说了，王直可是咱二哥。"

离国军军营不远处有一个不大的酒馆，孟刚和宋晓丹等几个三连战士走进酒馆，他们吸取了上次的教训，全都身着便衣，一进门便坐进一个角落，默默地喝起酒来。

一张桌子上，几名客人边吃边聊着。一个食客喝了口酒，神秘地说："哎，听说了没？咱九台城的县太爷要嫁闺女啦！娘的，好好一个闺女，可惜了！"另一个食客听不明白："嫁闺女好事啊，怎么可惜了？"前一个食客说道："你是不知道，咱这县太爷自己当汉奸不说，还把女儿拖下水。好好一个闺女，哪儿找不下一个好人家啊？偏偏要嫁给日本人！简直就是给咱中国人丢脸嘛！""真的？嫁给什么人了？""当然是真的，听说叫木什么村……"两人正在窃窃私语，突然，一个硕大的黑影出现在他们面前，孟刚瞪着眼睛问："你刚才说什么？王伯昭要嫁闺女？嫁给谁了？"食客被吓得一哆嗦："你要干什么？"宋晓丹赶忙推开孟刚："没事没事。大哥，您刚才说的是真事吗？"食客看了一眼宋晓丹："当然是真的。"孟刚大着嗓门嚷起来："你咋知道的？别到处烂嚼舌头！"食客好气又好笑，说道："你这人咋说话呢？我刚打九台城来，全城的人都知道了，不信拉倒！"孟刚和宋晓丹相互对视一眼，两人脸色都微微一变，宋晓丹急忙喊道："掌……掌柜的，结账！"

"行啦！赶紧走！"孟刚往桌上扔下几个铜圆，叫上宋晓丹等人急急忙忙跑出了酒馆。

得到消息的孟刚等人还没回来，王管家的信先到了。王直拿着信急匆匆跑进江崇义的屋子："大哥，出事了，出事了！"江崇义抬起眼睛看看王直，喝道："慌什么慌！"王直赶紧把信递给江崇义："大哥您看，王县长派人捎来的，要你赶紧去救嫂子，不然……"江崇义急忙看信，脸色顿变。

这时，孟刚也回来了，把在酒馆听到的消息一说，三连营房顿时炸了锅，大家正议论纷纷，只见江崇义已经大步走了进来。

江崇义见大家都已知晓内情，直截了当地问："弟兄们，你们大嫂被狗日的木村抢走了，你们说怎么办？"王直第一个跳了出来："木村这个狗日的，这是要骑到咱大哥头上拉屎啊！大哥，士可杀不可辱，您说句话，弟兄们去踏平九台城，抢回嫂子！"孟刚骂道："木村这个王八蛋，敢和大哥抢老婆，我看他是活腻歪啦！"朱大生拔出匕首："娘的！老子骟了他！"战士们也都聒噪起来："大哥，踏平九台城，抢回嫂子！"

林奉天一直一言不发，见大家激动起来，赶忙劝道："大哥，这件事莽撞不得，我们还是合计合计，想个万全之策。"周冰谏也说："连长，老三说得对，这件事非同小可，我们必须从长计议。"

江崇义正在气头上，根本听不进，发着狠道："行啦，我知道怎么做！弟兄们，集合！跟我杀回九台城！"说完，率领三连战士们浩浩荡荡向九台城挺进。

王直跟在江崇义身后，想起什么，紧跑了几步追上去："大哥！"江崇义头也不回："什么事？"王直犹豫地说："大哥，咱出来的时候，没跟团里打招呼。"江崇义脚步不停地说："有招呼的时间黄花菜都凉了。"王直苦着脸说："大哥，您误会我的意思了。我的意思是，咱这么干可是擅自行动，违反军纪的，万一团长怪罪下来……"

江崇义一愣，脚步慢了下来："糟了，我怎么没想到这事！"王直想了想，说："要不派人回去跟吴团长说一声？"江崇义不同意："不行不行，这么大事哪能随便说一声就行！"王直点点头："大哥说得对，那怎么办？"江崇义皱起眉头："让我想想，让我想想。"

这时，林奉天从前面跑来："大哥，翻过高岗就是九台城了。"江崇义犹豫了一下，下定决心似的喊道："继续前进！"三连战士一气儿翻过高岗，前方，九台城城楼已经依稀可见。

此时，江崇义的脚步却越来越慢，渐渐失去了来时的锐气，他犹豫地跟王直说："老二，你说我们这么干是不是有点莽撞了？"王直点点头："大哥，说实话，是有点不靠谱，万一上面怪罪下来，这可是杀头的罪名！再说了，凭咱三连的百十号人马想攻打九台城，无异于以卵击石。"江崇义倒吸一口凉气，马上说："让弟兄们停止前进，先就地隐蔽。"王直朝前大喊一声："兄弟们，停止前进，就地隐蔽！"

队伍在九台城外停了下来，江崇义把林奉天和周冰谏也叫过来，大家围在一起商议。林奉天抬头看看近在咫尺的九台城，说道："大哥，现在再想那么多已经晚了，既然来了，就应该想尽一切办法救人才对，前怕狼后怕虎的，什么事都干不成。"孟刚也嚷道："大哥，你就别思前想后的了！今天不救出嫂子，我们绝不回去！"大家都纷纷表示："是啊，我们不回去，不回去！大不了就是个死，脑袋掉了碗大个疤，没什么可怕的！"

江崇义声音哽咽，动情地说道："弟兄们的心意我心领了！可是，不瞒大家说，我一路上都在想，咱三连的弟兄能走到今天这地步不容易，如今为了我江崇义的一己之私，把兄弟们送进火坑，我江崇义今后还有何颜面面对弟兄们？再说了，我们擅自出营，已经违抗了军令，如果不及早归队，搞不好会遭到军法处置，那样的话，我江崇义于心何忍啊！"

江崇义说完，王直叹道："大哥真是大仁大义！"大家也纷纷感慨："是啊，大哥真是大仁大义啊！"大家你看看我，我看看你，一时都没了主张。

林奉天想了一阵，说道："大哥担心得对，我们这样硬闯，搞不好会全军覆没，再说人多目标也大，一旦被鬼子发现，再想救人就难了。我看这样，不如我带上几名弟兄，潜入九台城，救出青……大嫂。"王直点头同意："老三的办法倒是可以一试，见机行事，这样救人的把握也更大。"孟刚、李松、朱大生等也站出来："大哥，我们跟三哥去！"

江崇义想了想，也点了点头："老二，你带队伍回去，我和老三去。"林奉天马上说："不成，三连不能离了大哥，您不能去。"江崇义瞪起眼睛："那怎么行？哪儿能让你们冒险，我躲在家里呢？"林奉天坚决地说："大哥别争了，就这么定了！黑子，李松，换上短家伙，我们走！"江崇义还想争论，看

到三人已换上短枪，就说道："那……只好这么办了！三弟，一定要小心！"

孟刚别好枪，对朱大生说："青面兽，把你杀猪的玩意儿借俺使使。"朱大生不满地把匕首递给孟刚。孟刚看出朱大生不愿意借他，瞥他一眼："行啦，俺都不嫌它腥，你有什么不满意的！"说罢，把匕首别在腰间，跟着林奉天走出去。周冰谏也赶紧跟着跑出，追上林奉天悄悄在他耳边说了几句话，林奉天点了点头。

林奉天、孟刚和李松三人来到九台城城门外，只见城门口日军把守甚严，三人只好找个僻静角落，换上老百姓的衣服，静等进城的机会。

天渐渐暗了下来，林奉天正在焦急，只见不远处，几名伪军押着一群挖战壕的民工走来。林奉天给二人使了个眼色，二人会意，三人悄悄混进民工中间，跟着进了九台城。

江崇义带着三连战士急急赶回军营，却没想到吴天已得知此事。江崇义一进军营便被吴天叫到团部，狠狠批了一顿。吴天怒斥道："想来就来，想走就走，你把173团当成什么？保安队吗？皇协军吗？我们是正规军，不是八路的游击队！擅自行动，目无军纪，是要军法处置的！我问你，有胆子带队伍离开，还回来干什么？"

江崇义惶恐地站在吴天面前："是，团长，我错了！这次擅自行动是我一时冲动，但我江崇义绝无背叛吴团长的心思，要是我江崇义有二心，就叫天打五雷轰……"吴天打断："行啦，你发的誓够多了！参谋长，你说该如何处置？"曹阳面无表情："目无军纪，擅自行动，按照军规，应当军法处置！"江崇义慌忙求情："团长，参谋长，再给我一次机会，以后绝不会再犯了！"曹阳狠狠瞪了江崇义一眼，转而向吴天求情道："团长，念在江崇义知错能改，现在既然回来了，也算是浪子回头，就从轻处罚，关禁闭三天，团长您看呢？"吴天看了一眼江崇义："既然曹参谋长替你求情了，这次就放过你。不过，我警告你江崇义，有再一再二，没有再三再四，下次再犯绝不轻饶！"江崇义暗暗松了口气，急忙敬礼："谢谢吴团长，谢谢曹参谋长！"

三连战士回到营房，无精打采地躺倒在床上。

宋晓丹悄悄问马金宝："金宝哥，不知道三哥他们怎么样了，我真怕……"马金宝道："怕啥？三哥智勇双全，准能成！不信咱赌一把？"宋晓丹别过脸去："俺才不跟你赌呢。"

霍爷担心地望着窗外的天空："但愿老天有眼，能保佑他们平安回来。"刘金锁不紧不慢地说道："吉人自有天相！"

此时，林奉天三人跟着民工队伍已顺利进入九台城，趁大家不注意，三人拐进一条巷子，来到一处住户门口。

林奉天轻轻敲门："小李！小李！"门开了一条缝，交通员小李探出头，一看是林奉天，赶紧让他们进门。

小李热情地和林奉天三人握手寒暄："林连长，我们又见面了！这两位兄弟是？"林奉天赶紧介绍："这是孟刚，这是李松。"小李欣喜地看着二人："知道，知道！孟刚，九台城保卫战的英雄；李松，冯村战役一炮干掉鬼子指挥部的神炮手。"孟刚挠挠头，还不好意思起来："小李你就别夸了，我的这张黑脸都不知道往哪儿搁了。"四人大笑。

林奉天收起笑容道："小李同志，我们这次来的目的是来营救大嫂王青梅的，周先生让我们找你，希望得到你的帮助。"小李点头："你放心，我会全力帮助你们。不过，你们打算怎么营救王青梅？"林奉天皱眉说："不瞒您说小李，还没想好，只能随机应变了。对了，王伯昭和木村那里情况怎么样？"小李说："明天一大早木村就会到王家娶亲。"孟刚一听就急了："那我们还等什么？三哥，咱现在就去救人！"林奉天喝道："黑子，耐心点！"

孟刚住了口，小李继续说："王伯昭家现在戒备森严，四周布满了木村的便衣，你们这样去，无异于自投罗网。"孟刚急道："那怎么办？总不能就这么干等着吧？"

林奉天看看小李，问："小李，你有什么办法？"小李笑了笑："办法倒是有一个，不过不是现在，要等到明天。来，我们详细商议一下行动方案。"

县委大院张灯结彩，人头攒动。王伯昭穿着新衣，喜气洋洋地站在大门口迎候来宾。

王伯昭的眼神在人群中搜索着，只见王家周围，每隔几米就站着一个荷枪

实弹的日本宪兵，而前来恭贺的宾客中也不时有特高科便衣的身影穿梭其中。

远处传来敲锣打鼓的声音，管家从巷口跑来："老爷，老爷，迎亲的队伍来了！"

王伯昭咬了咬牙："放炮！放炮！"

县委大院鞭炮齐鸣，锣鼓声中，木村骑着高头大马，身穿中式新郎官的马褂，耀武扬威地走来，一顶披红挂彩的花轿跟在木村身后停在门口。

王伯昭整整衣冠，满脸笑容迎了上去。

外面的鞭炮声越来越大。屋内，王青梅面无表情地坐在梳妆台前，任由几个女人打扮自己。王青梅默默看着镜中的自己，如花似玉的年纪、娇美动人的脸庞、鲜红喜庆的嫁衣，这是一个女人此生中最美的时刻，怎奈何生不逢时，没想到今日却成为她这辈子最难迈过的一个门槛。娘如果活着，今天不知会为她高兴还是会为她悲哀？王青梅心如死灰，她知道木村心狠手辣，如果她不答应这桩婚事，无异于把老父推上了断头台。作为女儿，她不能这么做，唯一能做的，就是替父亲去死。

媒婆推门进来，尖声笑着："哎呀，我还以为是天女下凡呢！王家小姐可真是个大美人啊，怪不得能让木村先生看上了！"王青梅仿佛什么都没听到，依然坐在那里一动不动。媒婆自觉没趣，干咳一声，赔笑着："小姐，新郎官可到了，咱也该上花轿了。"王青梅冷漠地问："我爹呢？"媒婆尖着嗓子说："县长大人在外面忙着招呼新郎官呢。走了，走了，木村先生等不及了。"媒婆着急地要上前搀扶王青梅，被王青梅厌恶地推开："我自己会走！"

王青梅大步走出房间，媒婆尴尬地赶紧跟着出门。

一见王青梅出来，几个日本宪兵立刻跟了上来。王伯昭喜滋滋地上前："青梅……"王青梅没看父亲一眼，径直朝花轿走去。王伯昭尴尬地看着女儿的背影，一时不知该说些什么。

一个声音高声喊道："吉时已到！新娘上轿喽！"王青梅走到轿前，突然停下脚步，回头朝王伯昭望去。王伯昭鼻子一酸，喊了句："青梅……"毕竟是自己的女儿，嫁女也是苟延残喘的无奈之举，王伯昭看着女儿的背影，在心里恳求着女儿的原谅。

媒婆掀起轿帘："小姐，该上轿了！"王青梅强忍泪水，冷冷地看了王伯昭最后一眼，没说一个字钻进了花轿。

王伯昭被王青梅冰冷的眼光狠狠刺了一下，惆怅、伤心、愤懑，五味杂陈，一时全涌上心头。

媒婆放下帘子："起轿！"鞭炮响起，锣鼓声声中，四个轿夫稳稳抬起花轿。

送亲队伍浩浩荡荡行走在九台城的大街上。木村骑着高头大马，走在队伍最前面，不时志得意满地看看跟在身后的花轿。

王青梅坐在摇摇晃晃的轿内，泪流满面。父亲王伯昭冷酷无情的话语在耳边响起："这件事没有商量的余地，你嫁也得嫁，不嫁也得嫁……就算是一具尸体，也得给我抬上花轿……"王青梅痛苦地闭上眼睛，这时林奉天的身影又浮上脑海——被绑在木桩上还高昂着头的林奉天，闯进医院与日军机智周旋的林奉天，在战场上英勇杀敌的林奉天……王青梅心里一动：林大哥，此生再不能相见了，唯愿来生青梅还记得你的模样，在一个没有硝烟的世界找到你，执子之手，与子偕老。王青梅缓缓取下发簪，迟疑了片刻，闭上眼睛，用尖锐的发簪对准了自己的喉咙。

正在这时，忽听"咚咚咚"三声轻响，轿子被人轻轻敲了三声，接着，外面传来一个低沉而熟悉的声音："青梅，我是林奉天。别说话，现在听我说……"王青梅一下睁开眼睛，简直不敢相信自己的耳朵，只听轿外扮作轿夫的林奉天低声说："大哥派我来救你，听到我的信号随时行动，你听到了吗？"王青梅欣喜若狂，她赶紧放下发簪，轻轻敲了敲轿子，以示回应。

第十二章　英雄救美

　　送亲队伍逶迤前行，骑在马上的木村一点也没有发觉异样。身后是貌美如花的新娘，木村志得意满，鼻子下的一抹小胡子都得意地往上翘着。

　　孟刚也扮作一名轿夫，走在林奉天身边，他盯着前方的木村，一只手摸向腰间的匕首，忍不住蠢蠢欲动。林奉天使个眼神制止了他，孟刚强忍着低声骂了一句："奶奶个熊！"

　　这时，前方传来几声"哞哞"的牛叫声，一名农夫赶着几头牛迎着送亲队伍走来。日本宪兵挥舞着枪呵斥农夫："八嘎！让开，让开！"农夫着急地驱赶，牛却根本不肯让路。木村大怒："来人，把他们撵走！"

　　宪兵正要上前，不料扮作农夫的小李突然点燃了一串鞭炮，挂在牛尾巴上。鞭炮声四起，受到惊吓的公牛挺着犄角，猛然撞向送亲队伍。木村的坐骑受到惊吓，嘶鸣一声跃起，木村被狠狠摔到地上。送亲队伍顿时乱作一团，大家四散奔逃，几名轿夫也慌了，扔下花轿跟着众人就跑。

　　林奉天低喝一声："黑子，动手！"孟刚掀开轿帘，林奉天救出王青梅，三人迅速混迹在慌乱的人群中逃走。

　　木村气急败坏地从地上爬起来，拔出手枪朝天放枪："八嘎！不要慌！都给我站住！来人哪！"木村边喊边向花轿跑去，他掀开轿帘，发现花轿内已空无一人，座椅上一颗手雷冒着青烟即将爆炸。

　　木村顿时吓得魂飞天外，转身撒腿就跑。刚跑几步，身后"轰"地一声巨响，花轿被炸上了天。木村被气浪击倒，昏厥过去。

一旁的李松正要上前，这时，大批宪兵闻声赶来，李松沮丧地狠狠骂了一声"格老子的"，转身就跑。李松刚转身，只见孟刚拎着两把匕首从人群中跑了出来，奔着木村跑去。几名日本宪兵已经发觉，叫嚣着赶来，李松紧急抽枪，一枪打倒一名鬼子，吼了一声："黑子，来不及了，赶紧走！"李松边打边撤，吸引敌人，掩护孟刚撤退。孟刚眼看大批宪兵赶来，愤恨地瞪了一眼倒在地上的木村，迅速消失在一条巷子中。

林奉天、王青梅、李松和小李四人先后赶到事先商量好的地点，却迟迟等不到孟刚。

林奉天着急地问李松："大个儿，孟刚到底怎么回事？"李松说："三哥，刚才黑子返回去要杀木村，我见情况不对，就想吸引鬼子掩护孟刚，后来看见他跑进了一条巷子，不知道他去哪儿了。"

刺耳的警报声在四周响起，小李一惊："林连长，此地不可久留，我们得赶紧离开这儿。"林奉天不肯动步："再等等，我不能丢下孟刚不管。"只听鬼子的摩托车声渐近，小李急道："林连长，不能再等了，不然来不及了！"林奉天紧握拳头："不行！我答应过弟兄们，兄弟一起来就要一起回！"

就在这时，鬼子的摩托车小队飞驰而来，一名坐在偏斗里的鬼子兵发现了林奉天，大喊着："八嘎！支那人在那里！"林奉天见被鬼子发现，大喊一声："小李，大个儿，你们带青梅走，我掩护！"随后抬手一枪击毙开车的鬼子。王青梅挣扎着不肯走："我不走！我要留下来！"小李和李松一急，二人架起王青梅匆匆离开。

失去司机的摩托失控，重重撞在墙上，后边紧跟而来的日军赶紧卧倒，向林奉天疯狂射击。林奉天躲在墙后左右开弓，拼命相抵，不料一颗子弹呼啸着飞来，正打在林奉天肩头。林奉天晃了晃，用墙抵住血流不止的伤口，继续射击。

这时，李松将王青梅交给小李，自己又跑转回来，拉林奉天说："三哥，一起走！"林奉天一边射击一边喊："别扯淡！执行命令！"李松急了，架起受伤的林奉天就跑。林奉天挣扎着急喊："大个儿，听我说，这样谁都跑不

了！掩护青……大嫂要紧，快走！"说完推开李松，举枪射击。李松无奈，起身追赶王青梅二人而去。

看着三人消失在街巷中，林奉天放心地舒出一口气，艰难起身，扶着墙边打边退，慢慢退入一条巷子，日军跟在他身后紧追不舍。

林奉天和追赶他的日军刚刚离开，孟刚就气喘吁吁地从另一条小巷跑过来。刚才没能杀得了木村，却被几个日军盯上了，好不容易摆脱了鬼子，孟刚急急跑来，却不见了林奉天等人的踪影。地上横躺着几具鬼子的尸体，孟刚愣了一下，马上明白过来，撒腿朝着枪响的地方追赶过去。可跑了几步他忽然又停了下来，犹豫一下，终于下定决心，转身朝原来的小巷跑回。

木村这时才刚刚醒转过来，他从地上爬起来，气急败坏地挥舞着手枪："八嘎！全城戒严！全城戒严！封锁所有路口，挨家挨户给我搜，胆敢窝藏逃犯者格杀勿论，一个都不能给我放走！"

李松和小李一路疾跑，好容易逃过了日军的追赶，一转脸却发现王青梅不见了。小李急得直跺脚："你怎么搞的？怎么能把人丢了！"李松也着急："格老子的！我怎么知道？我以为跟着你呢！"两人争论不出个长短，小李着急地说："现在说什么也晚啦，赶紧回去找！"二人转身往回跑去。

巷子又深又窄，林奉天一手捂着伤口，一手举枪边打边退，渐渐把追赶王青梅的日军也都引了过来。这时，一个身影出现在巷尾，林奉天一惊，那正是循声找来的王青梅，只见她冒着枪林弹雨，不顾一切地朝林奉天跑来。林奉天急得大喊："青梅，危险！回去，回去！"这时，一名鬼子发现了王青梅，正要举枪射击，林奉天眼疾手快，一枪撂倒鬼子。

王青梅转眼间已经跑到林奉天跟前，林奉天瞪着眼睛吼："谁让你回来的？"王青梅胸脯一挺，大声答："我！"林奉天急了，瞪着眼睛吼："扯淡！回去！"王青梅愣了一下，随即不甘示弱地对着林奉天大声喊道："不！我不走！我要和你在一起！"

说时迟那时快，眼看着大批鬼子包围上来。林奉天扔出一颗手榴弹，"轰"地一声，爆炸声卷着浓烟腾空而起，林奉天拉起王青梅迅速跑入一条巷子。

林奉天拉着王青梅七拐八拐地跑进小巷深处，不料却进了一条死胡同。林奉天大惊失色："坏了，死胡同！"

林奉天拉着王青梅转身往回跑，巷口传来日军搜索队急促的脚步声和鬼子的叫喊声。王青梅也慌了："林大哥，怎么办？"林奉天抬头看了看四周高耸的围墙，又看了一眼王青梅。王青梅反应过来："林大哥，都怪我，是我连累了你，你赶紧翻墙走吧！"林奉天果断地说："不行！"

日军的脚步声越来越近，林奉天紧张地思考着退路，冷汗都冒了出来，却还不知如何是好。正在这危急存亡的时刻，旁边一户人家的门突然开了，一位大嫂探头冲二人招手："快进来！"林奉天来不及多想，拉着王青梅几步跨进了院子，大嫂紧紧关上大门，带着二人穿过堂屋径直跑进里屋。

大嫂进屋就上炕，搬开被褥，露出下面一个炕洞。大嫂一指炕洞："快进去。"

外面传来日军粗暴的砸门声："开门，开门！窝藏逃犯者格杀勿论！"

林奉天犹豫："大嫂，我们还是走吧，别连累了你。"大嫂不容置疑："来不及了！我知道怎么做，快进去！"二人不再多说，低头钻进了炕洞。

大嫂用被褥挡住炕洞，嘴里忙不迭地答应着："别砸啦，别砸啦！来啦来啦！什么事嘛……"急急忙忙出去开门。

炕洞里狭小异常，光线昏暗。

林奉天和王青梅紧紧挤在一起，彼此都能清晰地听到对方的呼吸和心跳。二人第一次如此近距离地接触，王青梅禁不住羞红了脸，林奉天赶忙向后退，却被狭小的空间挡住。

王青梅小声说："别动了林大哥，没用。"林奉天听出王青梅羞涩的声音，尴尬不已。

这时，外面传来一阵鬼子的嘈杂声，日军宪兵队闯进门来，开始在屋子里乱翻。

大嫂挡住鬼子质问："你们要干什么？还讲不讲道理？"一名伪军粗暴地推开大嫂："我问你，家里藏没藏外人？"大嫂顿时翻了脸，指着伪军开骂："放屁！怎么说话呢？你说谁藏野男人啦？你给我说清楚，不然我上宪

兵队告你去！"伪军被大嫂的话呛得一句话说不出来："我……我也没说你藏野男人啊……"大嫂得理不让人："还用说吗？大白天的藏外人，让邻居听见怎么想？你让我以后还怎么出门？你说，你说呀！"大嫂步步紧逼，伪军吓得直往后躲。

一名日军端起枪指着大嫂："退后！上头有令，窝藏逃犯者格杀勿论！"大嫂被枪逼着，不敢再作声。

躲在炕洞里的林奉天和王青梅屏气敛息地听着外屋的动静，紧紧靠在一起。

林奉天沮丧地小声说："青梅，看来我们这回是在劫难……"王青梅突然伸手捂住了林奉天的嘴巴。

外面传来鬼子翻箱倒柜的声音。

王青梅默默地掏出一个手帕，轻轻地替林奉天包扎伤口。林奉天感到一股暖流，不禁心跳加速。王青梅悄声说："林大哥，你的心跳得好厉害……"林奉天不知说什么："是吗……"王青梅突然抱紧了林奉天："林大哥，我怕！"林奉天愣住了，犹豫着轻轻搂住王青梅："别怕，有我在！"王青梅坐在花轿里决心赴死的时候也没有怕过，可这时她真的怕了，她怕会再与心爱的林大哥分开，她剧烈的心跳告诉她，此生她再不想也再不能与林大哥分开了。她紧紧地抱着林奉天，伏在他胸膛上倾听他那闷鼓似的心跳，现在就算让她死，只要能死在他怀里，她也会带着微笑而去的。林奉天轻轻搂着王青梅，两只手无所适从，她身体的馨香让他心神荡漾，多少次在梦里他就是这么搂着她，可是她真的在怀里了，却又让他矛盾得心乱如麻，一边是相濡以沫的深情厚谊，一边是生死与共的兄弟道义，林奉天的内心剧烈挣扎着。

鬼子在堂屋翻腾完，又跑到里屋，一名日军头目走近炕洞："这是什么？"大嫂赶忙上前："没什么，没什么。被褥，都是些被褥。"日军头目一把推开大嫂："八嘎！让开！"日军上前掀起挡在炕洞前的被褥。

大嫂急中生智，突然嚎啕大哭："你们还讲不讲道理啊？我可是好人家啊，平白无故冤枉人藏野男人，你叫我怎么见人啊？我不活了，我不活了……"

日军头目根本不听这套，掀起了被褥。就在这千钧一发之际，街上突然响起一阵密集的枪声，日军头目抓着被角的手瞬间停下，问道："怎么回事？"伪军侧耳听了听，说："太君，好像是发现逃犯了。"头目扔下被褥，操枪就往外跑："八嘎，还愣着干什么？快追！"

鬼子兵急慌慌走了，大嫂一屁股坐在了地上："我的妈呀！"

炕洞里林奉天和王青梅贴身倚靠，彼此感受着来自对方的呼吸和心跳。王青梅紧紧靠着林奉天的身体，幽幽地说了一句："要是一直这样下去该多好……"林奉天仿佛突然清醒过来，轻轻推开王青梅："大嫂，鬼子走了！"王青梅惊讶："你说什么？"

这时，炕洞门打开，大嫂的脸从上方伸过来："快出来吧，鬼子走啦！"

枪声是从城门口传来的。此时，孟刚正驾着一辆马车在大街上横冲直撞，马车上拉着孟母和孟小环。原来，孟刚放心不下母亲和妹妹，趁机跑回家把两位亲人接了出来。后面，木村率领一队日军紧追不舍，密集的子弹落在马车周围。

孟刚喊了一声："环子，扶好咱娘，前面就是城门了，咱冲出去。"孟刚狠狠甩了一鞭子："驾！"马车飞一般向城门楼冲去，孟小环紧紧扶着孟母："哥，你小心点。"

城门洞已被封锁，一队伪军正在盘查过往行人，孟刚驾着马车飞驰而来，一路左突右奔，人喊马嘶。

木村坐着摩托紧追在后，挥舞着手枪大喊："拦住他！别让他跑啦！"守城伪军慌忙抬着木栅栏，准备挡住去路，孟刚急了，拽出一枚手榴弹，咬掉导火索，甩向伪军："奶奶个熊！尝尝老子的手榴弹！"

"轰"地一声响，爆炸的手榴弹将城门洞的伪军炸得四散奔逃。孟刚猛抽一鞭："驾！"马儿撞翻木栅栏，如离弦之箭冲出城门洞，带着孟刚一家飞驰而去。

木村方才赶到，气急败坏地大骂："混蛋！追！给我追！"日军摩托兵使劲踩下油门，摩托车飞一般地向马车远去的方向追去。

孟刚驾着马车顺着一条河急速飞驰，木村的摩托兵在后边紧追不舍。坐

在摩托车上的木村拔出手枪，不停地射击。

突然，一颗子弹飞来，击中驾车的马，马车失控，一头翻倒在地上，孟刚被摔了出去，但他翻个跟头马上又爬了起来，背起母亲就跑，边跑边向跑在前面的妹妹喊："环子，前面有一个树林子，进了树林子往东跑，别回头！"孟小环大喊："哥，娘怎么办？"孟刚瞪着眼睛："有哥呢！快跑！"孟小环撒腿奔进树林。

孟刚背着母亲紧跑几步，突然一颗子弹飞来，打在孟刚小腿上，孟刚一个趔趄扑倒在地。孟刚顾不上腿伤，再次背起母亲，脚步蹒跚地跑起来，不料，孟母突然挣脱孟刚跳了下来："黑子，你背着娘跑不快，别管娘，你赶紧跑！"孟刚急了："不行！娘，儿子死也不会丢下你！"说着，又要背她。孟母一把推开："儿子，娘都是快入土的老婆子了，鬼子不能把娘怎么样！听我的，赶紧追环子去！"孟刚大喊："不行！"

眼看着鬼子的摩托越来越近，孟母瞪起眼睛："混账！你要是还认我这个娘，就听我的！丢了环子娘和你没完，快去！"孟母脱下手腕上的一个玉镯子，塞进孟刚手里："快去！"孟刚急得直跺脚："娘，您等着我回来接您！"孟刚转身跑进了树林子。

孟母看着儿子跑远，长长地呼出一口气，转身迎着鬼子走去。日军很快追上来，将孟母团团围住。木村瞪着眼："来人，给我抓起来！"孟母看着张牙舞爪的小鬼子，冷笑一声，不等鬼子上来，一转身纵身跳进了河水里。河水中央打了几个旋儿，孟母转眼间消失得无影无踪。

木村气急败坏，指着前方的树林："八嘎！给我追！"

日军执枪追进了树林，木村跳下摩托命令道："给我搜！"日军马上四散开来，分散搜索。

不一会儿，一名日军跑了回来："报告！没发现支那人。"另一名军曹跟着跑来："报告木村先生！前面就是173团的防区了，支那人可能已经进了支那人防区，我们追不追？"木村气急败坏："我们走！"

木村的摩托"突突"远去，孟刚从一棵树上跳了下来，快速跑出树林。

孟刚一气不歇地跑回河边，却只找到母亲的一只鞋。孟刚手里拿着母亲的鞋沿河寻去，带着哭腔一路大喊着："娘！娘！你在哪儿？"无人回答，孟刚猛然跳进河里，四处摸索："娘！娘！"

　　林奉天和王青梅坐在大嫂家炕头上，殷红的鲜血从林奉天肩头淌下来。

　　王青梅心疼不已："林大哥，你赶紧躺下，我替你包扎一下。"林奉天顺从地躺下来。王青梅动作麻利地替林奉天包扎起来，很快便包扎完毕。

　　屋子里静悄悄的，二人一下陷入尴尬之中。王青梅看了看窗外，没话找话："大嫂怎么还不回来？"林奉天："你放心，大嫂一看就是个好人，一定会找到小李的。"

　　二人又没话了，屋内再次陷入尴尬的寂静之中。忽然，王青梅一下子伏到了林奉天的身上，抱着他流起泪来："林大哥，我再也不要和你分开了！"林奉天一下懵了，王青梅柔软的头发在他胸口上抚动，让他的心犹如猫挠，他忍不住伸手在王青梅的脊背上轻轻抚摸着。猛然间，林奉天清醒过来，赶紧推开王青梅，坐起身来。王青梅吃了一惊，怔怔地看着他。林奉天眼看着窗户，结结巴巴地说："大嫂，别……"王青梅一听火了，愤怒地看着林奉天："我不是你的什么大嫂！"林奉天还想说什么，王青梅一下子扑上来，死死抱住了他，这一回，林奉天怎么也推不开了。王青梅头抵着他的胸膛，喊道："我不是，不是！"林奉天终于软了下来，慢慢伸出手，同样紧紧地抱住了王青梅。

　　两人就这样紧紧地抱着，好似时间都为他们静止了。也不知过了多久，王青梅忽然感到脸庞湿湿的，一抬头，看到林奉天刚刚包扎好的伤口在她用力的拥抱下又渗出血来。王青梅赶紧找了条新绷带给他重新包扎好，林奉天忍着疼，不吭一声，王青梅羞涩地嗔怪道："知道疼怎么不早说？"林奉天的脸微微一红，王青梅温柔地看着林奉天，问："还疼吗？"林奉天闷着头："不疼。"

　　正说着，大嫂带着小李匆匆进门。小李一进门就喊："这下好了，可算找到你们了！"

　　林奉天站了起来，着急地发问："小李同志，李松怎么样？"小李说："你放心吧，我已经安排人送李松出城了。"林奉天又急切地问："孟刚有没有消息？"小李皱着眉说："有人看见孟刚带着母亲和妹妹，驾着马车冲出了九台

城，后来的事就不知道了。这个孟刚也太莽撞了，本来我们组织上已经准备营救三连弟兄们的家属了。"

林奉天叹了一口气："小李，谢谢你，给你们添麻烦了。"小李看着他说："林连长说这话就见外了，别说您是周先生的朋友，就算我们素不相识，也应该帮这个忙，谁让咱都是中国人呢。"

王青梅问道："小李，下一步我们怎么办？"小李严肃地说："我已经安排好了，事不宜迟，现在就送你们出城。"大嫂插嘴说："不行的话，你们还回来。"大家点头，简单收拾一下，匆匆和大嫂告辞而去。

月亮高悬在城门上，静静地望着下面稀少的行人。城门口的伪军耀武扬威地盘查着来往行人。

一辆牛车拉着一口棺材缓缓向城门洞走来，几名日伪军拦住赶车人："站住！车上拉着什么？"赶车人道："老总，您不看见了吗？棺材嘛！"一名伪军挥手："快走，快走，晦气！"

"慢着！"一名日军军曹忽然拦住他，围着棺材转了几圈，"我问你地，棺材里面装的，是活人还是死人？"赶车人惊奇地瞪着眼睛："太君可真会说笑话，棺材里不装死人，难道还能装活人不成？"

军曹皱了皱眉，在一名伪军耳边"叽里呱啦"地说了一通。伪军回头对赶车人说："太君让我问你，埋死人干吗白天不埋，哪儿有黑灯瞎火埋人的？"赶车人连忙解释道："太君，是这样，这家人死得蹊跷，都说是恶鬼投胎，风水先生说白天埋人不吉利，非得晚上埋才镇得住。"

伪军吓得退了几步，对着军曹"叽里呱啦"地说了一通。军曹一听也吓了一跳，挥手："开路，开路地！"伪军赶紧撺道："还愣着干什么？太君让你赶紧走，真他娘的晦气！"赶车人赶着牛车不紧不慢地出了城门。

牛车在树林子里停了下来，赶车人从车上跳下，正是化了妆的小李。小李看看四周没什么动静，轻轻掀起棺材板："林大哥，没事了，你们出来吧。"

林奉天和王青梅爬出棺材。小李指着前方说："林大哥，王小姐，穿过树林子，再往前走三十里地就到173团防区了，我就不送了，我们后会有期。"林奉天感激道："小李，这回全靠你了，没你的帮助恐怕……"小李递给林奉天一个包袱："林大哥，您又来了！这是几件衣服，为路上方便，让青梅换上。"林奉天点点头："好，那我就不多说了，咱后会有期。"小李握住王青梅的手："保重！"王青梅郑重地点头："保重！"三人告别，林奉天和王青梅迅速消失在夜色中。

　　月光透过树上纵横交错的枝丫在地上照出斑驳的影子，星星点点的银色月影映照在王青梅身上，就像给她披上了一件星光点点的霞衣，朦胧的月光里，王青梅美得像一个云中仙子，把林奉天看呆了。

　　王青梅打开包袱，拿出了一身男人的衣服，正要换，看到林奉天呆呆地看着她，羞涩地转过脸去。林奉天这才回过神来，尴尬地说："我去林子外边等你。"说着，转身往林子外走去，不料肩伤发作，鲜血再次渗了出来，明亮的月光下，林奉天疼得冷汗直冒。

　　王青梅赶忙上前扶住林奉天："别动！把衣服脱下来，我给你重新包扎一下。"林奉天扯着衣服扣子慌忙后退了一步，推辞道："不用了，没事，没事了。"王青梅生气地说："你这人怎么这么封建？都什么时候了！"林奉天结结巴巴："不是……可是……"王青梅抢白："是不是男女授受不亲啊？"林奉天顿时脸红脖子粗："我……"王青梅说完自己的脸也红了，白天在炕洞里的一幕又上心头。她一把拉过林奉天，不容分说地解开林奉天的上衣，换掉染血的绷带，拿自己的手帕为他包扎起伤口。

　　林奉天看伤口包扎好了，慌忙起身："我……到外边等你。"王青梅按住林奉天："你就不怕林子里有狼，把我叼走了？"林奉天更是手足无措，不知道该走还是该留下："我……"王青梅低下头偷偷笑了一下："行啦，你背过身去，别偷看啊！"

　　林奉天赶紧依言转过身去，紧紧闭上眼睛。王青梅窸窸窣窣地换好衣服，转到他面前，说道："好啦，林大哥，你可以睁开了。"林奉天睁开眼睛，一个男扮女装的王青梅出现在眼前，果是英姿飒爽，别有一番韵味。

　　王青梅笑着："怎么样，好看吗？"林奉天盯着她，脑子空白，呆若木鸡，王青梅娇羞一笑："林大哥，你发什么呆呢？"林奉天清醒过来，掩饰着内心的慌张："好看，好看。"王青梅说："那我们赶紧走吧！"林奉天赶忙点

头："嗯，走吧。"王青梅搀起林奉天，二人慢慢走出树林。

青山隐隐，绿水幽幽，金灿灿的朝阳射在小溪流上，微风搅起一池碎金。王青梅搀扶着林奉天一路蹒跚赶路，一对俊男美女画一样的人物走在这诗一般的景色里，两人都疑在梦中。

王青梅亲昵地扶着林奉天的胳膊，关切地问："林大哥，伤口还疼吗？""不疼……疼。"林奉天自己也不知道自己在说什么。王青梅被逗乐了："你怎么说话颠三倒四的，到底疼还是不疼啊？"林奉天也笑了："不疼了。"王青梅深切地看了林奉天一眼："不疼是假的，你又不是铁打的！"林奉天笑而不答，沉默片刻说："累了吧？"王青梅点头："嗯。"林奉天："那我们休息一会儿。"

二人走到小河边一块大石头上坐下。林奉天掏出酒壶准备喝，王青梅一把抢过，坚决地说："你有伤，不能喝酒！"林奉天涎着脸恳求道："这酒能治百病，就喝一口。"王青梅赶紧摇头："不给！我现在是医生，你是病人，你得听我的！"林奉天装作一本正经地说："你不知道，我要是没酒喝，这伤就更好不了了。以前也受过伤，一喝酒，好得特别快。"王青梅半信半疑："真的？"林奉天一本正经地点头："真的。"王青梅想了想，犹豫着将酒壶递过去："就喝一口啊！"林奉天接过酒壶，喝了一大口，憋不住笑了。王青梅一下子反应过来，气道："林大哥，原来你在骗我啊！你好坏啊！"说着，王青梅举起粉拳在林奉天身上轻轻捶了几下。林奉天看着眼前美丽可爱的王青梅，禁不住心潮起伏，他一下抓住王青梅的手，发自内心地赞美道："青梅，你真好看！"王青梅一下羞红了脸，羞涩地低下了头："时间不早了，我们……该动身了……"林奉天一下回到了现实，语气中带着无限的惆怅："是啊，该动身了……"王青梅听出他声音中的异样，奇怪地看着林奉天："你怎么啦？"林奉天赶紧掩饰着："没什么，没什么，我们走吧。"

江崇义在屋内焦急地徘徊着。他派人去九台城打听过多次了，只打听到花轿被炸，日军到处在搜查，后面的线索就没了，王青梅是死是活还一点消息也没有，这让江崇义心慌意乱、坐立不安。战士们见江崇义心中焦躁，也不敢多劝，只得忍耐着看他在眼前不停地转来转去。

这时，孟刚一头撞进营房，把大伙吓了一跳。江崇义下意识地往孟刚身后瞅瞅，却是空无一人。江崇义一把抱住孟刚，急道："黑子，你怎么一个人回来了？"

孟刚一手拿着母亲的一只鞋，一手握着玉镯子，抱着江崇义嚎啕大哭："大哥，俺娘没了，环子也丢了！"

这时，宋晓丹急慌慌跑进营房，边跑边喊："大哥，大哥，三哥回来了，三哥带着大嫂回来了！"江崇义一把拽住宋晓丹："眼镜儿，你看清楚了？"宋晓丹兴奋道："大哥，没错！我亲眼看见的，三哥带着大嫂回来了！"三连的战士们全都跳了起来，营房里一片欢腾。

马金宝激动地说："我没说错吧？三哥志勇双全，准能成！"霍爷闭目合掌："老天有眼，老天有眼！"刘金锁瞪他道："什么老天有眼？是菩萨保佑！"

江崇义激动地跑了出去，王直兴奋地招呼大家："弟兄们，跟我接大嫂去！"没等他说完，战士们抢到他前面一窝蜂冲了出去。

大家冲到外面，迎面看到王青梅紧紧地扶着林奉天走来。

看着二人亲密的表情，江崇义瞬间像被蝎子蜇了一般地抽搐了一下，然后便僵立在原地。林奉天也看到了大哥江崇义，他下意识地松开了王青梅的手，尴尬地走上前："大哥，我回来了！"江崇义脸色难堪，极力掩饰着心中的不悦："哦，回来就好，回来就好。"林奉天顿了顿，说："青……人我带回来了。"江崇义抬头看去，王青梅轻轻摘下帽子，一头乌黑笔直的长发如瀑布般倾泻而下，加上一身男性装扮，更显得清丽脱俗。大家不禁看呆了。

朝思暮想的王青梅就在眼前，江崇义激动地上前，紧紧地握着王青梅的手，声音也有些哽咽了："青梅，终于见到你了，你还好吗？"王青梅不冷不热："我很好，江大哥还好吧？"说着，有意识地轻轻挣脱了江崇义的手。江崇义像被王青梅推出了八丈远，一时间尴尬不已。

王直在一旁洞察着一切，忍不住讥讽林奉天："老三，你这回可是出了风头了，英雄救美啊！可惜美人是咱大嫂。"接着又故意提高声音说："大嫂，还记得我吗？我是王直啊。"王青梅白了王直一眼，没说话。

　　大家都不知说什么好，一时陷入尴尬的静默之中，江崇义和林奉天两人更是心情复杂，亲密无间的两兄弟间顿生隔阂，还好此时周冰谏和李松疾步走来，打破了僵局。周冰谏握着二人的手笑着说："奉天兄弟，青梅小姐，祝贺你们安全脱险！你们看，大个儿也回来啦！"孟刚刚抹完眼泪，一把搂住李松："大个儿，你可回来了，还以为你壮烈了呢。"李松骂："你才壮烈了呢，格老子的！狗嘴里吐不出象牙！"大家都围上来，绕着李松问长问短。

　　周冰谏高兴道："这下好啦，三个人都回来了，还救回了青梅小姐，大功一件啊！连长，赶紧让老三进屋说话呀。"江崇义猛然回过神来，扬手道："对对对，进屋说话，进屋说话。"

　　大家簇拥着林奉天、王青梅和李松走进营房，江崇义脸色阴沉地跟在后边，王直不满地"哼"了一声。

　　大家进屋坐下，见江崇义铁青着脸，都不敢说话。王青梅不言不语，轻轻走了出去。

　　林奉天首先打破沉默："大哥，没想到还能见到你们，真是万幸啊！"江崇义不冷不热，言语中带着讥讽："老三，你的运气可真好，比大哥我强多了。"林奉天说道："哪里是运气好啊！说实话大哥，这回又是多亏了八路军地下党的帮忙，才死里逃生，不然凶多吉少。"江崇义口气鄙夷地说："哦，八路可真是神通广大、手眼通天，哪儿也少不了他们。"林奉天微微皱了一下眉头："大哥，您怎么能这么说？八路军可是真心实意地帮咱三连……"江崇义打断林奉天："好啦老三，我们今天不谈这个。大哥这回可真要好好感谢你了，不管怎么说，你替大哥救回了未婚妻王青梅，我和青梅谢谢你了。"江崇义有意识地在"未婚妻王青梅"几个字上加重了语气，言下之意，提醒林奉天不要忘记王青梅的身份。林奉天听出了江崇义的弦外之音，他压抑着内心的情感，低声说道："大哥言重了。"

　　这时，王青梅走了进来，手里端着一只无菌盘，上面放着绷带和药水。江崇义急忙起身："青梅……"不料王青梅只是轻轻点了一下头，从他身旁走过，径直走近林奉天。江崇义尴尬万分，又找不到理由发作，紧绷着脸。

　　"林大哥，该换药了。还疼吗？"王青梅说着就要动手替林奉天换药。林奉天惊慌地站起来后退一步："青梅小姐，不用换了，已经好了。"王青梅诧异道："你怎么啦？说话怎么怪怪的？"林奉天尴尬道："不是，真的不用换了。"江崇义趁机猛喊一声："来人！勤务兵！"勤务兵进门："连长什么事？"江崇义黑着脸："给林副连长换药！"

王青梅一下明白过来，她狠狠地瞪了一眼江崇义，站到林奉天面前，用哀怨的眼神定定地看着他，林奉天却扭头不语。王青梅生气地转身而去，林奉天强忍着内心感情的挣扎，强迫自己站着没动。江崇义把一切都看在了眼里，妒火中烧的他脸色越来越来黑，重重地"哼"了一声，也拂袖而去，剩下林奉天不知所措地僵在原地。

173团团部参谋处里，曹阳正和几名参谋分析战报，门外传来一声洪亮的报告声："报告！"

曹阳抬起头："进来！"只见教官丁俊义大步走进团部，曹阳起身笑脸相迎："是俊义啊，你怎么来啦？有什么事吗？"丁俊义站得笔直："报告曹参谋长，有！"曹阳招呼丁俊义："坐下说，坐下说。"

丁俊义坐下来，但腰杆仍挺得笔直："参谋长，我来是为了三连的事。"曹阳一下紧张起来："三连的事？三连又出什么事了？"丁俊义："没出什么事，我是说冯村这仗，三连打得太好了，可谓……"丁俊义见曹阳面色难看，不禁问道："参谋长您怎么啦？"曹阳尴尬地掩饰着："没什么，没什么，你继续说。"

丁俊义继续说道："三连这次战役的表现，我用八个字来形容：动若脱兔、静若处子，可谓智勇兼备！说实话，林奉天和江崇义表现出来的战场指挥才能让我丁俊义刮目相看，佩服佩服！"曹阳惊讶道："你丁俊义一向自视甚高，今天竟然如此推崇三连，奇怪，奇怪！"丁俊义依然面无表情，但眼睛里却闪着遮掩不住的兴奋的光芒："没什么奇怪的，我丁俊义为人一向对事不对人，三连这次的确打得好，打得好当然要赞扬了。"

曹阳听罢，微微一笑："丁教官，我想你不只是来表扬三连的吧？"丁俊义也挑起嘴角笑了笑："参谋长果然是心细如发，那我就直说了。冯村这次战役，让我对三连有了全新的认识，我认为，只要我们辅以正确的军事训练

和三民主义思想的正确引导，三连这支特殊的队伍一定会为国军所用，成为一支真正骁勇善战的国军部队。因此，我请求调回三连，重新担任三连的教官！"曹阳不住点头："丁教官说得非常有道理，我同意你的请求，不过这件事还需要和团座商议一下。这样，你先回去，我和团长商议一下，尽快给你答复。"丁俊义起身敬礼："是！"转身离去。

曹阳等丁俊义走远，放下手里的东西，直奔团部。

吴天听完曹阳的讲述，低头沉吟片刻，问道："依参谋长的意思呢？"

曹阳慢慢说道："可以考虑。团座，我认为让丁俊义重新担任三连教官，有几个好处：一，可以借丁俊义之手杀杀三连和江崇义、林奉天等人的威风，让他们也知道别以为打了胜仗就想翘尾巴；二，三连都是一帮亡命之徒，精力旺盛，有丁俊义这个魔鬼教头管着，省得他们动不动就惹是生非；三，我团现在面对强敌山田联队，正是用人之际，如果丁俊义改造得当，三连为我所用当然更好，即使不成，当炮灰总还是可以的。"

吴天一拍大腿："那还考虑什么？就这么定了。"曹阳："好，那我现在就去通知江崇义。"

曙光微露，刚从一片黑暗混沌中脱颖而出的军营如沉睡的婴儿般宁静安详。

三连战士们还在梦乡里畅游，丁俊义推门走进营房，皱了皱眉头，猛然吹响了紧急集合哨。

尖锐的哨声惊醒了熟睡的战士，战士们猛然跳了起来。马金宝揉着眼睛大骂："娘的！起床号还没吹呢，一大早就报丧！"宋晓丹看着站立门旁的丁俊义，悄声说："金宝哥，快别说啦，小心教官听到。"正说着，丁俊义已经站到二人面前："马金宝，十公里越野！"

"奶奶个熊……"孟刚忍不住嘟囔了一句。丁俊义马上瞪起了眼睛："孟刚，十公里越野！"

丁俊义一边用马鞭敲打着床头，一边声色俱厉地大喊着："起床，起床！一帮懒猪！都给我快着点！宋晓丹，快点！刘金锁！还有你，朱大生！都给我听着，从今天开始，我要对你们进行更为严格的军事技能训练！快点！"

战士们迅速起床穿衣，只有霍爷还躺在被窝里。丁俊义走近霍爷，敲着床头吼："你！为什么不起床？"霍爷露出脑袋："报告长官，我是炊事兵，连长特许我可以不出操。""混蛋！我们是国军，不是土匪！从今天起，取消你的特权，起床！都给我听着，最后一名，二十公里越野！"丁俊义大吼一声，三连战士们争先恐后地冲出了营房。

三连战士们一动不动地站在操场拔军姿。孟刚和马金宝气喘吁吁地跑完十公里越野，归队立正，只有霍爷一个人还在大汗淋漓地围着操场跑步。

上了年纪的霍爷渐渐感到体力不支，放慢了脚步。丁俊义面无表情地站在队伍前列，大声训斥霍爷："不准停！快跑！半小时之内跑不完，再加十公里！"霍爷累得扑通一下趴在了地上："打死也跑不动了！"丁俊义吼道："混蛋！三连都是孬种吗？起来！爬也得给我爬回去！"

霍爷艰难地爬了起来，一步一步向前挪去，杂乱的花白头发被汗水浸得湿漉漉的，汗水和着泥土在他满是皱褶的脸上抹得横一道竖一道。霍爷狼狈不堪，大口喘着气，眼睛望着遥不可及的终点，手脚并用向前一点点挪动着身体。战士们看着霍爷的苦相，恨得直咬牙。孟刚捏着拳头又要往外冲，被林奉天悄声制止住。

这时，江崇义出现在丁俊义身后，战士们的目光齐齐望向大哥江崇义。

丁俊义的余光已经看到了身后的江崇义，却装作没看见，反而提高了声音："立正！你们都给我听着，不要以为打了个胜仗就能翘尾巴，在我丁俊义眼里，狗屁不是！一帮乌合之众，偶尔打胜仗也是瞎猫撞上死耗子，根本不值得一提！"

丁俊义的话激怒了三连战士，大家纷纷怒目而视。江崇义听着丁俊义刺耳的话，脸色也越来越难看。

丁俊义继续说："不满意吗？我知道你们心里不满意，有人在背后骂我，还有人恨不得要一枪干掉我，是不是？听着，我丁俊义不是被吓大的！我告诉你们，从今天起，你们的好日子没了，我要对你们进行更为严格的军事技能训练！魔鬼训练！只有魔鬼式训练出来的战士，才能打败侵略者！你们这群乌合之众，才能成为一支真正的国民革命军、成为一支战无

不胜的敢死连！"

这时，霍爷终于体力不支，瘫倒在操场上，说什么也爬不起来了。孟刚等人站了出来，想去搀扶霍爷。丁俊义怒吼："站住！没有我的命令，任何人不准上前，否则军法处置！"朱大生刚迈出一步，也无奈地退了回去。大家纷纷瞪着丁俊义，脚下却不敢再迈步。

林奉天看不过，刚迈出一步，只见周冰谏也不约而同地迈出脚，二人大步走出队列，将霍爷架了回来。丁俊义顿时火冒三丈："看来我说得没错，乌合之众就是乌合之众！"

战士们敢怒不敢言，纷纷看向江崇义，只能把希望寄托在他身上，指望着大哥能出面干涉。

"大哥……"孟刚刚一开口，江崇义就黑着脸喝止他："住口！"接着大步上前，面对三连战士，大声说道："弟兄们，丁教官说得对，说得很有道理！平时多流汗，战时少流血，只有经过艰苦的训练，三连才能成为一支真正的国民革命军，成为一支战无不胜的英雄队伍！"

大家都愣住了。江崇义指着瘫坐在操场地上的霍爷说："看见没有？这就是平时不训练的结果，这个样子能上战场吗？如果弟兄们都像霍爷一样，咱三连能成为一支真正的国民革命军吗？能成为一支战无不胜的英雄队伍吗？"

一旁的丁俊义惊讶地看着江崇义，不禁微微点头赞许。只听江崇义继续说道："弟兄们，我再说一遍，我们现在是正规军，不是保安队，更不是皇协军！既然是正规军，就要严守军纪、服从指挥。"说着，江崇义看了一眼林奉天，提高声音，"今后，哪位弟兄胆敢违反军纪，当年曹孟德能割发代罚，我江崇义也能大义灭亲！"

孟小环跟哥哥失散后，一路行乞寻找着哥哥和母亲，此时，她衣衫褴褛地站在大街上，茫然地看着匆匆走过的行人，拉住一名行人问道："大哥，俺跟您打听个路，173团咋走啊？"行人看了看孟小环："173团？来找亲戚？"孟小环一听对方知道173团，心中一阵惊喜，连忙问道："是啊，俺哥哥在173团当兵，他叫孟黑子，您认识他吗？"行人摇头："妹子，这儿就是173

团驻地。可 173 团大了，好几个营，十几个连队，上千人，你咋找啊？"孟
小环不知道自己已经踏进了 173 团驻地，惊喜道："那俺找 173 团团部。"行
人笑笑："团部？妹子，那可是军事机密，小心把你当奸细抓了。"孟小环和
哥哥一样，一着急就习惯性地瞪起眼睛："俺又不是奸细怕啥！"行人不料
她如此倔强，说道："那我告你个办法，你就在大街上等着，看见有穿当官
衣服的肯定知道。"孟小环重又高兴起来，感激道："太好了，谢谢您啦大
哥！"行人摆摆手："客气啥。"行人走过，孟小环当真就专找当官的问起来，
只是不一会儿，就如行人所言，她被当作奸细抓了起来。

　　曹阳正坐在团部整理文件，警卫的电话打了进来，电话里报告说抓到一
个名叫孟小环的女奸细。曹阳握着听筒道："不认识，你问她是干什么的。"
电话那头说："说是来找她哥哥的，到处打听咱团部的位置，让我们给当奸
细扣起来了。"曹阳皱起眉头："找哥哥？孟小环？把人给我送过来。"

　　孟小环被带到团部门口，她从一辆军车上跳下来，一把推开跟着她的战
士："别跟着俺！干什么你们？俺又不是奸细。"战士骂道："谁知道你是不是
奸细！"孟小环火了："你才是奸细！"

　　曹阳站在门口，看见漂亮的孟小环，不禁眼睛一亮。曹阳迎上前道：
"孟小环，你是孟刚的妹妹吧？"孟小环看看曹阳："是，咋？你认识俺
哥？"曹阳点点头，笑道："早听说孟刚丢了一个漂亮的妹妹，果然有此
一说呀！"孟小环问道："俺哥哥现在在哪儿？"曹阳说道："在三连呢。"
孟小环转身就走："那俺现在就去找他。"

　　曹阳拦住孟小环："别急嘛，你哥哥又跑不了，待会儿我派人送你去。先
说说你来这儿干啥？"孟小环："找俺哥呀！"曹阳："然后呢？这儿是部队，
可不留闲杂人员，见完哥哥你上哪儿去？"孟小环神色黯然："俺也不知道。"
曹阳凑上前来："想不想留在这儿？"孟小环看着曹阳："留在这儿？俺能干
啥？"曹阳道："就留在团部给我当勤杂咋样？还能天天见着你哥。"孟小环
摇摇头："不！俺想当兵，打鬼子。"曹阳劝道："给我当勤杂也和打鬼子一样
啊，再说，下面也没女兵啊。""那……"孟小环犹豫一下，又摇摇头，"跑腿
的咋能跟打鬼子一样？不干不干。"曹阳想了想："那就只能到卫生队当护
士。"孟小环瞪着眼睛："护士？护士是啥？"曹阳解释："就是抢救伤员。"

孟小环想了想，点头道："当护士行！"

孟黑子自从丢了妹妹，就添了一个毛病，经常一个人坐着发呆。这会儿没事，孟黑子又发起呆来。林奉天见状，走过来安慰道："黑子，别担心了，环子肯定没事的，说不定就来找你了。""谁知道呢！"孟黑子一提这事就万般悔恨，叹道，"唉，俺就不应该回家，不回家娘也死不了，环子也丢不了，都怨俺！"

孟刚正说着，突然一声清脆的喊声传来："哥！"孟黑子一怔，回头看去，只见曹阳带着孟小环走了过来。孟小环看到哥哥，飞也似的奔来，孟黑子一下跳了起来："环子！你……你还活着！"孟黑子揉了揉眼睛，确认是妹妹不错，又惊又喜，咧开大嘴不知是笑是哭。孟小环放声大哭："哥……"兄妹二人抱头哭成一团。

特高科里本来备满了美酒喜宴恭贺木村新婚，想不到却迎回了满脸黑炭似的木村。此时，气急败坏的木村正在对手下大发雷霆："混蛋！蠢货！全都是一帮蠢货！我木村拓夫的婚礼竟然变成一场闹剧，你们都是干什么吃的？有人竟敢在我眼皮子底下把王青梅劫走，还要你们干什么用？耻辱！耻辱！耻辱！"

手下大小特务战战兢兢地站着，没人敢说话。

木村指着一个特务问："我问你，什么人劫走了王青梅？查出来没有？"特务哆哆嗦嗦地回答道："报告木村先生，查……查出来了，是……是三连的林奉天，一定是江崇义派林奉天劫走了王青梅！"

木村气急败坏地怒吼着："又是三连！林奉天！江崇义！我要报复！报复！来人，把三连的家眷统统给我抓起来！统统给我抓起来！"

另一个特务犹豫了一下，小声说道："木村先生，我们的人已经去了，但是……但是……"木村一瞪眼："但是什么？"特务胆战心惊地说："三连的家眷已经被全部转移了。"木村暴跳如雷："混蛋！不可能，绝不可能！"特务赶紧补充："是八路的地下党干的。"木村脸色铁青，一屁股坐在椅子上，半天说不出话来。

一个特务大着胆子说道："木村先生，我怀疑林奉天劫走王青梅这件事和王伯昭有关系。一定是王伯昭和江崇义里应外合，劫走了王青梅，除了王伯昭谁会知道得这么清楚？"一句话提醒了木村，他一下子跳了起来："来人，把王伯昭给我抓来！"

话音未落，一名特务进门："报告！王伯昭求见！"说曹操曹操就到，木村咬着牙："来得正好，给我抓起来！"

王伯昭刚见到木村，满脸堆笑还没来得及开口说话，就被两个特务架着走出去，没等他反应过来，就被扔进了审讯室。上次在这里待的一晚已让王伯昭刻骨铭心，一见到那些熟悉的刑具，他的双腿就软成了一摊泥。王伯昭"扑通"一下跪在木村面前："木村先生，天地良心啊，我真和这件事没关系！你就是借我王伯昭十个胆子，我也不敢啊！木村先生……"木村不等他说完，拔出手枪对准了王伯昭的脑袋。王伯昭脸色煞白："让我说最后一句，最后一句……"

木村冷酷地打开手枪保险："说！"王伯昭战战兢兢说道："木村先生，你怀疑得有道理，这事儿放谁身上都会怀疑我王伯昭，谁让我当初瞎了眼，把女儿许配给江崇义这个忘恩负义的王八蛋呢！可是木村先生，你要想想，如果我和这件事真有关系，我王伯昭还敢来见你吗？我不是自投罗网吗？再说了，这次江崇义竟敢在光天化日之下派人来抢亲，就是公然没把你木村放在眼里，用心险恶啊！江崇义这么做就是想借您的刀，杀我这个人。"

见木村将信将疑，王伯昭横下一条心，破釜沉舟："木村先生，我的话说完啦，愿杀愿剐随你便，我王伯昭绝无怨言。只是，你把我王伯昭千刀万剐不要紧，却中了江崇义的奸计，这样做只能是令亲者痛，仇者快！"

江崇义躺在床上看着天花板，一支一支拼命地吸烟，屋里烟飘雾绕，地上的烟头多得成堆。

王直走了进来："大哥，怎么啦这是？大嫂好不容易来了，您不去陪着大嫂，躲在这儿干什么？"江崇义阴沉着脸："有人陪着，用不着我。"

王直听出江崇义的话外之音，煽风点火地说道："大哥，不是兄弟我背后挑拨离间，老三这人也太不讲究了！三连上上下下，谁不清楚青梅小姐是

大哥的未婚妻？可他林奉天竟敢冒天下之大不韪，动起大嫂的心眼儿来了，您说这还有兄弟情分吗？简直就是一条喂不熟的白眼儿狼！"江崇义叹气："老二别说啦，他不仁，我不能不义，总不能为了女人，伤了兄弟情义。"王直苦口婆心地劝道："大哥，你讲兄弟情义，人家可不跟你讲，到时候吃亏的还是您。"江崇义叹气："老二，大哥也不瞒你，你也看出来了，青梅虽然是我的未婚妻，可她心里头想着的是老三，这感情上的事是强求不来的。"王直道："大哥，您这话可不对，父母之命，媒妁之言，这是咱老辈子的规矩，走到哪儿这规矩都不能破了。要我说呀，干脆生米煮成熟饭，看她还有什么能耐。"江崇义瞪了王直一眼："说什么浑话！我江崇义怎能做这种事！"

"得，算我白说，走啦！"王直见话不投机，转身要走，江崇义赶忙拦住："等等，老二，你平时主意多，给大哥想个正经主意。"

王直想了想："主意倒是有。大哥，这里面的关键还在老三身上，咱只要绝了老三的念头，让他死了这条心，这事就好办了。"江崇义点点头："说下去。"王直凑到他耳边："这么办，晚上大哥摆酒设宴，为林奉天、孟刚、李松三人接风，到时候大哥当众宣布和王青梅的关系，我就不信老三敢冒天下之大不韪，还敢上杆子缠着青梅小姐。真那样的话，别说我王直，三连的弟兄们也不答应。"

树林里鸟鸣声声，王青梅装作闲逛的样子，若无其事地往树林里走来。看看四周没人，王青梅快步走进树林，在一棵大树后面找到了等待已久的周冰谏。

周冰谏热情地上前："青梅同志，没想到我们会在这里见面。"王青梅握住周冰谏的手，沮丧地说道："对不起周先生，事发突然，没想到事情会变成这样。"周冰谏安慰道："不要多想了，青梅同志，你能安全脱险比什么都重要。事情的经过我都知道了，这件事不能怪你。"王青梅担忧道："可是地下交通员的工作怎么办？"周冰谏说："组织上已经安排好了，交通员的工作由别人接替。我这里正好缺一名得力助手，你来了正好，既来之则安之，先休息几天养好伤，我们开始工作。"王青梅兴奋地点头："行，周先生，我一定会努力的！""好！对了，为了工作需要，我们的身份暂时不要暴露。"周冰谏仔细叮嘱道。王青梅点头："我明白。"

王青梅从树林中出来，谨慎的她还不忘采上一束野花以掩人耳目。王青梅手捧鲜花，笑意盈盈地直奔林奉天房间而来。

此时的林奉天正躺在床上，手里拿着王青梅替他包扎用的手帕发着呆。手帕已经洗得干干净净，飘着淡淡的肥皂清香，好似王青梅身上那干净的味道。九台劫婚本是为着大哥，却没想到阴差阳错地让他与王青梅有了更进一步的接触，自打回来以后，那天在大嫂家的情形时常出现在林奉天脑海中。这种回忆有时候会让他很温暖，让他的嘴角不自觉地绽出真心的微笑来；可有时候，这种回忆又让他非常自责。他懊恼地埋怨着自己，强迫自己不去胡思乱想，可王青梅温柔美丽的身影却总是固执地在他眼前挥之不去。

王青梅的影子还在林奉天心头流连，真实的王青梅已经走了进来，她举着一束开得正烂漫的野花，笑容比花还灿烂："林大哥，一个人躲在这儿发什么呆呢？让我好找！"林奉天回过神来，赶忙将手帕藏在身后。王青梅一眼看到奔过来："什么好东西？让我看看。"林奉天慌忙掩饰："没什么，没什么。"王青梅不容分说，一把抢过，一看竟是她的手帕。

"怎么是我的手帕？"王青梅看着林奉天。林奉天窘迫得满脸通红："是……我洗干净了，准备……准备还给你。"王青梅呛道："那你还藏什么藏？本来就没打算还我是不是？"林奉天更不知所措了："我……"

王青梅看到林奉天的窘相，一时明白过来。她心里喜不自禁，脸上羞涩地泛起了红晕，低声说道："不用还了，我送给你了。"林奉天犹豫了一下："还是还给你吧，免得别人说闲话。"王青梅一直觉得林奉天光明磊落，做任何事都沉稳爽快，却没想到他在感情上却是如此懦弱。王青梅生气道："你这人怎么这样？我都不怕别人说闲话，你一个大男人怕什么？""可是……""可是什么可是？有话就说，别吞吞吐吐的！"

"对了青梅……小姐……"林奉天犹豫了一下，缓缓说道，"以后我们还是……免得别人误会……"

不等他说完，王青梅扔下手帕，负气而去。林奉天愣了好半天，默默地收起了手帕。

　　木村跑到九台城日军司令部气急败坏地向山田讲述了他的耻辱经历："山田君，你我已数次被支那人羞辱，此仇不报，还有何颜面！"山田听罢也疯狂叫嚣："奇耻大辱！奇耻大辱！大日本皇军绝不能败给支那人！我山田绝不能忍受失败的耻辱！"

　　木村在地图上用红笔重重地圈出了173团驻地："山田君，支那173团现在就驻扎在这里，就是这支支那团收留了江崇义的保安队。冯村一战，让我们损失了炮兵中队，我们一定要雪耻！雪耻！"山田叫过木村："木村君，我已经拟定了一份进攻支那173团的作战计划，你来看。"

　　木村眯起眼睛仔细看着山田的作战计划，一双小眼睛渐渐变成了两把尖锐的刺刀，一场新的战斗在这如刀的目光中悄悄酝酿。

第十三章　分道扬镳

　　三连营房里欢声笑语，觥筹交错，大家根本不知道山田和木村正虎视眈眈地预谋着一场危险的行动。

　　林奉天、孟刚、李松三人被大家簇拥在正中央就座，霍爷带着几个弟兄抱着酒坛子，兴奋地给大家挨个倒满酒。

　　江崇义端起酒碗大声说道："弟兄们，今天这顿饭不为别的，为咱的好兄弟——奉天、黑子、大个儿三人接风洗尘！要不是奉天兄弟三人深入虎穴、冒死相救，恐怕大哥我也见不到未婚妻，你们也见不到没过门的大嫂了！今天我江崇义就借这碗酒，感谢奉天三位兄弟！三位兄弟，来，大哥敬你们一碗！"

　　大家正要端碗，王直站了起来："等一下！大哥您这话就见外了，青梅小姐是大哥的未婚妻不假，可她也是咱三连所有弟兄们的大嫂。我提议，大家一起敬三位兄弟一碗，感谢老三他们救回大嫂王青梅，好不好？"战士们兴奋地喊道："好！"

　　江崇义激动："谢谢弟兄们，咱三连能有今天，靠的是什么？是兄弟义气！我江崇义能有今天，仗的是什么？仗的是弟兄们的鼎力相助、两肋插刀！今天我江崇义就借这碗酒，感谢奉天三人、感谢在座所有的弟兄们，还是那句老话，有福同享，有难同当！来，端起酒！奉天，黑子，大个儿，弟兄们，干了这碗酒！"说罢，江崇义仰头一饮而尽。

　　孟刚等战士也激动万分，七嘴八舌地喊着"有福同享，有难同当"，一口气喝了个碗底朝天。唯独林奉天心事重重地浅尝了一口，悄悄把酒倒在了地上。

　　江崇义看在眼里，皱了一下眉头，不动声色地说道："老爷子，给弟兄们满酒！"接着，又拿过一个酒坛子，走近林奉天，亲自给林奉天满上，提高声音说："弟兄们，大哥我今天特别高兴，这碗酒我要单独敬老三。"说着，高举起酒碗，"三弟，谢谢你救了青梅，他日大哥大喜之日，三弟就是我和青梅的证婚人，到时候三弟一定要帮大哥一手操办！来，你我兄弟干了这碗！"

　　林奉天站起身，为难地说："大哥，我的伤口……"江崇义不容分说一饮而尽，举着空碗盯着林奉天："三弟，你我兄弟一场，大哥别无所求，答应大哥就喝了这碗酒！"王直在一旁帮腔："老三，是兄弟就喝了它！"林奉天端着酒碗有苦难言，看着江崇义阴冷的眼神，知道别无选择，被迫端起酒碗，慢慢放到嘴边。

　　这时，王青梅突然站了起来，一把夺过林奉天的酒碗，当众一饮而尽。在座众人惊讶地看着王青梅的举动，瞬间安静下来。

　　江崇义脸色发青，眼睛死死地盯着王青梅和林奉天。只见王青梅一抹嘴，朗声说道："林大哥伤势未愈，不能喝酒，再有弟兄要来敬酒，一律由我王青梅代喝！"

　　江崇义面如白纸，营房里的气氛顿时变得紧张起来。

　　林奉天看看众人，端起酒坛子，一言不发地满满倒了三碗酒，一碗接一碗大口喝下。王青梅见状，正欲上前阻止，却被周冰谏用眼色制止。

　　周冰谏起身打圆场："弟兄们，奉天兄弟伤势未愈，让他先休息一下，大家继续。来，喝酒喝酒！黑子，大个儿，喝酒喝酒！万金油，你发什么呆？老早你就嚷嚷着要喝酒，怎么，怕让你掏钱呀？今天你就是想掏也轮不到你喽，喝酒！"周冰谏一一招呼着，端起酒碗给马金宝、朱大生等人使眼色。众人会意，赶紧端碗："喝酒，喝酒。"

　　营房里的气氛缓和下来，大家心照不宣地坐下来喝酒吃菜。看着林奉天自罚三碗酒，江崇义阴沉的脸色也稍有缓和："弟兄们，喝！"

　　王直端着酒碗站了起来："大哥，今天弟兄们高兴，我王直心直口快，有啥说啥。大哥，什么时候让弟兄们喝您和大嫂的喜酒啊？"江崇义一愣："这个……"王直叫道："什么这个那个的？要我说呀，干脆趁着今天弟兄们都在，选个好日子把大嫂娶进门得了，省的弟兄们整天不知道该称呼大嫂，还是该称呼青梅小姐。弟兄们，你们说这个主意怎么样？"一些战士跟着起哄："二哥说得对！大哥，选个良辰吉日，让兄弟们好好高兴高兴！"江崇义不知该如何作答，满眼期盼地看向王青梅："那得看你大……青梅的意思了。"王直看着王青梅："大嫂，别不说话啊，弟兄们可都等着呢，表个态嘛！"大家的目光一下全都聚集在王青梅身上。

王青梅狠狠地瞪了一眼王直："谁是你大嫂！"接着站了起来，环视一周，目光冷冷地从江崇义脸上扫过，又木然地看看大家，看到林奉天时，她的眼神顿时充满了哀怨。林奉天被王青梅的目光灼痛，低下了头。王青梅失望地不再看他，面对大家提高声音说："既然话说到这份上了，我也把话说明了——国难当头，外敌不去，我王青梅宁愿终身不嫁！"

营房里再一次安静下来，大家都看着江崇义，不知道说什么好。江崇义一语不发，转身走出了营房。林奉天久久呆站原地，像被剪断了线的木偶。

王直气愤地大叫："这他妈叫什么事嘛，好好一顿酒糟蹋了！散啦散啦！都散啦！"说着撵着大家往出走。众人都不欢而散，只有喝醉酒的孟刚抱着酒坛子，还在大呼小叫："朱大生，青面兽，奶奶个熊！你们他娘的跑什么？再陪俺喝两碗……别拉俺，俺还没喝够呢！"

林奉天把喝得酩酊大醉的孟刚送回营房，又闷闷不乐地回到自己屋里，躺到床上。墙上挂着一幅写着"情同手足"四个大字的立轴，细看那四个字，笔触生疏、毫无章法，甚至算不得书法，但林奉天却敝帚自珍，当宝贝一样珍藏着，因为那是大哥江崇义的笔迹。江崇义本不喜好这些附庸风雅的东西，却因为这意义不同的四个字，专门找周冰谏一笔一画认真学着写了，送给了他。情同手足！古人说兄弟如手足，女人如衣服，怎么能为一个女人把兄弟情义割舍不顾呢？想到这些，林奉天一咬牙，决心再不去理睬王青梅。可刚想到这儿，王青梅哀怨的眼神又浮现在眼前，他的心不禁为之一动。林奉天懊恼地拉过被子盖住脑袋，想早点睡去以尽快摆脱这些缠人的烦恼，可他却

翻来覆去怎么也睡不着，好不容易睡着了，却又一直在做梦，梦里一会儿是江崇义阴冷的目光，一会儿是王青梅羞涩的样子；一会儿是江崇义怒容满面阴沉的脸，一会儿又是王青梅嗔怪时撅起的嘴；一会儿是与江崇义歃血为盟，一会儿又是与王青梅紧紧相拥……

一声熄灯号惊醒了林奉天，林奉天的伤口在隐隐作痛。

而与此同时，站在林奉天屋门外望着窗口呆呆出神的王青梅也被熄灯号惊醒了，她掉转身匆匆离去。

之后的一夜，林奉天和王青梅都一夜无眠，然而在这寂静的军营里，还有一个人同样也是夜不成寐，他就是江崇义。

地上落了一地的烟蒂，江崇义还在来回踱着步，他恶狠狠说道："宁教我负天下人，不教天下人负我！"说罢，狠狠揉碎手中燃着的纸烟，扔在地上。

曙光微露，军营里响起三连战士们操练的口号声。

王青梅敞开着大门，一边听着林奉天洪亮的领号声，一边洗脸。

江崇义径直走了进来："青梅，一会儿到我房间一趟，我有点事儿想和你说。"王青梅态度冷淡："什么事？在这儿说不行吗？"江崇义强压着心头的怒火："这儿不方便说，我在房间等你。"说完匆匆离去。

王青梅疑惑地看着江崇义的背影，犹豫一阵，起身跟随过去。

王青梅一走进江崇义房间，就不耐烦地问："江大哥，您找我什么事？""青梅，你先坐，你先坐。"江崇义把她让进门来，边说边顺手关上房门。王青梅立马眉头紧皱："江大哥，大白天的，关门干吗？"江崇义不由沉下脸来，尴尬地走到门边，把房门大敞开。

王青梅这才缓和了口气："您说吧，一会儿战士们就该下操了，我还得帮老爷子做饭呢。"江崇义犹豫了许久，慢慢说道："青梅，其实你知道我在想什么，我也是不惑的年龄了，从来没有像这样喜欢过一个女人。青梅，从我第一次见到你，我就喜欢你，真的喜欢你，我发过誓，这辈子非王青梅不娶。自从炸掉鬼子军火库，反出九台城后，我是日思夜想、食不甘味，无时无刻不在想，好几次想派人回去接你，可是因为种种原因不能成行。听说木村那个混蛋要强行娶你后，我冒着军法处置的危险，率领弟兄们连夜赶赴九台城……"

江崇义说得激情澎湃，王青梅默默听着一言不发。江崇义继续说道："青梅，你知道这回见到你，我有多高兴吗？一下年轻了十几岁！我是满心盼着你能和我说说话、聊聊天，可你却始终对我不冷不热，你知道我心里有多难过啊？青梅，我江崇义一向不善言辞，今天不知道怎么啦，说了这么多。青梅，嫁给我行吗？我对天发誓，只要你嫁给我，我江崇义会一辈子对你好，不会让你受一点委屈，如若食言，叫我天打五雷轰！青梅，答应我行吗？"

江崇义乞求地望着王青梅，王青梅避开他的眼睛，说道："江大哥，你喜欢我，我心里知道，可是感情的事是不能强求的。对不起江大哥，我不能答应你。"江崇义急了："为什么？""因为我心里已经有人了。"

江崇义一听怒火中烧："我知道，你心里喜欢的是林奉天，是不是？青梅，我就不明白，我江崇义哪点比不上他林奉天？论家世、论本事、论志向、论相貌，哪一条他能跟我比？青梅……"王青梅打断他："对不起江大哥，我还是那句话，感情是强求不来的。我说过，国难当头，外敌不去，我王青梅宁愿终身不嫁。对不起，我先走了！"王青梅说完，匆匆走出房门。

江崇义气急败坏地追到门口大喊："青梅，王青梅！你听着，我是你的未婚夫，是伯父王伯昭当众亲口订下的！父母之命，媒妁之言，走到哪儿也变不了！我不会放弃的！"

王青梅听到喊声，头也没回，反倒加快了步伐，急急忙忙走远了。江崇义灰心丧气地走回屋里，一屁股跌坐在了椅子上。

窗外，有一个人正看着急匆匆走远的王青梅，忧心忡忡地皱紧了眉头。林奉天来找江崇义，走到门口无意中听到了两人的对话，此时的他站在角落里进也不是退也不是，呆呆地发着愣。

王青梅急匆匆回到食堂，霍爷已经独自做好饭菜。三连战士们从训练场下来，一个个疲惫不堪地走进来，嚷嚷着："老爷子，老爷子，赶紧开饭，饿死了！"王青梅忙不迭地从霍爷手里接过饭菜，给大家端出来。

孟刚一屁股坐在椅子上："奶奶个熊！累死了！"马金宝一摊烂泥一样

瘫在椅子上："娘的！丁俊义这个王八蛋！迟早有一天……"话没说完，马金宝就发现江崇义不知什么时候站在了他身后，一张脸阴得像暴雨前的乌云。马金宝赶紧闭嘴，可是已经来不及了，只听江崇义威严的声音传过来："不用以后了，马金宝，立正！向后转！跑步走！十公里！"马金宝依令行动，转身跑出了食堂。

江崇义冷冷地看着大家，大家赶紧低头吃饭，都不敢再出声。

王直打破沉闷，大声说道："哟，今儿饭好香哎！老爷子，怎么回事？今儿手艺可不一样啊！"霍爷笑着："可不，青梅小姐做的，当然不一样啦！"王直热情地招呼大家："是吗？弟兄们，尝尝大嫂的手艺。"王青梅狠狠地瞪了王直一眼，在江崇义面前摆上饭菜，没说话转身往后厨走去。

王青梅刚转身，林奉天走了进来。王青梅听到弟兄们叫三哥，欣喜地转回身，笑容可掬地迎了上去："林大哥，快吃饭！累吗？"江崇义看在眼里，顿时脸色铁青，甩下碗筷就往外走。王直在身后叫着："大哥，你不吃啦？"江崇义理也不理，头也不回地走了。林奉天看着大哥的背影，尴尬地僵在原地。

江崇义躺在屋里生闷气，门"吱"地一声被推开，王直端着饭进门。江崇义刚抬起脑袋，一看是他，又躺回去，赌气地说："不吃。"

王直把饭菜摆到桌上，劝说着："大哥，人是铁，饭是钢，哪儿能说不吃就不吃呢！"江崇义气哼哼："吃不下。"王直坐到他身旁："大哥，不是我说，大嫂也太不给您面子了，当着那么多弟兄们的面，这不是添堵嘛！这要换成我王直，大耳刮子就轮上去了，还让她……"江崇义瞪着眼睛，一下子坐了起来："你懂什么！你见过的女人能和青梅比吗？"王直赶忙点头："是是是！我王直这辈子，还真没遇上一个好女人，就他妈跟婊子、窑姐鬼混了，真要是碰上像大嫂这样的好女人，说实话，唉……"王直叹口气，说不下去了。江崇义也跟着叹了口气，神情委顿。

王直想了想，说："大哥，咱真得想想办法了，不然这事还真不好办。"江崇义苦着脸："能有什么办法？"王直眉头一皱："大哥，我是这么琢磨的，像现在这样，让他俩天天见面、日日相对，我看咱还是没戏，所以得想个办法，不能让他们见面。"江崇义："你说得好听，腿长在别人身上，我怎么能管住人家？"王直凑到江崇义耳边："这还不好办嘛，让王青梅离开军营。只要不让林奉天与王青梅天天见面，二人的感情迟早会淡薄，大哥您趁机多加关心王青梅，我想青梅的心迟早会接纳大哥的。"江崇义若有所思地点头："有道理……"

林奉天正心事重重地带着大家操练，通信兵跑来说江崇义请他去一趟。林奉天稍微犹豫了一下，径直来到江崇义营房，江崇义和王直已经等在营房里。

林奉天进门就问："大哥，什么事？"江崇义面无表情地说："不急，等会儿人到齐了再说。"正说着，王青梅也进了屋子，径直坐到了林奉天身旁。

林奉天尴尬地挪了挪位置，想不到王青梅也往过挪了挪，故意凑上去。林奉天看江崇义正看着他，一时手足无措，手都不知该摆哪儿了。王青梅冷淡地看看江崇义，问道："江大哥找我什么事？"

江崇义犹豫了一下："是这样，刚才曹参谋长找我谈话，说……说日军最近可能有新动作，部队可能随时开拔，要求军营里不能留无关女眷，所以……所以青梅，你不能留在这儿了。"王青梅急了："那我去哪儿？九台城的家是不能回了，除了这儿我还能去哪儿啊？你和参谋长商量商量，让我留下干什么都行，做饭洗衣服我什么都能干的。"江崇义冷冷地说："那怎么行，团部的命令哪能随便更改？我已经安排好了，派人送你投奔亲戚家。"王青梅坚决道："我不去！"江崇义铁青着脸："不行！军令如山！"王青梅生气地站起来，大吼一声："不去！"说完，转身走了。

江崇义第一次没理会王青梅的态度，转头看着林奉天："老三，你有什么想法？"林奉天看着眼前的一幕，心里明白了一切，大哥的用意再清楚不过了，就是不想让自己和王青梅见面。他有一点为王青梅抱不平，但又受兄弟情义的困扰，不能有一句反驳之言。林奉天默默起身，咬了咬嘴唇，下了很大的决心，终于说道："大哥，我知道该怎么做。"

林奉天走了出去，王直把眼睛从林奉天的背影上收回来，说："大哥，你看出来没有？老三是贼心不死啊！说什么也不能让大嫂留下来！"江崇义

嘴角泛起一丝冷笑。

林奉天从江崇义那里出来，并没有回训练场，而是把自己关在屋子里苦思冥想。

想了很久，林奉天猛然站起身，坐在桌前，打开了一张信纸，提笔写了起来。正写着，有人敲门，外面传来王青梅急促的声音："林大哥，你在吗？"林奉天手中的笔停了下来，却一直没说话，任由王青梅在外面敲了一会儿门。王青梅见没人答应，着急地说了声："跑哪儿去了？"急匆匆地走了。

林奉天静静听着王青梅脚步离去的声音，拿出手帕，仔细端详着。片刻，林奉天细心地收起手帕，提起笔继续写起来。

王青梅见林奉天不在屋里，着急地四处寻找，走到训练场，迎面碰上替长官办事回来的宋晓丹。王青梅急问："晓丹，见没见着林大哥？"宋晓丹："没……没见啊！不……不在屋子里吗？""我去过了，敲门屋里没人答应。""那我就不知道了，我帮你去找找。"宋晓丹转身跑了。王青梅皱着眉发了会儿呆，转身又返回林奉天营房。

林奉天屋子的门虚掩着，王青梅诧异地推门走进："林大哥，你在吗？"却发现屋子里空无一人。

王青梅在屋里转着圈："林大哥，你在哪儿？别吓唬我啊，我知道你是跟我开玩笑的……"猛然间，桌子上的一张信纸进入王青梅视线。

王青梅拿着信急急找到周冰谏，周冰谏展信看罢，说了声："糟糕！奉天走了！"王青梅着急："什么？周先生，怎么办？林大哥为什么要不辞而别？"

周冰谏正要开口，只见宋晓丹喘着气跑来："周先生，青梅小姐，大门警卫说看见三哥出营区了。"周冰谏一惊："去哪儿了？"宋晓丹摇头："没说。"周冰谏追问："怎么走的？走多长时间了？"宋晓丹："骑马走的，估计能有半个时辰了。"周冰谏扔下信纸，起身跑去。

王青梅说道："我也去。"说着也要跟去，周冰谏忽然停下来，在王青梅耳边低语几句，王青梅点点头，转身跑回。

周冰谏到马圈牵了一匹马，打马扬鞭，一路风驰电掣般追赶而去，一直追到一个岔路口却还不见林奉天的身影。周冰谏看着两条蜿蜒曲折的小路，难以抉择。他想了想，勒住马头，看了看地上的马蹄印，催马向一条小路追去："驾！"

宋晓丹急急跑回营房，把情况刚一说，孟刚立马跳了起来，一把揪住宋晓丹的脖领子："奶奶个熊！你他娘的胡说什么？三哥怎么会不辞而别？"宋晓丹吓得说不出话来："我……我……"朱大生一把推开孟刚："孟黑子你干什么？让眼镜儿慢点说。"

朱大生凶神恶煞地盯着宋晓丹："你他娘的说清楚！敢胡说八道，老子阉了你！"宋晓丹更加结巴起来："是……是真的！这么大事……我……我敢瞎说嘛！"孟刚逼问道："你怎么知道的？"宋晓丹小心说道："周先生看了三哥留的信，追去了，不过恐怕是追不上了……"

大家顿时呆若木鸡。

朱大生怔了一怔，瞪着眼："去他娘的！爷们儿留在这儿是冲着三哥才留下的，三哥都走了，咱还待这儿干什么？爷们儿也不干了！"说完，转身就走。孟刚追上来："青面兽，你干什么去？"朱大生头也不回："我找三哥去。"一些战士也都考虑好了，嚷嚷着跟上来："等一下，我们也不干了！走走走，咱找三哥去。"

朱大生停下脚步，转回头看着众人："谁还去？"李松举起大手："我。"朱大生冲着李松一点头，又问马金宝："万金油，你走不走？你他娘的忙活什么呢？问你呢！"马金宝一边收拾东西一边答应着："废话，俺这些宝贝不能落下吧，回家做生意也得有本钱啊！"朱大生一撇嘴："你他娘的就知道做生意！滚蛋！黑子，你呢？"孟刚看看大家，犹豫了一下："俺不去，俺要跟着大哥。"朱大生也不生气："那你留下，我们走。"

霍爷拦住大家："哥儿几个，开弓可没回头箭，想好了！""早想好了，走啦！"朱大生拨开霍爷，带着一伙人走了。

刘金锁不紧不慢地往出走，一边走一边说："到哪儿不是混口饭吃？回家置上几亩地，娶个媳妇，小日子一过，别提多带劲儿了！"宋晓丹急忙跟上他："俺也回家。"霍爷看看人都走得差不多了，回头看着孟刚说："唉，都

走了，我还留这儿给谁做饭啊？等等……"说着，也跟着跑了。

剩下的几名战士看着孟刚发愣："黑子哥，咱怎么办？"孟刚瞪着大眼睛："就……就这么就散伙啦？奶奶个熊！我找大哥去，要走也得叫上大哥一起走。"说完，带上大伙往外跑。

月亮升起来，照着小路上孤独的影子。此时的林奉天正坐在战马上，心事重重，信马由缰。

前面出现一个路碑，走过去就出了国军管辖区，林奉天勒住战马，回头望了望军营方向，顿时热泪盈眶，大声吼道："弟兄们，原谅我林奉天不辞而别！各位兄弟，他日如能重逢，我们再续兄弟之情！大哥，保重！"

林奉天怔怔地望了一阵，转回头，扬鞭打马："驾！"战马载着他飞奔而去。

林奉天刚跑过，周冰谏就追了上来，马蹄腾起的灰尘漫天飞扬。周冰谏睁大眼睛望着前方，大声喊："奉天兄弟，等一下！"

林奉天听到喊声，勒住马头，回身看去，周冰谏纵马飞驰而来。

周冰谏气喘吁吁跳下马来，一把拽住林奉天的马缰绳："奉天！你为什么不辞而别？"林奉天下马："周先生，对不起，我信里都写了……"周冰谏怒道："不对！那不是真实理由！到底是为了什么？"

林奉天有些沮丧："周先生，那我就实话实说了。是因为青梅的事。我不想因为这事伤了兄弟情义，所以……"周冰谏点点头："这事我也有所耳闻，我们可以想办法解决，你一走了之就能解决问题吗？"林奉天望着远方："我想过了，这事没别的办法。"周冰谏怒目而视，忽然张口大骂："懦夫！我一直以为你林奉天是条顶天立地的英雄，可我看错了，你不是！你是懦夫！狗熊！逃兵！"林奉天火了："我不是逃兵！"周冰谏言语犀利："不是逃兵是什么？难道还是英雄吗？为了一己儿女私情，就丢下大家，把抗日救国的理想抛在脑后，我看你是情圣！"

林奉天语塞，底气明显不足，缓了缓说道："我……周先生，你听我说，青梅的事只是导火索，更主要的是我和大哥在很多事上有分歧，弟兄们夹在中间左右为难，时间长了，三连这个集体迟早会分裂。"周冰谏："所以你就一走了之？"林奉天无言以对。

周冰谏继续说："你以为一走了之，这些问题就能解决了吗？我告诉你，说不定三连现在已经炸了锅，那些跟着你出生入死的弟兄能留下来吗？说不定已经动身了。说什么迟早会分裂，现在已经分裂了。奉天，你非要走我也不拦着你，可你记住，三连不是江崇义个人的队伍，也不是你林奉天个人的队伍，而是一支抗日的力量。你这样做的后果，只能把这支队伍搞得分崩离析，结果就是亲者痛，仇者快！木村和山田说不定正举杯相庆呢！"

林奉天被一语惊醒，顿时汗流浃背："我的妈呀！周先生别说了，我还真没想这么多。"周冰谏看着他："那你还走不走？"林奉天勒转马头："还走什么走啊，这要是走了，我还不成了民族的罪人，三连的分裂者了？这罪名我可担待不起，赶紧回！"说完跳上战马："驾！"周冰谏笑着也跳上战马，二人绝尘而去。

朱大生等人吵吵嚷嚷收拾好行李正准备出门，被闻讯而来的江崇义堵到门口。江崇义大喝一声："站住！谁让你们走的？谁带的头儿？给我站出来！"

众人大气不敢出。朱大生狠狠瞪了一眼躲在江崇义身后神情尴尬的孟刚，孟刚嘟嚷道："你瞪我干什么？俺不是想着叫大哥一起走吗……"江崇义厉声喝道："住嘴！"

朱大生瞪着眼睛站了出来，一副天不怕地不怕的架势："是我！是我带的头儿，没别人什么事，你看着办吧！"马金宝等人也纷纷站了出来："放屁！什么事你就带头了？大哥，没人带头儿，是我们自己要走的！""是啊大哥，是我们自己要走的！"

江崇义见众人口气一致，定是铁了心要走，心中一惊，口气缓和下来："弟兄们，要走也打个招呼嘛！怎么，连我这个做大哥的也不想打声招呼吗？弟兄们，大哥有什么做得不对的地方，就说出来，大哥一定听！这样不辞而别还是兄弟吗？"马金宝说道："大哥，不是我们不想跟您打招呼，是怕您不让我们走。再说了，国军这碗饭好吃难消化，弟兄们早就不想干了。"大家也都叫嚷起来："是啊大哥，国军从来没把咱当回事儿，尽拿咱当炮灰

使了！""是啊大哥，还不如条狗。"……江崇义拉下脸来，语气中带着威胁："你们要知道，这里是国军军营，出了这个门可就是逃兵了，当逃兵可是要军法处置的！"

大家一下安静下来。

朱大生梗着脖子叫道："去他娘的军法处置，爷们儿不怕！"大家也都跟着嚷道："就是！怕他个鸟！走！"

朱大生带着众人往外闯，江崇义眼看拦不住了，急得如热锅上的蚂蚁。正在这时，只见王直带着曹阳和一队国军士兵跑来，迅速将朱大生等人包围起来。江崇义顿时有了底气，吼了一声："反了你们啦？来人，都给我抓起来！"朱大生一把拽出匕首："去你娘的！我看谁敢？老子阉了他！"双方一下剑拔弩张。

就在这时，林奉天和周冰谏一前一后骑马赶到。林奉天远远看到营房门口人头攒动，曹阳和战士们持械对抗，急忙大吼一声："住手！你们想干什么？"

曹阳看到林奉天，惊讶道："林奉天，你还敢回来？"林奉天笑："我又没违犯军规，为什么不敢回来？"曹阳怒道："胡说！当逃兵还不算违犯军规吗？"林奉天诧异："不对吧参座，请假出营也违犯军规吗？"曹阳气急："林奉天，你还狡辩！你看这是什么？这是你当逃兵的证据！"林奉天笑："参座，您可冤枉我了，您看看信里写的是什么？"曹阳低头看信，顿时尴尬地僵立在原地。林奉天和王青梅对视一眼，王青梅不露声色地笑了笑。

朱大生摸不着头脑："三哥，你怎么回来了？"林奉天打断朱大生："废话！东西都买全了，不回来干吗？老子可没逛窑子的习惯！接着！"林奉天挤挤眼睛，马金宝反应过来，抖个机灵："那是二哥的毛病。"大家"哄"地一声笑起来。

朱大生这时才慢慢反应过来，拿起林奉天丢过的东西说："三哥，我是担心你拿不了，所以带着弟兄们接你去。"

大家不明所以，纷纷责怪起朱大生来："就是，青面兽这家伙也不说清楚，早知道这么点东西，你一个人去就行了嘛！兴师动众的，还以为咱要当逃兵呢！""就是嘛，揍这小子！""对！揍这狗日的，害人不浅！"一时间，大伙有仇的报仇，没仇的沾光，一哄而上，拳头如雨点般纷纷落到朱大生身上。朱大生不敢发火，只能任凭众人"解恨"，捂着脑袋大喊着："别打啦，别打啦，再打老子还手啦……"

曹阳铁青着脸，扔下信纸走了。江崇义捡起信纸一看，惊呆了，只见上面写着："大哥，我去集市上买东西，给弟兄们打打牙祭。林奉天。"

一场风波就这样被王青梅调换的一张小纸条悄悄平息下来，大家都各回营房，周冰谏和王青梅走进树林中，坐下来促膝谈心。

周冰谏为难地说："青梅同志，如果你不能名正言顺地留在三连，势必会造成三连的内讧。虽然我舍不得你这样的好帮手，但是为了顾全大局……"王青梅理解地点点头："您别说了周先生，我坚决执行组织上的决定。"周冰谏叹口气："好，你以后的工作组织上会尽快安排的……"

雾气缭绕的清晨，空气里有种理不清的缠绵。

林奉天和王青梅并肩默默地走出军营，两人都不说话。走了一阵，林奉天停下脚步："青梅，我……我就不送你了……"王青梅抬起头，温柔地看着他："就这么两句就想打发我吗？"林奉天尴尬地说："你……自己保重……"

不料，王青梅突然发怒了，她盯着林奉天的眼睛，质问他："林大哥，你能在战场上英勇杀敌，为什么就不能勇敢地争取爱情？"

林奉天无言以对，尴尬地转过身望向远方。王青梅一下子从身后抱住他："说呀！为什么不说话？"

林奉天身子像触电般一抖，浑身都能感受得到王青梅双臂传递过来的力量。半天，林奉天缓缓说道："对不起青梅，男人之间的事你不懂。当初兄弟结义的时候，我们曾对天发誓，有福同享，有难同当，决不能背叛兄弟情义，我也答应过大哥，这辈子都不会做对不起大哥的事。"

王青梅失望地放开他，冷笑道："包括爱情也要有福同享吗？"林奉天不知道该说什么："对不起……"王青梅失望地盯着林奉天看了半天，猛然转身，伤心离去。

林奉天一言不发，默默地望着王青梅，直到她的背影消失在小路尽头。林奉天忽然感觉到被王青梅包扎过的伤口又痛彻心扉地发作起来。

　　王青梅心情郁闷地走到九台城大街，正不知何去何从，忽然看到不远处，一群老百姓正围着几个国军军官模样的人问长问短。一名身穿国军军服的军官站在一个石墩上，高喊着："抗日救国，匹夫有责！老乡们，欢迎大家入伍当兵，有饭吃，有衣穿，每月另发两块光洋！"路上的行人被他的吆喝声吸引，渐渐围拢上来探头观看。

　　一名男青年好不容易挤进人群想报名，还没开口却被身后的人推搡到桌前，一不小心撞翻了军官的茶杯。军官顿时翻了脸，恶狠狠骂道："混蛋！眼睛长屁股上啦？"男青年吓得手足无措。这时，王青梅钻进人群，问道："请问，是173团征兵吗？""废话……"军官正在气头上，恶声恶气地回答着，可话一出口，军官就后悔了，他把眼睛使劲眨了眨，发现面前竟然是一个年轻女子，而且还是个十分漂亮的女子。军官马上换了一副笑脸，说道："是啊，啥事？"王青梅问道："你们招女兵不？""招啊，怎么？""我报名！"军官愣了一下："啥？小姐，你不是拿我开玩笑吧？"王青梅面无表情："谁跟你开玩笑？我就是来报名的！要还是不要？"军官连忙点头："要要要，当然要啦！叫啥？哪儿人？会干啥？"

　　王青梅重新回到了173团，一身戎装的她和几名新招来的女兵站在一起列队待命。招兵的军官站在队列前面，一脸严肃地念着名单："……王秀云，一营一连！李大梅，二营二连！通信员，现在带她们去报道。"女兵们一一听令离去。王青梅看着身旁的队友渐渐走光，只剩下了自己一个人，忍不住问道："报告长官，我去哪儿？"军官看看房间里没有别人，这才笑眯眯地说道："别急嘛，像青梅小姐这么漂亮的女人怎么能跟她们一样下连队呢？我给你找了一个好去处，留在团部当卫生员怎么样？"

　　王青梅不由得皱了皱眉头："团部？我不去！我也要下连队！"军官没想到王青梅并不领情，走近她道："糊涂！留在团部当卫生员，又清闲又没危险，我可是费了老大劲儿才让你留下的。怎么样青梅小姐，你该怎么感谢我啊！"军官脸上露出淫邪的笑容，边说边趁机抓起王青梅的一只手抚摸起来。王青梅柳眉倒竖，伸手给了军官一记耳光："你要干什么？"军官脸上顿时一片火红，他愣了一下，顿时恼羞成怒："臭娘们儿，敢打我！"说着伸出手掌便要向王青梅脸上扇过去。王青梅双目圆睁，怒喝道："你敢！小心我找吴团长告你去！"军官冷哼一声："告我？我倒要看看团长是信你还是信我！"说着，又向王青梅扑了过去。王青梅大惊失色，这时，孟小环一身军装走了进来，挡住了军官："你要不要脸啊，还打女人！""你……"军官正要发作，回头看到孟小环，忙嬉笑道："是孟护士啊！"

孟小环瞪了一眼军官，回头看看王青梅，不禁惊讶道："你是……你是县医院的王大夫？"王青梅奇怪地点点头："是！你是谁呀？"孟小环高兴地说道："俺是三连孟黑子的妹妹孟小环啊！你不认识俺，俺可是认得你，你是江大哥的未婚妻。咋？你也来当兵啊？"王青梅气恼地看着一旁的军官："是啊，可他不让我下连队。"孟小环白了军官一眼，拉起王青梅："他说了不算，咱找曹阳去，俺也正想下连队呢。"

王青梅狠狠瞪了一眼军官，跟着孟小环走了。军官摸着被打痛的脸颊，咬牙骂道："臭娘们儿，给脸不要脸！你不是想送死吗？老子就让你去'炮灰'连！"

"预备……射击！"随着林奉天一声令下，射击场上响起一串枪声，一排土罐子被孟刚带领的一排战士们击得粉碎，清水四溢。

林奉天微微点头："完成得很好！举枪、瞄准、击发一气呵成，说明一排这几天没白练。"林奉天一一做着点评。几步之外，江崇义阴骘的目光始终紧盯着林奉天。

一排射击完毕，起身离场，孟刚得意地看看朱大生："青面兽，看你们排了！"朱大生撇了撇嘴："德行！"

林奉天大喊一声："二排准备！"

朱大生带着二排列好队，回头喊："哥儿几个，别给老子丢脸，听到没有？"宋晓丹等战士齐声喊："瞧好吧排长！"一旁的孟刚哈哈大笑："眼镜儿，叫得响不等于打得准，你那二五眼能瞧见目标吗？"宋晓丹不服气道："别门缝里看人，把人看扁了。"马金宝也跟着起哄："青面兽，咱赌一把？"朱大生瞪眼："滚蛋！眼镜儿，打不烂土罐子，小心老子打烂你的脑袋！"宋

晓丹紧绷着脸:"是!"

林奉天笑笑:"预备……"朱大生等战士立即卧倒瞄准。

"射击!"林奉天一声令下,二排马上枪声齐发,战士们相继命中瓦罐,唯有宋晓丹脱了靶。孟刚等人哄笑起来,宋晓丹一时臊得面红耳赤。

林奉天指点着说:"宋晓丹,注意你的击发动作。击发时,所有瞄准动作要保持不变,手指要均匀用力,瞄准的瞬间,停止呼吸,要在不知不觉间扣动扳机,明白吗?"宋晓丹垂着头低声回答:"是。"

这时,在一旁默默观看的江崇义突然发作,吓了大家一跳:"宋晓丹,早晨没吃饭吗?大声点!看看你这副德行,哪里像个军人?眼睛长后脑勺啦?枪都打不准,还怎么上战场?"宋晓丹被江崇义的突然发作吓得张口结舌:"连……"林奉天皱了一下眉头,想替宋晓丹解释:"大哥,晓丹他……"

江崇义根本不看林奉天,一把拿过宋晓丹手中的步枪,装弹、举枪、瞄准、射击,连发数枪,整个动作一气呵成,土罐个个应声而碎。最后一枪,江崇义更是看都没看,只用余光瞥了一眼,随手一枪就把瓦罐击了个粉碎。

江崇义扔下枪,对着宋晓丹吼:"告诉你,三连不养孬种!不想干趁早给我滚蛋!"说完,江崇义黑着脸掉头离去。

战士们被江崇义突然的发作吓得面面相觑,宋晓丹眼泪都快下来了,林奉天尴尬地看着江崇义远去的背影,无奈地摇头苦笑。

马金宝小声嘀咕:"好好的,发什么火啊!"刘金锁看出了门道,一语双关地说:"什么火?邪火呗!"

打靶归来,三连战士们走进食堂,一边吃饭一边嘻嘻哈哈地打闹着。

孟刚手里抓着个白面馒头走到朱大生身边:"嘿,青面兽,说你们二排不行吧,你还不服气。咋样,挨骂了吧?"

朱大生不说话,几口吃完手里的馒头,伸手夺过孟刚的馒头,还没等孟刚反应过来,馒头已经被朱大生几口吞进了肚子。孟刚急了,一把揪住朱大生:"老子还没吃呢,你他娘的还我馒头!"朱大生拍了拍肚皮,打着饱嗝:"咋还?跟我上茅房还你?"二排的战士们"哄"地一声笑起来。

孟刚不依不饶:"不行,现在就还!"朱大生涎着脸:"没有!"宋晓丹正看着眼前的饭发愣，听到两人争吵，说道："黑子哥，俺吃不下，你吃吧。"说完，起身走了。孟刚怔了一下，低头看看宋晓丹一动没动的饭，骂道："娘的，打发叫花子呢！"林奉天瞪了孟刚一眼："孟黑子，你少他娘的得理不让人！白面馒头也堵不上你的嘴吗？吃饭！"孟刚不敢再言语，气呼呼抓起馒头吃饭。

林奉天朝霍爷喊："老爷子，给我俩馒头，我给眼镜儿送去。"霍爷笑眯眯地走过来，把两个馒头递给他："知道了，这儿还有块咸菜，都给眼镜儿带上。"

宋晓丹一口饭没吃，早早回到营房，默默地收拾着东西。一张照片掉了出来，宋晓丹拿起照片，照片上面一个美丽的女孩子正笑脸盈盈地看着他，宋晓丹看着她眼圈直发红。这时，林奉天推门进来："眼镜儿，吃饭啦，吃饭啦。"宋晓丹赶忙把照片藏在身后："三哥。"

林奉天一眼看到床上收拾起的包袱，明白过来："怎么？这点儿气就受不了啦？"宋晓丹低着头不说话。林奉天放下饭菜，故意叹气道："看来咱三连这回是真的要散伙了。眼镜儿，我看咱这么办，要走也行，吃了饭咱一起走。"宋晓丹惊讶，随即着急起来："三哥，你不能走，你要是走了，弟兄们怎么办？三连真就散伙了。"

林奉天故意说："散伙就散伙，天下没有不散的宴席！再说，过几天又要打仗了，搞不好连命都得丢了。赶紧吃，吃完了咱悄悄走。"宋晓丹一下哽咽起来："三哥，俺知道你是跟我开玩笑呢……俺不想走……俺舍不得三连的弟兄们！"林奉天笑了："行啦，知道你不想走，跟你开玩笑。男子汉大丈夫，还哭鼻子，羞不羞啊！"宋晓丹抽泣着："三哥，俺就是心里堵得慌……"

"好啦，大哥今天态度不好，我替大哥给你赔礼道歉。赶紧吃饭，吃完饭咱还得训练呢。"林奉天把馒头塞到宋晓丹手里，宋晓丹用手背抹了一把眼泪："是。"

宋晓丹在林奉天的鼓励下重新回到了射击场，他站在战士们中间，脊梁笔直，眼神坚定。林奉天用鼓励的眼神望着宋晓丹，冲他点点头："宋晓丹准备！"刚刚还勇气十足的宋晓丹立刻又紧张得大汗淋漓。周冰谏拍了拍宋晓

丹："眼镜儿，你没问题，大家相信你。"

宋晓丹点了点头，深深吸了一口气，向前迈出一步，伏倒在地。

"预备……射击！"宋晓丹凝神静气，举枪、瞄准、射击，连他自己都没反应过来，只听"砰"的一声，瓦罐应声而碎。战士们欢呼着跳了起来，纷纷上前向宋晓丹祝贺。宋晓丹站在中间，被欢呼的人群推搡着，望着被自己击破的瓦罐，不敢相信似的发着愣。

教官丁俊义站得远远的，一脸不屑地看着三连欢呼雀跃的战士们。

这时，只见江崇义大步朝这边走来，战士们立刻安静下来。江崇义威严地扫视大家一眼："立正！现在宣布团部命令，为减少我军战场上的伤亡，更好地打击日军，团部给咱们派来了两名女卫生员。"

话音未落，战士们便兴奋地嚷嚷开了："太好了……太好了……连长这事是真的吗？"朱大生嗓门比谁都大："大哥，人在哪儿呢？长得俊不俊啊？"有战士跟着起哄："大哥，您见没见？人长得咋样啊？漂亮不？"

江崇义吼了一声："安静！瞎嚷嚷什么！这又不是娶媳妇，长得俊管什么用？都给我听好了，这回可是吴团长照顾咱三连，特派来的两名女卫生员，咱可要感谢吴团长和曹参谋长的关心，待会儿人来了给我热烈欢迎，听到没？"大家喜笑颜开："听到了！"

江崇义："还有，趁人还没来，我先把丑话说到前面。卫生员进了咱三连，就是咱三连的战士，就是咱的好姐妹，哪个敢给我打歪主意、动坏心眼，别怪大哥我翻脸无情，听到没？"大家嬉笑着，仰起脖子使劲喊："听到了！"

正说着，曹阳带着两名英姿飒爽的女兵远远向三连走来。江崇义赶紧喊："立正！欢迎！"战士们挺胸抬头，鼓掌欢迎。

曹阳走到战士面前，点头微笑。林奉天和江崇义抬眼望去，不禁目瞪口呆——跟在曹阳身后的两名女卫生员一个是孟小环，另一个竟然是王青梅。

孟小环向前迈出一步，敬礼："报告江连长，卫生员孟小环向您报到！"

江崇义目瞪口呆，林奉天更是呆若木鸡，王青梅看着他俩，微笑着跨前一步，敬礼："报告江连长，卫生员王青梅向您报到！"

山田盘腿坐在榻榻米上，精心擦拭着他那把日本武士刀，夕阳惨红的光芒照在刀身上，反射出一道血红的光。作战报告已经打上去多时，却迟迟得不到回复，山田有些急不可耐，冯村的失败在他心中隐隐作痛。

一不留神，山田的手指被锋利的刀锋割破了。山田看着汩汩流出的血，忽然露出狰狞的笑容，他用刀尖把伤口挑得更大些，用喷涌而出的鲜血在地上写了一个刚学会的汉字——林！

山田还不知道，此时，华北日军司令部的几名日军高级军官正围在一个沙盘周围讨论战事。一个日军司令官指着沙盘说："冯村一役，我军被迫退回九台城以南一线，和支那部队形成了对峙局面，此战我军不仅损兵折将，而且打乱了皇军南下作战、占领整个华北的计划，这是大日本皇军的耻辱，是在座各位的耻辱！为实现我南下作战计划，我军近期必须发动一次大规模的军事行动，将蒙绥地区的支那部队彻底击溃。"接着他拿出一份作战报告，"这是九台城山田大佐和特高科木村提交的作战报告，我们一起讨论一下！"

电话铃声突然响起，把山田从对冯村的回忆中拉回来。地上的血渍已经干涸，山田抬起头，才发现不知什么时候窗外红彤彤的夕阳已被漆黑的夜幕所遮盖。山田站起身接起电话，对方正是日军司令，山田赶紧严肃地"哈伊"一声。几句话过后，山田对着电话"哈伊"的频率逐渐增多，声调也一声比一声高，最后，山田放下电话，脸上已经兴奋得有些变形。他马上叫来木村，对他说："木村君，司令官阁下已经同意我们实施进攻173团的作战计划，命令我部立即向小庄秘密集结。"木村听罢也是极其兴奋："幺西！山田君，你我雪耻的时候到了！"

山田走近地图，指着地图上173团所在地，发着狠说道："我要把指挥部设在小庄，这次一定要让支那173团全军覆没！"木村点头："可以，不过我们这次要吸取冯村失败的教训，一定要多加小心。"

山田唤来参谋："命令部队，立即向小庄集结！"

木村手下大小特务不敢怠慢，迅速赶到小庄集合。

木村挪着步，给手下下达最后的命令："都给我听着，你们的任务是，秘密潜入173团防区，搜集173团驻防情报，为皇军发动进攻寻找有利战机。记住，尤其要注意搜集有关保安队的情报，无论大小必须向我汇报！"

命令完毕，木村把手伸向漆黑的夜空："出发！"

特务们的身影迅速融入黑暗，木村咬牙切齿地说道："江崇义！林奉天！跟我木村作对，只有死路一条！"

木村的嗜血利剑已经高高悬在173团上空，但大家都尚不自知。丁俊义的严酷训练已经让每个人精疲力竭，战士们每天只顾着卖命地苦练，让劳累和疲乏包裹着全身。只有在两个漂亮的女卫生员出现的时候，大家才能感到血管里的血液充满激情地加快流动，他们才想起来这个世界上的人是有着两种性别的。

林奉天和三连战士们训练结束，疲惫不堪地走回营房，迎面和王青梅、孟小环二人相遇。林奉天心里激动不已，却不知道该如何面对王青梅，只好低着头装作没看见。

林奉天正准备移步离开，不料王青梅却喊住了他："林大哥，怎么？几日不见就不认识我了？"林奉天尴尬万分，不知如何作答。

一旁的孟小环欣喜地瞪大眼睛看着林奉天："他就是那个大名鼎鼎的战斗英雄林奉天林大哥吗？"王青梅冷冷说道："什么英雄！假英雄！"孟小环诧异："青梅姐，你怎么这样说林大哥？不是你跟我说的吗？"

孟小环上前激动地握着林奉天的手："我太高兴了，林大哥！青梅姐和我认识没几天，已经跟我提到你好多次了，说你是个大英雄，今天终于让我见着你了。林大哥，你知道我最崇拜英雄了，尤其是像你这样的打鬼子英雄……"

孟小环拉着林奉天说个没完，弄得林奉天手足无措，半天说不出一句话来。这时，江崇义大步走来："青梅，你怎么在这儿啊？让我找你好半天。"王青梅赌气地看看林奉天，转身时语气一下变得温柔起来："江大哥，找我什么事？"江崇义大感意外："没事……就是……"王青梅故意说道："那我们走。"说着，挽起江崇义的胳膊就走。江崇义顿时不知所措，结巴起来："青……青梅，你这是……"王青梅也不说话，做出一副亲密的样子，挽着江崇义的胳膊慢慢走远。

看着王青梅和江崇义远去的背影，林奉天的心里一阵刺痛。孟小环蒙在鼓里，根本没注意到林奉天失落的表情，还拉着林奉天纠缠不休："林大哥，你有没有时间？给我讲讲你的英雄故事好不好？我特爱听！好不好嘛？"林奉天从孟小环手中轻轻抽回胳膊，说道："我……小环，我还有点事，下次吧！"说完，匆匆离去。

"英雄就是英雄，说话都和普通人不一样。"林奉天已经走得没影了，孟小环还在眼睛发直地看着林奉天离去的方向，突然冒出这么一句。王直正从此路过，看到孟小环一个人站着发愣，走过来搭讪道："孟护士，还记得我吗？我是王直啊，你忘了？我和江大哥还去过你家呢。"王直第一眼看到漂亮的孟小环就动了心思，想方设法跟她套近乎，可孟小环显然没心思和王直说话，匆匆说了句："记得，记得。王大哥，我还有事，改天聊。"说完转身跑了，把王直晾在一边。气得王直狠狠骂了一句："臭婊子！还真把自己当千金小姐呢！"

第十四章　瓜分瓦解

　　训练场上热火朝天，三连战士们在丁俊义的带领下进行徒手格斗训练。丁俊义拎着马鞭，来回巡视，不停地大声吼叫："注意，要虚实结合、示形于敌、寻找破绽、以奇制胜……"

　　孟刚不小心出了差错，赶紧悄悄改回来，不料还是被丁俊义一眼看到了："孟刚，动作不对！罚你往返跑一百次！"

　　孟刚无奈，只得出列，在太阳底下大汗淋漓地跑往返跑，刚跑了几十回合，一不小心崴了脚，一屁股坐在地上，疼得龇牙咧嘴。丁俊义骂道："孟刚，混蛋！谁让你坐下的？继续跑！"孟刚赶紧爬起来，咬着牙一声不吭地继续跑。

　　训练持续进行了一上午，战士们都累得气喘吁吁，可丁俊义就是不允许歇息，大家敢怒而不敢言，强撑着坚持。几名战士实在受不住了，瘫在地上不想起来，丁俊义上前扬鞭就是几下，战士们的脸上身上顿时被打出一道道渗血的鞭痕。孟刚火了，跳了出来："奶奶个熊！你这是训练还是体罚？"丁俊义瞪着孟刚："混蛋！目无长官，再加一百次！"孟刚牙关紧咬、拳头紧攥，眼看冲突将起，正在这时，训练场里突然跑进一个小女孩儿，大喊着："孟叔叔，孟叔叔……"

　　孟刚回头一看，只见小女孩两个小辫子一颠一抖的，正跌跌撞撞向他奔来，孟刚顿时欣喜地大喊起来："草儿！草儿！"说着快步迎上前，一把抱起草儿，"草儿，你怎么会在这儿？快告诉叔叔！"草儿调皮地揪着孟刚的黑胡茬，还没开口，丁俊义凶神恶煞般吼了一声："混蛋！这是谁家的孩子？抱走！"

草儿被吓得张嘴大哭起来。孟刚正要发作，孟小环怒气冲冲地跑过来："你喊什么喊！是我的孩子！吓唬小孩子脸不红吗？"孟小环跟着草儿一路追进了操场，正听到丁俊义大吼，顿时气不打一处来，冲着丁俊义声色俱厉地喊起来。丁俊义从没被一个女人当众骂过，一时间脸红脖子粗，不知该如何是好。

战士们看到这一幕都忍俊不禁，捂着嘴暗自偷笑。丁俊义大失颜面，气急败坏地冲着战士们大吼："看什么看！立正！二十公里负重越野！"

战士们不敢说什么，沮丧地转身要跑。孟小环得理不让人，阻拦道："都给我站住！你这是体罚战士，不准跑！"丁俊义火了："我是三连教官，这里我负责！"孟小环不甘示弱："我是三连卫生员！现在我正式通知你，所有战士立即到卫生队检查身体。""你……"丁俊义气得说不出话来。孟小环白了他一眼，对着战士们喊："还愣着干什么？执行命令！"

战士们稍稍愣了一下，随即反应过来，一窝蜂似的撒丫子全跑了。孟小环一手牵着草儿，一手扶着一拐一拐的孟刚，慢慢往前走去，临走还不忘回头狠狠瞪了丁俊义一眼。训练场一时间人影全无，只剩下丁俊义一个人站在当中央暴跳如雷。

战士们跟着孟小环跑进卫生队，一直憋着的笑这才喷发出来。宋晓丹兴奋地说："小环姐，这回你可是帮我们出气了，瞧把那个活阎王气的，嗝嗝的。"大家哄笑："活该！也该有人气气这家伙了。谢谢孟护士，孟护士真是巾帼英雄！"孟小环一副义不容辞的样子："谢什么谢，以后受了气我帮你们出气。"

大家连说带笑，林奉天和周冰谏在门外就听见了，两人笑着走进门。林奉天一进门就说："怎么着，听说有人把魔鬼教头给收拾了？不简单，不简单啊！咱三连可真是藏龙卧虎出人才啊，我看看是哪位巾帼英雄啊？"孟小环不好意思地嗔怪道："林大哥，你就别拿我开玩笑了。"

第十四章 瓜分瓦解

朱大生兴奋地夸奖孟小环："三哥，你是不知道，孟护士可真厉害！那阵势，愣把活阎王给震住了，我是服了。"说着还伸出他那只粗得像萝卜的大拇指，"可给咱出了口恶气！"林奉天听罢哈哈大笑："瞧你们一个个的德行！一帮大老爷们儿让人家一个姑娘家帮你们出气，还好意思说呢，丢不丢人啊？"大家都哄笑起来："不丢人！"

草儿在一群大人中间钻来钻去，一点也不怕生。林奉天一把抓住她，把她搂到怀里，从口袋里摸出几块糖："草儿，草儿，看叔叔给你买的糖。"草儿接过糖，说了声"谢谢林叔叔"，挣脱林奉天，转身又跑了。战士们争着抢着抱草儿，屋子里四处响着"草儿"的名字，三连一伙五大三粗的大男人，从来没有感受过如此的温馨和愉快。

孟刚一双眼睛追随着草儿转来转去，一张嘴咧得盆大，只顾"嘿嘿"地笑。孟小环趁他没注意，按在他脚腕上的手稍稍一用力，孟刚疼得"哎哟"叫了一声，错位的关节顿时复位了。孟小环得意地冲孟刚笑笑，孟刚这才想起问她："快跟我说说，草儿是怎么回事？"孟小环眼睛看向草儿："这孩子一直跟着团部卫生队的唐玉儿，前两天唐护士在战斗中牺牲了，我看这孩子可怜，就自己带着了。哎，哥，你怎么认得这孩子的？"孟刚感叹一声："说来话长！"

孟刚看着跑来跑去的草儿感叹："你说缘分这东西真是怪啊，转来转去，草儿竟然又转回三连了。"

从来没人敢惹的魔鬼教练第一次在这么多战士面前颜面尽失，丁俊义当然不能轻易算了，他怒气冲冲地闯进江崇义的屋子："反啦，反啦！岂有此理，竟敢扰乱训练、顶撞长官！江连长，我要求处分卫生员孟小环。"江崇义站了起来，一反常态地没有发火，反而劝丁俊义："丁教官，消消气，消消气，我们坐下说。"

丁俊义不肯坐，站得笔直，只等着江崇义下处理决定，脸上怫然不悦。

江崇义只好说："丁教官，这件事我已经知道了，简直是岂有此理！你放心，我一定会处分她，不像话！丁教官还有别的事吗？""没啦！那我先走了。"丁俊义得到答复，气呼呼地走了。

王直幸灾乐祸："活该！谁让他对弟兄们那么狠！大哥，你怎么处分孟小环？"江崇义满不在乎地说："处分什么处分，哪有大男人和女人斗气的。"王直问："你不是答应丁俊义要处分孟小环吗？"江崇义诡笑："答应归答应，办不办又是另一回事。"王直也诡秘一笑："嘿，我说大哥，孟小环给你喝什么迷魂汤了，你这样护着她？"江崇义拉下脸："什么迷魂汤！我是看在草儿的面子上。不然，别说是孟小环了，就是青梅我也照样处分她！"王直怪笑着撇撇嘴："嘿，草儿这小丫头，面子可真不小。"

战士们从卫生队出来，就到了吃饭时间，难得逃脱丁俊义的"酷刑"，大家都感觉像放了大假似的，个个兴高采烈地径直奔进食堂。

霍爷敲着锅喊："开饭啦，开饭啦！"早已等不及的战士们蜂拥而上，挤到前面的伸手就抢，挤不进去的敲盆敲碗地催促着。

"别挤啦，看你们一个个的，都是饿死鬼投胎！"霍爷一边盛饭一边笑骂。只见马金宝伸进一只手来拿走了最后一个馒头，霍爷急得直叫："万金油，还要不要脸啦？那馒头是给草儿留的！"马金宝把馒头放进碗里："废话，我就是给草儿拿的。"

孟小环端着饭径直坐到林奉天旁边去："林大哥，你还没给我讲打仗的事呢。给我讲讲，冯村战役是怎么回事？"草儿紧挨在孟小环身边，乖乖地啃着馒头，扑闪着大眼睛，盯着林奉天看。

林奉天正不知如何回答，只见王青梅走了进来。王青梅径直走向后厨，路过林奉天身旁，故意看也不看他一眼。林奉天的眼神悄悄追寻着王青梅，旁边的孟小环不解风情，还在一个劲儿地追问："林大哥，你看什么呢？赶紧讲啊！"林奉天回过神来，掩饰着说："没看什么，我刚才讲哪儿啦？"孟小环"扑哧"一下笑了："你还没讲呢！"林奉天一脸尴尬，赶紧从头讲起："哦，是这样，我们提前得到了情报，鬼子精锐部队山田联队……"

被丁俊义拎着马鞭鞭打着跑来回的时候，孟刚以为这世上最大的幸福就是好好躺下睡一觉，可自从他崴了脚，天天被孟小环逼着在卫生队里睡大觉，他反倒难受起来，才发觉老睡觉其实也是一件挺痛苦的事儿。

此时，孟刚一个人躺在病床上，脖子伸得老长，从窗户往外瞭望着，外

面传来三连战士们训练的喊杀声。孟刚终于忍不住起身，踮着脚往门口跳，刚跳两下，不料脚下一崴，差点摔倒，脚腕疼得钻心，孟刚只好郁闷地躺回到病床上骂："奶奶个熊！快憋死俺了！"话音刚落，门口一个严厉的声音响起来："不准讲脏话！"孟刚一怔，只见草儿捧着一把野花跑进来，嘟着嘴，严肃地说："孟叔叔，以后不准讲脏话。"

孟刚一把抱起草儿："不讲就不讲！奶奶个……"最后一个字马上要脱口而出的时候，硬是被生生地憋了回去，孟刚的一张脸都憋得黑里透红。

草儿爬到孟刚身上，把野花递给他："孟叔叔，我摘了野花给您。"孟刚接过野花，眼神里充满了温柔："谢谢草儿！孟叔叔给你编个好看的花环好不好？"草儿高兴地拍着手："好啊，好啊！"

王青梅追着草儿进了屋，正好看见平时粗手粗脚、大大咧咧的孟刚在费劲地编着花环，王青梅"扑哧"一下笑了。

孟刚好不容易编好花环，戴在草儿头上。草儿兴奋地跑了出去："噢！孟叔叔给我编了花环……"

孟刚真想也像草儿这样一蹦一跳地跑出去，可王青梅在一旁严密监视着，孟刚只能重新躺下来，侧耳听着外面训练场上的枪声。

训练场上响起"乒乒乓乓"的枪声，子弹纷纷击中靶子。

丁俊义却仍然不满意，黑着脸走过："李松出列！"李松向前迈出一大步："是！"丁俊义："回答我，射击要领是什么？"李松大声回答："站好姿势、平稳握枪、瞄准目标、凝神静气！"丁俊义吼："那你喘什么？"李松："报告教官！不喘气会憋死！"战士们"哄"地一声被逗笑了。

丁俊义气急败坏："混蛋！立正！每人罚做一百个俯卧撑！开始！"李松站着没动，其他人也跟着不动。丁俊义更生气了，嘶吼道："听到没有？每人一百个俯卧撑！"大家还是站着不动。丁俊义明白过来，这是战士们和自己较劲，狠狠地说道："不做都不准吃饭！"

丁俊义寸步不让，战士们的倔劲儿也都上来了，双方均不肯让步，大家僵持在一起。

就在这时，草儿戴着孟刚编的花环蹦蹦跳跳跑来："丁叔叔！丁叔叔你看，孟刚叔叔给我编的花环，好看吗？"丁俊义目视前方，板着脸不说话。草儿不高兴地看着丁俊义，突然冒出一句："丁叔叔，你可真像土地庙里的瘟神，吓死人了！"话音未落，战士们"哄"地一声又被草儿逗笑了。

草儿童言无忌，丁俊义也忍不住笑了，可他马上拉下脸来，大声训道："笑什么笑！射击成绩如此之差，还有脸笑吗？继续训练！马金宝，你的握枪姿势不对，需要改进，听到没有？还有刘金锁，出枪速度太慢，作为一名狙击手，还不够格！"

刘金锁阴阳怪气地说道："是啊丁教官，我刘金锁是不咋地，倒是听说丁教官是出了名的快枪手、神枪手，给咱露一手怎么样？让弟兄们也见识见识。"马金宝也不服气，大着胆子说道："光说不练，吓唬谁呢！"

丁俊义背着手看着二人："听二位的意思这是要下战书啊？"刘金锁二人顿时来了劲儿，嘴上说不敢不敢，手上已经是蠢蠢欲动。丁俊义扫视大家："行啊，还有谁不服？都站出来，今天咱就比一场！"大家你看看我、我看看你，不大一会儿，就有十几名枪法好的战士依次站了出来。

丁俊义指了指树林："打静止靶不算本事，咱今天打移动靶！看见没？天上飞的老家贼，跟我来！"说完，大步向树林子走去。

大家跟随丁俊义走进树林，丁俊义、马金宝、刘金锁站成一排，其他战士都屏息静气地看着他们。

丁俊义问："都准备好了吗？"众人点头。丁俊义说："好，每人三颗子弹，我数一二三。一、二、三！"

战士们聒噪起来，树上的麻雀顿时惊慌飞起。丁俊义从装弹到射击一气呵成，一阵砰砰声响之后，天上的麻雀纷纷中弹落地。

丁俊义和刘金锁、马金宝三枪各自打下三个麻雀，打成了平手。其他人也比试了一回，成绩也不弱。丁俊义终于看到三连战士的潜力，脸上露出了赞许的微笑。

树林一决，丁俊义露了一手百步穿杨，战士们也彻底服了这位确实有两下子的"瘟神教官"，训练场上也没人叫苦骂娘了。大家更加刻苦地训练，人人不甘落后，而与此同时，大家发现丁俊义也在不知不觉中变了。

　　战士们负重越野、翻越障碍，每个人都汗流浃背，气喘吁吁，丁俊义还是拎着他的马鞭在身后紧逼，可这鞭却再没扬起过，遇着有人落后了，丁俊义竟然还说了两句鼓励的话；战士们训练白刃格斗，丁俊义不仅亲自指导，还跟战士们一起练习，弄得一身泥、满脸脏也不在乎。

　　战士们惊奇地发现，不知在什么时候，大家已经不再厌恶这位魔鬼教官了，有时候还把他看成了三连的人。训练有了成效的时候，大家还会和这个曾经躲都躲不及的丁俊义激动地拥抱在一起。

　　吴天和曹阳一直暗暗观察着三连战士们的训练。曹阳终于不能不承认，三连是一支不同一般的队伍。

　　"不错不错，三连进步神速，其战斗力果然不容小视。团座，看来咱173团又多了一支出色的队伍啊。"曹阳一脸兴奋，却见吴天一副忧心忡忡的样子。曹阳问道："团座，您在想什么？"吴天眉头紧锁："我在想，这样一支出色的队伍，如果真能为我所用当然好了……但是这支队伍太特殊了，恐怕很难和我们一条心，如果不及早解决，后患无穷。"曹阳点头："团座的担心有道理。三连有着可怕的凝聚力，上上下下皆唯江崇义马首是瞻，还有那个林奉天，几乎可以和江崇义平起平坐，威信很高，如果说江崇义是三连的核，林奉天就是三连的魂。这样一支特殊的队伍，加上这二人的携手，要想真正为我所用，恐怕得好好合计合计。"

　　吴天忧虑地点点头："是啊，你有什么好办法？"曹阳想了想："有个办法倒是可以试一试。"吴天："说！"曹阳一字一顿："釜底抽薪，明升暗降！"吴天紧锁的眉头豁然展开："好办法！"

　　曹阳陪着吴天走进三连营房，江崇义没想到他们这时候会来，忙不迭地起身迎接："团长，曹参谋长，你们怎么来啦？"吴天一脸暖融融的笑容："三连的弟兄们辛苦了，我来看看大家。"曹阳跟着说："团长可是百忙之中来慰问大家的。"江崇义一阵惊喜，回头向王直喊："集合，集合，赶紧集合！"

　　王直赶忙召集三连战士，战士们迅速集合完毕。江崇义高喊："敬礼！礼毕！请吴团长训话！"

　　吴天满意地看了看战士们，点头："好！果然是精神抖擞、士气高昂！

三连的弟兄们，你们训练辛苦了，我代表团部特地前来慰问大家！"

"鼓掌！"江崇义带头鼓掌，大家整齐划一地伸出手鼓起掌来。

吴天扫视大家一遍，挥手示意安静："弟兄们，经过这段时间的刻苦训练，你们在各项训练科目中，均取得了不错的成绩。丁教官特地向我汇报了大家的训练成绩，我很欣慰，很欣慰啊！当然，三连能取得如此骄人的成绩，和江崇义连长与林奉天副连长的努力是分不开的！"

江崇义激动得站得笔直，三连战士们也都兴奋地挺起了胸膛，只有林奉天满腹疑虑。他和周冰谏对视一眼，周冰谏低声道："静观其变。"

吴天接过曹阳递过来的委任状，大声念道："为表彰他们的出色工作，团部决定给二位予以晋升。江崇义江连长！"江崇义大声："到！"吴天："晋升江崇义为上尉参谋，上调团参谋部任职！"江崇义喜出望外，伸手接过委任状，大声回答："谢谢吴团长！谢谢曹参谋长！我江崇义绝不辜负团长和参谋长的栽培！"

吴天继续念："晋升林奉天为中尉副连长，调二连任副连长！"林奉天恍然大悟，一下明白了吴天和曹阳的狼子野心。他不接委任状，却大声问道："请问吴团长，三连连长一职由何人担任？"吴天愣了一下："至于三连连长一职……团部会委派一位新连长担任。"战士们惊讶地听着团部的这一决定，一时间不知所措。

曹阳赶紧接话："林副连长，还不赶紧接委任状？"林奉天郑重地说："对不起吴团长，我不能接受任命。"吴天的脸一下拉了下来："为什么？"林奉天正色直言："报告吴团长，我和三连的弟兄们情同手足，我离不开三连这帮出生入死的弟兄们。所以，请吴团长收回成命！"曹阳恼羞成怒，威胁道："林副连长，这可是团部的命令，如果不接受，你可就什么都不是了。"江崇义也赶紧相劝："老三，这可是吴团长和曹参谋长对你的信任！你不要胡思乱想了，赶紧接受任命吧！"

林奉天斩钉截铁："大哥，我已经决定了，宁愿什么也不是，当一名普通士兵，我也不会离开三连，请吴团长收回成命！"吴天听罢，死死地盯着林奉天，目光里两团火好像想要烧死眼前这个人，最终他没发一言，拂袖而去。"老三，你这是要干什么呀？"江崇义来不及多加责怪，匆匆说了两句，

第十四章　瓜分瓦解

299

赶忙追了出去。

战士们嚷嚷起来："娘的，这叫什么事啊！凭什么让别人来当咱三连的连长？我们不同意！""对，弟兄们都不同意，看他能怎么办！"……

江崇义紧跟着吴天走进团部。吴天一进门就怒气冲天地拍桌子："岂有此理！这个林奉天简直是不识抬举！"江崇义赶紧解释："吴团长您消消气！林奉天他就是这个倔脾气，他也是舍不得弟兄们，所以才……团长您放心，我回去一定好好劝劝他。"

吴天打断江崇义："行啦，管好你自己就行了！我们是国民党正规部队，不是保安队，更不是梁山好汉！我也要提醒你，兄弟情义当然要讲，但是，党国利益高于一切，你可要分清是非，搞清楚孰轻孰重啊。"江崇义赶紧表忠心："团长你放心，我江崇义绝不会做对不起党国的事！"

曹阳过来打圆场："好啦江连长，回去好好劝劝林奉天和你手下的那些弟兄。要知道，这次破格晋升你和林奉天，别人可都看着呢，团长费了好大劲儿才说服了其他人。常言道，人往高处走，水往低处流。我想江连长也不愿意一辈子当个小小的连长吧？"江崇义感动万分："我明白，我明白！我绝不会辜负团长和参谋长的栽培！"

江崇义说到做到，回来就苦苦劝说众弟兄，把吴天那一套党国利益高于兄弟情义什么的话都搬出来了，可好话说了三遍，战士们还是一个个低着头默不作声。江崇义急了："弟兄们，该说的我都说了，你们怎么就听不进去呢？我和奉天只是调到其他部门，又不是离开173团，其实我们还在一起，今后我们还能时时见面，至于谁来当这个新连长，那是团部的事。再说了，我们现在毕竟是国军正规军，不是梁山好汉，既然是正规军就要服从命令听指挥、顾全大局，哪儿能意气用事啊？"

大家还是不吭气。江崇义只好转向林奉天："老三，你也别多心，吴团长亲口对我说，你的调动是正常的工作调动，不是你们想的那样。吴团长和曹参谋长是信任你我才这么做的，我敢保证，吴团长是真心对我们的。"

林奉天急道："大哥，你糊涂啊！从我们三连进173团的那天起，吴天什么时候真心对待过我们？先是让我们冒着全军覆没的危险去炸军火库，后来又是用尽各种诡计撵我们走，再后来干脆让我们当炮灰，如果不是我们三连齐心协力、团结一致，早就全军覆没了！如今又想明升暗降架空三连，以达到其拆散三连之目的，吴天的司马昭之心路人皆知。大哥，你该醒醒了！"

江崇义的脸涨得通红："老三，我承认，当初吴天是对我们三连有所企图，可人都是会变的，你不能把人看死了吧！"林奉天激动起来："大哥，一朝遭蛇咬，十年怕井绳，吴天的所作所为不能不令人怀疑！"大家沸沸扬扬："是啊大哥，谁知道吴天到底安的什么心！还有那个曹阳，也不是个好东西，狗头军师、忘恩负义，尽出馊主意！""反正弟兄们只认大哥和三哥，谁来了也不认，大不了咱散伙回家！"……

江崇义没耐心听下去："好啦，好啦，跟你们说不明白！周副官，你见多识广、足智多谋，你给大家分析分析。"周冰谏想了想，说道："连长，吴天和曹阳是否居心叵测，我不敢妄言。但是我知道一件事——您和奉天兄弟之所以能够破格晋升，是因为背后有这一百多号弟兄，一旦失去了这个后盾，恐怕就不好说了。连长，您熟读三国，当年汉献帝为解除曹操兵权，也曾加封曹操为魏王，命其裂土封王，曹操是怎么做的？曹孟德一笑置之！因为他很清楚，自己之所以能裂土封王，凭的是手下猛将如云、三军效命，试想，如果没有了这些，汉献帝能让他有好日子过吗？"

江崇义被说到了心里，也疑惑起来："可是……"曹阳的话在耳边响起："人往高处走，水往低处流。江连长也不愿意一辈子当个小小的连长吧？"一边是兄弟情义，一边是高官厚禄，江崇义陷入深深的矛盾之中。

王青梅一直悄悄站在门外，忧心忡忡地听着营房里的争执，正不知道该怎么办，只见草儿唱着歌儿蹦蹦跳跳地跑来。王青梅灵机一动："草儿，你过来。"

"青梅阿姨，什么事啊？"草儿乖巧地走到她身边。王青梅摸着草儿的小脸蛋说："你看叔叔们累了一天了，想不想给叔叔们唱首歌啊？"草儿想也没想，点点头："行啊，我这就去。"说完，跑进了营房。

王青梅没敢跟进去，站在窗外焦急地倾听里面的动静，不一会儿，营房内便响起了草儿动听的歌声。

公鸡叫喔喔喔，

妈妈叫我快起床，

穿上军装扛起枪，

跟着爸爸打东洋。

洋鲜姜，开花花，

鬼子来了杀娃娃。

娃娃志气大，胆大不怕他，

三八式，六五枪，打得鬼子哭爹娘……

草儿边唱边跳，纯净的童音感染着三连的每一个人。

大家跟着草儿打着节拍，也一齐唱起来。

公鸡叫喔喔喔，

妈妈叫我快起床，

穿上军装扛起枪，

跟着爸爸打东洋。

洋鲜姜，开花花，

鬼子来了杀娃娃。

娃娃志气大，胆大不怕他，

三八式，六五枪，打得鬼子哭爹娘……

　　林奉天的声音传出来："大哥，留下吧！"大家也齐声地说："大哥，留下吧！"

　　半天，江崇义终于说道："好吧，我答应你们！"

　　王青梅长长地舒出一口气，望着天上明晃晃的月亮，笑了。

　　第二天，江崇义便和林奉天一起来面见吴天。吴天原本以为江崇义说服了林奉天，待到一脸微笑地听江崇义把决定说完，脸像三变脸的活猴，马上变得乌云密布："你刚才说什么？"江崇义低着头："谢谢团长的栽培，我想了整整一个晚上，想来想去，还是决定留在三连为好……"吴天怒目而视："你们考虑清楚了？"江崇义猛然高昂起头："是！三连永远是一个整体！"林奉天也大声道："三连的弟兄们永远也不会分开！"

吴天很快恢复了平静，面无表情道："既然如此，我也就不勉强了，你们下去吧。"江崇义和林奉天对视一眼，他们本已准备好接受一场暴风骤雨的批评，没想到吴天这样轻而易举就同意了。两人敬个礼，转身出了团部。

曹阳看着二人离去的背影，狠狠丢下一句："敬酒不吃吃罚酒！"

曹阳的这杯罚酒还不知怎样给三连下，日本人就给了他一个机会。这天，三连战士们正顶着日头在操场上刻苦操练，远远的，一辆军用吉普车飞驰而来，在团部门前戛然而止。只见曹阳从吉普车上跳下，急匆匆跑进了团部。

在队列前走来走去给大家作指点的林奉天远远望见，不禁皱起眉头，走到周冰谏身边道："周大哥，看来日军要有新动作了。"周冰谏点头："是啊！曹阳如此慌张，看来又是一场大战。"林奉天兴奋起来："好啊，弟兄们正发愁没仗打呢，天天除了训练就是训练，都快憋出毛病了。"周冰谏看着他笑道："我看是你快憋出毛病了！一听要打鬼子，你比谁都来劲儿。"林奉天也笑了："是啊，我恨不得天天和小鬼子干，早一天打败日本鬼子，早一天收复东三省。"

周冰谏忽然严肃起来："奉天，你想没想过打败日本鬼子后做些什么？"林奉天一愣："说实话周大哥，我没想过。走一步看一步吧！您呢？"

周冰谏看着不远处开心玩耍的草儿，憧憬着："我啊，打败日本侵略者后，我还回去教书，让我们的孩子们都能掌握先进的文化知识，建设我们的国家、改变中国积贫积弱的面貌。"

林奉天用崇敬的眼神望着周冰谏："周大哥，给我讲讲，你们的共产主义到底是啥样子？"周冰谏若有所思地盯着团部大门："行啊！"

曹阳急匆匆走进团部，脚跟还没落地就报告道："团座，情况有些不妙。"吴天正看着作战地图，闻言脸色顿变："怎么回事？"曹阳："我军情报人员获悉一个重要情报，日军山田联队正在小庄附近秘密集结，很可能会对

我军发动突然进攻。”

吴天急忙去看地图，慌乱之下竟然找不到小庄的位置。曹阳指着地图：“团座，在这里！”吴天仔细看着地图，眉头紧皱："你分析山田的进攻点会在哪里？"

曹阳看着地图说："据情报显示，日军在小庄只是秘密集结，并没有展开进攻队形，所以现在还很难判断日军的具体进攻点，但有一点是可以肯定的，山田联队这次明摆着是冲着我们173团来的。"吴天惶恐不安地抬起头："那我们该如何应对？"

曹阳分析道："团座，现在日军进攻目标不明，此时我们如果贸然行动，很可能会中了山田的圈套，我认为还是以静制动为上策，不可轻举妄动，等日军的进攻目标暴露，我们再行动也不晚，这样做的好处是即使无功，亦无过错。"吴天点头："你说得有道理！但是日军现在大量集结，随时都可能发动突然进攻，我们不得不防啊！"曹阳："是，团座担心的有道理。我们也不能死等，必须有所动作。团座，我看这样，我们不妨派出一支连队担任突前，试探一下小庄日军的动向，一旦探明敌情，我们就可以从容应对。"吴天略一思忖："这个办法可行，进可攻，退可守，就算担任突前的部队陷入日军圈套，也不影响大局。好，就这么定了！"曹阳追问："团座，这次派哪个连队担任突前？"

吴天沉思片刻："三连！既然江崇义他们不识抬举，那三连就始终不是我们173团的嫡系，既然不能为我所用，留着迟早后患无穷。"曹阳凑上前："团座的意思是还让三连担任突前，当炮灰？"吴天咬牙切齿道："这次我要让三连从173团花名册上彻底除名！"

林奉天一句没提打仗的事，可三连战士们还是从别的途径听到了风声，大家一下操就跑到灶房，围着霍爷问个不停。

孟刚瞪着眼睛："老爷子，这事是真的吗？你听谁说的？"朱大生也凑上前问："是啊老爷子，你别谎报军情。"霍爷不高兴了："去去去，我又没老眼昏花！下午我在团部食堂帮忙，亲耳听团参谋部的人说的，说小鬼子在小庄大量集结，很可能对我军发动大规模进攻。"

孟刚兴奋起来："那你没打听是哪支鬼子部队吗？"霍爷刚要说，想了想，停了口，慢吞吞地抽出旱烟袋，故意卖关子。

朱大生赶忙给点上火："我说老爷子，你就不能快点说吗？急死人了！"

只见霍爷不紧不慢地抽一口烟，吐出一团烟雾，说道："当然打听啦！不是冤家不聚头，还是山田联队。听说山田小鬼子这回把看家的本事都拿出来了，这是要和咱173团一决雌雄啊。"

朱大生一听，摆出一副不屑的样子："手下败将，怕他个球！"孟刚叫道："娘的！上次没炸死这个狗日的算他便宜！大个儿，这回别跟老子抢，听到没？看孟爷爷这回怎么收拾他，还有那个木村！"

大家正你一言我一句吵嚷不休，一个通信员跑来命令道："团部紧急命令，立即操场集合！"

孟刚兴奋地一下子跳了起来："集合啦，集合啦！眼镜儿，赶紧找大哥他们去！"

三连战士们纷纷跑出营房，迅速列队集合，等待命令。吴天还没来，而操场上除了三连，其他连队也没到。林奉天诧异地看了看四周，不禁疑惑地皱起了眉。

这时，吴天在曹阳的陪同下走来。吴天庄重地敬个礼："弟兄们，我想大家已经得知了一些消息，那我就长话短说。日军山田联队已经在小庄秘密集结，随时可能对我军发动进攻。军情紧急，现在听我命令，三连担任突前任务，今晚即赶赴小庄，大家听清楚了没有？"

战士们一个个情绪激昂，齐声喊道："听清了！"

林奉天突然插嘴问道："请问吴团长，团部这次为什么又选中三连担任突前任务？"吴天不动声色："是这样，团部认为三连在冯村战役中表现出色，并且熟悉对手的战术，团部经过认真讨论，一致认为，只有三连能担当此重任。"林奉天还想问什么，却被吴天不耐烦地打断："军情紧急，执行命令吧！"

林奉天只好先领命，带着战士们回营房，商讨作战计划。

江崇义打开一张作战地图，和大家围在一起分析地形。林奉天一边用手指在地图上指点着，一边说："大家看，日军选择小庄为集结地是很有道理

第十四章 瓜分瓦解

305

的。山田看中的就是小庄的有利地形，小庄距离我军防线有几十公里远，中间道路平坦、一马平川，进，便于日军展开进攻队形；退，日军可凭借小庄的地形进行固守。而我军却正好相反，进不可攻，退又无险可守，如果在此地担任突前，一旦鬼子展开队形，我们瞬间就会陷入敌人的包围，自保都来不及，还谈什么突前？"丁俊义赞许地点头："林副连长分析得完全正确！在此地担任突前，基本上就是有去无回。"

话音刚落，战士们顿时炸了锅，纷纷嚷嚷起来。孟刚怒火中烧："娘的！团部让我们孤军深入，这不是让我们送死吗？"马金宝怨气冲天："就是嘛！吴天他们到底安的什么心嘛？上次就差点让咱三连当了炮灰，这次还让咱当炮灰，他不把咱三连彻底玩死了是不甘心啊！"朱大生跳了起来："去他娘的！老子不受这窝囊气了，不干啦，不干啦！"大家跟着叫嚷起来，一时间"不干啦，不干啦"的喊声四起，甚嚣尘上。

江崇义吼了一声："干什么！你们是堂堂国军战士，拿着国家发的军饷、吃着老百姓打的粮食，大战在即却临阵退缩，还是中国人吗？"

江崇义的话大义凛然，大家安静下来。江崇义接着说："再说了，这些情况吴团长他们难道不清楚吗？我们现在是173团的正规三连，是吴团长的部下，吴团长能这么做吗？"

江崇义的一番慷慨言辞让大家无言以对，但大家仍然觉得这里面不对劲，只是一时想不出到底是哪里不对。江崇义并不给大家反驳的机会，转身走出营房。

林奉天紧追出来，江崇义头也不回，不耐烦地摆手道："老三，团部的命令必须执行，不要多说了。"林奉天紧跟在他身后："大哥，我不是为这事，是为了枪支弹药的事。"江崇义疑惑地停下脚步，看着他："你说。"

林奉天："大哥，三连被整编之后，团部一直没有给我们配备足够的枪支弹药，战斗减员也没有及时补充，加上冯村战役又消耗了不少，如果凭借现在的武器装备，一旦与鬼子遭遇，岂不是白白送死吗？常言道，巧妇难为无米之炊。想打胜仗没有充足的弹药怎么行？"江崇义点头："这倒是件大事。"

江崇义沉思片刻："走，咱找团长申请弹药去。"

江崇义和林奉天直奔团部。江崇义刚开口说到弹药，吴天就皱着眉头在屋子里转起了圈："这事不好办啊，不好办啊……"江崇义脚尖碰着他的脚跟，紧跟着他："团长，我知道团里有难处，可我们确实有困难！"

　　吴天停下脚步，为难地说："江连长，你们的困难我很清楚，今天我也不瞒着掖着，实话跟你们说吧。现在的实际情况是，日军占领了大半个中国，而这些地区又是中国最富庶的地区，中央政府控制的都是些贫瘠落后的区域，财政匮乏，抗战物资本来就十分紧张，而日军现在又占领了东南亚，封锁了盟国对我国的援助，全国数百万部队面临的都是同一个问题，咱173团也一样，没办法啊！"

　　江崇义不死心："团长，我知道团里有难处，人员补充的事我就不提了，可枪支弹药得补充吧？没有充足的弹药，怎么打仗啊？"

　　吴天敷衍道："我看这么办吧，仗还得打，武器弹药的事我想想办法，等你们打完这一仗，我一定给你们补充，这样可以吧？"

　　"可是……"江崇义还想说什么，林奉天拉了拉他的衣角，示意他多说无用。江崇义只好无奈地点点头："好吧。"

　　江崇义跟着林奉天怒气冲冲往回走，边走边发牢骚："老三，你说团里真就这么困难吗？我就不信了！真要是这样，咱还打什么日本鬼子？能打败日本鬼子吗？干脆投降算啦！"林奉天冷笑："困难？那得看对谁了。"江崇义不明白："怎么说？"

　　林奉天说："咱那委员长一向如此，嫡系部队吃香的喝辣的，武器弹药人员管够不说，还不用打仗，轮到其他杂牌部队那可就真困难了。"江崇义不理解："咱173团不也是委员长嫡系吗？"林奉天叹口气："可咱三连不是吴天的嫡系。"

　　江崇义愣了一下，随即狠狠骂道："又想马儿跑，又不给吃草，让老子还怎么打仗！妈的，逼急了老子不干了，谁愿意去谁去！"

　　二人走到营房门口，江崇义却原地徘徊起来，他犹豫着不知该如何向兄弟们交代。

　　营房里，远远传出战士们愤愤不平的吵嚷声。孟刚闷声吼着："真他娘

的窝囊！还说打了胜仗就能洗刷耻辱，别人就能一视同仁，狗屁！"马金宝也尖着嗓子骂："当一次炮灰就够窝囊的了，再当一回不成傻子了！"刘金锁冷言冷语："有什么办法？谁让咱是后娘养的，不让你当炮灰让谁当！"

丁俊义大声说道："弟兄们，抱怨归抱怨，仗还得打不是？说来说去咱打鬼子是为了国家民族、为了咱老百姓，不是为了某个人，是不是？好啦弟兄们，打起精神，等江连长他们领回弹药，咱还得行动呢。"此时的丁俊义已经被大家当作了三连的兄弟，大家听了丁俊义的话都不说话了。

大家正沉默着，江崇义和林奉天走进来。丁俊义马上站起来问："江连长，弹药怎么样？团里给了多少？缺员能补多少？"

江崇义黑着脸不说话，林奉天接话道："团长说啦，抗战物资紧张，打完这仗再说。"

林奉天刚一说完，王直一下跳了起来："娘的！这不是放屁嘛！不给弹药还打什么鸟仗，这不明摆着糊弄咱吗？老子不干了！"朱大生也扯着喉咙骂："娘的！赤手空拳打鬼子，老子没那本事，谁愿去谁去，老子是不去！"战士们群情激愤，全嚷嚷起来："就是，这不是糊弄咱嘛！""大哥，这仗不能打！""不能打！""不干啦，不干啦！"……

孟刚跳了起来，摸起"二黑哥"说："奶奶个熊！欺负人也不能专拣软柿子捏啊！弟兄们，跟我找吴天说理去！"大伙儿全都怒气冲冲，一齐跟着孟刚往出走。

江崇义慌了，吼了一声："都给我站住！你们想干什么？想造反吗？"孟刚回过头："大哥您别拦着，这口气俺孟黑子咽不下去！"江崇义瞪着孟刚："混蛋！你敢出这个门，就别认我这个大哥！"孟刚前腿迈了又迈，却始终迈不出去，急得一屁股坐在地上。

江崇义拦在门口，说道："弟兄们，大哥也知道吴天这么做有失公道，可是你们想想，人家为什么轻视咱三连？不就因为咱不是他的嫡系嘛！可咱来173团才多长时间？能有多少战功？人家能不轻视我们嘛！古话说得好，人争一口气，佛争一炷香，就为了不让吴天等人看轻，咱也得打这仗！"

朱大生等战士嚷嚷着："大哥，我们忍不了！"说着又要往出冲。"站住！"林奉天忽然大吼一声，站到大家面前，"我问你们，咱打鬼子是为了吴天打吗？孟刚你说，伯母被鬼子逼死了该不该报仇？朱大生你说，好好的买卖给鬼子烧了，该不该雪恨？二哥你也说说，你们家在九台城也算是大户人家，不是鬼子打进中国，你犯得着出来混这口饭吃吗？"

大家被说得步子也停了，嘴里也没话了。林奉天继续说："弟兄们，说得大一点，国难当头、民族危亡之际，我们当然要挺身而出保家卫国；说得小一点，就为了不让吴天等人看轻，咱也得打这仗！"

大家都低下头，默默寻思着林奉天的话。许久，孟刚站了起来，低声说："三哥别说啦，我们都听你的！"

第十五章　二作炮灰

　　宋晓丹一有心事就会拿出照片瞅着上面的人发呆，弟兄们都知道，还老拿这事取笑他拿他开涮，可宋晓丹总是改不掉这个毛病。这会儿趁着兄弟们都出去了，营房里只剩下他一个人，宋晓丹又不由自主地摸出了照片看着。

　　宋晓丹正看得发呆，王青梅冷不丁闯了进来，宋晓丹赶忙往床下掖，却还是被眼疾手快的王青梅一把抢了过去："什么好东西啊，还藏着掖着？不就是媳妇的照片嘛！"王青梅笑看着照片，"媳妇好漂亮呀，怪不得老爷子说你天天想家呢！给姐说说，想不想媳妇啊？"

　　宋晓丹一脸窘相，脸色也黯淡下来。王青梅问道："晓丹，你怎么啦？"宋晓丹抬起脸，已是泪眼朦胧："青梅姐，她……不是我媳妇……"王青梅诧异："不是你媳妇？那她……是你什么人？"

　　"说来话长，不说了！青梅姐，我想拜托你一件事……"宋晓丹忽然严肃起来，弄得王青梅也一脸紧张："你说。"宋晓丹拿起照片，慢慢说道："我知道，这次战斗恐怕凶多吉少，万一我死了，你替我把这张照片寄还给她行吗？"王青梅怔了怔，忽然明白过来，把照片塞回宋晓丹手中："眼镜儿，别瞎说，你不会死的！我们都会活着回来！"

　　大批日军已经在小庄集结完毕。日军严阵以待，木村和山田站在队伍前列作战前动员。

木村上前，大声问道："请问各位，什么是武士道？"日军士兵整齐地回答："不怕死！为天皇舍命献身！"

木村点点头："正确！武士道，就是我们优秀的大和民族对死亡的觉悟，就像美丽的樱花一样，它最美的时刻并非是盛开的时刻，而是它凋谢的时刻！一夜之间满山遍野的樱花会全部凋谢，没有一朵樱花留恋枝头，这就是我们日本武士崇尚的精神境界——片刻耀眼的美丽中，达到自己人生的顶峰、发挥自己最大的价值，之后毫无留恋地结束自己的生命。"

山田大声喊叫："神圣的武士道精神是不可战胜的！神圣的大和民族是不可战胜的！"日军振奋精神，跟着大吼："消灭支那人，效忠天皇！消灭支那人，效忠天皇……"

与此同时，三连战士们也在默默地整队集合、整装待发，每一位战士的脸上都是那么凝重、悲壮。

天真的草儿并不知道大家处境的危险，她蹦蹦跳跳地跑了出来，喊着每一个人的名字："孟妈妈……青梅阿姨……孟刚叔叔……"

一个战士抱起草儿，然后另一个战士接过，草儿就这样在一个个战士怀里传递着，战士们有的用自己的脸蹭蹭草儿的小脸，有的让草儿亲亲他，大家轮流和草儿告别，都忍不住要掉下泪来。

林奉天看着大家，忽然说道："干什么？我们现在应该笑才对！"大家沉着脸，草儿先"咯咯"地笑起来。大家看着天真快乐的草儿，也都鼓起信心，纷纷露出笑脸。

林奉天高喊："立正！向右转！出发！"

低垂的夜幕下，三连战士们披星戴月紧急行军，奔赴小庄前线而去。

林奉天在前面带队，江崇义紧赶几步追上林奉天："老三，等一下！"林奉天放缓脚步，回头问："大哥什么事？"江崇义感激地看着林奉天，犹豫了半天，终于把话说了出来："老三，大哥谢谢你了！"

林奉天一瞬间热泪盈眶："大哥别这么说，我们是兄弟！"说完，他遮掩着热泪，大步走向前，大声喊道："弟兄们，我们即将再一次面对生死考验，大家有没有赴死的决心？"大家齐声回答："有！"

林奉天大喊："好兄弟！跟我喊，虽千万人，吾往矣！"战士们齐声高

喊："虽千万人，吾往矣！"

风在树叶间飞快地奔跑，把树叶吹得沙沙作响。树下，林奉天三兄弟带着三连战士也在作最后的冲刺。

走了一夜，王直不禁脚下趔趄，喘着粗气问："老三，咱走哪儿了？"林奉天眉头紧锁："还有五华里就是我们的突前位置陈庄，再往北就是日军防区卧虎口。""娘的！越走越没底。"王直嘟囔着，转头看到江崇义阴沉着的脸，没敢再往下说。林奉天发觉队伍前进的速度渐渐变慢了，回身喊道："弟兄们跟上！"

宋晓丹一溜小跑跑过来，背在身上的水壶和军号互相碰撞着，发出叮叮当当的响声。宋晓丹追上林奉天，解下身上的一个水壶，拧开盖说："三哥，来一口！"林奉天心中焦急，不免迁怒于人，恶声恶气道："什么来一口！好好行军！"

林奉天说完，大步向前走开了。宋晓丹脸涨得通红，有些不知所措。王直讥笑道："得，热脸贴人家冷屁股了！我说眼镜儿，你小子挺会巴结人啊，整天三哥长三哥短，快成他的勤务兵了。"宋晓丹黑着脸："二哥，小环姐背了好多东西，你不去关心关心？"王直一副不屑的样子："喊！我又不是她的勤务兵。"

正说着，孟小环和王青梅跟了上来，王直顿时两眼放光，来了精神。他殷勤地替孟小环背起急救箱，还连连关切地问："小环，累不？"宋晓丹撇撇嘴，学着王直的声调故意说道："喊！我又不是她的勤务兵。"王直转回脸骂道："滚蛋！"宋晓丹嘿嘿地笑着跑了。

江崇义看了一眼王青梅，想说话，但王青梅佯装没看见，跟孟小环嘱咐着什么。江崇义的脸顿时阴了下来。

三连战士正在火速行军，与他们形成鲜明对比的却是173团那犹如懒惰的蠕虫一般缓慢的行军速度。

吉普车挂着最低档速慢慢向前，吴天和曹阳一前一后坐在车里，却都是忧心忡忡。两人望着窗外，都不说话，车里只剩下后座放在参谋腿上的电报机的滴答声。参谋摘下耳机，向吴天报告："团长，司令部急电，命令我部加快行军速度，务必……"吴天气急败坏地打断参谋的话："催催催！催命呀！没让鬼子打死，也得让他们催死了！"参谋苦着脸："不是，司令部命令我们，务必在天黑之前赶到卧虎口。"吴天一怔，扭头喝道："什么？又变啦？！有没有搞错？卧虎口是日军防区，司令部这帮混蛋下的什么狗屁命令！你确认一下，是不是搞错了？"参谋肯定地说道："团座，没错，我确认过了。司令部说，这是最新命令。"吴天气急，骂道："这帮王八蛋！朝令夕改，一日三变，叫我们下边怎么打仗？告诉他们，道路艰险，无法按时到达陈庄。"参谋低头就要发报，曹阳一把拦住，问他道："江崇义他们到什么位置了？"参谋打开地图，指着地图上一个地方："按照三连的行军速度，应该到陈庄了。"曹阳看着地图沉思片刻，命令道："给司令部回电，就说我团正在加紧行军。""是！"参谋下意识看看吴天，见吴天没有反对，便低头发起报来。吴天满脸诧异，从后视镜里瞟着曹阳。曹阳也从后视镜里看着坐在副驾驶座上的吴天，笑着解释："有三连在前面探路，我们怕什么！"吴天想了想，终于明白过来："来人，通知三连在卧虎口阻击敌人。"

此时的三连战士按照原来的命令已经快速进驻到陈庄，并且挥舞起锹铲修筑起工事来。战士们挖战壕的铁锹上下翻飞着，尘土飞扬起来，好似在家时给谷子扬场一般热火朝天的景象。

只听得马蹄声声飞奔而来，林奉天不禁停住手中的铁锹向路上张望起来。尘土弥漫在眼前，他一时看不清路上的人影，直到战马驶近，林奉天才诧异地迎上去："周大哥？你怎么来啦？"周冰谏跳下战马，江崇义和王直也闻声过来，周冰谏顾不得擦去脸上的汗水，皱眉说道："我不放心你们，正好吴天要派人通知你们，突前位置改为卧虎口，我就借这个借口来了。"江崇义一惊："什么？"王直不禁跳了起来："啥？卧虎口？吴天这个王八蛋，这是要咱的命呀！"周冰谏摇头："是司令部的命令。"林奉天本也想骂吴天，这时半张着口也没了话。半天，江崇义才阴沉着脸，沉闷地说了句："执行命令！"

翻过土坡就到了一处名为"卧虎口"的地方，听名字到是张扬威风，可

一看地形，大家都傻眼了。这里只是一个不高的小土山，坡脚一条蜿蜒的公路通向远方。

林奉天和江崇义、王直高高站在山坡上遥望远方，三人都是忧心忡忡。李松带了一队战士下到土坡脚，在公路两侧修筑着简易的工事。

江崇义犹豫再三，终于开口问道："老三，这儿行吗？"林奉天苦着脸："这儿是周围唯一的制高点，没有别的选择。"江崇义脸上挂着掩饰不住的担忧："老三，咱三连到今天不容易，大哥和弟兄们的身家性命可都交给你了。"林奉天转脸看看江崇义——跟了他这么多年，还从来没有听大哥说过这样的话，也许几经杀场，看着三连战士们一个个倒下，大哥的心里疲了累了吧。林奉天的心又何尝不是百孔千疮，他咬咬牙，说道："大哥你放心，我不会让弟兄们白送死。"江崇义连连点头："那就好，那就好！"

孟刚带着一帮人正在准备机枪工事，他们不断把土从战壕里挖起，垫在战壕的前沿。林奉天的眼圈有些湿润，这些年从保安队到皇协军再到国军三连，这些战士们一直毫无怨言地跟着他，就算是明知在给吴天当炮灰，战士们也没有一个逃跑离开，看着这些忠诚的三连战士们，林奉天的胸中不禁激起千层浪，他发狠地甩下一句话："就算死，也要拉几个鬼子垫背！"林奉天说完，大步向机枪阵地走去，留下江崇义目瞪口呆站在原地。他还没回过林奉天话中的味儿来，王直先就苦着脸叫了起来："得，就冲老三这句话，这回算是交代了！"江崇义心里也不禁沮丧，他幽幽的问道："老二，说实话，你们怨不怨大哥？"王直稍稍愣了一下，随即表现出一副义无反顾的样子："有啥好怨的！大哥你拿定主意的事，我没二话。"江崇义有些感动："好兄弟！"

阵地上气氛紧张，朱大生带着人正在准备工事。

林奉天黑着脸走了过来，大声命令道："朱大生，把掩体弄结实点，小心鬼子的掷弹筒。"朱大生朝脚下的一箱手榴弹踢了一脚："放心吧三哥，鬼子有掷弹筒，咱也有，爷们儿就是三连的掷弹筒。"林奉天点点头，扭脸冲着孟黑子喊道："黑子，把你的机枪阵地弄结实点，别让鬼子一炮打没了。"孟黑子粗着嗓子吼道："知道啦！"

林奉天左右看看，没见着刘金锁，大声问："刘金锁呢？""前面侦查去了。"朱大生刚回答一句，忽见刘金锁从山顶跑来，连叫道："回来了，回来了！"刘金锁刚跑下坡，还没等他稳住身子，林奉天已经三步两步迎上前："有什么动静？"刘金锁摇摇头："还没有。"林奉天命令道："好，你留在山顶警戒，上面视野开阔，是个狙击的好地方。"刘金锁重任在肩，不觉严肃起来，立正敬礼道："明白！"

一切安排就绪，可林奉天却感觉还缺点什么，他皱着眉想了想，忽然想了起来，高叫道："司号员呢？眼镜儿！"马金宝正给枪栓上油，抬起头笑着说："刚才还在呢，一看见你黑着脸下来，不知道躲哪儿去了。"林奉天生气地骂道："瞎跑什么，我又不是瘟神！叫他过来！"

宋晓丹一直躲在不远处的一棵大树后面，听到林奉天叫，知道躲不过了，这才战战兢兢站了出来，结结巴巴地说道："三……三哥……俺在呢……"林奉天正要给司号员下命令，一眼看到宋晓丹身上的军号没了，顿时火冒三丈："军号呢？"宋晓丹被林奉天震耳欲聋的斥责声吓得愣住了，半天结巴着说不出一句话来。林奉天指着宋晓丹的鼻子，一点情面不留地大骂起来："宋晓丹，你是司号员，所有人的进退都要听你的指挥，弟兄们的身家性命握在你手里，你想让弟兄们都栽在这儿吗？去！把军号赶紧找回来！"宋晓丹嘴唇哆嗦，眼泪都快下来了，一张小白脸憋成了红脸，转身飞速跑开去找他的军号了。

周冰谏和王青梅、孟小环正在树林里准备急救包。宋晓丹垂着脑袋走过来，孟小环见宋晓丹过来，正想跟他说话，一抬头看见了他眼角还没擦干净的泪渍。孟小环平日里就好为晓丹打抱不平，此时一见宋晓丹这副受气包样，一下站了起来，捏着拳头高叫道："晓丹，谁又欺负你了？你告诉我，我找他去！"宋晓丹抹了把泪："没……没人！"孟小环最见不得男人摆出这副熊包样，气急骂道："那你哭什么？"王青梅笑起来，逗孟小环道："行啦小环，看把你心疼的！除了你林大哥，谁敢欺负他呀！"孟小环吐出口气，白了宋晓丹一眼："活该，肯定是办错事了。"

宋晓丹苦着脸走到孟小环身边，孟小环看他的可怜样，心又软下来，正要安慰，没想到宋晓丹一把拿过放在孟小环急救包上的军号，埋怨道："都

怨你，非要替我擦军号，害俺挨三哥的训，三哥从来不训俺的。"孟小环顿时气不打一处来，骂道："活该你！"王青梅看孟小环真生气了，赶忙出来打圆场，把宋晓丹拉到一边说："好啦晓丹，你不要怪你三哥，他也不是故意的。"周冰谏一直笑着，这时脸色严肃起来："你青梅姐说得对，弟兄们的生死现在都交到你三哥身上了，他的压力很大。"宋晓丹点了点头，说道："俺知道，俺不会怪三哥。"周冰谏站起来，拍拍宋晓丹的肩膀："好啦小胆儿，你怕不？"宋晓丹下意识地点了点头，看见孟小环不屑地看着自己，赶忙又摇了摇头。周冰谏笑了笑，安慰他道："我们都一样，我也怕，但我们没的选。今天不比往常，仗打起来谁也顾不了谁，一切只能靠自己。"宋晓丹垂下头来，低声道："俺知道了。"说完，轻手轻脚地走了。

王青梅看着宋晓丹的背影，忽然蹲下来，悄悄问孟小环："小环，晓丹是不是喜欢你？"孟小环的眼睛正看着远处的林奉天，她脸色立马阴下来："瞎说！我只把他当弟弟，他要敢瞎想，我揍他！"王青梅本来是想跟孟小环开个玩笑，没想到孟小环认真起来，王青梅这才意识到孟小环对林奉天动了真感情，一时心情复杂起来。

林奉天回到江崇义的身边，霍爷跟在他屁股后面上了山，从随身的袋子里拿出香烟交给江崇义："老大，东西你拿着，我怕一会儿打起来顾不上。老三，我安置眼镜儿，酒都给你灌满了。"江崇义没说话，默默地接过霍爷递过来的香烟。霍爷又掏出一把辣椒，塞进林奉天兜里，笑了笑，转身走下山。

林奉天一直看着霍爷的身影渐渐融入战士之中，说道："大哥，能做的都做了，剩下就看老天爷的了。"江崇义眼睛发直："老三，大哥没本事，拖累你们了！如果当初我们听吴天的，把弟兄们打散了，也许就不用在这卧虎口做炮灰了。"林奉天转脸看着他："大哥别说这样的话，三连的弟兄已经是一家人了，就算死了，也不会分开。"江崇义点点头，表情沉重："老三，大哥如果过去有什么对不住你的地方，希望你别放在心上。"林奉天突然笑了，打趣道："别介大哥，我怎么听着像遗言呀？大哥，咱今天还要打出三连的风光呢。"江崇义欣慰地笑了："好！打出咱三连的风光！"

只见远处山坡上刘金锁突然站了起来，向这边挥手。林奉天知道有情况出现，匆忙道了一声："大哥，我走了。"赶紧往山坡跑去。

公路的尽头出现了插着膏药旗的日军卡车，刘金锁趴在土坡上目不转睛地盯着下面的公路。林奉天悄悄爬过来，探头望去，只见公路两旁的三连战士都已经进入工事隐蔽起来，卧虎口显得空荡荡的，平静如常。林奉天死死盯着向丁字路口渐渐驶近的卡车，望远镜里到处都是日军钢盔反射出的刺眼的白光。

日军卡车排着队缓缓向丁字路口驶来，眼看就要进入射程，林奉天慢慢掏出手枪握在手里。刘金锁伸手在裤子上抹抹手心里的汗，也抓起枪，盯着日军的卡车念起了他的大悲咒："观自在菩萨，行深般若波罗蜜……"

阻击阵地上，马金宝蹲在战壕里，面色紧张，手心里不停地转着他的色子，好似这样能给他带来好运气一般。孟刚小心地掂着他的"二黑哥"，悄声嘱咐着什么。大家摩拳擦掌，严阵以待。

刘金锁举枪紧盯着公路上的卡车，只见瞄准镜里，排成一长条的卡车一一鱼贯进入射程，但他们并没有转弯，而是沿着公路一直开了过去，大批日军迤逦地跟在后面。朱大生惊讶地问道："三哥，啥意思？咋从那边走了？"林奉天眼看着卡车一辆接一辆从面前开过，也不禁皱起了眉，压低声音说道："再等等。"

时间在一分一秒地过去，日军并没有向卧虎口而来，而是迂回绕过山脚，在战士们眼皮子底下开过去了。

江崇义、林奉天、周冰谏、刘金锁等人迅速跑上山顶，望向远处。周冰谏看了半天，忽然道："绕过卧虎口，鬼子就直接面对173团的防守阵地了。"刘金锁指着刚开过去的卡车队，说道："三哥你看，卡车挂着炮，是山田大队的榴弹炮中队。"话音刚落，榴弹炮中队也开过去，消失在山背后了。

王直仍然摸不着头脑："大哥，这啥意思？山田大队都过去了。"江崇义皱着眉头沉思着，突然笑了起来："我明白了，小鬼子根本就不会走卧虎口，从卧虎口到李庄都是土路，鬼子的卡车过不去。哈哈，吴天啊吴天，你一心想算计三连，没想到老天有眼，三连命不该绝。"王直瞪大眼睛，惊喜道："大哥，这么说，鬼子根本就不会打卧虎口了？"江崇义肯定地点了点头："是。"

王直长出了一口气，一屁股坐在地上："老天有眼！"

可王直的屁股还没坐热，刘金锁这边突然慌乱地大喊了一声："不好，鬼子从后面上来啦！"众人赶紧转身向山下看去，只见大批日军不知什么时候出现在了阵地后方。

周冰谏低喝一声："不好，鬼子把我们的退路给断了！"林奉天紧皱眉头："准备战斗！"王直回头狠狠踹了刘金锁一脚："丧门星，你他妈咋警戒的？""我咋知道鬼子会从后边上来？"刘金锁也气急，说着便举枪瞄准日军指挥官，眼看就要开枪，王直眼尖，一把按住他："别开枪！都别开枪！鬼子还没发现我们。"

众人定了定神向山下望去，只见山下的日军并没有向山上发动进攻，而是退在附近的隐蔽处开始修筑起工事来。江崇义这才回过神来，连忙问道："咋回事？"王直压低声音说："大哥，鬼子没发现我们。弟兄们，先躲起来，别出声。"

三连战士迅速隐蔽起来，静静地看着山下的日军。

江崇义等人悄悄退回树林，大家围坐在一起，我看看你，你看看我，一时无措。王直忍不住开口问道："大哥，咱现在咋办？"江崇义铁青着脸："啥咋办，躲着！等仗打完了，咱再回去。"林奉天一听就皱起眉来："大哥，鬼子就在眼皮子底下，我们躲着不是回事。"江崇义不容争议地摆摆手："那也不行，不能冒险！"林奉天叫道："大哥……"王直急了，替江崇义喝道："老三你疯了？我们现在等于是被鬼子包围了，躲还来不及呢，咱还主动找事？你瞧瞧下面，一个中队的鬼子，我们还不够他们塞牙缝呢。再说了，吴天那个王八蛋害人不浅，咱犯不着替他卖命。"

林奉天强压住怒火，缓声说道："我当然知道，吴天这个人心胸狭窄，只想着保存实力、中饱私囊，面对日本人又首鼠两端，但你别忘了，吴天只代表他个人，173团可是咱中国的军队，173团完蛋了，对咱也没好处。"周冰谏也上前劝道："老三说得对。不管过去有什么恩怨，但在民族大义面前，大家都应该同仇敌忾、一致对外，而不是坐在一边看笑话。况且，皮之不存，毛将焉附？就算我们能躲过一时，173团要是没了，鬼子腾出手来，咱三连还能在吗？"

江崇义已经听得不耐烦，打断他们说道："别说啦，这些道理我懂，可我要为全连所有的弟兄负责。这次带着大家来卧虎口，已经够冒险的了，老天开眼，日本人没走卧虎口，我不想带着大家再去拼命。"林奉天看着江崇义不容置疑的表情，苦恼地眉头紧皱，他一转脸忽然看见身后埋伏在地的战士，一下来了主意。"哎哟，肚子疼，疼死了，疼死了！你们先议着，我上趟茅房。"林奉天突然捂着肚子叫起来，江崇义刚要张嘴说话，林奉天已经一边叫嚷着一边捂着肚子跑开了。

江崇义叹了口气不再说话，其他人也不敢再多言语，大家重又陷入了沉默。没几分钟，林奉天提着裤子跑了回来，还没坐稳就急问道："好了好了，大哥，议得咋样了？"江崇义不满地看看林奉天，没说话。没想到林奉天拉了泡屎，肚子连同脑袋一起顺畅起来，刚还强烈反对大哥的意见，这会儿又顺着江崇义的话说道："既然大哥都说了，我执行！"

林奉天话音未落，突然几枚冒着青烟的手榴弹不知从哪个角落里飞起来，直奔日军阵地而去，剧烈的爆炸声立刻在日军阵地响起，正在修筑工事的日军马上发现了身后卧虎山上的三连战士。日军指挥官一声令下，日军立即发起了攻势。

江崇义气急败坏，转头大喝："谁扔的手榴弹？谁？"林奉天一边开枪射击，一边大喊："别管谁扔的了，鬼子已经上来了！弟兄们，打！狠狠打！"

双方阵地顿时枪声大作，爆炸震天。三连战士们密集的子弹纷纷扫向敌人，数十枚手榴弹也冒着青烟飞向敌人，在敌群中炸开了花。

日军遭到突袭，一时损失严重，日军指挥官挥舞着指挥刀，气急败坏地叫嚣着："目标卧虎山山顶，射击！"日军燃起掷弹筒，炮弹呼啸着飞向山顶，在树林中炸响。

阵地上硝烟弥漫，三连战士们趁机向慌乱的日军激烈开火，可日军很快又稳住阵脚，纷纷开枪还击。日军指挥官的指挥刀指向山顶："进攻！"日军潮水般冲向山顶。

经过一天的激战，傍晚的时候，枪炮声终于停歇下来。硝烟散去，晕黄

的太阳照着尸横遍野的阵地，惨不忍睹。

林奉天叹口气，说道："大哥，任务完成了，我们也该撤了。"江崇义看着眼前的景象，绝望道："撤？往哪里撤？"林奉天指着北边的方向："向北撤。"江崇义以为林奉天犯了糊涂，气急骂道："你胡说什么！北面是鬼子的地盘！"林奉天镇定地说："最危险的地方最安全。现在日军都在前线作战，后方空虚，根本顾不上我们这支小部队，我们迂回小庄、李庄、王庄返回173团。"江崇义这才听明白了，眼睛发亮地跳了起来，叫道："我怎么没想到啊！弟兄们撤！"

三连战士刚撤出阵地，日军就发动了再次进攻。由于无人阻挡，他们很快攻上了山顶，却发现硝烟弥漫中，阵地上已经空无一人。

日军指挥官气急败坏，跳着脚骂道："八嘎！搜！"全体日军举着刺刀向周边搜寻开来。一名军曹扛着几支破烂的汉阳造跑来："报告长官，支那人已经跑光了，发现几支支那人丢弃的枪支，不是国民党正规军，是八路的游击队，我们追不追？"指挥官一惊："八路？"

话音未落，阵地后方突然响起震耳欲聋的枪炮声。指挥官怔了一怔，只见另一名军曹跑来报告说："报告长官，我军已经和支那173团接上火了。"指挥官气得脸色发青："八嘎！命令部队不要去追，守住这里。"军曹："是！"

日军被牵制下来，林奉天趁机率领三连战士迅速向小庄方向转移。朱大生跟在林奉天屁股后面，压低声音叫道："三哥，咱那手榴弹扔得咋样？"林奉天看看周围没人注意，低声道："干得好！"朱大生顿时眉开眼笑，得意起来。林奉天绷起脸嘱咐道："记住，不管谁问，打死也不承认！"朱大生问："那要是大哥问起呢？"林奉天白他一眼："你说呢？"朱大生斩钉截铁地回答："打死也不说！"林奉天满意地点了点头。

这时，身后传来激烈的枪声。林奉天兴奋起来，叫道："打起来了！"江崇义骂道："吴天这家伙又逃过一劫。"林奉天赶紧指挥战士们："弟兄们，钻树林子。"三连战士们迅速钻进了密林。

即将落山的太阳斜斜地穿过树木。李松和刘金锁带着侦察兵小心地搜索前进，他们的影子长长地投在地上，似乎在追着自己的影子前进。突然，侦察兵停了下来。李松示意大伙隐蔽，他慢慢向前摸去，只见树林的另一端，一队日军匆匆过去，却没有发现近在咫尺的三连。大家紧贴在树后小心地隐藏着，直到日军走远了，刘金锁才带着两个战士，急急忙忙赶回后面的队伍中。

林奉天正在焦急地等待前方侦察兵的消息，见刘金锁回来，急问道："情况咋样？"刘金锁报告说："三哥，刚才是一小队日军的辎重队。"林奉天松了口气，挥手道："我们走！"

三连在林奉天的带领下迅速转移，他们很快来到树林的边缘，刘金锁挥手示意了下，大家立刻停了下来。

林奉天知道发现了敌情，蹑手蹑脚走上前，几个人趴在树后边观察，只见树林外边已经建起了日军的哨卡，两三个日军正在巡逻。孟黑子恨得咬牙切齿，说道："三哥，我去干掉他们！"林奉天按住他，低声道："别冲动！继续往北，走小庄。"

林奉天带着战士们返回树林，在树林中穿梭着往北而行。天快黑了，树林子里幽暗异常，只有零星几束夕阳的光线从树叶中穿进来。

林奉天带着刘金锁小心地搜索前进，他们小心翼翼地走着，不肯放过一切可疑的痕迹。忽然，远处的一道尖锐反光引起了林奉天的警觉。他赶忙挥手示意，让队伍停了下来。

众人立刻摆出警戒队形，将枪口对准了四周。林奉天小心地搜索着，终于找到了那束反光的光源——树林子外面的公路上站着两个日本哨兵，夕阳的残光照射在他们的钢盔上，又从钢盔上反射出来；再往前看，离两个哨兵的不远处，有一队日军正在集结。

"该死！怎么还有日军？"林奉天郁闷地骂了一句，回头问刘金锁，"金锁，我们到什么地方了？"刘金锁看了看周围："应该到小庄地界了。"王直端着粗气跟上来，担忧地问道："老三，咱都转悠半天了，人都快转迷糊了，到底能不能出去？"林奉天还没回答，刚跟过来的宋晓丹突然脚下一滑，扑通一下滑倒了，军号和水壶撞出了声音。日军哨兵听到声音，立刻端着枪呼喝着走来："八嘎！出来！"

朱大生端起枪就准备射击，被林奉天一把按住："别动！"一名日军对

着林子放了一枪，一只野兔子蹿了出去，哨兵这才收起枪，骂骂咧咧地转身回去了。

林奉天狠狠瞪了一眼宋晓丹："你想害死大家吗？"宋晓丹吓呆了，结巴着说不出话来。林奉天转头叫道："金锁，跟我去侦查一下，看看有没有一条安全的退路。其他人就地隐蔽，别出声！"说完，带着刘金锁猫着腰走了。

一条河蜿蜒流淌着，河上有一座石桥。桥头，几名日军哨兵警惕地游弋着。林奉天和刘金锁躲在桥头的一处岩石后边悄悄观察着。

刘金锁低声说道："娘的！三哥，东面、北面、西面、南面，到处都是鬼子，我们掉鬼子窝里了。"林奉天看着小河，问道："河那边就是小庄？"刘金锁点头："是。可我们过不去，鬼子把守太严密了！"

这时，一阵刺耳的摩托声传来。二人看过去，只见两辆日军吉普车在数辆摩托的保护下，直奔桥头开来。桥头的日军哨兵立正敬礼，目送轿车过桥远去。

待轿车开远，林奉天和刘金锁才又露出头来。林奉天问："看清车里的人没？"刘金锁摇头："没，人家遮着窗帘呢。不过三哥，能坐轿车，这鬼子的官可不小。"林奉天点点头，陷入沉思。刘金锁张望半天，回过头来："三哥你想啥呢？"林奉天这才回过神来，说道："我们走。"二人悄悄按原路返回。

天渐渐黑了，江崇义靠在一棵树上，用手挡着自己烟头的火光费劲地抽着烟。香烟就要吸完，江崇义掏出烟盒，发现烟盒已空，他沮丧地将烟盒捏成一团，狠狠地丢在脚下。

林奉天和刘金锁从黑暗中摸了过来，众人纷纷围上来。江崇义急切地问道："老三，情况咋样？"林奉天眉头紧皱："大哥，情况不好，我们现在已经深入日军纵深，东西南北都是鬼子。"

大家都沉默了，静静地看着江崇义。江崇义慌乱地看着林奉天："难道就没有一条退路吗？"林奉天略一沉思："有倒是有，就是太冒险了。"江崇义急问："怎么走？"林奉天指着前方说道："前面有条河，过了河就是小庄，只要能穿过小庄，我们就能安全脱险。但侦查中发现，小庄驻有日军，而且这些日军来头不小，一旦被敌人发觉，很难脱身。"王直一听就泄了气，丧气地说道："老三，你这不是白说嘛！"林奉天没搭茬，继续说："但是，也有对我们有利的方面。夜色就是我们最好的掩护，只要我们行动隐秘，不被鬼子察觉，就能脱险。"江崇义摇着头："不怕一万就怕万一，万一被鬼子发现呢？"林奉天斩钉截铁："只能拼了！"

江崇义不说话，大家也再次陷入沉默。林奉天等了一会儿，劝道："大哥，留在这里只能等死，拼一下或许还有希望。"江崇义叹口气："一将无能，累死三军！老三，是大哥挑错了路啊！没想到吴天如此心胸狭小，当初反出九台城，就应该让大家散伙，当的什么兵啊！"林奉天说道："大哥，你不要自责了，兄弟们是因为信任你才跟着你走的，不当兵，我们这些人能干什么？难道是给鬼子当顺民？大哥，兄弟齐心，没有什么走不过去的坎，就算是死路，咱硬闯也要闯出一条活路出来！"

江崇义仍然犹豫着，不肯放话。周冰谏过来劝道："老三分析得对，我们现在就好像孙猴子进了铁扇公主的肚子里，日本人完全没防备，只要动作快，能行！"江崇义沉默片刻，终于点了点头："也只能走一步看一步了。"林奉天一挥手："集合！"

借着夜色的掩护，三连悄悄摸近河边，隐蔽起来，等待时机。河对岸，小庄村村口灯火通明，几个日本哨兵正在巡逻。

刘金锁和马金宝被派去寻找打入小庄村的路线，他俩借着夜色的掩护埋伏在村外，远远看见村口被日本人的探照灯照得一览无余。刘金锁从东边绕了一周又退回来，一脸的沮丧。马金宝往另一边绕了一圈，也是一无所获。这时，林奉天也过来了，马金宝苦着脸告诉他："娘的！连个死角都没有，我们根本过不去。"

林奉天忽然听到什么，赶紧示意二人安静。三人同时向水面看去，河流哗哗作响，在月光的掩映下，一个黑影从水面上慢慢升了起来。刘金锁和马金宝对视一眼，两人悄悄将枪口对准了水面上的黑影。

只见那黑影从水里慢慢爬了上来，浑身淌着水，他一边往河堤上爬一边

不断小心地回头向村子的方向张望着。

刘金锁和马金宝暗暗向黑影靠近，还没等他反应过来，刘金锁一只大手一下捂住了他的嘴："不许叫！"黑影的嘴被捂着发不出一点声音，慌乱中他抬眼一看，正看见刘金锁高高举起的刺刀，顿时两眼一翻，昏了过去。

黑影浑身散发着一股呛人的臭味，刘金锁和马金宝捂着鼻子好不容易把他拖进树林，林奉天等人都围了上来，马金宝抬手一个耳光，把躺在地上的"臭人"打醒了。

"臭人"睁开眼看看周围，赶紧翻身跪倒，叫道："太君饶命，太君饶命！"林奉天喝道："闭嘴！看清楚了再喊饶命。""臭人"仔细看了看，这才认出围在身边的是国民党士兵，哆嗦着问道："你们是国军？"林奉天点头："是！你干什么的？""我……我叫于小胆，就住在小庄。""臭人"胆战心惊地说出了自己的名字，竟然和宋晓丹的名字有些异曲同工。

林奉天皱着眉："这么晚了，不在家待着，跑出来干什么？"于小胆害怕地说："鬼子把庄子占了，我……我害怕，就跑出来了。"刘金锁怀疑道："你咋出来的？我刚看过，村口日本人守得很严。""我……我是从阴沟爬出来的，那里又臭又脏，根本没有日本人注意那里。"于小胆的身上不断散发着呛人的臭味，现在大家终于知道这臭味是怎么来的了。

林奉天问道："村里有多少日本兵？"于小胆说："好多日本人，都是当官的。"林奉天笑了笑："于小胆，胆子一点都不小啊！我们要从小庄过去，能给我们带回路吗？"于小胆慌了，直摇头："不不不，我可不敢回去。"朱大生瞪起怪眼，猛地抽出匕首，架在他的脖子上。于小胆吃了一惊，闭上眼睛带着哭腔说："得得得，我去我去。"

于小胆带着三连战士缓缓下到河中，悄悄向对岸游去，日军没有发现他们。大家摸黑爬过河滩，径直来到村口，躲到远远的石墙后隐蔽起来。村子里灯火通明、天线林立。村口，几名哨兵游动警戒，只见哨兵身后十几辆军用卡车一字排开停在路边，一队全副武装的日军宪兵正列队走过。

于小胆带着林奉天去寻找进村的阴沟，三连战士们在江崇义的带领下隐蔽在黑暗处，静静等待着。江崇义看了半天，低声说道："周大夫，瞧这阵势，鬼子来头不小，保不准就是鬼子的指挥部。"周冰谏仔细观察着，点头道："是。"

不大一会儿，林奉天和于小胆匆匆跑了回来。林奉天焦急地说："大哥，糟糕，鬼子把阴沟给堵了。"江崇义惊慌道："啊？那咋办？"王直也慌了："啥咋办，赶紧退回去呀。"话音未落，只见土城墙上突然亮起了探照灯，在河面上来回扫过，王直捂脸大叫："完啦，完啦，这回是彻底的完啦！回不去了！"于小胆见出不去了，一时气急，叫嚷道："这叫啥事嘛，我好不容易才跑出去的，这倒好，又回来了！我他妈有病！早知道这样，就不该给你们带路。"

众人顿时也都慌了，纷纷将目光投向林奉天。林奉天镇定一下，叫道："别慌！黑子、金宝，跟我去一趟。"说完，带着二人悄悄向村口摸去。

林奉天三人来到村口，在离哨兵仅几步远的地方隐蔽起来。三人屏息静气，隐蔽在草垛后面，日军士兵的说话声清晰可闻。可惜的是，日军说的是日本话，林奉天他们一句都听不懂。

林奉天听了半天，不禁皱起眉头，低声说道："周大哥在就好了，他懂东洋话。"孟黑子捏拳叫道："抓一个回去不就得了！"林奉天看着二人："那就抓一个？"三人眼神交流，同时点了点头："抓！"

三人刚谋划好，只见一个哨兵突然捂着肚子，朝草垛跑来。林奉天笑了笑，这简直就是送上门来的大便宜。林奉天给马金宝二人使了一个眼色，二人点头会意，给孟黑子让开地方。孟黑子准备好，悄悄站起身，黝黑的皮肤和四周的黑暗融为一色，给他打了一个天然的掩护。哨兵一边解裤子一边跑过来，慌慌张张地根本没看到孟刚，一头便撞进孟黑子怀里。哨兵刚要张嘴喊出声，便被孟黑子捂住嘴巴按在地上，哨兵来不及反应，就被孟黑子结结实实的一拳头打晕在地。

林奉天三人将日军哨兵拖回村口外的隐蔽处，日军哨兵被扔在地上仍然昏迷不醒，孟黑子两巴掌打在他脸上，日军哨兵一下醒了。他惊恐万状地看着眼前的三连战士，惊喊道："别……别杀我！"

孟黑子架起鬼头刀怒喝道："闭嘴！你他妈听见没？"日军哨兵显然听不懂，仍然在叽里咕噜地嚷嚷。

这时，周冰谏从人群后急匆匆挤进来。林奉天一把拉过周冰谏，指着地上的日本哨兵急急说道："周大哥，就等你了，东洋话咱听不懂。"

周冰谏点点头，蹲下来，也叽里咕噜地说了一通日本话。林奉天三人莫名其妙地听着他们的对话，只见周冰谏一边说一边和蔼地拍了拍哨兵的肩膀，哨兵的情绪终于平静下来。

二人又说了好半天话，周冰谏这才露出兴奋的表情。江崇义见二人不说了，忙问："咋回事？"周冰谏兴奋道："我跟他说我们优待俘虏，他都说了。村子里住着鬼子的指挥部，只有一个宪兵小队负责警卫。"林奉天激动地一拍掌："这可是天赐良机！大哥，里面只有一个宪兵小队，我们一百来号人足够对付了。"江崇义连连摇头："不行不行！老三你开什么玩笑？现在要紧的是赶紧离开这里，可不是打鬼子！"林奉天劝道："大哥，我们已经没有退路，只有拼一回杀进去，端了鬼子的老窝，我们才能安全撤退。"周冰谏也劝道："机不可失！"江崇义仍然犹豫着，孟黑子叫起来："奶奶个熊！送上门的买卖还等啥？干！"朱大生也跟着喊："干！"

江崇义犹犹豫豫地看着大家："咱能行吗？"王直一直在旁边低头思索，这时也抬起头来问道："等等，宪兵小队有多少人？"周冰谏说："二十来个。"王直一下来了兴趣："送上门的买卖为啥不干？干！"江崇义咬了咬牙，终于说："咱也风光一回，干！"

"好！"林奉天兴奋地回头叫道，"谁跟我去端鬼子老窝？"林奉天一呼百应，孟黑子、马金宝等人纷纷站了出来，争相喊着："我去，我去！"林奉天命令道："好！朱大生，你押着俘虏带路，记住，不能让他跑了。"朱大生一把揪住俘虏，保证道："三哥放心，我保证他比我命长。"

林奉天看看身旁的于小胆，说道："于小胆，还得麻烦你一回，给我们带一次路，只要把我们顺利带进村里，就没你事了，能行吗？"于小胆犹豫了一下，说道："大哥，说实话，我真不想去，可咱还是头一次看国军打鬼子，没啥说的，就一个字，成！"林奉天拍拍于小胆的肩膀："好样的！"继而回头对江崇义说，"大哥，你和周大哥带着弟兄们隐蔽好，听见枪声就往村子里猛冲猛打。记住，动手要快，不能让鬼子反应过来。"江崇义点头："老三，你可要小心了。"林奉天朝江崇义和周冰谏点了点头，带着孟黑子等人，押着俘虏，在于小胆的带领下向村中走去。

村子里，几间屋子的窗户里亮着马灯，这里正是驻守在村子中的日军指挥部。马灯照亮了桌上的地图，几名日军军官正围在地图前叽里呱啦地讨论着什么。

一名军官在地图上比划着，说道："大佐先生，支那173团已经被我军山田大队包抄了后路，这次支那人跑不了了。"大佐看着地图，皱眉问道："173团友军在什么位置？"军官指着地图上的几个点，报告道："这里、这里、还有这里。"大佐点点头："幺西！看来支那人是想救173团，却不敢冒险，那样正好！传我命令，拂晓展开进攻，吃掉173团！"

日军的几个军官还在兴奋地谈论着如何吃掉畏缩不前的国军军队，林奉天等人组成的敢死队已经在于小胆的指引下，一个接一个地爬上了土墙。林奉天作为掩护留在最后一个，见大家全都爬上去了，这才抓起绳子向上攀去。

孟黑子在土墙上拽着绳子，突然看到一个人影从黑暗中跑来，直奔林奉天而去，再看看林奉天，正努力地攀着绳子往上爬，似乎浑然不觉。孟刚想喊他，又怕惊了敌人，眼看黑影就要到了林奉天身后，急得直抖绳子。

林奉天似乎仍不警觉，抓着绳子并不回头，待来人跑到身后，林奉天突然一个鹞子翻身从半空落下，站在来人面前，说时迟那时快，匕首已经架在来人的脖子上。只听来人惊叫一声："三哥，是我！"正是宋晓丹的声音。林奉天猛然收回匕首，看着宋晓丹顿时火冒三丈，压低声音怒喝道："谁让你来的？滚回去！"宋晓丹眼睛里含着泪，却还倔强地说："不，俺不回去！凭啥不让俺去？"林奉天看看周围，不敢再迟疑，只好无奈地说："上！"

宋晓丹抓起绳子，林奉天推着他的屁股把他弄上了墙，接着自己也利落地攀着绳子跳了上去。

四周漆黑一片。大家悄无声息地跟在被押的俘虏后面，悄悄向敌人指挥部摸去。林奉天叫过宋晓丹，低声嘱咐："眼镜儿，你押着俘虏！"宋晓丹答应一声，跟着俘虏寸步不离。

大家跟着俘虏转了几个弯就来到了亮着灯光的日军指挥部院外，一行人蹲在院墙外观察着。宋晓丹和于小胆蹲在林奉天身后，于小胆害怕得浑

身发抖。

刘金锁等得心急，小声叫了声"小胆"，于小胆扭过头来，刘金锁笑了，指着宋晓丹说："噢，我是说宋晓丹。这不是你弟弟吧？连名字都一样。"宋晓丹不服气地说："我可不叫小胆，那是你们强给我的外号。"刘金锁笑了："名字有叫错，外号可从没听说有错的。于小胆叫小胆，可我看他胆子一点也不小，大半夜的敢从日本鬼子的眼皮下边逃跑，可比你强多了。"宋晓丹不乐意地白他一眼，讥讽道："你不也念佛祖保佑吗？老拿我说什么事！"于小胆看着二人斗嘴，忍不住想笑，一时也觉得没那么害怕了。

孟黑子有些迫不及待，低声叫道："三哥，干吧！"林奉天摆摆手，说道："沉住气！你过去看看院子周围的情况，摸摸宪兵队的布防情况。"孟黑子答应一声，朝亮光处摸了过去。

不一会儿，孟黑子跑了回来，报告说："看清了。宪兵队住在前院，门楼前有两个明哨、两个暗哨。"林奉天沉思片刻，低声道："眼镜儿，酒！"宋晓丹赶忙解下水壶递给林奉天。林奉天接过，喝了一口，随手递给孟黑子。孟黑子仰脖喝了一大口，宋晓丹赶忙抢过来："省着点吧，这酒可是我好不容易才搞到的。"孟黑子不满地瞪起眼珠："不就多喝了一口，看把你心疼的，老子又没抢你媳妇。"

林奉天抹抹嘴，叫道："准备战斗！叫俘虏过来，把那俩暗哨引出来。"战士们来了精神，纷纷打开手榴弹保险盖。李松说道："三哥，先炸了鬼子的车，让狗日的没得跑。"孟黑子得意地一笑："甭费事了，俺刚才已经办完了。"说着晃了晃手中的匕首。

林奉天满意地点点头，下巴一扬，指着宋晓丹手中的水壶说："赏你一口！"宋晓丹有些不情愿，但也不敢违抗林奉天的命令，只好把水壶递给孟黑子。孟黑子得意地看着宋晓丹，接过水壶仰起头刚准备猛喝一口，宋晓丹瞅准时机，估摸着酒刚流出水壶的当儿一把又将水壶抢了回来，迅速拧上盖子挂在身上。孟黑子刚喝了一小口，还没过瘾，气得直朝宋晓丹翻白眼。

林奉天把俘虏推到院门口，让他冲着院子喊了几声日语，不一会儿，四名宪兵就从院中走了出来。

林奉天紧捏手枪，悄悄向身后战士下令："听着，我数一二三，给我一齐开火！一、二、三！"话音未落，几十枚冒着青烟的手榴弹一齐飞进了院子，几乎同时，林奉天手中的枪也响了，四名哨兵当即被撂倒。紧接着，院子里便传来震耳欲聋的爆炸声。林奉天大喊一声："上！"战士们在林奉天的带领下一鼓作气杀进院子。

听到村子里枪炮连天，江崇义知道林奉天已经动手了，急忙大喊一声："大家跟我上！"等在村外的战士们跟着江崇义和周冰谏迅速冲进了村子。

林奉天等战士们冲进大门，举枪四射。刘金锁紧跟其后，步枪紧贴在脸上，向每一个进入视线的敌人射击，弹无虚发。

日军指挥部毫无防备，瞬间便被攻破，院子里瓦砾遍地，地上躺着十几具血肉模糊的尸体。这时又有几名日军冲出屋子企图顽抗，被战士们的一排子弹扫过，栽倒在地上。

躲在厢房里的敌人仍在负隅顽抗，子弹不断从窗户里射出。林奉天一边射击一边大喊："手榴弹！手榴弹！给我狠狠地打！"

冒着青烟的手榴弹飞进了两边厢房的窗户，惊恐的喊叫声立即被震耳欲聋的爆炸声所淹没，残肢断臂从窗户里飞了出来。一只血肉模糊的胳膊正好落在宋晓丹眼前，手指还在动，宋晓丹顿时吓得面无血色。这时，厢房里又飞出一枚手雷，恰巧落在宋晓丹面前，引线嗞嗞地冒着烟即将爆炸。

林奉天朝他大喊："眼镜儿，趴下！"宋晓丹已经吓呆了，一动不动地看着面前的手雷。就在这时，一名战士飞身冲上来扑倒宋晓丹，手雷随即"轰"地一声爆炸了。

几乎同时，三连战士的几枚手榴弹也飞进了厢房，硝烟弥漫中，厢房里安静下来。

宋晓丹爬起来，看着倒在他身边浑身是血的战友王大头，傻了一般，喃喃自语地叫着："大头你怎么了……大头你怎么了……"孟黑子刚甩出一个手榴弹，转脸看到宋晓丹，三步两步冲过来，一脚将他踹倒在地："愣着干什么？赶紧包扎！"说罢，扔下宋晓丹，带着众人杀进了后院。

宋小胆呆呆地看着王大头，怔怔地回不过神来。林奉天一把揪住宋晓丹，问道："俘房呢？"宋晓丹还在发愣："大头……大头……"林奉天气急，骂

道："废物！"说完紧跟着孟黑子他们冲进了后院。

日军指挥官正在几名警卫的保护下，从一个隐蔽的角门仓皇逃出后院。被俘的宪兵从宋晓丹手中逃脱，慌慌张张跑来，迎面和日兵警卫撞在一起。俘虏一看是自己人，赶忙报告说："报告长官！敌人只有几个人！"长官揪起俘虏衣领，骂道："八嘎！你怎么知道的？"俘虏惊慌地说："我……我被他们俘虏了，刚跑出来！""八嘎！"指挥官大怒，一把推开俘虏，指挥部下道："你、你、你，上房！你、你、你，从大门往里打！其他人跟我杀回去！"

日军在指挥官的指挥下稳住了阵脚，分头杀了回去。

林奉天等人这时刚冲进后院，只见院子里一片狼藉并无人影。朱大生从房间里冲出来，叫道："三哥，鬼子从角门跑啦！"林奉天大吼一声："追！"

就在这时，林奉天眼睛的余光猛然看到屋顶上探出几支乌黑的枪管，紧接着，敌人成排的子弹从屋顶和角门里射来。几乎同时，林奉天和马金宝也举枪开了火。

林奉天一边射击一边大喊："撤退！有埋伏！"另一边角门里也传出鬼子的叫嚣声："射击！"

三连的敢死队战士奋力还击，试图压制敌人火力，却不料又有几名敌人从角门里冲进院子，与房顶上的日军合力射击。三连战士们渐渐招架不住，一名战士负了伤，倒在地上咬着牙坚持还击。林奉天一边射击一边嘶吼着："抢救伤员！抢救伤员！快撤！撤退！"

林奉天话音未落，只听前院又传来敌人的枪声，子弹从二门楼里射了进来，一时间三面夹击，三连战士顿时成了瓮中之鳖。孟黑子骂道："奶奶个熊！我们被包围了！怎么办？"林奉天扔出两枚手榴弹，朝战士们大吼道："隐蔽！"

两枚手榴弹连续爆炸，几名日本兵从房上落下，敌人的火力暂时被压制下来。孟黑子等人趁机猛扑上去，架起伤员一边射击一边往外撤去，但出口处也被敌人的火力封锁了，敢死队一时被压制在墙角动弹不得。

子弹不断在耳边呼啸着飞过，马金宝有些慌乱，问道："连长，怎么办？我们出不去了。"林奉天瞪着血红的眼珠子大吼："杀出去！"朱大生嘶吼着：

"老子这二百来斤就撂在这了，跟他们拼了！"

众人奋勇跳出墙角，却又立刻被密集的子弹打了回来，敢死队渐渐陷入绝境，林奉天急得束手无策。

就在这时，角门里突然传来一阵歪把子机枪声，只见敌人纷纷中弹，躺倒一地。紧接着，一个熟悉的人影从角门里冲了出来。大家看到来人，顿时都惊呆了，只见宋晓丹瞪着血红的眼珠子，手执机枪奔了出来，枪口突突地喷着火舌，宋晓丹狂吼着："杀！"林奉天兴奋地大吼："还愣着干什么？杀！"队员们也反应过来，怒吼着："杀！"一起冲了出去。

这时，江崇义和周冰谏也带着战士冲进了院中，大家奋力厮杀，不一会儿，枪声便渐渐零落下来。林奉天和周冰谏带头冲进屋内，只见屋子里血肉横飞，躺了一地的军官，没有一个出气的。

江崇义等人也跟着冲进来，众人举着枪警惕四顾，只怕哪里还藏着敌人。周冰谏抓起桌上的各种文件翻看着，兴奋地喊道："我们立大功了！这次可是真的立大功了！"江崇义惊讶地回过头来："怎么了？"周冰谏激动地叫道："我们袭击了鬼子的联队指挥部！"林奉天惊讶道："你是说，我们把鬼子的脑袋干掉了？"江崇义一时回不过神来："不会吧？"周冰谏朝脚下的尸体踢了一脚，说道："你们看，三朵花，起码是个联队长！这回可是赚了，鬼子失去了指挥，山田大队也成了睁眼瞎，173团估计没事了。"

众人先都沉默了一阵，不相信似的你看看我，我看看你，最后终于明白过来，兴奋地大喊大叫、欢呼雀跃起来。林奉天兴奋地叫道："烧了，烧了，赶紧撤退！"

林奉天把三连的全部人马集合在一起，带着大家快速穿过村庄，跑进南面的树林。战士们在树林的掩护下伏腰疾行，林奉天和刘金锁留守在最后作掩护。林奉天嘱咐道："盯住了后面，日本人动作很快，千万别让他们咬着了。"刘金锁冷静地举着枪，退着走，说道："放心！"

众人很快撤退到公路上，大家围在周冰谏身边，等待最后的指令。周冰谏看着从指挥部拿到的文件，摊开地图指点着说："你们看，我们的前方只有日军两个小队的兵力，他们之间距离一公里，这个口子足够我们突围出去。"林奉天高兴道："这么说，我们马上就要跳出鬼子的包围了？"周冰谏

兴奋地点点头："对！我们活了！"

　　大家正要开路，一直在队伍后面殿后的刘金锁急匆匆跑了过来："鬼子追上来了！"刘金锁气喘吁吁地向江崇义报告，大家都吃了一惊。林奉天马上作出决定，站出来说："大哥，我留下来阻击。"江崇义不同意："不行，我们一起走。"林奉天坚决道："兄弟们饿了一天一夜了，肯定跑不过鬼子，必须有人断后。"江崇义断然道："不行！"林奉天急得大吼："大哥，来不及了！三连不能没有你，快走！都愣着干啥？快走！"

　　江崇义一时哑口无言，他舍不得林奉天，可又不能不顾全大局，万般无奈下只好点了点头，转身向身后的战士们挥挥手："弟兄们，走！"战士们跟着江崇义匆匆撤走。

　　王青梅和孟小环作为战地医生，始终跟在大部队后面，两人跟着江崇义徐徐向前，眼见得林奉天留了下来，孟小环突然返身跑回来："林大哥，我跟你留下。"林奉天坚决道："不行，你留下是累赘，快走！"孟小环急了："我也会打枪！"林奉天发怒了，吼道："不行！"孟小环怔了一下，突然紧紧抱住了林奉天，哭起来："答应我，一定要活着回来，我等着你！"林奉天的心抖了一下，摸着孟小环的头发："别哭，我会回来的！"孟小环咬着牙，转身跑回队伍。王青梅远远地看到了这一切，长叹一声，转身而去。

　　林奉天看了看周围，迅速隐蔽在草丛中。

　　一队日军摩托沿着公路飞速追来，一路上烟尘滚滚。林奉天埋伏在路边的山坡上，紧紧盯着前方的路面，等摩托车渐渐接近，林奉天端枪瞄准第一辆摩托上的日军，就在他扣响扳机的一刻，对面山坡岩石后边突然响起一声枪声，但子弹并没有击中摩托手，紧接着又响了第二枪，这次子弹击中了日军，摩托车"轰"地一声撞在了山上，爆炸了。

　　林奉天不由一怔，他放眼一望，只见宋晓丹和于小胆从岩石后跳了出来。"我打中了！三哥，我打中了！"宋晓丹狂喊着，边喊边朝林奉天跑来。林奉天急得大喊："趴下！趴下！"

　　日军遭到袭击，迅速下车，躲在岩石后面开枪还击，宋晓丹二人四周子弹横飞，瞬间便被密集的子弹包围了。林奉天急了，连扔几枚手榴弹，几辆摩托被炸毁。宋晓丹二人趁机跑了过来，趴在林奉天身边。

林奉天气急，骂道："混蛋！谁让你们来的？"宋晓丹："俺……俺……"宋晓丹话还没说出来，日军的枪口已经转向了这里，几颗子弹从他们头顶飞了过去。

林奉天大喊一声："走！"拉着宋晓丹二人蹿进了树林。日军见状，纷纷爬起来，跟在他们身后紧追不舍。

此时，国军173团阵地正被猛烈的炮火覆盖着，日军还在猛攻，国军已是死伤惨重。

吴天和曹阳都是满脸灰黑，一副残兵败将的样子。一营长颜松林慌乱地跑来，向吴天报告："团座，顶不住了！我们赶紧撤吧！"吴天狠狠甩掉帽子："妈的！撤！"曹阳急得满头大汗："团长，不能再撤了。我们已经丢了前面的阵地，再撤要受军法处置的！"吴天叫道："管不了那么多了，撤！"

173团刚挥动旗帜准备撤退，炮声和枪声突然停了下来。众人都是一愣，曹阳侧耳听了听，听不见半点枪声，高兴地喊了一声："团长你看，鬼子撤退了！"

众人向对方阵地望去，果然见山田大队秩序井然地撤出了战场。吴天惊讶不已，疑惑道："啥意思这是？"曹阳也摸不着头脑："不知道啊。"

就在这时，江崇义率领着三连出现阵地前方。江崇义大喊着："不要开枪，我是江崇义！我们是三连的！"三营长江山河看清来人，一下子跳了起来，惊呼："团长，是三连！我的三连回来啦！"

江崇义带着三连战士站到吴天面前，向吴天诉说着惨烈的战斗经历："……事情经过就是这样。"吴天根本不相信三连会活着回来，听完江崇义的讲述，吴天死死地盯着江崇义："不可能吧？就凭你们，能消灭鬼子战区指挥部？江副营长，谎报军功可要军法处置的！"江崇义冷冷地看着吴天："我江崇义还没那么下作！"

曹阳悄悄派了手下去查敌方情况，手下这时得到情报，匆匆过来报告说："团长，查清了，查清了！鬼子在小庄的战区指挥部被一支无名部队消灭，敌人失去了大脑，被迫撤退了！"吴天惊讶地看着江崇义，还是有点不信："真

是你们？"

这时，周冰谏和王青梅、孟小环急匆匆跑来。王青梅刚想开口，孟小环便抢先道："团长，林大哥还没回来，快派人救他，不然来不及了！"

吴天听到远处传来激烈的枪声，皱起眉头："开玩笑，那面是日军的防区，谁敢去！"三营长江山河忍不住跳了出来："我去！三营的弟兄们，跟我去救林奉天！"说完，带着战士转身就要走。吴天吼了一声："站住！没有我的命令，谁都不准动！违者军法从事！"江山河和战士们无奈地停住了脚步，大家都惊呆了……

林奉天带着宋晓丹二人边打边撤，鬼子紧追不舍，三人被堵在了山坡上。宋晓丹打得兴起，不料一颗子弹洞穿水壶，击中宋晓丹，他翻身栽倒。林奉天大喊着扑上来："宋晓丹，你怎么样啦？"可不等林奉天查看宋晓丹的伤势，密集的子弹再次飞来，打得他抬不起头来，林奉天只好一边举枪射击一边喊："于小胆，看看他怎么样。"于小胆早已经上前，扶着宋晓丹说："连长，他受伤啦！"

林奉天投出几枚手榴弹，敌人暂时退了下去，林奉天这才顾得上转过头来看宋晓丹，只见宋晓丹的胸口已经被鲜血洇湿了。林奉天皱了皱眉，指着身后的一条小路，叫道："于小胆，你熟悉周围地形，带眼镜儿赶紧走，我掩护你们！"宋晓丹胸口流着血，喘息着挣扎坐起："不，三哥，你先走！我掩护你！"林奉天骂道："混蛋！执行命令！"宋晓丹倔强道："不！"

眼看鬼子又开始发起了冲锋，林奉天急了，吼道："我命令你，走！"宋晓丹眼含着泪花，大喊起来："我走！我走！"

林奉天第一次看到宋晓丹发怒，不由震惊了。宋晓丹流着泪喘息着："三哥，大家都看不起俺，骂俺胆小、骂俺怂、骂俺没用、骂俺结巴，只有三哥你看得起俺，把俺当兄弟。三哥，你告诉俺，俺怂不怂？"林奉天感动地说："谁说你怂啦？要不是你，弟兄们都得葬身小庄。你不怂，你是英雄！如果这次能活下来，三哥再不会让别人叫你小胆了。"宋晓丹笑了："士为知己者死，女为悦己者容！三哥，谢谢您！"林奉天拍拍宋晓丹的肩膀："好兄弟，听三哥的，赶紧走！"宋晓丹看看山下的日军，忽然解下酒壶递给林奉天："三哥，下辈子俺还做三连的弟兄！我走了！"说完，纵身跳出隐蔽，飞身向山下跑去。日军立刻被宋晓丹吸引，一边开枪射击，一边追上前去。

林奉天惊呆了，嘶吼着："眼镜儿！回来！你傻啊你！混蛋！趴下！"宋晓丹一边跑，一边摘下军号，奋力地吹了起来。

宋晓丹鼓足力气昂头吹着军号，一颗子弹飞来，打在他握着军号的右手臂上，军号落在地上。号声停了一下，林奉天紧张地望过去，宋晓丹忍着痛从地上捡起军号，擎在左手里，继续吹起来。

军号声在山谷间回荡着，林奉天的眼睛湿润了。他怒吼一声，端着枪跃出战壕，刚冲出来，就被一颗流弹击中，但他只是微微怔了一下，随即硬挺着冲了下去。于小胆被眼前的一幕惊呆了："娘的！是爷们儿！"于小胆振奋了，抓起一枚手榴弹，跟着林奉天杀了出去。

突然，军号声再次停了下来，宋晓丹的腿上又中了一弹。他扑倒在地，军号也随之掉在了地上。宋晓丹挣扎着爬起来，一点点爬上前，再次捡回了军号。宋晓丹的腿上鲜血汩汩直冒，他喘着粗气，把军号放到嘴边，使尽全力把它吹响，不料身后又飞来数颗子弹，宋晓丹单薄的身躯瞬间被敌人的子弹穿透了。

宋晓丹仰面重重地倒在地上，他年轻的生命像军号里冒出的最后一个音符，本来后面还应有绵长的一段袅袅佳音，却不得不在这个地方戛然而止了。宋晓丹的脸上带着无限的眷恋，眼睛直直地看着那湛蓝湛蓝的天和纯白纯白的云，思绪让白云载着回到了久远的过去……

照片上的姑娘是小时候跟他一起上过私塾的邻家小妹，宋晓丹从小就喜欢她，可她清高傲慢，从没正眼看过他。宋晓丹第一次鼓起勇气向她表白，却遭到了她的嘲笑，到那时他才知道，姑娘心仪的对象是高大英俊的军官，而他只是一个胆小懦弱的穷小子。姑娘讥讽地说：如果哪天你成了英雄，也许我会喜欢你。就因为这一句话，宋晓丹一气之下出来参了军。他还记得临走时他报复似的偷到了姑娘的照片，把"她"带到了硝烟弥漫的战场。他要让姑娘看着他，看着他成为一名英雄。此刻，宋晓丹的手就摸在胸前，紧紧地按着那张照片，赌气似的质问着"她"："三哥都说我是英雄，你说我是不是英雄？"

宋晓丹的眼睛渐渐模糊了，他惶恐地使劲睁大了眼睛，忽然看到照片上的姑娘出现在他的眼前，伸着双臂向他跑了过来。宋晓丹的嘴角慢慢浮起一丝微笑。

夕阳映照进山谷，枪声渐渐沉寂下来。

林奉天在山谷中找到了宋晓丹，他的胸口汩汩地冒着鲜血，脸上已经没了一点血色。

林奉天抱着宋晓丹焦急地大喊："眼镜儿，挺住！挺住！"于小胆在宋晓丹倒下的地方捡到了他的军号，他手里紧紧握着军号，默默地站在林奉天身后。

宋晓丹气息微弱，手指抖动着，把那张血染的照片塞进林奉天的手中，然后费力地拿起水壶："三……三哥……俺不能给你背酒壶了……"说罢，缓缓地合上了双眼。

"晓丹……"林奉天悲痛的喊声久久地回荡在山谷中。